You Make Me Lose Control

LANA M.

You Make Me Lose Control

roman

HARPERCOLLINS FRANCE

83-85, boulevard Vincent-Auriol, 75646 PARIS CEDEX 13.
Service Lectrices — Tél. : 01 45 82 47 47

www.harlequin.fr

ISBN 978-2-2804-2021-1

1

J'arpente les rayons de ce supermarché que je connais bien désormais. Déjà cinq ans que nous avons emménagé à Manhattan, dans l'Upper East Side. Cette ville me donne toujours autant de frissons. Elle est avant tout gigantesque, comme si la démesure était sa marque de fabrique. Je n'ai pas souvent eu l'occasion de m'y promener, pourtant l'image de chaque ruelle est gravée dans ma mémoire.

Je ramasse une brique de lait et la jette dans mon Caddie. Je n'aime pas spécialement ça, mais mon frère aîné, Will, en fera son affaire avec joie.

J'ai quatre grands frères, je suis la seule fille de la famille. Ma famille, c'est toute ma vie. Il y aurait tellement à dire dessus... Ma mère, d'origine française, était top model. Fraîchement arrivée dans la Grosse Pomme, elle a rencontré mon père alors qu'elle défilait pour les plus grands noms de la haute couture. Ils n'ont jamais été très bavards sur les circonstances de leur rencontre. D'après ce que j'ai entendu dire, mon père aurait joué un rôle crucial dans la vie de ma mère. Celle-ci voulait à tout prix faire partie de ce petit monde prisé et fermé qu'est le gratin de la mode. Les critères de poids imposés par la profession pour avoir toutes les chances d'être sélectionnée et de participer à certains défilés étaient devenus une obsession pour elle, et, dans son ascension fulgurante, elle perdit la santé. Par son amour et par son soutien, mon père lui a redonné goût à un autre type de vie. En reconstruisant l'image qu'elle avait d'elle-même, en l'aidant à retrouver l'estime qu'elle ne s'accordait plus, il lui a permis de vaincre l'anorexie mentale dont elle souffrait depuis plusieurs mois.

Quand elle a décidé de se mettre en couple avec lui, elle a choisi de tout quitter : les podiums, la célébrité et l'argent. Elle s'est consacrée à son mari et à ses cinq enfants. Elle était une mère fantastique et dévouée, la force et la stabilité de notre famille, jusqu'à sa mort... Il y a cinq ans. Elle a été assassinée chez nous. Depuis, nous avons déménagé pour tenter de délivrer notre esprit de cet événement tragique qui continue à nous hanter.

Ce sont mes frères qui s'occupent de moi la plupart du temps. Dans l'ordre de naissance, il y a Will, l'aîné, trente ans déjà ; Ethan le suit de près, du haut de ses vingt-neuf ans. Matthew est le troisième de la fratrie, il vient de fêter ses vingt-cinq ans. Enfin, James, le dernier, a vingt-trois ans ; de mes quatre frères, il est sûrement le plus proche de moi et le plus protecteur à mon égard. S'il est encore possible d'établir un classement à ce niveau, car mes frères se sont donné pour mission de me protéger envers et contre tout, au point d'empiéter sur mes libertés fondamentales.

Faire les courses dans ce supermarché est une liberté qu'ils ne vont pas me prendre. Nous avons beaucoup de personnel, quelqu'un aurait pu s'en charger. Ce n'est pas faute d'argent, notre famille est riche, très riche. Mais j'ai refusé, car cette petite escapade est mon unique moyen de mettre le nez dehors.

Au rayon frais, je m'apprête à attraper une bouteille de jus de fruits lorsque mon regard croise celui d'un homme. Casquette vissée sur la tête, vêtu d'un simple jean et d'un T-shirt noir qui met en valeur ses épaules carrées, il a une aura magnétique. Il doit bien faire deux mètres de haut, et son regard d'un gris intense me fait me sentir encore plus petite que je ne le suis déjà. Sa peau métissée et ses yeux clairs le rendent tout simplement irrésistible, et, lorsqu'il esquisse un léger sourire en coin qui dévoile une jolie fossette sur sa joue droite, je me sens sur le point de tomber à la renverse. Je lui rends son salut timidement et entreprends de poursuivre mes courses avec le peu de forces qu'il me reste. Cet homme me fait autant d'effet qu'un saut en parachute ! Je m'efforce de reprendre le contrôle de mon corps, mais ma respiration est saccadée et mon cœur bat si fort que j'ai l'impression qu'il va finir par se décrocher de ma poitrine. Lorsque je tente d'attraper une bouteille sur le rayon du haut, ma main dérape inexorablement et glisse sur le côté. Une dizaine de bouteilles s'entrechoquent alors comme des dominos. J'ai à peine le temps de réaliser ma bêtise que l'une d'elles s'écrase par terre dans un fracas assourdissant. Je suis pétrifiée et honteuse lorsque j'entends la clochette de la porte d'entrée carillonner.

— Emily ?

C'est la douce voix de l'homme de main de mon père, Logan. Mes frères étant occupés, c'est lui qui a pris le relais et m'a accompagnée jusqu'ici. J'ai négocié une bonne demi-heure pour qu'il accepte de m'attendre dehors, mais après ma bourde il ne voudra sûrement plus rien entendre. D'ailleurs, avant même que je puisse lui répondre, il est déjà arrivé à mon niveau. Son regard passe de la bouteille cassée à l'inconnu qui se trouve derrière moi, comme s'il analysait la situation. Je m'empourpre.

— Rien de grave, Logan, j'ai été maladroite.

— Ou distraite..., dit-il en louchant sur le beau métis qui assiste à cette scène loufoque.

Un employé du magasin passe devant moi pour balayer les débris de verre. Je me confonds en excuses, mais il ose à peine lever les yeux pour me regarder et se contente de hocher la tête silencieusement. Étrange.

— Je termine et je te rejoins à l'extérieur, comme prévu, dis-je avec insistance à l'intention de Logan.

Il acquiesce et me tourne le dos pour rejoindre la sortie. Avant d'atteindre la porte, il ne peut s'empêcher de jeter une dernière fois dans ma direction un œil réprobateur, puis de fusiller du regard le type dans mon dos. Je soupire, gênée. Je suis majeure et pourtant j'ai sans cesse des gens autour de moi qui surveillent le moindre de mes faits et gestes. Je me sens ridicule, j'ai l'impression qu'on me traite comme une gamine.

— C'est ton baby-sitter ? demande une voix grave derrière moi.

Je me retourne et cette fois je suis obligée de lever les yeux pour pouvoir contempler son beau visage.

— Quelque chose comme ça, dis-je sans pouvoir le lâcher du regard.

— Si tu as besoin d'attraper quelque chose en hauteur, je suis ton homme.

L'inconnu me lance alors un sourire à en faire fondre plus d'une. Il est charmant et semble connaître l'effet qu'il produit sur les femmes. Je sens mes joues me brûler et, si je n'avais pas la peau mate, je ressemblerais certainement à une tomate. Comme je ne lui réponds pas, il reprend en tendant une main devant lui :

— Je suis Noah, nouveau dans le quartier. Et toi ?

— Emily, dis-je en acceptant sa poignée de main chaude et engageante.

Je suis conquise, mais, après avoir échangé ces quelques formules de politesse, je préfère tout de même prendre la fuite. Je ne veux pas lui créer d'ennuis : sous prétexte d'être pressée, je me dépêche de fourrer tout ce dont j'ai besoin dans mon Caddie pour rejoindre la caisse à la hâte. Je sens les regards appuyés de Logan à travers la baie vitrée du magasin...

Sur le parking, le froid glacial du mois de décembre s'engouffre dans mon dos et me paralyse. Je n'aime pas l'hiver, je n'aime pas le froid et j'aime encore moins le jour de Noël.

C'est ce jour que ma mère est morte, il y a cinq ans.

J'avais alors seize ans. Après avoir réveillonné avec mes frères et mes parents, j'étais partie me coucher. Des bruits avaient résonné dans la maison, cette nuit-là. Je me souviens avoir entendu dans un demi-sommeil des chaises grincer, des cris éclater et de la vaisselle s'entrechoquer mais je ne m'étais pas affolée, car, dans une famille nombreuse, le calme n'est pas chose fréquente.

Le lendemain, à mon réveil, j'avais croisé la femme de ménage en plein nettoyage dans notre salle à manger. Elle épongeait des taches rouge sombre, au pied du sapin. Bien sûr, à ce moment-là, je ne savais pas qu'il s'agissait de taches de sang, et je me souviens avoir pris conscience de la gravité de la situation seulement lorsque le visage de Matthew étonnamment grave et marqué par la fatigue était apparu dans l'embrasure de la porte. Mon sang n'avait fait qu'un tour et ma panique grandissante m'avait poussée à l'interroger de façon virulente.

Mon frère m'avait alors prise à part dans la cuisine pour m'annoncer que maman était morte. La panique avait progressivement fait place à l'incompréhension puis à la révolte, mais je n'avais eu droit à aucune explication ni à aucun détail au sujet de cette nuit. Mes cris et mes larmes n'avaient pas réussi à faire céder mon père et mes frères. Ils n'ont jamais rien voulu me dire et me répètent sans arrêt que moins j'en sais, plus je suis en sécurité.

Ma peine et cette ignorance feront toujours partie de moi. Ce deuil a été mis dans un coin de ma tête, car, sans explication, sans conclusion de l'enquête de police, je ne serai jamais apaisée. Ils m'ont affirmé l'un après l'autre que la mort de maman avait été punie et vengée, mais je n'en sais pas plus.

Plongée dans ces souvenirs, je m'engouffre dans le Range Rover prêté par mon père. Logan contourne le 4x4 pour s'installer derrière le volant. Le retour se fait dans un silence total, et, lorsque je m'apprête à ouvrir la portière pour sortir, il se penche pour attraper ma main.

— Tu ne peux pas te comporter comme toutes les filles de ton âge, Emy, tu le sais.

— Justement, non, je ne sais rien.

— Tu n'as pas besoin de connaître les affaires de ton père, mais la vie qu'il a choisie est risquée pour vous. Même si tu n'en sais pas les détails, tu dois t'en protéger. N'accorde ta confiance à personne.

— Il faudra bien que j'apprenne à l'accorder, et à d'autres qu'à mes frères et mon père, Logan. Je ne vais pas rester prisonnière de cette vie-là jusqu'à ma mort. La vie que mon père a choisie lui appartient, et la mienne m'appartient, à moi.

Logan esquisse un sourire et raffermit sa poigne sur ma main.

— Emy, je te connais depuis tes cinq ans, tu es devenue une femme intelligente et magnifique, comme l'était ta mère. Ton père et tes frères ne supporteraient pas qu'il t'arrive quoi que ce soit. Tu es une cible facile, et les ennemis de ta famille n'hésiteront pas à s'en prendre à toi s'ils découvrent ton existence. C'est pourquoi tu ne dois jamais te trouver sur leur chemin.

Je pose la main sur la poignée et le force à me lâcher. J'étouffe. Je voudrais lui crier que ma liberté n'a pas de prix, mais je n'en fais rien et sors en silence. Depuis le véhicule, il m'interpelle :

— Tu sais que je dois rapporter l'incident à ton père ?

— Ne t'en fais pas, Logan, je sais pour qui tu travailles, dis-je sur un ton résolument las.

Il hoche la tête et je pars en direction de notre « maison ». C'est un manoir de style néogéorgien en briques rouges exceptionnellement grand et idéalement situé dans les quartiers riches de l'Upper East Side. Il a été construit à la demande de mon père par un architecte de renom. Lorsque je franchis la porte d'entrée principale, je croise une de nos cuisinières qui sort par la porte de service.

— Allez-vous cuisiner ce soir, mademoiselle Jackson ?

Hilary est un des seuls membres du personnel qui osent me parler. Elle prend le temps de m'apprendre à cuisiner dès que je le souhaite et m'encourage à reproduire les desserts que je vois dans les émissions télévisées. Cuisiner est un des rares plaisirs que je m'accorde. Mais ce soir je veux juste me rouler en boule et rêver d'une autre vie.

— Je n'en ai plus très envie, Hilary, je peux vous laisser ranger les provisions ?

Tout en parlant, je lui tends mes sacs, qu'elle attrape sans poser de questions.

— Bien sûr. Votre dîner sera prêt dans une petite heure.

Je la remercie et monte dans ma chambre. Celle-ci est située au troisième étage du manoir, et pour l'atteindre je dois traverser le deuxième étage, où se trouvent les chambres de mon père et de mes quatre frères. Comme si je n'étais pas suffisamment éloignée du monde extérieur, il leur a semblé judicieux de m'isoler sous les combles et de s'interposer entre moi et la vie. Quand nous avons emménagé ici, je n'ai pas bronché, trop secouée pour vouloir remettre en question tous les principes de sécurité et toutes les procédures qu'on m'imposait. Mais aujourd'hui j'ai de plus en plus de mal à tolérer toutes ces messes basses et cette inquiétude intense autour de ma personne.

Ma chambre forte est entourée de deux chambres

« de fonction », celles de Logan et de Joshua, les deux hommes de main de mon père. Je les soupçonne d'avoir emménagé si près pour garder un œil sur moi en cas d'absence de ma fratrie, ce qui est assez régulier.

Je ne suis pas naïve et je sais que ma famille trempe dans des affaires louches, dont la violence est une constante inévitable. J'ai déjà vu mes frères revenir avec l'œil poché, mais je préfère ne pas trop y réfléchir et j'écoute avec beaucoup de méfiance leurs explications et leurs excuses lorsqu'ils sont en retard à nos repas de famille. Mon frère Ethan possède la plus grosse boîte de nuit de New York : le Delta. Mais il a toujours refusé de m'y emmener. J'en ai déduit que ce business était étroitement lié aux autres.

Ma chambre est un véritable petit appartement, qui comprend, en plus de la chambre à coucher, un salon prolongé par un dressing menant à une luxueuse salle de bains de marbre. Je ris intérieurement : ici, tout est fait pour me retenir, ils m'ont construit une prison dorée.

Je pénètre dans mon antre. Les courses m'ont fatiguée : je m'assoupis un moment.

On frappe à ma porte. Je me lève et m'apprête à aller ouvrir, mais, avant même que j'aie pu faire un pas, la porte s'est déjà ouverte avec vigueur.

— James, que me vaut ta visite ?

— Tu n'es pas descendue manger, ce soir..., me dit-il en me questionnant du regard.

James est le plus grand de mes frères, il doit dépasser le mètre quatre-vingt-seize, il me domine de plus de trois têtes. Ses yeux, lorsqu'il s'approche de moi, brillent d'une lueur que je n'avais pas vue depuis un moment. De l'inquiétude ?

— J'étais fatiguée, je vais descendre.

James a à peine deux ans de plus que moi, pourtant il en paraît beaucoup plus. Son assurance et son expérience de la vie se lisent sur ses traits. Il possède une beauté brute et virile, un peu sauvage, inquiétante. Si je n'étais pas sa petite sœur, je préférerais changer de trottoir en le croisant dans la rue.

— Logan nous a raconté ce qui s'est passé au supermarché, lâche-t-il.

Je me sens rougir.

— Il ne s'est rien passé de grave, j'ai juste été maladroite.

— Selon lui, un homme se serait intéressé à toi, là-bas.

— Je suis embarrassée qu'il vous ait raconté ça. Cet homme voulait juste me donner un coup de main.

— Emily, ce n'est pas parce que tu es ma sœur que je te dis ça, mais tu es devenue une très belle jeune femme. Ne sois donc pas surprise que les hommes se retournent en te voyant, désormais. Tu dois apprendre à les repousser, à ne pas leur faire confiance.

— C'est ce que j'ai fait : je suis partie, dis-je avec un peu trop d'assurance pour être crédible.

James me regarde avec un sourire bien à lui.

— Si Logan n'avait pas été là, tu aurais pu t'aventurer à discuter avec lui ?

Sa question m'étonne, mais je prends un air détaché en lui répondant :

— Non, je serais partie de la même façon.

Il pose sa main sur mon épaule et me pousse vers la sortie.

— J'ai envie de te croire. Allons manger, je pense que Will et Ethan sont rentrés.

La soirée se passe dans la bonne humeur. Tous mes frères sont réunis autour de moi et nous mangeons ensemble au rythme des blagues de Matthew. Mon père est le seul à manquer, ce soir. Mais, comme d'habitude, il doit régler ses problèmes en interne.

Lorsque l'énorme horloge de la cuisine annonce

minuit, je quitte mes frères et regagne ma chambre, où je m'allonge sans attendre sur mon lit king-size. Je m'endors aussitôt, en rêvant d'une vie tout à fait différente.

2

Je regarde le réveil qui trône sur ma table de chevet : 6 heures du matin. Je me lève d'un bond et enfile ma tenue pour mon entraînement quotidien de self-defence. Je suis plutôt enthousiaste, ce matin, plus que les jours précédents : j'ai pris une grande décision. Aussi, un sourire est vissé sur mon visage lorsque je descends avec entrain jusqu'au sous-sol. Celui-ci comprend une salle de sport et d'entraînement au combat où mes frères passent le plus clair de leur temps, ainsi qu'un vaste espace de rangement auquel je n'ai jamais eu accès. Dieu sait ce qu'ils cachent là-dedans.

Quand je pénètre dans la « salle de torture », comme j'aime l'appeler, je retrouve Matthew en train de taper dans un sac de boxe. James, quant à lui, m'attend dans la salle adjacente : c'est lui qui m'enseigne les arts martiaux. Je passe devant Matthew et, constatant qu'il est déjà luisant de sueur, m'en éloigne en faisant mine de me boucher le nez. Il rit et s'approche encore plus de moi pour me serrer dans ses bras. Je hurle et accélère le pas, il me rattrape, et me saisit par le bras pour me forcer à l'enlacer. Quelle horreur !

Sous ses airs de clown ambulant, Matthew est sûrement le plus redoutable de mes frères. Il est rusé et son intelligence m'épate chaque jour un peu plus. Il connaît les moindres ficelles du droit légal ; il aurait été un excellent avocat. Physiquement, il est le plus petit de mes frères et le moins musclé des quatre. Son bagou naturel doit sûrement lui valoir un grand succès auprès de la gent féminine. Je n'ai jamais rencontré aucune de ses petites copines, mais je me doute qu'il n'en manque pas.

— Continue à frapper ton sac, tu as pris du ventre, Matthew, dis-je pour l'agacer.

— Respecte ce corps irréprochable, Emy, c'est la per-fec-tion, articule-t-il avec ostentation.

Je ris et lui tourne le dos pour rejoindre James, qui m'attend plus loin.

— Salut, Emy, tu n'as pas dormi ? T'as vu ta tête ?

Je grimace.

— Apprends-moi plutôt à te foutre des coups, dormir n'est pas dans mes objectifs à long terme.

— Et à court terme ? me demande-t-il en riant. Non mais tu as vu tes cernes ? reprend-il. On dirait qu'un bus t'est passé dessus.

— Sympa, le frère ! Bon, allez, on commence, j'ai pas toute la journée !

— Quelque chose de prévu aujourd'hui ?

— Parler à papa, dis-je, mystérieuse.

Il hausse un sourcil, étonné.

— Tu as arrêté de lui en vouloir d'essayer de te protéger ?

— J'ai des projets, il faut que je lui en parle. Rien qui te concerne, dis-je pour couper court à la discussion.

Je n'ai pas envie que James cherche à tout prix à me dissuader de mener mon projet à terme. Je connais leur discours à tous les quatre, leurs mots bienveillants sur la nécessité de rester près d'eux pour qu'ils puissent assurer ma protection au quotidien.

— Tout ce qui te concerne me concerne, petite sœur, ne l'oublie jamais, dit-il en me gratifiant d'un clin d'œil.

Je soupire d'agacement.

— Bon, allons-y, mets-toi en position, ordonne-t-il.

Je m'exécute et les deux heures suivantes me permettent d'améliorer mes techniques de combat. Il me met au défi de contrer ses coups et de réussir à me défaire de ses prises. Ça fait déjà six ans que mes frères se sont donné la mission de m'apprendre à me défendre. Je ne suis pas une championne, mais je pense pouvoir me débrouiller seule, maintenant.

Jusqu'à aujourd'hui, je n'ai jamais eu à le faire, et avec la protection rapprochée qu'ils organisent autour de moi je ne sais franchement pas si tout ça est bien nécessaire. Je n'ai le droit de parler à personne à l'extérieur de cette maison. Si quelqu'un s'approche un petit peu trop de moi, ils se font une joie de l'éloigner l'instant d'après. Je n'ai pas d'amie, de toute façon, je ne saurais même pas comment me comporter face à elle. Je suis devenue si sauvage...

Lorsque je remonte dans ma chambre, il est 9 heures passées. Je file sous la douche et me dépêche de m'habiller afin de rejoindre mon père dans ses quartiers. En règle générale, il ne quitte pas la maison avant midi. Il prend le temps de lire son journal dans son fauteuil favori, celui que ma mère lui avait offert pour leur dixième anniversaire de mariage. Je sais donc où le trouver, et j'ai à lui parler.

Ce matin, j'ai pris une décision qui devrait radicalement changer ma vie. Je veux intégrer l'université et étudier pour atteindre mon objectif : devenir médecin. Je sens que c'est ma vocation, un rêve que je poursuis d'aussi loin que je m'en souvienne. Sauver des gens de la mort et de la maladie est un privilège ; et me donner les moyens d'y parvenir, un véritable défi. Je rêve de me retrouver chaque jour au contact des autres, de les aider de mon mieux et de me sentir en parfaite harmonie avec la réalité. Car, pour être honnête, à l'heure actuelle, je me sens coupée du monde et de la vraie vie. J'apprends ce que je sais dans les livres, c'est frustrant et relativement triste quand on sait l'énergie que je serais capable de déployer pour parvenir à aider ceux qui souffrent. Sans doute que je veux aussi leur tendre la main qu'aucun médecin n'a tendue à ma mère, que seul mon père a su lui donner. C'est pour cela que m'offrir les moyens d'être médecin me tient tant à cœur, et que je me suis réveillée à l'aube sans pouvoir me rendormir : j'ai cherché la solution pour fuir cette routine infernale et étudier réellement la médecine.

Et j'ai enfin trouvé l'unique faille de mon père : les études. Il a toujours souhaité que je devienne quelqu'un de cultivé, m'a toujours poussée à m'intéresser aux livres. Ma bibliothèque en regorge. Jusqu'à maintenant, il pouvait faire appel aux meilleurs professeurs à domicile, mais, si je veux une chance d'obtenir un diplôme, il me faudra quitter cette maison pour étudier. Et je dois pour cela le convaincre.

— Mon petit papa, dis-je d'une voix mielleuse.

— Salut, ma petite fleur. Toi, tu veux quelque chose ! Je me trompe ?

— Bien vu..., dis-je, hésitante.

Il hausse un sourcil et attend que je reprenne.

— Je voulais te parler de quelque chose que j'aimerais faire, mais, s'il te plaît, ne me donne pas de réponse trop hâtive, il faut bien y réfléchir. Prends ton temps et pose-moi toutes les questions qui te viendront à l'esprit. Et pense que tu as été jeune. Que je dois vivre ma vie, vivre des expériences... Rappelle-toi que tu m'aimes. Tu me le promets ?

— Je te promets d'y réfléchir. De quoi s'agit-il ?

J'ai l'impression d'avoir suffisamment tâté le terrain, aussi, je finis par me lancer :

— Voilà, je... J'aimerais intégrer l'université cette année. Je veux vraiment devenir médecin, papa, dis-je avec des yeux suppliants.

— Et tu voudrais aussi emménager sur le campus ? me demande-t-il avec un air sérieux.

— Eh bien, oui... Pourquoi pas ?

Il me regarde longuement et finit par éclater de rire, ce qui me brise à l'intérieur.

— Emy, tu sais que c'est impossible. Tu ne peux pas avoir la vie de n'importe quelle jeune fille.

— Tu m'as promis d'y réfléchir, papa, dis-je d'un ton morne. C'est mon rêve !

— Tu n'as pas besoin d'argent et donc pas besoin de métier, Emy. Ton compte en banque est bien garni et pourra te nourrir toute ta vie, tu le sais. Tu peux apprendre seule dans ta chambre sans avoir à prouver à quiconque ce que tu vaux.

À ces mots, je sens mon cœur se déchirer en deux, littéralement.

— Je ne vais quand même pas voir ma vie défiler dans cette putain de chambre !

Je hurle, et la femme de ménage qui s'affaire à nettoyer la table de la salle à manger sursaute. Je la regarde un moment ; elle rougit avant de quitter la pièce avec précipitation. Elle ne doit pas avoir l'habitude de voir quelqu'un tenir tête à mon père de la sorte.

— Retourne dans ta chambre, Emy. Va te calmer, me dit-il d'une voix glaciale.

Je soutiens son regard et comprends ce que doivent ressentir ses ennemis. Ses yeux froids et puissants doivent en inquiéter plus d'un. Mais, moi, je n'ai absolument pas peur de lui et je lui réponds d'une voix sèche :

— J'en ai assez d'être ta petite fille modèle. Maman est morte dans des circonstances qui me sont toujours inconnues. Je sais que tu trempes dans des affaires louches, mais je me tais et encaisse toutes vos cachotteries. Seulement, vous ne m'empêcherez plus de vivre. Je n'ai pas besoin de ton argent et je n'ai pas besoin de toutes tes mesures de sécurité.

Ses yeux étonnés me fixent. Je profite de son hébétude pour franchir les derniers mètres qui me séparent de la porte du salon. Je l'entends appeler ses hommes de main à travers toute la maison tandis que j'enfile mes bottes et ma doudoune, restées dans l'entrée.

Lorsque je pose les doigts sur la poignée, je sens une agitation nouvelle derrière moi, mais je prends une grande inspiration et entrouvre la porte. Avant même que je puisse franchir le seuil, une main puissante me retient par la taille. Je me retourne avec rage et constate que Joshua m'a rattrapée. Il s'est glissé devant moi et ne me laisse plus avancer. Ce sac de muscles est impossible à pousser, et son expression amusée me confirme qu'il n'est pas nécessaire d'insister. Je conserve ce qu'il me reste de fierté en faisant demi-tour après lui avoir adressé mon regard le plus noir.

Je remonte dans ma chambre sans bruit, et plonge dans mon lit en tentant d'étouffer mes larmes. Cette fois-ci, je ne me laisserai pas faire. L'amour qu'ils me portent ne justifie plus ce qu'ils me font subir. Je ne suis pas leur prisonnière et je compte bien faire entendre ma voix.

Je balance mon blouson à travers la chambre et jette mes bottes à la hâte. J'essuie mes larmes du revers de la main. La rage a remplacé la tristesse dans mon cœur, et elle ne fait qu'animer davantage ma détermination.

Deux minutes à peine se sont écoulées lorsque j'entends frapper à ma porte. Je fais mine de ne rien remarquer et ne réponds pas quand elle s'ouvre brutalement.

— Qu'est-ce qui te prend, Emy ? me demande Will d'un ton qui annonce une leçon de morale.

Je reste silencieuse et il reprend :

— J'ai entendu hurler, et papa m'a expliqué ce qui s'était passé. Tu ne peux tout simplement pas quitter notre protection pour aller faire mumuse dans une université.

Son commentaire m'agace au plus haut point, mais je préfère encore garder le silence plutôt que d'exploser devant lui.

— Emy ?

Je finis par me retourner en essuyant les dernières larmes qui coulent le long de mes joues. Je m'assois au bord du lit et le fixe du regard.

— Will, tu ne comprends pas. Ici, je suis en train de dépérir. Je n'existe qu'aux yeux de ma famille.

Il me regarde en fronçant les sourcils.

— Qu'est-ce que tu projettes de faire ?

— Tu crois que je serais assez stupide pour te le dire ?

J'ai piqué sa curiosité et il pose à nouveau son regard méfiant sur moi.

— On ne te lâchera pas des yeux, de toute façon, rétorque-t-il avec un sourire satisfait.

Je soupire profondément et me recouche sans plus lui prêter attention.

— Bon courage, dis-je dans un souffle.

Je ne sais pas s'il m'a entendue, mais il quitte la pièce et referme la porte derrière lui. Je passe la journée entière couchée dans mon lit à tenter d'élaborer un plan pour fuir cette maison. Cette prison. Je ne sais pas dans quoi je m'embarque et je suis terrifiée à l'idée de me retrouver livrée à moi-même, dehors. Je n'ai jamais rien fait seule.

Les deux semaines suivantes s'enchaînent plus vite que je ne l'aurais imaginé. Chaque nuit et chaque jour m'apportent leur lot de situations cocasses. J'essaie de m'enfuir par tous les moyens. Je commence toujours de la même façon : je prépare un sac avec quelques affaires de rechange, puis j'enfile des vêtements chauds, car, si je réussissais à quitter les murs de cette maison, j'aurais de grandes chances d'errer de longues heures dehors avant d'espérer trouver un abri chauffé. Je descends le plus silencieusement possible. Si personne ne vient se mettre en travers de mon chemin, j'ouvre la porte d'entrée et en profite pour m'élancer dans la petite cour avant de rejoindre la route. Mais à chaque fois deux bras puissants me saisissent par la taille et me soulèvent du sol sans ménagement ; direction : la maison. On me rattrape et à chaque fois on me fait remonter les marches. Je ne renonce pourtant pas et réitère l'expérience les jours et les nuits suivantes. Une nuit, alors que j'étais dans le hall, en chaussettes, dans le noir, la main sur la poignée de la porte, Logan a allumé d'un coup. Je me suis trouvée bien embarrassée, et lui ai expliqué que je voulais voir s'il y avait des nuages, si le lendemain je pouvais prévoir une balade en ville... Pitoyable !

Je sens que mes frères et mon père sont de plus en plus agacés par mon comportement, mais je les ignore et regagne ma chambre sans un mot après chaque repas. Ces dernières semaines, je me suis fermée comme une huître, et je sais bien que mon attitude leur fait beaucoup de peine, mais ils ne veulent décidément pas comprendre ce qui me motive. Mes frères s'absentent régulièrement pour gérer leur travail, ou leurs copines, que sais-je. Ils ont leur vie en dehors de cette maison, ce que, moi, je n'ai jamais eu.

Un matin, alors que je commence à perdre peu à peu espoir, mon père frappe à ma porte.

— Entre, dis-je d'un ton morne.

— Emy, j'ai bien réfléchi et je t'accorde ce que tu demandes.

Mon souffle se coupe soudainement, je ne peux même plus lui répondre. Il reprend :

— Seulement, je ne pourrai pas accepter que tu partes étudier dans une université sans émettre des conditions...

— Tout ce que tu voudras !

Sous le coup de l'enthousiasme, je l'ai interrompu.

Ceci dit, son sourire malicieux n'augure rien de bon, mais je serais prête à beaucoup de sacrifices pour pouvoir enfin quitter notre foyer pour quelques heures de liberté complète.

— J'ai fait jouer mes relations pour te permettre d'intégrer l'université de Columbia dès la rentrée de janvier. La faculté de médecine se situe dans le quartier de Morningside Heights, dans l'Upper West Side. Joshua, Logan, ainsi que tes frères seront les seuls à pouvoir te conduire et te ramener chaque matin et chaque soir. Tu rentreras directement après tes cours.

— Entendu ! dis-je avec excitation.

Je me jette dans ses bras. Je sais à quel point ma demande le rebute, et j'apprécie l'effort qu'il a consenti à faire. Je l'embrasse tendrement sur la joue et je sens un sourire se former au coin de ses lèvres.

— Je te fais confiance, Emy, n'essaie pas de tromper notre vigilance, une fois là-bas, car nous te retrouverions sans difficulté et je ne te laisserai pas de deuxième chance.

— Je me comporterai bien, promis, dis-je en le serrant encore plus fort dans mes bras.

Je recule légèrement pour regarder son visage vieilli. Ses pattes d'oie et ses rides d'expression me rappellent à quel point ces dernières années ont été difficiles pour lui aussi. Je n'ai jamais vu mon père pleurer ma mère, mais je sais que sa mort lui a infligé une blessure profonde et irréversible. Je sais que je suis de loin celle qui lui rappelle le plus la femme qu'il a aimée. J'ai hérité de ses longs cheveux bruns et de ses grands yeux bleus translucides. Mais je suis beaucoup plus hâlée qu'elle ne l'était, car mon père est originaire de la Jamaïque et il m'a transmis sa jolie peau mate.

Je lui souris, heureuse et soulagée de pouvoir enfin envisager une vie un peu différente. Je mentirais si je disais avoir été un jour malheureuse entourée de mes frères, mais je suis maintenant une femme qui a des envies et des rêves plein la tête. Je sais que cet accord entre nous ne me donnera qu'une semi-liberté, mais je vais la saisir, à deux mains, même. Je l'interroge, un sourire en coin :

— Tu ne m'obligeras quand même pas à rentrer ici chaque midi ?

— Non, je te laisse prendre ton déjeuner là-bas. Mais, si tu décides de sortir de l'université pour aller manger, sache que tu seras suivie.

J'ai un hoquet de surprise. Devant mon air étonné, il s'explique, l'air attendri :

— Tu ne peux pas te déplacer dans la ville de New York sans protection, Emy.

— Ton agent se rendra invisible ? Je veux dire... Si jamais je me fais des amis là-bas, il ne viendra pas tout gâcher ?

— Tu ne le remarqueras même pas, mon trésor. Il surveillera les environs et m'informera de ce qui se passe, rien de plus.

Je suis obligée d'admettre que ce détail me gêne, mais, s'il faut en passer par là pour pouvoir envisager d'être une étudiante « normale », j'essaierai de passer outre.

— Merci d'avoir pris cette décision, papa... J'en avais vraiment besoin.

En guise de réponse, il lève la main et me pince la joue doucement, comme il le faisait lorsque j'étais petite.

— Je pars travailler. Tu restes seule avec James et Joshua, aujourd'hui. Ne m'attendez pas ce soir, je rentrerai tard. On se verra demain.

Je lui souris et il quitte la pièce d'un pas lourd. Demain, c'est le réveillon de Noël, le cinquième depuis la mort de ma mère. Mais rien ne semble pouvoir ternir la joie que m'a apportée l'autorisation de mon père. Je sautille jusqu'à mon lit comme une enfant et plonge la tête la première dans mon matelas moelleux. J'ai le sourire jusqu'aux oreilles, et envie de crier au monde entier à quel point je suis heureuse.

3

Ce matin, j'ai besoin de sortir et de bouger pour dépenser toute cette nouvelle énergie. Je me lève d'un bond et pars enfiler un jean et un joli pull à col roulé. Je m'observe dans la glace et m'applique à dessiner un léger trait noir sur mes yeux, puis laisse la brosse du mascara étirer mes cils déjà très longs. J'enfile une paire de baskets et cours rejoindre la chambre de James. Alors que je m'apprête à poser la main sur la poignée de la porte, je l'entends hurler. Il a une conversation animée, mais je n'entends pas son interlocuteur, il est certainement au téléphone.

— Tu ne peux pas te pointer là-bas comme ça, c'est tout. Tu n'écoutes jamais rien de ce que je te demande ! vitupère-t-il.

Je devrais sûrement faire demi-tour, mais ma curiosité prend le pas sur mon bon sens.

— C'est ça, casse-toi ! Mais ne reviens plus en pleurant encore une fois, j'ai d'autres chats à fouetter ! crache-t-il.

Lorsque je n'entends plus que le silence, je me force à attendre encore une minute. Puis je frappe à la porte, qui s'ouvre à la volée, ce qui me fait sursauter. Mon frère semble très énervé mais son visage s'adoucit instantanément lorsqu'il me voit, et il esquisse même un petit sourire.

— Que me vaut ta visite, petite sœur ?

— Je... J'aimerais aller acheter des cadeaux, tu sais, pour... pour Noël, dis-je en bredouillant.

— Ah, je vois. Et tu as besoin d'un chauffeur ?

— De mon frère, d'abord, et d'un chauffeur par la même occasion, dis-je avec un petit sourire.

— OK, j'avais quelques trucs à acheter aussi. Attends-moi dans le salon, je vais me préparer et on file au Macy's.

Je remarque alors seulement qu'il est encore torse nu et ne porte que son short de pyjama. Il est pourtant près de 11 heures, il a dû se coucher très tard.

— Dépêche-toi, j'aime pas attendre, lancé-je sur un ton faussement autoritaire.

Il pince ma joue comme l'a fait mon père quelques heures plus tôt et referme la porte de sa chambre derrière lui.

Au rez-de-chaussée, Lyla, la femme de ménage, est en train d'épousseter les meubles de la salle à manger. Je la salue quand je la croise, et elle me répond avec une politesse exagérée, comme à son habitude. Elle me sourit mais ose à peine lever les yeux vers moi ; on dirait qu'elle croit que mon regard pourrait la brûler tout entière.

Je pars me vautrer sur le canapé sans aucune élégance. Pour la première fois depuis des semaines, je me sens revivre. L'idée même de quitter cette maison tous les matins pour plonger dans l'inconnu de la fac me rend nerveuse mais tellement heureuse à la fois. Je ferme les yeux pour rêver une minute sans pouvoir détacher ce sourire béat de mes lèvres. Lorsque je les rouvre, je découvre des yeux noisette qui me fixent. Je sursaute. James est penché au-dessus de moi.

— Pourquoi es-tu si heureuse ce matin ? me demande-t-il, une pointe de curiosité dans la voix.

— Papa ne te l'a pas dit ?

— Je ne l'ai pas vu aujourd'hui, mais il m'avait

mis au parfum : on en a parlé longtemps, figure-toi, et j'ai plaidé ta cause. Tu me revaudras ça, dit-il en me tapotant l'épaule.

— Merci, James, tu ne peux pas savoir à quel point je suis heureuse.

— Ça se lit sur ton visage, on dirait que tu es prête à embrasser la terre entière ! lâche-t-il en riant.

Je ris de bon cœur avec lui. C'est tout à fait ça : j'ai envie de sauter partout et de crier ma joie au monde entier. Dans l'immédiat, je le suis au garage, où les voitures de luxe de mon père sont garées, exposées, pour être plus juste. Mon frère appuie sur la clé qu'il a choisie d'un geste désinvolte sur le tableau, au mur, et fait couiner la Porsche grise au fond de la pièce. En l'observant, je demande, l'air taquin :

— Tu ne pouvais pas faire plus discret ?

— Autant lier l'utile à l'agréable pour une virée avec ma sœurette, répond-il, le sourire aux lèvres.

Nous roulons pendant quelques minutes à travers la ville. Je me laisse bercer par le vrombissement du moteur et la musique que James a choisie, *Little Bit of You*, de Kevin Garrett. Lorsque nous arrivons au niveau des grands magasins, je remonte la fermeture Éclair de mon blouson en prévision de la lutte que je vais devoir mener contre le froid polaire qui s'infiltre partout en moi.

— Je suis prête à parier qu'il va neiger avant ce soir..., dis-je en regardant les nuages, au-dessus de nous.

— Noël ne serait pas Noël s'il ne neigeait pas, réplique James, songeur.

Nous passons deux heures à écumer les magasins et à nous charger les bras de sacs de plus en plus lourds. J'ai acheté des cadeaux pour mon père et tous mes frères. À l'exception de James, car, pour conserver la surprise, j'ai besoin qu'il me laisse seule quelques minutes.

Nous nous arrêtons un moment pour manger un

bout dans un restaurant français qui sert de très bonnes salades et des jus de fruits délicieux. Je passe un moment formidable avec mon frère. James est quelqu'un de simple et d'attentionné, il est à l'écoute et s'avère être un très bon conseiller quand je lui demande de m'aider à choisir de nouveaux vêtements pour ma rentrée scolaire. Comme je sors de la cabine d'essayage, où je viens d'enfiler une robe, j'entends une voix féminine l'appeler et hurler à son adresse. Je me retourne brusquement et le vois me faire signe de l'attendre là où je suis. Sa réaction a été vive, il semble nerveux ; je ne puis douter qu'il s'agit d'une petite amie mécontente... Je sais bien peu de chose de la vie de James lorsqu'il n'est pas à la maison, alors je ne peux rien échafauder d'autre que ce scénario plutôt banal. Mais je dois avouer que ma curiosité a été piquée. Je le laisse aller régler le problème et repars fouiller dans les rayons afin de trouver de quoi renouveler ma garde-robe, tout en me promettant bien de tirer l'affaire au clair avec lui dès son retour.

Livrée à moi-même dans ce magasin qui propose des tenues que les jeunes de mon âge s'arrachent, je ne fais pas de folies mais ne me restreins pas non plus. Mon père m'a donné une carte Gold pour mes seize ans et m'a toujours laissée libre d'acheter ce que bon me semblait. Je n'ai jamais fait d'excès, sauf peut-être lorsque je me suis offert un super MacBook. Mais, ce jour-là non plus, il n'a rien dit et m'a juste complimentée sur le choix de mon nouvel ordinateur. À croire que je suis plutôt chanceuse.

Je traîne encore une bonne demi-heure dans les rayons, mais, ne voyant pas mon frère revenir, je décide de profiter de son absence pour trouver son cadeau. Je descends les marches du Macy's et pars en direction du rayon sport. Je parcours les allées, au milieu des shorts et des maillots de corps, à la recherche d'une idée brillante, quelque chose qui pourrait lui faire plaisir. Mon choix se porte finalement sur une montre sportive. James est un grand amateur de footing, je pense que ça pourra lui faire plaisir d'évaluer ses performances.

Je lève alors les yeux et tourne la tête, en quête d'un vendeur qui pourra m'aider à faire mon choix parmi toutes les montres qui sont proposées, lorsque je croise un visage familier. Un visage qui se souvient apparemment bien du mien car il ne me lâche plus du regard. C'est le beau métis que j'ai croisé dans le supermarché près de la maison, il y a deux semaines de ça. Entouré de décorations de Noël, auréolé de lumières, il me paraît encore plus beau que la première fois, si c'est possible. Il esquisse un sourire et s'approche de moi d'une démarche assurée et élégante. Lorsqu'il se trouve tout près, sa présence imposante me fait lâcher tout l'air que contenaient mes poumons. Mon souffle se fait saccadé malgré moi. Je me sens comme une gamine dans un magasin de bonbons, mais parviens à me ressaisir avant d'avoir l'air d'être complètement folle.

— Bonjour, dis-je timidement.

— Salut, toi, comme on se retrouve ! La ville n'est peut-être pas si grande, finalement.

— Tout le monde se retrouve au Macy's avant Noël, dis-je en plaisantant.

— Tu as sûrement raison, il y a foule, aujourd'hui.

Il se penche pour regarder ce qui attire mon attention sur le présentoir, puis m'interroge, une pointe de curiosité dans la voix :

— Une montre de sport pour homme ?

— Je cherche un cadeau pour mon frère.

J'ai répondu immédiatement, comme pour me justifier. Pourquoi me sentirais-je obligée de préciser ma situation ? Je ne suis pas complètement moi-même face à lui, c'est certain. Et voilà que, contre toute attente, il se met à me conseiller comme un vendeur l'aurait fait, soulignant les atouts de chaque montre exposée devant moi.

— Tu en connais un rayon dans le domaine, lui fais-je remarquer.

— Je suis plutôt sportif et j'en ai une, moi aussi, dit-il en montrant son poignet.

Il me paraît en effet évident qu'un tel corps ne peut être que le résultat d'un véritable travail physique. Il est littéralement ca-non. Et lorsqu'il me sourit j'en oublierais presque de respirer.

J'écoute pourtant ses conseils avec attention, et me décide pour un modèle avec cadran tactile. James pourra choisir son type d'exercice et ses objectifs à court et à long termes, et, comble de la technologie, il est doté d'un GPS connecté !

Sûre de mon choix désormais, j'attrape une boîte et me dirige vers la caisse. Noah me suit sans me quitter des yeux. Pendant que j'effectue le paiement, il me dévore presque du regard. Je sens mes joues s'empourprer, je suis gênée qu'il me porte autant d'attention. Mon sac à la main, je m'apprête à chercher James, lorsqu'il se tourne vers moi avec un sourire ravageur.

— Écoute, je vais peut-être te sembler trop direct, mais j'aimerais te revoir, lâche-t-il.

Au même moment, j'entends hurler mon prénom au loin :

— Emily !

— Merde, dis-je.

Noah, impassible, me demande :

— Ton baby-sitter ?

— Quelque chose comme ça, rétorqué-je comme la dernière fois au supermarché.

— Tu as un numéro, pour qu'on reste en contact ?

— Non... C'est que... je n'ai pas de téléphone, dis-je, gênée.

Je ne vais quand même pas lui expliquer qu'avoir

un téléphone me serait complètement inutile car je n'ai jamais eu d'amies ou de petit copain à appeler. J'aurais l'air encore plus ridicule. Mais j'entends la voix de James s'approcher rapidement et je n'ai pas envie qu'il m'aperçoive en compagnie d'un parfait inconnu. Je me confonds donc en excuses et il s'empresse de m'écrire son numéro sur un bout de papier. Je le fourre dans ma poche sans même y jeter un œil et m'enfuis en silence pour la deuxième fois.

Quelques mètres plus loin, je retrouve un James au visage fermé et en colère. Je l'appelle d'une toute petite voix.

— Ah, te voilà enfin ! dit-il sur un ton rauque, je t'ai cherchée partout !

— Tu mettais un peu de temps à revenir, alors je me suis dit que je pouvais jeter un œil ici, dis-je calmement.

— OK, désolé.

Il semble retrouver son calme peu à peu et reprend, plein de remords :

— Je n'aurais pas dû te laisser toute seule.

— Je vais bien, James, je t'assure. Que s'est-il passé ?

— Rien d'important. Une folle, qui a cru bon de me faire une crise de jalousie en plein Macy's, dit-il en riant.

Je me détends, car dans le fond je suis contente qu'il ne s'agisse que de ça, une crise de jalousie... Je relève la tête vers lui et demande :

— C'était ta copine ?

Si mon hypothèse est bonne, elle ignorait sûrement que je suis la sœur de James ; d'où sa colère. En effet, si nous n'avions pas le même nom de famille, il serait difficile de nous deviner frère et sœur. Nous sommes deux opposés. James a pris le teint clair de ma mère et les yeux noisette de mon père ; et c'est un géant ! De mon côté, je suis plutôt menue, et mon teint ombré met en valeur mes yeux clairs.

— Elle était un peu trop hystérique à mon goût, dit-il en plaisantant, j'ai eu du mal à me débarrasser d'elle...

— Plutôt collante, je te le confirme.

Nous arpentons Manhattan quelques minutes pour rejoindre la voiture, et la discussion dévie inévitablement sur les relations hommes-femmes.

— Je n'ai jamais rencontré de femme pour qui j'aurais été prêt à me battre, m'avoue mon frère.

— Tu ne les cherches peut-être pas au bon endroit ?

— Et où se trouvent-elles, selon toi ?

— À la bibliothèque, à la fac...

À l'instant où ces mots sortent de ma bouche, je les regrette et me mords la langue. James va forcément faire le rapprochement avec mon futur départ à la fac.

— Je ne suis pas aussi cultivé que ma petite sœur. Moi, les filles, je les choisis en fonction de la longueur de leur short, et de la taille de leurs... Bref, je ne vais pas te faire un dessin.

Je m'esclaffe.

— Tu n'as pas une haute opinion de toi-même, si tu choisis des filles au rabais. Il faut que tu apprennes à apprécier une femme pour autre chose que son apparence.

— Là, par contre, tu m'en demandes trop. Pour moi, la beauté, c'est une condition sine qua non, dit-il en ricanant.

— Peut-être que tu peux choisir en fonction de ces critères, mais il faut que tu cherches à creuser un peu plus, avant de te lancer avec quelqu'un.

— Tu n'as pas tort, je suis sûrement trop pressé..., répond-il, pensif.

C'est la première fois que James se confie à moi de cette façon, il ne m'avait jamais parlé de ses copines ni de ses choix amoureux désastreux jusqu'à aujourd'hui. Preuve qu'il ne me considère plus comme une petite fille fragile mais comme une femme en devenir. Mon départ pour la fac, qui symbolise un peu mon émancipation, doit le perturber bien plus qu'il ne le montre : je prends mon envol à mon tour.

Une fois que nous arrivons dans la voiture, il pousse le chauffage à fond, et, après avoir déposé tous nos sacs à l'arrière, nous prenons le chemin du retour.

— Promets-moi de ne pas tomber amoureuse du premier mec stupide qui se présentera là-bas, dit-il avec un air sérieux.

Il n'attend pas ma réponse et continue :

— J'espère que toi, au moins, tu es consciente de la valeur de ta personne. Tu es tout sauf au rabais, dit-il, reprenant mes propres mots.

— Je te le promets, James. Et puis je ne vais à l'université que pour étudier ! lancé-je pour le rassurer.

Il semble sceptique, mais hoche la tête, satisfait.

— Merci d'avoir passé du temps avec moi, c'était agréable.

— Ça m'a fait plaisir aussi, petite sœur, on recommence quand tu veux.

Le soir venu, je décide de préparer des lasagnes pour mes frères. Je m'affaire en cuisine avec bonne humeur, le sourire aux lèvres, pendant que Hilary prépare un dessert. Je ne peux pas m'empêcher de repenser à Noah et à ses yeux magnifiques. Il a réussi à me captiver juste en me parlant de montres. Je me sens idiote ! D'aussi loin que je me souvienne, je ne me suis jamais réellement intéressée à un homme. Bon, je n'en ai pas connu beaucoup, mais aucun n'a jamais accroché mon regard comme lui. Je me force à penser à autre chose. Je ne le reverrai probablement jamais, alors autant essayer d'oublier ces sensations.

Pendant que les lasagnes cuisent dans le four, je vais prendre une douche pour me relaxer. Comme je retire mon jean, le bout de papier que Noah m'a donné tombe par terre. Je le ramasse avec précaution et le déplie. J'y lis son numéro de portable avec l'inscription « Appelle-moi ». Un sourire béat se dessine sur mes lèvres... Je dois avoir l'air tout bonnement ridicule.

Ce soir-là, attablée entre mes frères, je ris aux larmes de leurs blagues idiotes. Nous discutons de mes prochains cours à la faculté de médecine, du type de garçons à éviter à tout prix et du genre de copines à ne pas fréquenter...

— Je me sens quand même un peu handicapée socialement, dis-je. À force de rester à la maison, je n'ai jamais eu d'amie. Ne serait-ce qu'une.

— Tu as quand même eu droit à des cours par correspondance, et tu communiquais parfois sur Internet avec d'autres élèves qui travaillaient de chez eux, comme toi, rétorque Ethan.

— Quelle vie sociale trépidante ! Je me permets de vous rappeler que les adolescents qui suivaient ces cours à domicile avaient tous une raison légitime de le faire. Est-ce que vous avez seulement essayé de m'en proposer une ? demandé-je, excédée.

— Emily ! s'emporte James.

— Quoi ? Je suis atteinte d'une maladie contagieuse dont vous auriez omis de me parler ? Figurez-vous qu'à force de rester cloîtrée sur ordre de papa, j'ai la trouille à l'idée d'aller me frotter à de vrais étudiants, à la fac !

— Emy ! me coupe Will. Tu es la plus sociable des personnes que je connaisse, tout le monde va t'aimer.

— Ceci dit, il faudrait t'enlaidir un peu pour ne pas rendre toutes les filles jalouses de toi, ajoute Ethan en riant.

— Je choisirai sa tenue pour lundi prochain, dans ce cas, rétorque Matthew en plaisantant.

— Je n'ai vraiment pas besoin de ton aide, si c'est pour finir en collants jaune fluo ! Combien de fois m'as-tu offert des vêtements complètement décalés à Noël ? Le pull orné d'une licorne sur un skate-board qui trône depuis maintenant un an dans mon dressing est une preuve à lui seul de ton mauvais goût vestimentaire.

Ma réplique fait éclater mes frères de rire, mais je m'assombris un peu. Mon goût pour la mode me vient certainement de celui qu'avait ma mère. C'est ce qui me reste d'elle. Aussi, à défaut de pouvoir fréquenter les magasins comme je le souhaiterais, je passe de longues heures à feuilleter les magazines et les sites Internet. Je me suis fait l'œil et suis devenue une spécialiste. Et, moi qui mets rarement le nez dehors, je suis certaine que ma garde-robe ferait pâlir n'importe quelle férue de haute couture.

— Méfie-toi : en faculté de médecine, le style est un peu particulier, m'avertit Ethan. Quand même, il faut être un poil barjot pour vouloir découper des cadavres.

— Je ne pense pas qu'on fasse ce genre de choses en première année, dis-je.

— Découper des corps peut être jouissif, souffle Matthew.

Un silence de mort s'installe autour de la table, et des regards réprobateurs fusent dans sa direction. Je ne prends pas la peine de relever sa remarque, et fais mine de ne pas noter la tension qui s'est installée entre mes frères. De toute façon, il se fait tard : je pars me coucher peu après, en embrassant chacun d'eux.

Cette nuit-là, je me repose comme il ne m'a pas été donné de le faire depuis très longtemps, et au réveil je me sens toujours aussi heureuse que la veille. La neige est tombée durant la nuit, et notre jardin est recouvert d'un épais manteau blanc. C'est magnifique.

Le soir venu, le réveillon est une belle réussite. Nous partageons un repas copieux préparé par nos cuisiniers. Nous sommes tous rassemblés autour de la table, en famille. Ce qui inclut les hommes de main de mon père, Joshua et Logan, qui passent quasiment toutes les fêtes de fin d'année chez nous.

Mais vers 23 heures mes frères et mon père sont obligés de partir travailler. C'est plus tôt que prévu. Je reste seule avec Joshua et décide de m'installer devant quelques épisodes de *The Walking Dead.* Contre toute attente, Joshua, monsieur Muscles, vient me rejoindre en s'installant sur le canapé à son tour. Je l'interroge :

— Tu aimes cette série ?

— Je ne connais pas, je vais bien voir, dit-il en souriant.

Je me concentre sur l'épisode et le surprends à suivre la série avec beaucoup d'attention et de sérieux. Je l'entends se marrer à quelques reprises pendant les scènes les plus sanglantes et stressantes, ce qui a le mérite de me détendre. Après le visionnage de plusieurs épisodes, je pars me coucher en laissant Joshua dans le salon.

4

Le lendemain matin, après avoir prié et adressé quelques mots à notre mère, nous ouvrons nos cadeaux. J'ai reçu une boîte de chocolats, une robe magnifique, un collier en or serti de diamants et des livres de médecine pour m'aider à rattraper mon retard sur l'année en cours. Lorsque j'entreprends d'ouvrir le dernier cadeau, je sens tous les regards braqués sur moi. Je défais le ruban puis le papier et découvre une petite boîte affichant la photo d'un téléphone portable haut de gamme. Je lève la tête et demande, étonnée :

— Un téléphone portable ?

— Tu n'en avais pas vraiment besoin avant, mais, maintenant que tu quittes la maison, il faudra que tu puisses nous joindre..., me répond mon père.

— C'est une bonne idée... Merci, dis-je d'un air sincère.

Je ne peux m'empêcher de penser qu'il faut que je retrouve le numéro de Noah pour le rentrer dans mes contacts.

Mes frères et mon père sont très contents du cadeau que j'ai choisi pour chacun d'eux, et la montre connectée a un franc succès auprès de James, qui la place directement sur son poignet. La mort de notre mère pèse toujours sur notre famille en cette date doublement symbolique, mais une sorte d'apaisement nous gagne néanmoins et Noël reprend peu à peu sa chaleur habituelle.

Durant le reste des vacances, je ne fais pas grand-chose d'autre que dormir et lire les livres que l'on m'a offerts. Ma mémoire a toujours été bonne, mais, quand ça concerne un sujet qui me captive, je peux retenir des pages entières rien qu'en les lisant. L'anatomie humaine n'a plus de secrets pour moi, les mécanismes de défense de notre système immunitaire ainsi que les pathologies invalidantes non plus. J'apprends vite, et je me surprends à retenir les symptômes et les signes des différentes pathologies, tel un automate.

Je passe le réveillon du nouvel an à la maison avec James, les autres étant partis au Delta avec Ethan. Ce soir, nous avons regardé au moins quatre épisodes de *Game of Thrones* à la suite sans pouvoir nous arrêter.

— Waouh ! dis-je, quand le générique de fin se met à défiler.

— C'était dingue, souffle James. Allez, on s'en mate un dernier ? Et, au fait, bonne année, petite sœur, ajoute-t-il en jetant un œil à sa nouvelle montre.

— Bonne année, James. Qu'elle t'apporte de rencontrer une femme pour qui tu veux te battre, dis-je avec un sourire sincère.

— Merci. J'aimerais te souhaiter la même chose, mais les mecs sont tous des connards, alors éloigne-toi d'eux, dit-il en riant.

— Mes frères sont tous des connards, donc ? répliqué-je du tac au tac.

— On n'est pas très réglo avec les filles, en effet, mais on sera toujours irréprochables envers notre frangine !

— Pourquoi vous vous êtes fermés comme des huîtres, l'autre jour, quand Matthew a parlé de découper un cadavre ? C'était une blague !

— Oui... Mais une blague de mauvais goût. Il n'avait pas à sortir ça à table, c'était complètement déplacé.

— Ça ne m'a absolument pas choquée, il plaisantait... C'est du Matthew tout craché.

Joshua passe près de nous et contourne le fauteuil pour récupérer une bouteille d'eau.

— Salut, Joshua, bonne année !

— Salut, Emy, à toi aussi, me répond-il avec un sourire timide.

Joshua travaille pour mon père depuis trois ans. Il est plus petit que mon frère James, mais beaucoup plus robuste et musclé. Je l'ai surnommé « monsieur Muscles », et, loin de s'en vexer, il a l'air plutôt fier de ce surnom. Les cheveux mi-longs toujours attachés en catogan, il ne manque pas de charme. Sa mâchoire carrée cernée d'une barbe parfaitement entretenue lui confère un aspect ténébreux et viril. Je dois avouer qu'il ne me laisse pas indifférente lorsqu'il ne se met pas en travers de mon chemin. Son gabarit et les tatouages qui recouvrent une bonne partie de son corps le rendent inquiétant aux yeux des gens qui le croisent. À vrai dire j'ignore ce que signifient ces chiffres et ces dessins abstraits sur sa peau, et je n'ai jamais osé lui poser la question. Je ne connais pas grand-chose non plus de son passé et de ses origines, mais, à en croire ses yeux bridés, il ne doit pas être uniquement américain. Il n'a pour autant aucun accent et son anglais est parfait, sa façon de parler est délicate et respectueuse. En trois ans de service chez nous, je ne l'ai jamais vu perdre son calme. Et puis il se montre gentil et serviable avec moi en toutes circonstances.

Il ne doit pas être beaucoup plus âgé que James. Pourtant, j'ai toujours senti une tension palpable entre eux. J'ai bien essayé de savoir ce qui rendait mon frère si froid vis-à-vis de lui, mais il est toujours resté très évasif sur le sujet. Joshua est « un employé, pas un ami », me dit-il quand je tente d'en savoir plus. D'après mon père, c'est un garçon loyal qui lui rend de grands services. Il ne lui aurait de toute façon jamais demandé d'assurer ma protection s'il n'avait pas pu se fier à lui.

Je n'ai jamais vraiment discuté avec lui car j'ai toujours senti une retenue de sa part. De la timidité ? De mon côté, j'ai parfois tendance à être trop bavarde, mais je dois avouer que Joshua est plutôt intimidant.

— James, tes frères t'attendent..., dit-il comme s'il sous-entendait quelque chose.

Mon frère se lève, le visage fermé. Il s'excuse et m'embrasse tendrement le front avant de partir. Surprise de voir Joshua prendre sa place sur le canapé, je me décale légèrement, mal à l'aise.

— Alors, *Game of Thrones*, vous en êtes où ?

— On s'apprêtait à entamer la saison cinq, mais ce n'est pas grave, on reprendra demain...

— Tu veux regarder un film ? me demande-t-il, plein d'espoir.

Se sent-il trop seul ? Je ne connais pas vraiment la vie privée de Joshua, je sais seulement qu'il dort ici la plupart du temps. A-t-il une famille, lui aussi ? La curiosité me brûle soudain la gorge.

— Tu n'avais pas prévu de sortir fêter le nouvel an avec des amis ?

— Mes potes sont allés faire un tour au Delta, et je ne voulais pas y passer ma dernière soirée de l'année, j'y suis déjà assez souvent...

— Comment c'est, là-bas ?

— C'est grand, mais ça regorge de personnes mal-intentionnées, tu sais...

— Je ne suis pas en train de te dire que je veux y aller, Joshua, je demandais juste.

— Oui je sais, désolé : l'habitude. C'est grand et sombre, fréquenté par pas mal de classes sociales différentes qui viennent danser, boire, et... Tu sais, plus si affinités..., me dit-il avec un sourire en coin.

Je répète, incrédule :

— Plus si affinités ?

— Oui, il y a des salles privées au sous-sol. Mais

Ethan me tuerait pour t'avoir parlé de ça, ajoute-t-il soudain, conscient d'en avoir trop dit.

— T'en fais pas, Joshua, ça restera entre nous.

Un silence s'installe, mais il ne me lâche pas du regard pour autant.

— Tu es magnifique, ce soir. Je veux dire : tu l'es tout le temps, mais, ce soir, encore plus, bredouille-t-il.

— Merci, Joshua. Je savais que je ne sortirais pas, mais, tu sais, j'ai voulu faire comme si, dis-je tristement.

J'ai sûrement l'air désespérée, car Joshua pose soudain sa main sur ma joue et la caresse du bout des doigts, comme pour me réconforter. C'est la première fois qu'il fait preuve d'autant de tendresse, et je ne sais pas du tout comment réagir. On entend brusquement une porte claquer avec force et il bondit hors du canapé pour aller voir ce qui se passe. Je reste pensive, entendant à peine une discussion dans l'entrée. Joshua revient après de longues minutes, l'air tendu.

— J'accompagne James, finalement, bonne nuit, Emy.

Je hoche la tête et lui fais un signe de la main pour lui dire au revoir. Je ne comprends pas ce qui a pu le faire changer d'avis, mais je ne cherche plus à expliquer l'attitude des hommes de cette maison depuis un bon moment. Arrêter de me poser des questions était déjà au programme de mes résolutions pour l'année dernière.

J'éteins la télévision et la chaîne stéréo, puis monte l'escalier quatre à quatre. J'entre dans ma chambre, éclairée seulement par la pleine lune. Je me déshabille en vitesse, enfile un short et un débardeur puis plonge dans mon lit. Je m'endors en moins d'une minute.

Durant la nuit, un bruit sourd me tire de mon sommeil. Il semble provenir du rez-de-chaussée. Des voix plus ou moins fortes. Une dispute ? Je m'assois au bord du lit et tends l'oreille. Le ton monte. Au moment où je décide de me lever pour aller voir, la porte de ma chambre s'ouvre et je sursaute. Je reconnais très vite le visage de Will, qui s'approche de moi dans l'obscurité. Je l'interroge, inquiète :

— Qu'est-ce qui se passe en bas, Will ?

— Rien de grave, une petite dispute entre frères. James a la situation bien en main.

— Si la situation est sous contrôle, pourquoi tu débarques dans ma chambre en pleine nuit ? demandé-je, sceptique.

Il grimace discrètement et pose sa main sur mon épaule.

— Je voulais juste vérifier que l'on ne t'avait pas réveillée, avec tout ce vacarme, et je viens souhaiter une bonne année à ma petite sœur chérie.

Je vois bien qu'il joue la comédie. Je parie qu'il essaie de gagner du temps.

— Une dispute ? Laisse-moi régler ça...

Je le contourne rapidement mais, avant même que j'aie atteint les premières marches de l'escalier, je sens une main qui m'attrape par le bras.

— OK, ce n'est pas une dispute. On règle le compte d'un mec, Emy. Reste dans ta chambre, me dit soudain mon frère d'un air sévère.

Je sursaute, affolée.

— Et vous faites ça ici ?

Je me penche vers l'escalier pour savoir ce qui se passe. J'entends toujours une voix masculine hurler, mais je ne comprends rien de ce qu'elle raconte.

— Désolé, il nous a suivis. Mais ne t'en fais pas, il va payer pour ça aussi. Reste dans ta chambre, Emy, d'accord ? Il ne doit en aucune façon te voir, tu comprends ?

Dans un état second, je reste un moment à fixer Will, le temps de me remettre les idées en place. Puis je suis gagnée par l'inquiétude au sujet de mes frères, et demande soudain :

— Tout le monde va bien ?

— Oui, Emy, on va bien. Ne te fais pas de mouron pour nous, retourne te coucher. Je peux te faire confiance ?

— Drôle de façon de commencer l'année...

Je marmonne tout en me dirigeant vers ma chambre sans prendre la peine de répondre à sa question. Je referme délicatement la porte et m'allonge sur le lit. Du verre se casse quelque part au rez-de-chaussée. Je suis tentée de me relever pour aller voir, mais je me force à rester couchée. Pendant les cinq minutes qui suivent, j'entends des cris de douleur et mon cœur se serre. Qu'a donc fait cet homme pour mériter autant de violence de la part de mes frères ? Je me mords la lèvre si fort que le goût du sang emplit ma bouche.

Je comprends alors que j'idéalise beaucoup trop mes frères. En réalité, ils sont prêts à faire des choses que je n'ose imaginer. En me protégeant de toutes leurs activités illicites, ils m'ont tenue à l'écart d'un monde auquel je n'appartiens définitivement pas.

Je me bouche les oreilles pour ne plus subir ces cris qui me font froid dans le dos et je me tourne dans le lit pour tenter de me calmer. Des larmes incontrôlées coulent sur mes joues, la peur me noue l'estomac, mes nerfs vont lâcher.

Au bout d'un quart d'heure, les cris s'estompent et j'entends des voix se rapprocher de ma porte. Je me redresse en m'appuyant sur un bras. J'observe la poignée de la porte qui s'abaisse doucement. Mon cœur bat à tout rompre.

— C'est moi, James.

Il s'approche, m'observe quelques secondes en silence, puis me saisit par la nuque pour m'enlacer. Mes larmes coulent en silence sans que je puisse les arrêter.

— Chut, ne pleure pas. Je suis désolé, Emy. On est tous désolés.

Il m'aide à me recoucher et s'assoit près de moi.

— Ça ne se reproduira plus, on te le promet. Dors, tu ne crains rien : on dort tous ici, ce soir.

Je hoche la tête, incapable de parler. Égoïstement, je suis heureuse que mes frères aillent bien. Je me rallonge et finis par me rendormir, réconfortée par la présence de James près de moi.

5

Les jours qui suivent cette nuit terrifiante sont plus tranquilles. Réveil, entraînement, petit déjeuner, lecture, promenade dans le jardin enneigé, batailles de boules de neige, jeu du dictionnaire, Scrabble, poker... Je n'ai jamais reparlé de cet épisode, peut-être parce que au fond je préfère oublier et continuer à croire que j'évolue dans une famille « normale ». Mes frères ont d'abord semblé étonnés que je ne pose pas plus de questions, mais ça les a vite arrangés. Dans le salon, j'ai remarqué qu'il manquait certains objets, mais tout avait l'air en ordre et propre dès le lendemain de la fameuse altercation.

Aujourd'hui, c'est le grand jour : je dois faire mes premiers pas à la faculté de médecine. Une boule de stress s'est logée dans mon ventre. Je me suis réveillée à l'aube, incapable d'avaler mon petit déjeuner. J'ai revêtu une robe noire à col roulé et des collants noirs. J'arrange mes cheveux en une longue tresse, et, après avoir passé une petite touche de mascara, j'enfile mes bottes et mon manteau, puis je descends rejoindre James, qui a pris sa matinée pour m'accompagner.

— Waouh ! Tu en jettes, pour ton premier jour, dit-il en me découvrant.

— Merci. Mais je suis terrifiée, dis-je en serrant les dents.

— Ça va bien se passer, me rassure Joshua, qui se tient derrière moi.

Le visage de James se crispe. Je ne sais pas quel est

le problème entre eux, mais un jour je finirai par leur poser clairement la question. Pour l'instant, je préfère me concentrer sur ma rentrée.

James attrape les clés d'une des voitures et je le suis jusqu'au garage. On s'installe en silence dans l'énorme Range Rover. J'aurais préféré un peu plus de discrétion, pour mon premier jour, mais apparemment mon frère ne voit pas les choses de la même façon.

Lorsque le 4x4 arrive aux abords de la faculté, il ralentit et se gare sur un parking. James se tourne vers moi et m'annonce :

— Je t'accompagne jusqu'à ta salle.

Je suis sur le point de refuser, mais j'ai bien besoin d'un petit coup de pouce pour trouver mon chemin sur le campus.

Lorsque nous atteignons les portes de l'amphi de biochimie, je remercie mon frère de m'avoir accompagnée et le quitte pour trouver une place. La salle est bondée, presque tous les sièges sont pris, et je m'assois en haut, près d'une jeune femme brune avec des taches de rousseur. Elle me jauge du regard un moment puis finit par prononcer un « bonjour » à peine audible. Je demande, par politesse :

— Tu n'attendais personne à côté de toi ?

— Non, t'inquiète, ici, quand tu trouves une place, tu la gardes. Beaucoup d'étudiants de deuxième année assistent à ces cours pour réviser leurs bases. Je te conseille de prendre des notes, me dit-elle. Ah ! et, au fait, moi, c'est Hayle.

— OK, merci du conseil. Moi, c'est Emily, dis-je timidement.

Elle hoche la tête et se tourne vers un homme assis de l'autre côté. J'ouvre mon sac pour en sortir un cahier et de quoi écrire. Lorsque le professeur fait son apparition, le silence envahit l'amphi, on pourrait entendre une mouche voler. Au bout d'une heure, j'ai noirci trois pages entières recto verso et mon poignet commence déjà à être douloureux. De son côté, Hayle n'écrit rien et se contente de suivre le cours en louchant de temps en temps sur les étudiants installés autour d'elle.

— Tu ne prends pas de notes ?

— Non, j'ai déjà tout chez moi. C'est la deuxième fois que j'assiste à ce cours, m'explique-t-elle.

— Tu es en deuxième année ?

— Non, disons plutôt que l'année dernière je n'ai pas foutu grand-chose, alors...

— Ah, tu redoubles...

Elle acquiesce d'un hochement de tête et me sourit.

— Je n'ai pas intérêt à me louper, cette fois, j'ai une pression monstre. Mes parents sont des médecins réputés dans cette ville, tu comprends..., dit-elle, la mâchoire crispée.

— Tu as réussi à intégrer la plus réputée des facultés de médecine pour faire plaisir à tes parents, dis-je, admirative. Tu es une fille exemplaire.

— Bof... J'ai un bon héritage neuronal, ça s'arrête là, précise-t-elle, le sourire aux lèvres. Et toi, alors, qu'est-ce qui t'a poussée à sacrifier ta vie sociale pour entrer dans cette fac ?

Je ris jaune. Si elle savait à quel point ma vie sociale est déjà sacrifiée, elle comprendrait que la fac m'offre bien plus que ce que je pourrais espérer si je n'y allais pas. Mais comment pourrait-elle seulement imaginer mon quotidien ? Il ressemble sans doute si peu au sien ! Je n'ai pas dû franchir les mêmes obstacles qu'elle pour pouvoir faire mon entrée ici. Mon père a le bras long, et il ne lui a pas fallu deux semaines pour me faire intégrer la plus prestigieuse faculté de médecine de New York. C'est un privilège que je compte bien exploiter, mais avec mes capacités, cette fois.

— Je ne sors pas beaucoup, de toute façon, ça ne me manquera pas. Et puis c'est ce que j'ai toujours voulu faire, alors je le prends comme le challenge de ma vie, dis-je.

— Waouh ! On peut dire que tu es motivée, toi, admire-t-elle.

Une fois le cours terminé, Hayle me propose de m'accompagner pour rejoindre l'amphi de physiopathologie. Je la remercie et la suis en silence dans les couloirs de la faculté. Elle s'arrête à plusieurs reprises pour saluer des connaissances, sûrement des étudiants de deuxième année qui étaient en cours avec elle l'année dernière.

Je reste en retrait pendant qu'elle échange quelques mots avec eux, et c'est là que je le vois : Noah. Mon cœur fait un bond dans ma poitrine, j'ai l'impression de tomber à la renverse. Les probabilités pour qu'il soit lui aussi un étudiant de cette faculté étaient quasi nulles. Pourtant, il est là et, au vu de son sac et de son look, il est ici pour suivre les cours, tout comme moi. Lorsqu'il m'aperçoit, je lis la surprise sur ses traits si séduisants, puis bien vite un sourire chaleureux. Il avance vers moi d'un pas assuré et je serre mes mains jointes pour tenter de garder mon calme.

— Salut, Emily. Décidément, on n'arrête pas de se croiser ! Tu suis des cours ici ? me demande-t-il en haussant un sourcil.

Son visage est magnifique. Et sa fossette, discrète ; ses yeux, aussi clairs que la mer des Bahamas. La mer des Bahamas ? Franchement, il faut que je me ressaisisse.

— Oui, je suis en première année, et toi ?

— Deuxième. Je ne t'avais jamais vue ici. Comment ça se fait ?

— Je commence mon année avec quatre mois de retard... Il va falloir que je trouve le moyen de me rattraper, d'une manière ou d'une autre.

Je frémis. En m'entendant donner cette explication, je suis soudain affolée : je vais devoir fournir bien plus de travail que je n'aurais jamais pu l'imaginer. Mon mouvement de panique le fait sourire.

— T'inquiète, j'ai encore tous mes cours de l'année dernière, je me ferai un plaisir de te les donner...

Je le gratifie d'un grand sourire lorsque j'entends mon téléphone sonner dans mon sac. C'est un message de James :

Alors, c'est comment, la fac ?

Je réponds d'un rapide :

Nickel.

Puis je reporte mon attention sur Noah, qui observe mon portable d'un air étonné. Et, l'air déçu, il remarque :

— Tu as finalement réussi à te trouver un téléphone...

Je n'ai jamais retrouvé le morceau de papier sur lequel il m'avait écrit son numéro. Je m'apprête à le lui expliquer, mais Hayle m'appelle : je dois me dépêcher de la suivre pour ne pas rater le début de notre prochain cours.

— Il faut que j'y aille, à plus tard, peut-être ?

Je file, sans lui laisser le temps de répondre.

Le cours de physiopathologie est long, et la liste des choses à retenir gonfle considérablement. Il va falloir que je mette les bouchées doubles. Je ne m'attendais pas à ce que ce soit un jeu d'enfant, mais je comprends que je vais devoir me battre plus que prévu pour réussir mon année.

Les cours s'enchaînent tout au long de la journée, et je ne m'arrête qu'une demi-heure avant celui de neurosciences pour engloutir le sandwich que m'a préparé Hilary. Je passe la journée avec Hayle. On dirait qu'elle s'est donné pour mission de me prendre sous son aile. Elle est adorable et très prévenante. De quoi me donner envie d'en savoir plus sur elle.

— Tu as des frères et sœurs ?

— Non, je suis fille unique. Plus seule, tu meurs, dit-elle en riant.

— J'imagine ! Et, tes parents étant tous deux médecins, tu n'as pas dû beaucoup les voir...

Elle confirme en hochant la tête, puis change de sujet :

— Comment tu connais Noah ?

— Je l'ai croisé plusieurs fois en ville, c'est une sacrée coïncidence qu'il soit aussi inscrit ici, dis-je, pensive.

— On dirait bien qu'il te plaît..., me taquine-t-elle.

— Il a son charme, je dois l'admettre...

La timidité avec laquelle je réponds la fait pouffer de rire, puis elle me regarde le plus sérieusement du monde.

— Il n'y a pas de honte à le trouver beau, il est carrément canon ! C'est juste qu'il y a... Tu sais... cette garce qui lui court après constamment. Et je ne voudrais pas que tu te retrouves à devoir te battre avec elle. Tu as déjà tes cours à gérer, dit-elle en grimaçant.

J'essaye de creuser un peu :

— De qui s'agit-il ? Elle est en fac de médecine ?

— Non, elle traîne sur le campus de l'université. Elle s'appelle Tia, je crois qu'elle fait des études de journalisme.

Je répète, pensive :

— Tia...

La journée de cours touche à sa fin. Ce n'est pas trop tôt : ma tête est lourde ; et mon poignet, engourdi. Je me lève et rassemble mes affaires.

— Tu loges où ? me demande Hayle.

— Euh... Mon père a sa maison pas très loin d'ici, on va passer me récupérer. Et toi ?

— J'habite sur le campus. Il y a des fêtes de malade, ici ! Tu veux passer chez moi avant de partir ?

— OK !

J'ai répondu sans réfléchir, puis je me ravise. Saisissant mon téléphone, je laisse un message à Logan, qui est censé me récupérer :

Cours jusqu'à 19 heures, je serai devant l'université à 19 h 30.

La réponse ne tarde pas à arriver :

Je serai là dès 19 heures.

Je soupire d'agacement et passe la bretelle de mon sac sur mon bras. Il est 16 heures, ça me laisse tout de même un peu de temps...

— Où est-ce qu'on va ?

— À East Campus. J'y ai un appart que je partage avec des colocataires. On va prendre le métro, ce sera plus rapide.

Le métro ? Mon Dieu, je n'ai jamais pris le métro de ma vie, mais je ne vais certainement pas lui avouer une chose aussi honteuse. Je murmure tout de même :

— Je n'ai pas de ticket.

— Si tu as un peu de monnaie, tu peux en prendre un à la borne, m'explique-t-elle.

Je rougis. Je n'ai pas un seul centime sur moi, étant donné que je pensais rentrer directement à la maison après les cours. Je n'ai même pas pris ma carte bleue. En voyant ma tête, Hayle se met à rire.

— C'est bon, je peux t'avancer le ticket, fais pas cette tête !

— Merci.

Je la suis à travers les couloirs étroits du métro new-yorkais. C'est une impression étrange, de parcourir ainsi des kilomètres sous terre, loin du soleil. Les néons, bien sûr, éclairent les couloirs enterrés, mais ils ne suppriment pas pour autant cette boule de panique qui se loge dans mon ventre. Nous nous engouffrons dans une rame bondée et je m'accroche tant bien que mal à une barre en métal pour ne pas basculer en arrière. Je ne me savais pas spécialement claustrophobe, mais la sensation de me retrouver coincée avec tous ces gens indifférents à ma présence est angoissante. La plupart d'entre eux ont une mine fermée et fatiguée, et se contentent de jeter des regards fuyants à travers le wagon. C'est troublant, je n'ai jamais été aussi proche ni aussi loin des gens ; c'est une proximité désagréable et dérangeante. Mal à l'aise, je suis heureuse lorsque nous atteignons enfin notre station. Nous remontons à la surface en suivant un escalier puant, et je suis soulagée de me sentir à nouveau happée par le vent glacé du mois de janvier.

Devant East Campus, j'observe l'immeuble où loge Hayle. L'aspect extérieur laisse à désirer, mais, quand nous pénétrons à l'intérieur, je me rends compte que ce n'est pas mal, finalement. Mon amie me fait visiter sa chambre et les pièces qu'elle partage avec ses six colocataires de Columbia. Une jeune femme est assise sur le canapé et bouquine en silence quand nous entrons dans le salon.

— Salut, Lexie ! Je te présente Emily, c'est son premier jour à la fac, annonce Hayle avec un sourire.

Lexie pose son livre et se lève pour venir me saluer. Elle est encore plus petite que moi, et ses cheveux blonds sont lisses comme des baguettes.

— Hello ! Moi, je fais des études de droit à Columbia. Tu verras, tu vas te plaire ici. C'est studieux mais les fêtes sont pas mal, dit-elle en plaisantant.

— Justement, la prochaine, c'est vendredi soir ! C'est privé, mais on t'invite, ajoute Hayle.

— Je ne crois pas pouvoir venir... Il y a tellement à faire avec les cours...

— On a tout le week-end pour étudier. Viens, ce sera super !

— Je vais y réfléchir, dis-je.

Je jette un coup d'œil à ma montre. Il n'est que 17 heures, j'ai encore le temps, du coup, je me lance :

— Et qu'y a-t-il d'intéressant à voir ici, hormis les fêtes ?

Lexie et Hayle se regardent en silence avec un petit sourire.

— Les Steps, Steps, Steps, annoncent-elles d'une seule voix.

— Les Low Steps ! C'est là que tous les étudiants branchés se retrouvent. On va se rincer l'œil ? propose Lexie.

— Où est-ce ? demandé-je, incrédule.

— Au niveau des escaliers qui mènent à la Low Library, m'explique Hayle avec un clin d'œil.

J'acquiesce et ramasse mon sac tandis que Lexie enfile son manteau pour nous suivre. Ça me fait tout drôle de me promener aussi facilement dans New York, accompagnée seulement par deux camarades d'université. J'ai l'impression d'être libre pour la première fois de ma vie, c'est grisant. On marche un petit peu dans le froid jusqu'à atteindre les fameuses marches, où une foule d'étudiants discutent, tandis que certains profitent en silence des derniers rayons du soleil. On monte quelques marches, puis Lexie décide de s'arrêter à côté d'une bande de garçons très athlétiques. Pour plaisanter, je l'interroge :

— C'est l'équipe de foot ?

— En plein dans le mille ! lâche Lexie, enthousiaste. Ils ne sont pas trop craaaaaquants ?

Je penche la tête pour les observer attentivement. Ils sont bien bâtis, c'est vrai, mais aucun visage du groupe ne me revient.

— Je passe mon tour, dis-je.

Lexie et Hayle se tournent vers moi d'un air hébété qui me fait bien rire.

— Tout le monde ne fantasme pas sur les sportifs de NYU...

— Regarde là-bas, dit Hayle.

Je regarde dans la direction qu'elle m'indique du doigt et ai l'agréable surprise de reconnaître un beau visage métissé. Qu'est-ce qu'il fait là ? Noah est accompagné d'une fille ravissante, brune avec de jolies pommettes rosées. Il la regarde d'un air moqueur. Soudain, il s'aperçoit de ma présence et mes mains se mettent instinctivement à trembler. Pourquoi mon corps me trahit-il comme ça ?

— Oh ! je crois qu'il te fait pas mal d'effet, celui-là, plaisante Lexie.

Je lâche Noah du regard en baissant les yeux. J'ai honte de me comporter comme une gamine en sa présence.

— Il vient vers nous, m'avertit Hayle.

J'affiche un sourire crispé : il faut que je me ressaisisse pour ne pas avoir l'air stupide devant lui.

— Comme on se retrouve, Emily ! lance-t-il d'un ton charmeur.

— Re-bonjour ! rétorqué-je d'une voix que je ne reconnais même pas.

— Qu'est-ce que tu viens faire là ? Tu habites dans le coin ?

— Elle était venue visiter notre appartement, à la base, intervient Hayle.

Je la regarde, et elle m'encourage des yeux. Jetant un œil derrière son dos, où l'attend toujours la fille qu'il a abandonnée, je lui demande :

— Et toi, que fais-tu ici ?

— Je n'arrivais pas à réviser, alors j'ai décidé de faire un tour. Je l'ai croisée par hasard, dit-il sans prendre la peine de la regarder.

— OK, je vois.

Je consulte ma montre : déjà 18 heures. Le trajet pour venir nous a pris pas mal de temps et les minutes défilent à toute allure. Il faut que je me mette en route si je veux être à l'heure pour retrouver Logan.

— Je ne vais pas tarder à retourner près des bâtiments de médecine, on m'y attend pour 19 heures, dis-je à l'intention des filles.

— Je peux t'y ramener, si tu veux, intervient Noah. J'ai ma voiture garée là-bas, dit-il en indiquant un parking à quelques pâtés de maisons.

— Je ne peux pas te demander ça, tu es déjà accompagné...

— Non, ne te formalise pas, c'est une amie. Je vais lui expliquer, je reviens.

Sans même attendre que je lui réponde, il part en direction de la fille, qui retrouve des couleurs en le voyant revenir vers elle. Mais, lorsqu'il lui parle, une colère à peine contenue crispe son visage. Il ne prend pas la peine d'essayer de la calmer et vient me rejoindre.

— Tu t'es fait une ennemie dès le premier jour, m'annonce Lexie en plaisantant.

— Je ne lui ai rien demandé, moi ! Vous êtes témoins...

— Témoins que ce beau mec en pince pour toi..., chuchote Hayle avant que Noah soit trop proche.

Ce dernier se contente de regarder de travers Lexie, qui glousse discrètement, puis s'adresse à moi d'une voix rauque :

— Allons-y.

J'embrasse les filles pour leur dire au revoir et saisis la main que me tend Noah.

Une fois seule avec lui, je me sens très vite mal à l'aise. J'ai accepté qu'un inconnu me raccompagne, c'est assez nouveau pour moi et ça me tétanise. On m'a tellement rabâché que je ne devais me fier à personne que j'ai l'impression de transgresser une règle fondamentale.

Mais, en réalité, il me raccompagne en voiture, c'est tout, je ne devrais pas en faire toute une montagne. Pourtant, au fond de moi, je sais qu'il s'attend à ce que je me livre un peu plus à lui, et son regard pénétrant m'indique qu'il n'est pas du genre à laisser les choses se faire toutes seules.

— Tu n'as pas trop froid ? me demande-t-il, inquiet de me voir trembler de la tête aux pieds.

— Un petit peu, je t'avoue.

Il passe son bras par-dessus mon épaule pour frotter doucement le bas de mon dos. Ses doigts me réchauffent instantanément. Dans cette position, j'ai l'impression d'être encore plus menue, à côté de lui, et je dois relever la tête pour le voir esquisser un petit sourire.

— Pourquoi tu souris ? lui demandé-je.

— J'étais en train de me dire que le destin nous a joué pas mal de tours, ces derniers temps, et je suis content qu'il ait choisi de nous réunir encore une fois.

Je reste songeuse et il reprend, regardant le portable que je tiens entre les doigts :

— Tu voudrais bien me donner ton numéro, maintenant que tu as un téléphone ?

— Je ne connais pas mon numéro, donne-moi plutôt le tien.

Il fait traîner sa main sur mon dos, puis sur mon bras, et enfin caresse la paume de mes mains pour attraper mon téléphone.

— Bien, je t'enregistre mon numéro.

Il me lâche une minute et j'ai l'impression que la température dégringole subitement.

— Tu n'as que des contacts masculins, me fait-il remarquer.

— Mes grands frères, je le jure !

Il hausse un sourcil en m'observant.

— Tes baby-sitters étaient en fait tes frères ? lâche-t-il, ironique.

— Oui, la plupart du temps, dis-je, le sourire aux lèvres.

Il me regarde encore quelques secondes avant de déverrouiller les portières de sa voiture. Il effleure ma joue de son doigt, qu'il laisse descendre jusqu'à mon menton.

— Tu m'intrigues, j'aimerais apprendre à te connaître un peu plus, si tu n'y vois pas d'inconvénient, dit-il.

— Il n'y a pas grand-chose à savoir sur moi, tu risques d'être déçu.

— Laisse-moi l'occasion de le découvrir par moi-même, dit-il en faisant remonter son doigt vers le coin de ma lèvre.

La chaleur de sa paume enrobe ma joue, et une déferlante de sensations s'empare de moi lorsque son visage se rapproche dangereusement du mien. Mais il reste immobile à m'observer de ses yeux incroyables.

— Monte, tu vas attraper froid, dit-il soudain, coupant court à mon hébétement.

Avec un sourire en coin, il contourne la voiture pour s'asseoir devant le volant. Puis il met le contact et pousse le chauffage à fond. En route, je me fais la réflexion que je ne reconnais pas les lieux mais que lui semble se repérer sans problème à travers les rues embouteillées de New York. Il ne lâche la route des yeux que pour me caresser de temps en temps du regard. Mes mains sont sagement posées sur mes cuisses et je n'ose pas bouger d'un millimètre. Notre soudaine proximité, tout à l'heure, m'a laissée complètement pantelante, et j'admets vouloir réitérer l'expérience. C'est tellement nouveau pour moi.

Lorsque je reconnais les bâtiments de la faculté de médecine, il se gare mais ne coupe pas le moteur, pour laisser fonctionner le chauffage. Je regarde ma montre : j'ai une demi-heure d'avance, je me détends.

— Merci de m'avoir raccompagnée, dis-je en faisant mine de vouloir sortir.

Sa main se pose sur ma taille pour me retenir.

— Il n'est pas encore l'heure, tu vas mourir de froid si tu attends dehors, dit-il avec un sourire en coin.

J'admets que la proximité avec lui dans cette voiture

me rend nerveuse, mais je n'ai pas hâte de m'engouffrer dans le froid glacial du soir.

— Ça ne te dérange pas, d'attendre avec moi ?

— Pas du tout, je suis ravi, m'assure-t-il.

Il a l'air tellement sûr de lui, ça le rend encore plus beau.

— Parle-moi un peu de toi, dis-je, pour combler le silence.

— J'habite à Hogan. Je partage mon studio avec un coloc, Marcus. Il est dans ma classe en médecine. J'ai bientôt vingt-quatre ans et je suis célibataire, dit-il en me faisant un clin d'œil.

J'éclate de rire.

— Ta description est d'un ringard !

— Pourtant, tout ce que je viens de te dire est vrai.

Un sourire mutin fait apparaître une petite fossette sur sa joue quand il reprend :

— Et toi, comment te présenterais-tu ?

— Je m'appelle Emily, j'ai vingt et un ans, je vis toujours chez mon père. Je viens tout juste de rentrer en fac de médecine, et c'est une merde sans nom car je vais devoir bosser comme une dingue pour y arriver.

— T'en fais pas, je vais t'aider. Tu m'as l'air plutôt éclairée, de là-haut, dit-il en désignant ma tête. Tu as quand même réussi à intégrer Columbia, ce n'est pas rien.

Je grimace intérieurement. S'il savait par quel stratagème je suis arrivée ici, il n'en ferait pas un argument.

— Je t'invite sans problème à mes soirées révisions, dit-il en me lançant un clin d'œil.

— J'en prends note, dis-je timidement.

Me retrouver près de lui dans sa voiture est déjà un supplice pour mes sens, alors m'imaginer partager sa chambre pour une séance révisions, n'en parlons pas !

— Tu as combien de frères ? me demande-t-il.

— Quatre. Et toi, tu as des frères et sœurs ?

— Oui, un grand frère. Mais il est mort il y a déjà quelques années. Tragiquement.

Je reste hébétée avant de lui répondre d'une petite voix :

— Je suis vraiment désolée, c'est terrible.

— Ça l'était, c'est vrai. Mais j'apprends à avancer seul. C'est assez nouveau pour moi.

— J'imagine. Vous étiez proches ?

À son air peiné, je regrette immédiatement ma question.

— Oui, très proches, malgré notre différence d'âge. Il avait sept ans de plus que moi. Il s'occupait beaucoup de moi lorsque nous étions petits. Ma mère n'était pas toujours présente.

— Elle travaillait ?

— Oui, elle est infirmière au Bellevue Hospital. Elle fait des gardes souvent très longues, alors j'ai appris à me débrouiller seul au quotidien.

— Pourquoi ? Tu n'habites plus chez elle ? Le Bellevue Hospital n'est pas très loin d'ici.

— J'ai toujours eu du mal avec son nouveau mari, et après une énième dispute j'ai décidé qu'il fallait que je prenne mes distances.

— Ah, je vois. Tu retournes la voir de temps en temps ?

— Parfois le week-end, mais je m'assure que son crétin de mari est absent avant d'y aller.

— Et ton père ?

— Je ne le connais pas vraiment, il est très pris par son travail. Je le rencontre une fois par an, grand maximum.

Avant même que je puisse répondre, une moto s'arrête juste à côté de la voiture de Noah. Son pilote est vêtu d'une veste en cuir et d'un jean noir. Son casque recouvre la totalité de son visage et la visière est teintée, de sorte qu'il est impossible de distinguer ses yeux. Le pilote tourne la tête dans notre direction et me montre de son doigt ganté avant de désigner une berline de luxe noire qui se gare devant nous. C'est la voiture de mon père, et, ce motard, c'est Ethan. Merde. Merde ! Je jette un œil à Noah, qui a suivi toute la scène. Il affiche un air incrédule.

— Qu'est-ce qui se passe, Emily ? Qui est ce type ?

— Ne t'en fais pas, c'est mon frère. Et là il faut vraiment que je parte ! Merci encore de m'avoir raccompagnée.

Je descends de sa voiture sans attendre sa réponse et me dirige vers la berline. Je remarque que Noah n'a pas bougé et attend que je m'engouffre dans le véhicule pour démarrer.

— Salut, Logan, tu es en avance, dis-je en prenant place dans la Mercedes de mon père.

— Salut, Emy, content de te revoir saine et sauve. Ah, et, au fait, ton frère s'est procuré ton emploi du temps, comme ça, tu ne pourras plus nous rouler, dit-il avec un sourire victorieux.

Je ne desserre pas les dents de tout le trajet. Je sais bien que, d'une manière ou d'une autre, mon comportement va me valoir encore plus de méfiance de la part de ma famille. Ils vont me surveiller encore davantage, car ils savent que je suis prête à m'aventurer dans la ville dès que l'occasion s'en présentera.

Je serre mon sac contre ma poitrine et laisse mes yeux vaguer sur le paysage qui défile jusque chez moi. Logan se gare dans notre parking privé et m'escorte jusqu'à la maison. Je m'attendais à tout sauf à ça : le silence. Un petit sourire se dessine sur mes lèvres. Les réprimandes attendront demain. Je quitte Logan et monte à ma chambre. Je ralentis devant les portes de celles de mes frères mais n'entends strictement aucun bruit.

Je lâche mon sac lorsque j'atteins le troisième étage

et me précipite dans mon antre. Je me déshabille pour me jeter sous une douche brûlante. Je suis finalement assez satisfaite de ma première journée. Enroulée dans une serviette, je sors de la salle de bains pour enfiler le pyjama que j'ai laissé sur mon lit ce matin. Et, là, je sursaute. Joshua est raide comme un piquet à l'entrée de ma chambre. Il est tellement costaud qu'il s'encastre exactement dans l'embrasure de ma porte.

— Merde, désolé, je ne voulais pas t'interrompre, dit-il avec un sourire qui m'informe du contraire.

— Qu'est-ce que tu voulais ? demandé-je tout en retenant ma serviette de la main droite.

— Je voulais prendre de tes nouvelles après cette première journée à NYU.

Je m'avance vers mon lit pour récupérer mon pyjama et lui demande de se tourner une minute. Il s'exécute, mais j'aperçois les coins de ses lèvres qui dessinent un sourire. Je ne cerne pas complètement Joshua. Nous n'avons jamais partagé de relation fraternelle, et nos échanges ont toujours été très cordiaux voire amicaux, mais depuis quelque temps je ressens chez lui un intérêt nouveau à mon égard. Je relègue cette impression dans un coin de ma tête et m'habille à la hâte.

— C'est bon, dis-je, lorsque j'ai terminé d'enfiler mon débardeur.

Il se tourne et vient me rejoindre à côté du lit.

— Alors, comment c'était ?

J'ai un léger doute sur la portée de sa question pendant un instant. Comment c'était avec Noah ? Ou alors comment c'était, mon premier jour à l'université ? Je parierais sur la première hypothèse... Puis je finis par répondre :

— C'était grand et impressionnant, et pour parler franchement je ne sais pas si je serai à la hauteur. Il y a tellement de choses à retenir !

— Je te fais confiance, je ne connais personne

d'aussi intelligent que toi, Emy. Aie confiance en toi, affirme-t-il avec un air attendri et l'intention évidente de me rassurer.

— Merci.

— Tu as fait la connaissance de beaucoup de monde, là-bas ?

— J'ai sympathisé avec une fille de première année, Hayle. Et sa coloc Lexie. C'est à peu près tout.

— À peu près tout ? Ethan m'a dit qu'il t'avait vue à bord de la voiture d'un type, le même type qu'au supermarché, dit-il, les sourcils froncés.

— Il m'a juste raccompagnée au lieu de mon rendez-vous avec Logan. C'est tout, Joshua, il n'y a pas mort d'homme, d'accord ?

— Je ne lui fais pas confiance, dit-il.

— Tu ne le connais pas, tu ne l'as même jamais vu, dis-je en éclatant de rire.

Il garde la tête baissée, mais mon rire devient très vite contagieux et je vois un petit sourire se dessiner sur ses lèvres.

— Oui, tu as sans doute raison, je ne le connais pas. Mais je sais que je ne veux pas qu'il s'approche de toi.

— Ah oui ? Et quelle importance ça a pour toi, Joshua ? Il ne me veut aucun mal !

— Ça, c'est toi qui le dis. Je ferai mon enquête, de toute façon, dit-il en se levant.

Je reprends mon sérieux en l'observant quitter ma chambre.

— Bonne nuit, Emy, fais de beaux rêves, dit-il avant d'attraper la poignée.

Je n'ai pas le temps de lui répondre que la porte s'est déjà refermée derrière lui. Je vais chercher mon sac et le rapporte près de mon lit. Je le fouille et y retrouve mon téléphone. Je m'aperçois que j'ai reçu un nouveau message :

Faudra que tu m'expliques pourquoi je ne peux pas te ramener directement chez toi. J'ai passé un bon moment en ta présence, j'espère te revoir demain.

Je constate que Noah a réussi à enregistrer mon numéro en s'envoyant un message depuis mon téléphone, lorsque j'étais avec lui. Je ris de son impatience et lui réponds :

Pas mal, la technique pour avoir mon numéro. Non, tu ne peux pas me ramener, ma maison est top secrète.

Je repose mon téléphone, sors mes cours et entreprends de réviser mes notes et d'enregistrer le maximum d'informations pendant les trois heures qui suivent. À bout de forces, je finis par déposer mes papiers par terre et regarde une dernière fois mon portable, qui affiche un message reçu :

Je finirai par connaître tous tes secrets, Emily… Fais de beaux rêves.

Un sourire béat s'étire, bien malgré moi, sur mes lèvres. Je repose l'appareil et sombre dans le sommeil sans même avoir pris la peine d'aller manger.

6

Le deuxième jour de fac est encore un saut dans l'inconnu, je commence par me perdre sur le campus et arrive en retard au cours de pharmacologie. Mais Hayle, que je retrouve dans l'amphi, refuse ensuite de me lâcher, et grâce à elle j'arrive à l'heure aux autres cours de la matinée. À midi, elle me propose d'aller manger un morceau dans un snack à l'extérieur du campus, mais je décline. Je ne veux pas abuser de la patience de mon père, que j'ai déjà mise à rude épreuve hier. M'accorder d'aller à la fac, c'est une chose, accepter que je me comporte comme une étudiante insouciante en est une autre.

Je m'assois sur un banc et tire mon sandwich de mon sac. Les rayons du soleil font une petite percée entre les nuages et réchauffent lentement mes membres engourdis.

— Tu es perdue ? demande quelqu'un derrière moi.

— Noah ! Ne me dis pas que tu as prévu aussi de manger un sandwich ce midi ?

— Maintenant que tu me le demandes, peut-être bien ! dit-il en sortant triomphalement un sachet de son sac.

Il rit face à mon air étonné.

— Je t'ai vue manger ton sandwich toute seule, hier. J'aurais voulu t'accompagner, mais je n'avais rien prévu, alors je me suis dit qu'aujourd'hui je pouvais m'organiser.

— C'est adorable de ta part.

Son sourire s'étend jusqu'à son regard, qui est lumineux.

— Comment se sont passés les cours, ce matin ? Tu te sens plus à l'aise ?

— Ce n'est pas encore ça, mais je me donnerai les moyens de réussir, dis-je.

— Comment ? Tu viendras réviser avec moi ?

Ses yeux sont pleins d'espoir.

— Peut-être bien..., dis-je, pour rentrer dans son jeu.

Mais au fond il est complètement exclu que je me rende toute seule chez lui. J'ai l'impression que je peux lui faire confiance, seulement c'est un homme charmant, et je sens bien l'attirance qu'il y a entre nous, même si j'essaie de l'ignorer. Je viens tout juste d'envisager une nouvelle vie et de nouvelles perspectives d'avenir, je dois bien réfléchir avant de me lancer aussi dans de nouvelles expériences. Je pourrais tout perdre si mon père le décidait.

— Explique-moi pourquoi tes frères sont tout le temps sur ton dos, me demande Noah, les lèvres pincées.

— Disons que, depuis la mort de ma mère, ils se sont donné pour mission de s'occuper de moi à leur façon, et ils sont plutôt protecteurs.

— Ce n'est pas une bonne nouvelle pour moi ! En gros, je risque ma vie si j'ose te côtoyer un peu trop, conclut-il en rapprochant dangereusement son visage du mien.

J'essaie de garder contenance et baisse les yeux face à son regard appuyé. S'il savait à quel point ce qu'il vient de dire est vrai, il arrêterait de s'intéresser à moi, c'est évident.

— Ça n'arrivera pas, de toute façon, dis-je, pour tester sa motivation.

Je relève les yeux vers son beau visage et constate qu'il me scrute toujours avec la même attention.

— Quand tu me regardes comme ça, je pourrais

devenir dingue..., m'avoue-t-il en ramenant une mèche de cheveux derrière mon oreille.

Je souris devant ses avances à peine voilées, puis me réinstalle confortablement sur le banc en essayant de maintenir une distance respectable entre nos deux corps. J'entreprends de terminer mon sandwich, mais il me l'arrache soudain des mains et presse ma hanche pour me rapprocher de lui. J'étouffe un petit cri de surprise avant de lâcher :

— On peut dire que tu es un homme plutôt entreprenant et sûr de lui.

Je suis surprise de sentir que mon cœur palpite si fort quand je suis tout contre lui. J'essaie de me calmer, j'ai les nerfs à vif. Mon cerveau me dit de remettre Noah à sa place, mais mon corps brûle d'impatience de le toucher.

— J'ai dit que je voulais apprendre à te connaître, mais je n'ai pas envie de perdre de temps, dit-il, le sourire aux lèvres.

Sa fossette est tellement adorable. Il sait exactement comment faire pour me charmer, ça en deviendrait presque inquiétant. Malgré tout, je prends mon courage à deux mains et me lève du banc en lui arrachant mon sandwich des mains.

— Tu as sûrement l'habitude d'obtenir tout ce que tu veux, mais moi je ne te connais même pas. Et là, tout de suite, j'ai besoin d'être seule.

Je ramasse mon sac et fais mine de rester impassible devant son visage hébété. Je crois qu'il n'a pas l'habitude d'être éconduit de la sorte.

— À plus tard, le dragueur ! dis-je, fière de mon assurance retrouvée.

Il se lève à son tour et je l'observe du coin de l'œil qui s'étire puis s'avance vers moi d'un pas nonchalant.

— Comme tu voudras ! Mais sache que je n'ai pas l'habitude d'être aussi intéressé par quelqu'un, et que dans ce cas de figure, tu as très peu de chances de me voir abandonner, dit-il d'une voix rauque et sexy.

Puis il s'éloigne en conservant ce petit sourire en coin qui me fait fondre.

La journée se poursuit comme elle avait commencé, les cours sont longs mais intéressants. Le soir venu, mon poignet droit me fait douloureusement souffrir : je n'ai jamais écrit autant.

Lorsque je quitte l'enceinte de l'université, j'aperçois Noah du coin de l'œil. Il est adossé contre sa voiture et ne me lâche pas du regard. Il s'attend peut-être à ce que je vienne le voir ? Je ris intérieurement de son assurance à toute épreuve. Mais je constate que le Range Rover de mon père est garé deux voitures plus loin, alors je marche pour le rejoindre sans prêter attention au beau métis qui m'attend à ma gauche. Lorsque je découvre mon frère sur le siège conducteur, je m'écrie :

— Ethan ! Tu n'as pas une boîte de nuit à faire tourner ?

— Salut, petite sœur ! Will s'en occupe, j'avais envie de venir te chercher. Comment s'est passée ta journée ?

— Bien remplie, j'ai hâte de pouvoir dormir !

— Repose-toi en rentrant. Ce soir, on t'emmène au restaurant.

— Au restaurant ? dis-je, étonnée.

— C'est l'anniversaire de papa, tu as oublié ? Il fête ses soixante ans.

— Franchement... Oui, ça m'était complètement sorti de la tête..., fais-je, honteuse.

— Pas de souci, je suis là pour te le rappeler, répond-il avec un petit sourire.

Ethan n'a effectivement jamais oublié un anniversaire, d'aussi loin que je me souvienne. Mais je l'interroge :

— Tu as ressorti ta moto, hier soir ?

— Oui, quand Logan m'a dit que tu étais à bord

d'une voiture non identifiée, j'ai voulu passer voir. J'étais dans le coin.

— « Une voiture non identifiée », répété-je en pouffant. Vous n'êtes pas sérieux ? On dirait de vrais gangsters.

Mon frère tourne brusquement la tête vers moi, comme si ce que j'avais dit était une absurdité… ou une vérité. Mais je ne relève pas.

— Fais attention quand même, sur ta grosse moto. Le trafic est dense et les conducteurs de voitures ne prennent pas la peine de regarder dans leurs rétros.

— Tu t'inquiètes pour ton grand frère, c'est mignon.

Il me regarde avec un sourire qui s'adoucit, et que je lui rends. Je suis si heureuse qu'il soit venu me chercher. Ethan a toujours été celui de mes frères qui savait me consoler quand j'étais petite. Alors que les autres me parlaient parfois durement pour que je calme mes sanglots, lui faisait appel à sa sensibilité pour me faire cesser de pleurer. J'ai toujours aimé cette facette de sa personnalité et je suis certaine que la femme qui partagera sa vie un jour sera vraiment chanceuse.

Lorsque nous arrivons à la maison, je monte dans ma chambre. Je me précipite dans la salle de bains pour faire couler un bain. De l'eau chaude sur ma peau glacée, un savon au parfum de mûre sauvage, rien de mieux pour décompresser. Je me déshabille et pénètre dans l'eau bouillante. Je lâche un soupir de satisfaction tant la sensation est enivrante.

Je ne sors de la baignoire que lorsque l'eau est froide ; et la mousse, fondue. Un brin de maquillage, une jolie robe noire et je me contemple dans la glace : j'ai l'air détendue, heureuse, et mon reflet me donne le sourire. Il faut dire que j'aime prendre soin de moi. Appliquer des crèmes et des soins sur mes cheveux, les coiffer…

Mais il n'est pas encore 21 heures, j'ai du temps avant de rejoindre mes frères et mon père. Je sors donc mes cahiers, pour revoir les cours de la journée. Je suis tirée de mon travail par une voix qui m'appelle depuis le rez-de-chaussée.

— Emily !

J'ouvre la porte et me penche au-dessus de l'escalier.

— Oui ?

— Tu es prête pour partir ? C'est l'heure ! m'annonce la voix de Will.

— Laisse-moi deux minutes et je vous rejoins.

— OK, ne traîne pas.

Je repars vers ma salle de bains, applique un petit trait d'eye-liner qui agrandit mon regard et attire toute l'attention sur mes yeux clairs. Un peu de mascara, du rose sur mes lèvres, je suis enfin prête. J'ai besoin de me sentir belle et désirable, car c'est un sentiment nouveau pour moi. Sortir n'est pas quelque chose de naturel et les occasions de me faire jolie sont rares. Je sais que Noah ne sera pas là pour me voir ce soir, pourtant ce jeu de séduction entre nous et cette nouvelle exposition qu'a engendrée mon entrée à la fac me donnent envie de soigner davantage l'image que je renvoie aux gens. Je laisse mes cheveux descendre en cascade dans mon dos, je n'ai pas le temps de tenter une coiffure sophistiquée. J'attrape mes bottes, les enfile en vitesse, prends ma veste et mon manteau puis descends rejoindre mes frères.

Lorsque j'entre dans la cuisine, ils sont tous là, et se sont faits beaux pour l'occasion.

— Les costards sont de sortie ! dis-je avec une pointe d'amusement.

Accoudés à l'îlot central, ils discutent tranquillement. Ils sont tous les quatre si différents ; mais tous détiennent une beauté qui leur est propre. On dirait un véritable boys-band, et je souris de l'image que cette idée stupide fait naître dans mon esprit.

— Tu es une sacrée belle femme, me complimente Matthew.

— Ouais, confirme James.

— Bon, le métis, là, faut qu'on le surveille, intervient Will, le regard dur mais le sourire aux lèvres.

Mince, me voilà qui rougis ! Je ne suis pas douée pour cacher mes sentiments. Franchement pas. J'essaye de parler d'autre chose en demandant vaguement :

— Et sinon ?

James passe devant moi en pinçant ma joue ; il rit de bon cœur.

— On y va, on en reparlera plus tard.

J'ai l'impression d'être rouge comme une tomate ; heureusement, avec mon teint hâlé, je peux le dissimuler. Je suis mes frères en silence. Ils se dirigent vers le plus gros 4x4 de mon père, celui qui a des vitres fumées. Je monte et, lorsque le moteur tourne, j'aperçois par la vitre arrière la Porsche Carrera d'Ethan démarrer à son tour et nous suivre.

— Où est papa ? lancé-je.

— Logan s'occupe de l'emmener de son côté pour qu'il ait une surprise. Sinon, Joshua est avec Ethan, ils sont derrière, précise James.

Je hoche la tête et reste silencieuse pendant tout le trajet. Le spectacle de mes frères qui font les andouilles à l'avant au rythme de leurs chansons préférées me tire de petits rires.

Quand nous arrivons au restaurant, je ne suis pas étonnée de voir que toute la partie arrière du bâtiment a été privatisée pour notre dîner. Une fois à l'intérieur, je retire mon manteau et ma veste pour les tendre à un serveur. Joshua passe à côté de moi, répandant une bonne odeur d'agrumes dans son sillage. Il a l'air détendu et a revêtu un costume pour l'occasion. Il a attaché ses cheveux mi-longs et affiche un sourire sincère lorsqu'il me lance discrètement :

— Vraiment magnifique, cette robe.

Je lui rends son sourire et prends place à table. Je

me retrouve coincée entre James et Ethan. Joshua se place face à moi et n'arrête pas de lancer des regards appuyés dans ma direction. Je feins de ne rien remarquer et m'adresse à Ethan :

— Quand est-ce que tu m'emmènes danser au Delta ?

— Je te promets que je t'y emmène bientôt, me dit-il.

Ma surprise doit se lire sur mon visage car, après des milliers de refus, je ne m'attendais pas à ce revirement de situation.

— Vraiment ?

— Ouais, vraiment, je t'emmènerai, confirme-t-il.

— J'ai hâte ! dis-je avec un sourire enthousiaste.

— M. Jackson est arrivé, nous signale le maître d'hôtel.

Nous nous levons et nous approchons de l'entrée pour le surprendre. Il pénètre dans la pièce ; nous l'accueillons avec un « joyeux anniversaire » chaleureux. Mon père semble éreinté mais heureux d'être entouré de ses enfants. Il nous embrasse à tour de rôle et nous remercie d'avoir organisé ce dîner en son honneur. Lorsqu'il m'embrasse, je glisse à son oreille :

— Joyeux anniversaire, papa.

— Merci, ma chérie. Tu es splendide, ce soir. On dirait ta mère, dit-il en pinçant ma joue par habitude.

Je l'embrasse à mon tour et vais rejoindre ma place à table.

La soirée commence dans la bonne humeur. Au moment du plat de résistance, je jette un œil à mon portable : j'ai deux appels manqués. Tous deux proviennent de Noah. Je souris : je dois admettre qu'il est persévérant. Occupée avec mes frères, je ne le rappelle pas, mais lui envoie un message.

Je suis au restaurant, je ne peux pas t'appeler, rien de grave ?

Sa réponse ne tarde pas à arriver :

Non, je voulais juste t'entendre. Plus tard ?

Sa réponse rapide et son insistance me font sourire. Quand je relève la tête, je remarque que Joshua m'observe en grimaçant. Il devine sans doute avec qui je suis en train d'échanger des messages. Je détourne le regard et réponds discrètement :

Peut-être.

Peu après minuit, nous quittons l'établissement pour rentrer chez nous. À l'arrière du 4x4, mes yeux se ferment irrésistiblement quand Will, au volant, s'insère dans la circulation new-yorkaise. Je me réveille en sursaut quand je l'entends jurer.

— Putain ! Il y a un truc qui cloche ! James, ramasse l'attirail, hurle-t-il.

Je ne sais pas de quoi il parle, mais je vois soudain James prendre d'énormes fusils d'assaut dans un coffre sous le siège.

— File-moi l'AK-47, ordonne Matthew.

Les membres engourdis, j'essaie de distinguer ce qui « cloche » devant nous. J'observe horrifiée un 4x4 aux vitres teintées prendre en chasse Ethan en se rapprochant dangereusement de l'arrière de sa voiture. Sous les jurons de mes frères, je vois les vitres du 4x4 non identifié s'abaisser pour laisser place aux canons de plusieurs fusils de gros calibre. Matthew à l'avant, James à ma droite font de même en soulevant leurs armes à l'extérieur de l'habitacle. J'ai l'impression que tout se déroule au ralenti. Mon cerveau commence seulement à s'affoler sous l'effet du danger lorsque des détonations me font sursauter. Puis une riposte encore plus bruyante de la part de mes frères. Je pose mes mains sur mes oreilles pour tenter d'étouffer le bruit insupportable de la fusillade à laquelle j'assiste, pétrifiée. Lorsque je relève les yeux, j'aperçois le 4x4 inconnu qui fonce sur Ethan à toute vitesse.

À partir de là, tout va très vite : le 4x4 percute de plein fouet la Porsche d'Ethan, qui quitte la route et va s'écraser sur le bas-côté près d'une usine désaffectée. Un cri d'effroi s'échappe de ma bouche. James tourne la tête vers moi comme s'il venait de prendre conscience que je suis là, avec eux. Sa carapace de gros dur s'effrite immédiatement et je l'entends déclarer :

— Je l'emmène dans la voiture de Logan et on s'en occupe.

Matthew hoche la tête à ces mots et le véhicule dérape lorsque Will actionne le freinage d'urgence. Incapable de bouger, je sens les mains de James qui m'agrippent par la taille et m'extirpent de l'habitacle.

En moins de vingt secondes, je me retrouve assise dans la voiture de mon père, près de Joshua, sans comprendre comment j'ai pu arriver jusqu'ici aussi rapidement. Je dois être en état de choc, car je ne bouge toujours pas. Je regarde par la fenêtre et vois le 4x4 de mes frères repartir à toute vitesse pour rattraper ceux qui ont percuté Ethan. Je murmure le prénom de mon frère dans un souffle.

— Logan a déjà appelé une ambulance, Emy. Ton père et lui sont à ses côtés, m'explique Joshua.

— Est-ce qu'il est... ?

Ma voix se brise. Joshua attrape ma main, se tourne vers moi et me fait face pour me regarder dans les yeux, comme s'il voulait que je reprenne contact avec la réalité et que je sorte de ma torpeur.

— Ethan est solide. Et il n'a pas perdu connaissance, si j'ai bien compris, dit-il d'une voix chaude qui se veut rassurante.

Une minute passe, peut-être deux. Mes jambes tremblent sans que je puisse les contrôler, mais le reste de mon corps est complètement paralysé. Les sirènes de l'ambulance qui approche me font cette fois-ci complètement sortir de ma léthargie. Je saisis la poignée de la portière et mon corps se déverse hors de la voiture comme un poids mort. Je me relève et me mets à courir en direction du véhicule d'Ethan, qui est complètement détruit.

Je crois entendre Joshua hurler mon nom, mais je ne me retourne pas et cours à perdre haleine à travers les pavés. Des morceaux de roue et de tôle sont éparpillés partout sur la chaussée. La voiture d'Ethan est littéralement à l'envers et a dû faire de nombreux tonneaux.

Je reconnais d'abord mon père, à genoux près du capot, puis Logan qui tente de défoncer la portière côté passager. Je suis en train de vivre un cauchemar, il faut que je me réveille. Je m'approche de mon père, et m'effondre devant le visage d'Ethan. Il est à l'envers. Sur ses joues, ses cheveux sont collés par son sang, et un hématome naissant colore son œil, formant un contraste saisissant avec la pâleur inquiétante de son visage. Je ferme les yeux pour ne pas hurler.

— Tu en fais, une tête, petite sœur ! dit une voix douce toute proche de moi.

Je relève la tête et ouvre les yeux. C'est là que je le vois : le sourire crispé d'Ethan. J'ai l'impression que je vais tomber à la renverse tant je suis soulagée de le savoir en vie, devant moi.

— Seigneur, Ethan ! J'ai cru que... Est-ce que tu as mal ?

Tout en le questionnant, je tends ma paume tremblante pour caresser sa joue.

— Je te mentirais si je te disais que c'est la grande forme, mais je vais survivre, petite sœur.

Je ne m'étais pas aperçue que les pompiers et les ambulanciers s'étaient attroupés autour de la voiture d'Ethan. Mon père attrape maintenant ma main pour me relever et m'écarter de lui.

— On va s'en occuper, mademoiselle, déclare un ambulancier qui prend rapidement ma place aux côtés d'Ethan pour évaluer son état.

Mon frère est installé sur un brancard. Des médecins et des infirmiers s'agitent autour de lui pour poser tout un tas d'appareils sur son torse dénudé. On lui place une pompe à morphine et on l'installe dans l'ambulance très rapidement.

— Je vous suis, déclare mon père au policier.

Il m'attrape par la taille et me conduit jusqu'à sa voiture, où Logan s'est assis derrière le volant. Joshua passe des coups de téléphone animés à l'arrière.

— Emy, lance mon père en se retournant vers moi.

— Oui ? dis-je d'une toute petite voix chavirée par l'émotion.

— Tu vas rentrer avec Joshua à la maison, et je ne veux pas que tu discutes. Je t'enverrai un message toutes les heures pour te donner des nouvelles de l'état de santé d'Ethan.

— Je veux être près de lui, papa, dis-je, suppliante.

J'ai le droit de rester avec mon frère. Je veux pouvoir lui apporter mon aide. Il y a cinq ans, je n'ai pas pu être présente auprès de ma mère, et je refuse que l'histoire se répète. Je ne le supporterais pas.

— On vous dépose, ne discute pas, Emy, m'ordonne-t-il d'une voix autoritaire.

Il fait signe à Logan de démarrer, et je me tais tout le reste du voyage, incapable d'assimiler ce que je viens de vivre.

Lorsque Logan s'arrête devant la maison, j'entends mon père dicter des ordres à Joshua et le vois lui tapoter l'épaule. Mais je n'entends rien, je me suis déjà engouffrée dans le manoir.

Je monte les marches qui me séparent de ma chambre comme un automate. Dès que je suis en haut, des larmes incontrôlées coulent sur mes joues ;

je m'agrippe un moment au mur pour ne pas tomber tant mon corps est secoué de tremblements violents. Je finis par m'asseoir, incapable d'avancer davantage, ferme les yeux et inspire profondément afin de reprendre le contrôle de mes émotions.

Joshua me rejoint quelques minutes plus tard dans le couloir. Je n'ai toujours pas bougé. Il ne prend pas la peine de m'aider à me relever, il passe ses bras sous mes cuisses et mes épaules et me soulève avec délicatesse. Il me porte jusqu'à ma chambre et me dépose sur mon lit avec une infinie douceur. Il place mon téléphone près de moi et je l'entends murmurer ce qui ressemble à un « bonne nuit ». Je n'ai même pas la force de lui répondre, et tombe dans un sommeil sans rêve. Mais je me force à ouvrir les yeux à plusieurs reprises dans la nuit pour vérifier mes messages.

2 heures : rien.

3 heures : rien.

4 heures : rien.

Mon angoisse est à son comble, je suis tentée d'appeler mon père.

4 h 35 : un message de papa.

Ethan est sorti du bloc, fracture hanche droite opérée, contusions mais aucune trace de traumatisme crânien. Il rentrera vite. Dors bien, ma chérie.

J'étouffe un cri de soulagement. La secousse que provoque en moi la nouvelle me tire de mon engourdissement général. Je me lève et me dirige d'un pas décidé vers la chambre de Joshua. Je ne prends même pas la peine de frapper et entre. Il est assis sur son lit, le téléphone dans les mains, il ne porte qu'un bas de pyjama.

— Emy ?

— Qu'est-ce que c'était que ce bordel, Joshua ? Qu'est-ce qui s'est passé là-bas, putain ?

Je ne peux plus m'arrêter de jurer, et mes questions montrent à quel point je suis avide de réponses. Joshua se lève et s'approche de moi. Sa carrure imposante envahit mon champ de vision et occulte le reste de la pièce. Je réalise que c'est la première fois que je mets les pieds dans sa chambre.

Observant ma terreur, il ne répond pas et s'avance tout près de moi. Je distingue dans l'obscurité les marques de ses tatouages sur son torse et ses abdominaux musclés. Il est si beau que j'en oublie la raison de ma venue. Je reprends conscience de ce qui se passe au moment où il m'enlace tendrement. Je reste plusieurs secondes la joue écrasée contre sa poitrine et je sens l'odeur agréable de sa peau, un mélange d'agrumes et de mûre. De mûre ? C'est mon parfum préféré ! Je voudrais pouvoir rester collée à lui pendant le restant de la nuit, mais je dois parvenir à retrouver mes esprits et à lui poser les questions pour lesquelles je suis venue lui rendre cette visite nocturne. Je recule et jette un œil à son beau visage.

— Emy... Viens t'asseoir, on va discuter.

J'acquiesce et le suis au pied de son lit. Il s'assoit près de moi, si près que sa jambe frôle la mienne. Seules les lumières des lampadaires extérieurs filtrent à travers les volets. L'obscurité rend notre proximité moins gênante.

— Tes frères ont rattrapé ceux qui ont fait ça, m'annonce-t-il.

— Comment vont-ils ? Je n'ai aucune nouvelle d'eux.

— Tes frères vont bien, ils se sont juste sali les mains encore une fois pour punir ceux qui ont fait ça.

— Qu'entends-tu par « se salir les mains », Joshua ?

Comme il ne me répond pas, je reprends :

— Ils les ont tués ?

Il se contente de hocher la tête. Je comprends qu'il

ne peut rien me dire, alors je dois poser les bonnes questions.

— Où sont-ils, maintenant ?

— Ils terminent le travail correctement, comme ils m'ont appris à le faire. Pour brouiller les pistes...

Mon sang se glace. Terminer le travail ? Je ne comprends pas ce que cela implique, mais mon imagination débordante m'offre une horde d'idées toutes plus répugnantes les unes que les autres.

Lorsque Joshua lève la tête vers moi, je vois son visage se tendre, je sais qu'il tente de se ressaisir pour ne pas m'en dire trop. Mais c'est trop tard, je veux savoir ce qui s'est passé ce soir et je ne le lâcherai pas avant qu'il ait répondu à toutes mes questions.

— Qui sont-ils ?

— Des investisseurs.

— Pourquoi ont-ils tenté de tuer Ethan ?

Alors que je pose cette question, je sens ma gorge se nouer.

— Ce sont des gars qui ne la jouaient pas réglo. Ils ont cru qu'en supprimant ton frère ils supprimeraient leurs dettes.

— Ils ont essayé de tuer Ethan pour des dettes qu'ils n'arrivaient pas à payer ? dis-je, incrédule. Il n'y a pas d'autres solutions ? Des banques, par exemple, ou des prêts ? Dans quel monde est-ce qu'on tue quelqu'un pour rembourser sa dette ?

— Dans notre monde à nous, Emy... Il s'agit d'investissements qui valent des milliers d'euros.

— Je ne comprends rien, Joshua ! Qu'est-ce que vous vendez ? Des maisons ? Des hôtels ? Des casinos ? Qu'est-ce que vous foutez, putain, pour brasser autant d'argent au quotidien ?

L'inquiétude que je ressentais s'est muée en une espèce de colère débordante.

— Je ne peux rien te révéler sans l'accord de tes frères. J'aimerais t'aider à comprendre, mais je ne peux pas.

— Tu es leur homme de confiance ? Quelque chose comme ça, dis-je, la rage au ventre.

Je me lève d'un bond pour partir, mais les mots de Joshua retiennent mon attention :

— Ils sont tout pour moi, Emy. Ils sont ma famille.

Je me retourne pour le regarder dans les yeux et je lis sur son visage toute la sincérité et l'amertume qui l'animent. Je l'interroge alors sans vraiment savoir si j'ai envie d'entendre sa réponse :

— Est-ce qu'il t'arrive de tuer pour eux ?

— Je l'ai déjà fait, et je le referais sans hésiter.

L'expression de ses yeux change, et il cesse de me regarder, comme s'il n'était plus en droit de le faire. Je suis suffoquée.

— Où elle est, ta vraie famille ? Tes parents, tes frères et sœurs ?

— Morts.

Ces mots atteignent directement mon cœur et j'ai l'impression que je décèle ce soir ce qui m'a toujours manqué pour cerner Joshua. Cette tristesse. Elle est pourtant si flagrante, elle transpire par tous les pores de son beau visage. Je lui demande alors, d'une voix beaucoup plus douce :

— Un jour, tu me raconteras ?

— Je te le promets, Emy. Maintenant, va te reposer. Demain, si tu le souhaites, je t'emmènerai à la fac.

— Tu crois que je devrais y aller, avec tout ce qui se passe ?

— Je crois que tu ne devrais jamais cesser d'y aller et de poursuivre tes rêves. Et puis ça a des chances de te changer les idées, dit-il en grimaçant.

Je hoche la tête et le quitte pour regagner mon lit. Il est déjà 5 heures du matin, je programme mon réveil et sombre dans un profond sommeil.

7

Lorsque le réveil sonne, le soleil vient tout juste de faire son apparition et j'ai l'impression de ne pas avoir dormi depuis deux jours. D'un coup, je repense à Ethan, et une bouffée de panique s'empare de moi. J'attrape mon téléphone pour prendre de ses nouvelles et je reçois une réponse peu après m'être douchée :

Il reprend des forces, tout va bien.

Le cœur un peu plus léger, j'entreprends de me préparer pour partir à la fac.

Je descends à la cuisine prendre mon petit déjeuner, mais je ne peux pas avaler grand-chose, j'ai l'estomac noué. Joshua fait son apparition dans la cuisine lorsque je termine de débarrasser la table. Il semble fatigué mais ne perd rien de son charme naturel, d'autant qu'il s'avance vers moi avec un petit sourire en coin.

— Je tuerais pour du café, ce matin, souffle-t-il.

— Après notre petite discussion d'hier, tu devrais arrêter d'employer ce mot, dis-je avec une pointe de sarcasme dans la voix.

Il m'observe, l'œil malicieux.

— S'il y a bien quelqu'un qui n'a rien à craindre de moi en ce bas monde, c'est toi, Emy. Mais je pourrais envisager de te faire plein d'autres choses pour avoir du café, des choses irrésistibles, dit-il d'une voix sensuelle.

Je recrache ma gorgée de chocolat dans l'évier tant sa phrase comporte peu d'équivoque. Il a pété les plombs ?

Qu'est-ce qui lui prend, de me sortir ça, aujourd'hui ? Mon cerveau enchaîne les questions. Ma réaction excessive le fait rire, je l'entends glousser dans mon dos. Je me tourne et le regarde avec de grands yeux.

Le voyant qui se tient le ventre, comme si son fou rire devenait douloureux, je ne peux m'empêcher d'esquisser un sourire. Je finis même par partager ce moment et me joindre à lui dans sa folie, tant son rire est contagieux. C'est alors que mes frères font leur apparition dans la cuisine en nous dévisageant l'un après l'autre ; nous devons avoir l'air de deux fous.

Ils s'attendaient sûrement à me trouver effondrée dans mon lit et non pas morte de rire. On finit enfin par se calmer. Je les embrasse pour les saluer et m'approche de Joshua pour lui tapoter l'épaule et murmurer :

— J'ai déjà préparé du café. Sers-toi.

Il esquisse un sourire et attrape une tasse.

— Emy, je peux t'emmener, ce matin ? demande James.

— J'avais prévu de le faire, dit soudain Joshua dans son dos.

James lui jette un regard noir et se retourne vers moi. Je n'ai pas envie de déclencher une troisième guerre mondiale, alors je lui réponds :

— OK, pas de souci. Je finis de me préparer et j'arrive.

Le visage de mon frère se détend. Je pars chercher mes affaires dans ma chambre.

Dans la voiture, James est beaucoup plus attentif que d'habitude ; il m'observe sous toutes les coutures. Il paraît épuisé mais je le trouve malgré tout très fringant, pour quelqu'un qui vient de passer une nuit blanche à massacrer des gens. Massacrer des gens, merde ! Je réalise seulement maintenant à quel point mes frères mènent une existence dangereuse, et ce n'est rien de le dire. Ils trempent dans des affaires suffisamment louches pour mettre en danger leur vie, et la mienne, par la même occasion. J'avoue comprendre un peu mieux leur volonté de me tenir à l'écart de leur quotidien. Leur méfiance envers les gens qui me tournent autour et leur besoin constant de me protéger s'expliquent enfin. À cette idée je suis saisie d'écœurement et je grimace. James doit remarquer l'air dégoûté qui s'affiche sur mon visage, car il me sort :

— Qu'est-ce que Joshua t'a dit ?

Je n'ai pas envie de mettre Joshua en difficulté, alors je lui réponds :

— Rien que je ne savais déjà. Et toi, qu'est-ce que tu aurais à me dire pour m'expliquer ce merdier ?

Il prend une grande inspiration et fait mine de se concentrer sur la route. Les minutes passent en silence lorsqu'il se décide enfin à répondre :

— Ce coup-là, on ne l'avait pas vu venir. On a mal géré et on aurait dû régler le problème bien plus tôt. On est vraiment désolés que tu aies été forcée d'assister à ça. Comment tu te sens ?

— Ce n'est pas vraiment la question, l'important, c'est qu'Ethan aille bien.

— Toujours à t'inquiéter pour les autres...

— Oui, je m'inquiète pour vous, et encore plus depuis ce que j'ai vu hier soir. Je veux des explications, James, et je te préviens que je ne vous lâcherai pas !

En guise de réponse, il me regarde longuement, comme s'il me découvrait, puis reporte son attention sur la route. Lorsque nous arrivons devant l'université, il pince ma joue gauche.

— Passe une bonne journée. Logan viendra te récupérer ce soir.

Je marmonne un vague « toi aussi » et sors de la voiture pour rejoindre le froid glacial du campus.

J'entre dans l'amphi où doit avoir lieu le cours de pharmacologie avec cinq minutes d'avance. Je reconnais

Hayle qui discute avec un garçon à lunettes, sûrement pas beaucoup plus vieux que moi. Elle me tourne le dos.

— Salut, Hayle, dis-je pour m'annoncer.

— Hé ! Salut, toi, ça va ? Je te présente Jerry. Il était malade, il reprend aujourd'hui, m'explique-t-elle.

— Salut, Jerry, j'espère que tu vas mieux, dis-je en lui rendant sa poignée de main.

— Clairement mieux, dit-il avec un sourire chaleureux.

Quelque chose en lui me fait l'apprécier instantanément. Il est plutôt petit et frêle, et son look est peu travaillé : il porte de grosses lunettes rondes dans le style de Harry Potter, un simple jean et une chemise à carreaux. Il ne semble pas se soucier des apparences, et je trouve ça fabuleux. Je m'assois près d'eux et dépose mon sac à mes pieds. Hayle m'observe quelques secondes puis déclare :

— Tu as l'air fatiguée, tu as encore révisé toute la soirée ?

— En partie, dis-je.

Je ressens soudain le besoin de me confier à elle et je poursuis :

— Mon frère a eu un accident de la route hier soir, j'étais tellement inquiète que ça m'a empêchée de trouver le sommeil.

— Mince, comment va-t-il ? me demande-t-elle, anxieuse.

— Apparemment bien. D'après les médecins, beaucoup mieux que ne le laissait présager la violence du choc. Il a eu de la chance.

— Tu parles du frère que j'ai vu l'autre jour ? Le géant craquant aux yeux noisette ?

Je constate que Hayle n'a pas tardé à remarquer James. Elle ne l'a pourtant vu qu'une fois, quand il m'a accompagnée dans l'amphi, le premier jour.

— Non, ce n'est pas lui, c'est Ethan.

— J'ignorais que tu avais deux frères.

— En fait, j'en ai quatre.

— Seigneur, il faut que tu m'emmènes chez toi !

Je ris de sa spontanéité, et de son intérêt soudain pour ma fratrie, et lui réponds, pour me moquer de son air béat :

— Je te présenterai, promis.

— Ton frère est hospitalisé ?

— Oui, il a été opéré cette nuit d'une fracture de la hanche. Il faut qu'il récupère avant de rentrer. J'irai le voir demain soir, sûrement.

— Tu accepterais que je t'accompagne ? me demande-t-elle, pleine de bonnes intentions. J'imagine bien que tes frères et ton père te soutiennent, mais parfois, dans ce genre de moments, on a besoin d'une présence féminine à côté de soi...

Je connais Hayle depuis deux petits jours seulement, mais elle ne cesse de m'étonner. Elle est si prévenante, si gentille, si adorable. Je n'aurais pas de mots assez positifs pour la qualifier. Et elle a visé juste : je dois avouer que je serais heureuse de l'avoir à mes côtés. Si ma mère était encore parmi nous, c'est vers elle que je me serais tournée pour trouver le soutien dont j'ai besoin pour assimiler tout ce qui vient de se passer. C'est vrai, je sais que je peux compter sur mes frères pour me protéger, mais ils seraient bien incapables de trouver les mots réconfortants qu'elle aurait eus, elle. Ils font de leur mieux avec moi et je ne peux pas leur reprocher leur manque de tact. Mais Hayle s'est montrée perspicace en me proposant sa présence, je sais que le calme et l'apaisement qu'elle dégage me feront le plus grand bien.

— J'accepte avec plaisir. Mais il se pourrait que mes frères veuillent m'y emmener en voiture, ça ne te gêne pas de te joindre à eux ?

— Si tu me prends par les sentiments, en plus..., dit-elle en riant. J'aime beaucoup le grand, celui qui a les yeux caramel. C'est quoi, son prénom, déjà ? demande-t-elle en soulevant un sourcil dans un geste théâtral.

Je ne peux m'empêcher de sourire devant l'intérêt qu'elle porte à mon frère.

— C'est James. Vraiment pas un mec pour toi ! m'empressé-je d'annoncer.

— Ah oui ? Qu'est-ce qui te fait dire ça ?

— James est... plutôt impulsif, colérique... Vraiment tout ton contraire.

— Les contraires s'attirent ! s'amuse-t-elle en me lançant un clin d'œil complice.

Je n'ai pas le temps de lui répondre que le professeur fait son apparition dans l'amphi. Il est costaud, pour ne pas dire gros, et sa queue-de-cheval grisonnante lui donne un style très particulier. Les trois heures de pharmacologie ont terminé d'user mon poignet. Le professeur débite des informations à une vitesse impressionnante et je peine à tout noter.

Lorsqu'il conclut son cours, j'entends des soupirs de soulagement à travers la salle. Tout le monde se lève à la hâte pour se dégourdir les jambes et prendre un peu l'air.

Je consulte mon téléphone : il est déjà midi. Je n'ai strictement rien prévu pour mon repas, je n'en ai pas eu le temps. Mais j'ai ma carte bancaire dans mon sac, aussi je propose à Hayle :

— On déjeune ensemble, ce midi ?

— Bien sûr. Comme je ne savais pas que tu viendrais, j'avais prévu de rejoindre un groupe d'amis au Buffalo, ça te dit ?

— OK, je te suis. Je meurs de faim !

Je remonte les marches de l'amphi vers la sortie. Quand je lève les yeux, je vois Noah, adossé au mur, les bras croisés. Il a l'air décontracté et attend patiemment que je sois à sa hauteur. Tout mon corps se tend, je dois admettre qu'il me fait beaucoup d'effet.

Il me dévore littéralement du regard et je me concentre pour lever le pied sur chaque marche et ne pas trébucher. Lorsque j'arrive à son niveau, son sourire s'étire jusqu'à ses oreilles.

— J'ai attendu ton appel... toute la nuit, dit-il d'une voix réprobatrice.

Hayle, qui l'a entendu, grimace et se sent obligée de prendre ma défense :

— Elle avait des problèmes à gérer...

— Je n'ai pas besoin d'excuses, Hayle.

Je la coupe avant qu'elle n'en dise trop, et la rassure d'un sourire. Puis je me tourne vers Noah.

— Je t'avais dit « peut-être », et ce n'est pas synonyme de certitude. Mais tu es en faculté de médecine, tu ne connais pas tous les rudiments de la langue, dis-je en haussant un sourcil.

Il ricane devant ma repartie cinglante tout en gardant les yeux rivés sur les miens. Soudain, il reprend son sérieux, pose la main sur ma hanche et m'attire à lui. Mon cœur tambourine dans ma poitrine, il est vraiment du genre entreprenant. Il baisse la tête, et son visage n'est plus qu'à quelques centimètres du mien.

— Je maîtrise complètement ta langue, murmure-t-il en souriant.

Je trouve sa phrase assez ambiguë, mais je ne relève pas. Je me tourne vers Hayle : elle s'est écartée pour nous laisser un peu d'intimité mais me fait signe de me presser.

— Je dois y aller, dis-je en remettant de la distance entre nous.

— Tu ne manges pas de sandwich ce midi ?

— Je n'ai pas eu le temps de le préparer, alors changement de programme.

— Je peux venir ?

Abandonner ? Clairement pas le genre de Noah.

Avant même que je lui aie répondu, il pose la question à Hayle, qui accepte sans hésitation. Je prends mon portable dans ma poche et envoie un message à Logan pour ne pas avoir d'ennuis.

Je vais manger au Buffalo, à côté.

Il me répond d'un simple :

À tout de suite.

Il déconne, là ?

Tu n'as pas intérêt à te pointer, Logan. Tu ne travailles peut-être pas pour moi, mais tu risques de le regretter amèrement.

Sur la route du Buffalo, Noah croise beaucoup d'amis. Tous le regardent avec insistance. Il semble très populaire ici. Je ne comprends vraiment pas pourquoi il perd son temps avec une étudiante comme moi, il a l'embarras du choix. Je suis peut-être un peu dure avec moi-même, mais, depuis que j'arpente le campus, j'envie toutes ces filles que je croise : elles ont l'air si sûres d'elles ! Je suis certaine que Noah a besoin d'une femme de ce calibre, pleine de prestance et de charisme. Je ne suis définitivement pas ce genre de fille. Non, moi, je n'ai absolument aucune confiance en mes capacités de séduction. Peut-être que cela s'acquiert avec l'expérience, mais pour l'instant je ne me sens vraiment pas à la hauteur d'un homme comme Noah.

Lorsqu'on aperçoit le restaurant au loin, il pose sa main sur mon épaule, l'air de rien. On pourrait croire que je suis une amie de longue date. Je regarde sa main, et le regarde, lui, et il m'offre un sourire de défi. Je lève les yeux au ciel.

— Désolé, quand je suis avec toi, ça me démange de te toucher pour vérifier que tu existes vraiment.

— Tu ne pouvais pas faire plus cliché, Noah, dis-je, le sourire aux lèvres.

Je ne peux pas m'empêcher de me moquer de lui. Quelque chose sonne faux dans sa façon de me complimenter et de me séduire. Est-ce la méfiance de mes frères qui a fini par déteindre sur moi ? Je l'ignore, mais je préfère encore tourner ses avances en dérision pour ne pas perdre la face s'il se moque de moi et risquer d'être déçue par la suite.

— C'est pourtant bien ce que je ressens quand je te vois : tu ne peux pas être vraie, tu es bien trop parfaite.

— Sans déconner..., dit Hayle en pouffant de rire devant nous.

Je me joins à elle, et Noah affiche un air faussement blessé.

Dans le restaurant, nous prenons place avec les amis de Hayle. Parmi eux, je retrouve Jerry, qui a retiré ses lunettes. Il me salue de la main droite, sans lâcher les frites qu'il tient dans la gauche.

— Bon appétit ! lui dis-je.

Il me remercie d'un signe de tête. Je commande un gros burger qui m'est servi avec une portion de frites astronomique.

Noah est étonnamment discret depuis que nous nous sommes assis. L'observant, je remarque les regards qu'il jette parfois vers une table installée quelques mètres plus loin. Un homme tatoué, d'une cinquantaine d'années, y est assis seul. Avec son air sévère, il est plutôt inquiétant. Je préfère l'ignorer et je mange de bon cœur en discutant avec les autres des cours et des profs de la faculté.

Jerry se montre plutôt extraverti durant le repas ; ses reparties regorgent d'un humour que j'apprécie. Au bout de vingt-cinq minutes, alors que Noah reste prostré dans un silence religieux, je finis par m'inquiéter.

— Qu'est-ce qui ne va pas, Noah ?

Il me regarde d'un air songeur et finit par poser ses doigts sous mon menton.

— Tout va bien, je sais me faire discret aussi, parfois, dit-il en me lançant un sourire qui me fait fondre sur place.

Je me dandine sur ma chaise pour reprendre contenance.

— Et puis il y a ce gars là-bas qui n'arrête pas de te surveiller, me dit-il en regardant vers une table de l'autre côté du restaurant.

Je reconnais immédiatement Logan et lâche un juron.

— C'est le baby-sitter du supermarché, non ? C'est ton frère ? Parce qu'il ne te ressemble pas du tout ! affirme-t-il.

— Non, ce n'est pas mon frère, juste un ami de mon père un peu trop intrusif. Je reviens, dis-je en me levant d'un bond.

Lorsque j'atteins la table à laquelle est assis Logan, ma colère est à son comble. Je l'interroge, le souffle court :

— Tu n'as pas autre chose à faire ? Veiller sur mes frères ? T'assurer qu'Ethan a tout ce qu'il lui faut dans sa chambre d'hôpital ? Une femme à séduire ? Un enfant à élever ?

Logan écoute ma petite tirade, l'air amusé, puis il s'empresse de tirer mon bras pour me faire asseoir face à lui.

— Je serais resté dehors si je n'avais pas trouvé ce mec-là un peu louche, dit-il en me signalant l'homme tatoué qui se trouve quelques tables plus loin.

— Que veux-tu qu'il me fasse ? Je suis dans un restaurant bondé, entourée de mes amis. Il faudrait peut-être arrêter d'être aussi paranoïaque, dis-je avec une voix un peu plus aiguë que je ne l'aurais voulu.

— En attendant, c'est quand même mon boulot de veiller sur toi, alors retourne voir tes amis et laisse-moi faire mon travail.

Je lui lance un regard noir en plantant mes poings sur la table pour avoir toute son attention.

— Si tu ne sors pas de ce restaurant, je hurle des insanités à ton sujet. Je me sens capable de te faire une scène de ménage devant tous les clients, et ils comprendront quel homme infidèle tu fais !

— Ah oui ? Je serais ravi d'assister à ton petit spectacle en dégustant ma glace à la vanille.

Je me lève brusquement en ruminant ma colère. Je me tourne pour regarder mes amis et constate que Noah est en train de nous observer. J'inspire profondément pour retrouver mon calme : pas question de m'afficher devant lui dans cet état-là. Je jette un dernier regard vers Logan, puis lui tourne le dos pour regagner ma table d'un pas assuré.

— Il ne va pas partir ? me demande Noah, une pointe de curiosité dans la voix.

— Il termine sa glace et il s'en va !

Je n'arrive pas à refouler ma colère. Jusqu'à la fin du repas, je me sens épiée et ça me met mal à l'aise. L'homme étrange qui mangeait seul s'est enfin décidé à partir, mais Logan est toujours bien là, lui, me souriant à l'occasion, d'un air malicieux. Là, maintenant, je l'étranglerais volontiers.

Après avoir réglé l'addition, nous repartons en direction de la faculté. Lexie, qui nous a rejoints en cours de repas, s'approche de moi et jette un œil en direction de Noah.

— Il a déjà l'air complètement accro. En trois jours, tu as fait fort. C'est un des plus beaux mecs que j'aie croisés sur le campus, dit-elle, un grand sourire plaqué sur le visage.

— Je n'avais pas forcément prévu de me lancer dans une relation en venant ici, dis-je en grimaçant.

— Je sais, tu penses à ton avenir, à tes études. Mais, ma fille, il faut que tu profites de ta vie d'étudiante !

Un coup comme ça, ça ne se loupe pas ! dit-elle en gloussant.

— Un coup ? répété-je en levant un sourcil.

Elle opine du chef en tapotant mon épaule.

— Il y a une fête vendredi soir, chez Julan, le plus beau quarterback de l'université, qui se trouve être aussi un super copain de Noah. Je compte bien aller y faire un tour, ça te dit de venir avec moi ?

— Il ne faut pas une invitation, pour ce genre de fêtes ?

— Tu rigoles ? Toutes les filles sont invitées, et les filles comme toi, encore plus, dit-elle en attrapant une mèche de mes cheveux pour la placer derrière mon oreille.

— Je ne sais vraiment pas si je pourrai, j'ai pas mal de choses à faire, ces temps-ci.

— S'il te plaît..., dit-elle, plaintive. Ça nous permettra de faire un peu mieux connaissance, et tu connais le dicton : plus on est de folles... Et puis tu attires tous les regards ; avec un peu de chance, il y en a bien un qui se posera sur moi, par inadvertance, lance-t-elle avec un clin d'œil.

— Je vais y réfléchir, promis, dis-je pour couper court à sa demande.

Elle enregistre son numéro de téléphone dans mon répertoire, comme Noah, et me demande de l'appeler dès que j'ai ma réponse. Elle me salue et part de son côté pour rejoindre la partie de la faculté dédiée au journalisme.

Noah, qui discutait avec un ami derrière un arrêt de bus, vient vers moi et passe son bras par-dessus mon épaule, comme tout à l'heure. Je l'interroge d'une voix ironique :

— Tu ne serais pas du genre tactile, par hasard ?

— Seulement avec toi, dit-il en me fixant de ses yeux magnifiques. Accepterais-tu qu'on se voie ce soir ?

— Ce soir ? Je ne peux pas, j'ai déjà quelque chose de prévu.

— Je vois... Alors mange avec moi demain midi.

— OK, j'accepte !

Son air surpris montre qu'il s'attendait à un énième refus ; en guise de réponse, il me serre encore plus fort contre lui.

Lorsque nous arrivons devant la salle de notre prochain cours, je m'éloigne de lui à contrecœur pour rejoindre Hayle, qui discute avec Jerry. Quand je me retourne vers mon beau métis, il est déjà à quelques mètres, et je le vois articuler dans ma direction un « appelle-moi ». Je ris et prononce en silence un « OK » qui déclenche un sourire triomphal sur son visage.

La fin de la journée approche à grands pas, et les cours de l'après-midi ont été tout aussi prenants que ceux du matin. La fatigue de ma nuit écourtée commence à se faire sentir de façon plus nette. Quand le professeur nous annonce que nous pouvons ranger nos affaires, je me lève en pilote automatique pour rejoindre la cour extérieure.

J'embrasse Hayle et Jerry pour leur dire au revoir et pars attendre Logan à la sortie de la faculté. Pour la première fois, il est un peu en retard. Je m'adosse contre un mur pour patienter quand je distingue une silhouette impressionnante qui s'approche de moi. Je me tourne brusquement et reconnais le visage enjoué de Joshua.

Je suis heureuse de le revoir ! M'aurait-il manqué ? Qu'est-ce qui me prend ? Il m'enlace et je réponds à son geste tendre avec plus de vigueur que je ne le voudrais.

— Je n'ai pas vu la voiture, où es-tu garé ?

— Je suis arrivé très en avance alors j'ai voulu faire quelques pas. Mais ne t'inquiète pas, je peux aller chercher la voiture, si tu ne veux pas marcher.

— Non, non, c'est bon, je ne suis pas à quelques mètres près.

Il attrape une mèche de cheveux et la laisse glisser autour de ses doigts. C'est surprenant et étonnamment sensuel. Mais qu'est-ce qui lui arrive, bon sang ?

— Pourquoi Logan n'est pas venu, ce soir ?

— Il était occupé, je me suis proposé... Tu es déçue de me voir ?

— Bien sûr que non, Joshua ! Allons-y, je commence à crever de froid, dis-je pour changer de sujet.

Il passe son bras puissant derrière mon dos et pose la main sur ma taille, comme s'il voulait me soutenir. Je trouve son geste très affectueux mais aussi très... gênant. Quand on traverse la rue, je m'aperçois de la présence de Noah, de l'autre côté, qui ne me lâche pas des yeux et a l'air désabusé. Je lui adresse un timide signe de la main en le gratifiant d'un sourire qui doit plutôt ressembler à une grimace. Je suis mal à l'aise de me retrouver si proche de Joshua devant lui. Il risque de mal interpréter la situation et de se faire des idées. Mon impression se confirme lorsque je vois sa colère et son incompréhension tirer les traits de son beau visage. C'est sûr que, comme ça, Joshua et moi avons l'air d'être... un couple.

Seigneur, c'est ce que Joshua essaie de faire croire !

Je me tourne vers lui et vois se dessiner au-dessus de sa barbe parfaitement taillée un petit sourire victorieux. Il savait très bien que Noah nous regarderait et il l'a fait volontairement. Je m'éloigne instantanément et lui décoche un coup dans l'épaule, qui ne le fait même pas ciller. Il m'offre un regard malicieux et me demande :

— Qu'est-ce qui te prend ?

— Tu te comportes comme ça pour éloigner Noah, je me trompe ?

— Hum... Possible. Il y a une part de vérité, je ne l'aime pas trop, ce mec, Emy, il est trop...

— Intéressé par moi ?

— Oui, voilà, et je ne lui fais pas confiance.

— C'est dur, de faire confiance à quelqu'un, lorsqu'on ne le connaît pas, dis-je sèchement.

Joshua me jauge du regard mais ne me répond pas, il se contente de continuer à marcher en silence. Je le suis de la même façon, et nous atteignons la voiture quelques minutes plus tard. Une fois assise dans le véhicule, j'attends qu'il démarre mais il ne fait rien. Je me tourne vers lui et constate qu'il a les yeux dans le vague.

— Qu'est-ce qui ne va pas, Joshua ?

— Le fait que je ne lui fasse pas confiance n'est qu'une partie de la vérité, Emy.

— C'est quoi, l'autre partie ? demandé-je d'une voix timide.

Il tourne son visage vers le mien et son expression est indéchiffrable. Je sens mes mains trembler d'impatience. Qu'est-ce qu'il peut bien avoir à me dire ?

— C'est que je te désire depuis le jour où je t'ai rencontrée.

Je reste sans voix et il reprend :

— Avant, ça ne me posait pas de problème car je savais que personne ne pourrait te prendre à moi. Tu passais le plus clair de ton temps dans ta chambre, à quelques mètres de la mienne. Mais maintenant il y a tous ces hommes qui te regardent et doivent aussi te désirer, j'en deviens fou.

— Joshua...

— Je sais ce que tu vas me dire, me coupe-t-il. Si ton père vient à découvrir ce que je ressens pour toi, il le prendra mal. Je ne pourrai plus travailler pour lui, si tant est qu'il me laisse la vie sauve..., dit-il en riant.

— Mon père ne te ferait jamais de mal.

Ma réponse a le mérite de faire redoubler son rire, qui devient contagieux ; je me détends légèrement.

Quand il finit par se calmer, il passe distraitement un doigt sur ma joue.

— Je considère Will, Ethan, Matthew et James comme les frères que je n'ai jamais eus. Mais, toi, je n'ai jamais pu te considérer de la même façon, Emy. Comme une sœur. Je vibre dès que j'aperçois ton joli petit visage, tout chez toi me coupe le souffle.

— Je... Je l'ignorais.

Mon cerveau a du mal à assimiler ces nouvelles informations. Je me remémore les moments que j'ai partagés avec Joshua depuis trois ans. Il a toujours été adorable avec moi, mais ce que je considérais comme de l'amitié était en réalité bien plus. Il s'est toujours inquiété pour moi, et intéressé à ce que je faisais, investi dans ma défense. Il a souvent plaidé ma cause quand je refusais de me plier aux règles de mon père. Il me désire ? Je me le répète depuis dix bonnes secondes et je sens que ça ne suffira pas pour le comprendre. Pourquoi moi ? Il prend de grands risques en m'avouant ses sentiments, mais je crois que ma relation naissante avec Noah a précipité son aveu.

Je me carre dans mon siège et frotte mes paumes moites sur mon jean lorsqu'il pose sa grande main sur mon bras droit. Il penche sa tête, et nos visages ne sont plus qu'à quelques centimètres l'un de l'autre. Il remonte ses doigts sur ma joue et la caresse tendrement. Je baisse la tête pour reprendre mes esprits, mais il ne me laisse pas faire et la maintient d'une douce pression sous mon menton. Son regard me transperce et il finit par poser sa bouche sur la mienne.

Mon corps tout entier est pris d'assaut par des fourmillements intempestifs. Je garde les yeux ouverts et je le vois se reculer légèrement. Il attend une réaction de ma part pour savoir s'il peut continuer ce qu'il a commencé. Comme j'ai envie qu'il poursuive, je me rapproche doucement. Il n'attend pas une seconde de plus et se jette sur mes lèvres, cette fois-ci avec beaucoup plus d'avidité. Je n'ai absolument aucune expérience en la matière mais je n'ai pas de doute : il prend totalement le contrôle de notre baiser. Sa main gauche caresse ma joue avec douceur tandis que la droite se plaque dans mes cheveux et descend jusqu'à ma nuque. J'ai des papillons dans le ventre. Lorsqu'il s'arrête pour me regarder, je reprends mon souffle bruyamment et il rit.

— Désolé, j'en avais vraiment trop envie.

— C'était...

— Ton premier baiser ? me coupe-t-il, curieux.

Je rougis. Quelle fille embrasse un garçon pour la première fois à vingt et un ans ? Il m'observe et s'aperçoit de ma gêne, aussi il se décide à répondre à ma place :

— Je suis heureux qu'il m'ait été destiné, m'assure-t-il.

Je lui souris timidement, mais je sens sa mâchoire se crisper.

— Laisse-moi t'embrasser une dernière fois avant de te ramener à la maison, me demande-t-il avec un désir ardent dans la voix.

Cette fois-ci, je prends mon courage à deux mains et, décidant de me lancer, prends l'initiative de me rapprocher de lui pour saisir son visage entre mes paumes. Je pose délicatement ma bouche sur la sienne, et en moins de dix secondes je me retrouve sur ses genoux, sans savoir comment j'ai pu atterrir là. Il m'a attrapé les hanches et me plaque contre son corps. Je sens mon cœur battre à tout rompre dans ma poitrine, mais je me laisse porter par la vague de désir qui me submerge. Il s'arrête brutalement et me dépose à nouveau sur le siège passager.

— Waouh, désolé, dit-il.

Puis il fait démarrer la voiture en me jetant un regard empli de tendresse.

— Attache-toi.

Je m'exécute sans un mot. Tout ce que j'aurais pu répondre a disparu dans les méandres de mon esprit, je ne suis plus que sensations.

Nous faisons la route en silence. Joshua me jette fréquemment des regards discrets, comme pour vérifier que je suis toujours à côté de lui. Il est souriant et enjoué quand nous arrivons à destination. Une fois la voiture arrêtée dans le garage, je me lève pour rejoindre la maison par l'escalier intérieur quand il me rattrape et frôle ma main.

— Ça va, Emy ? me demande-t-il, soudain inquiet de me voir si silencieuse.

— Ça va, je suis juste un peu fatiguée. J'ai la nuit d'hier à récupérer, dis-je pour le rassurer.

Il me prend la main et nous montons l'escalier ensemble. Une fois que nous sommes en haut, il me lâche avec un soupir et nous entrons l'un après l'autre dans le hall.

Immédiatement, je reconnais la voix de James qui hurle quelque chose. Nous pénétrons sans bruit dans le salon et je pose mon sac. Will et James sont tous les deux vautrés sur le canapé, une bière à la main. Ils fixent l'écran géant qui couvre le mur devant eux. Je lâche un rageur :

— Soirée foot, super !

Will se retourne et me sourit.

— Coucou, petite sœur, ça va ?

Je hoche la tête et il se tourne vers Joshua.

— Josh, ramène-toi ! Le match a commencé, tu as mis trop de temps à rentrer !

Je pense soudain que, si Will savait pourquoi nous avons tardé, il ne ferait pas le malin. Les images de Joshua m'attrapant et me soulevant pour me poser contre son corps chaud me reviennent à l'esprit, et je me dandine d'un pied sur l'autre pour dissiper mon malaise.

Joshua me lance un regard désolé puis part s'asseoir entre mes deux frères. Je ramasse mon sac, prends de quoi manger dans la cuisine et monte l'escalier à grandes enjambées pour rejoindre ma chambre.

Sous la douche, je laisse couler l'eau brûlante sur ma peau pendant de longues minutes. Ça fait un bien fou et ça me remet les idées en place. J'ai embrassé Joshua, deux fois... Mais qu'est-ce qui m'a pris ?

Si mes frères l'apprennent, c'est sûr, ils vont vouloir le zigouiller. Leur besoin de contrôler ma vie dans les moindres détails a toujours exclu l'hypothèse d'une relation avec un homme. Pourtant, ce n'est pas l'envie qui m'en manquait, mais en raison de ma vie d'ermite, l'occasion ne s'est jamais présentée. Aujourd'hui, je sais que mon père et mes frères repousseraient n'importe quel homme qui aurait fait le choix d'entretenir une relation avec moi car je suis leur petite protégée, la dernière de la fratrie et, pour couronner le tout, la seule femme de la famille. Le fait que Joshua soit un employé leur donnerait une raison supplémentaire de refuser notre relation, mais je connais suffisamment mes frères pour savoir qu'aucun homme ne trouverait grâce à leurs yeux pour mériter l'amour de leur petite sœur.

Je le garderai pour moi, soit, mais après ? Comment dois-je me comporter avec lui, maintenant ?

C'est le super homme de main de mon père, il vit quasiment tout le temps sous le même toit que nous. La situation est bouchée, je suis dans une impasse. Même si je le voulais, il ne pourrait strictement rien y avoir entre nous.

Et, d'ailleurs, est-ce que je le veux ? Je n'aurai pas la force de me lancer dans cette lutte, c'est peine perdue. Je me suis laissé déborder par mes émotions et mes sensations, ça n'arrivera plus.

Après avoir relu mes cours, je programme mon réveil sur mon téléphone portable et éteins les lumières de ma chambre. Il doit être à peine 18 h 30, mais je n'ai absolument pas la force d'attendre plus longtemps pour plonger dans le sommeil. Je m'endors presque immédiatement.

8

Je suis réveillée par la sonnerie de mon téléphone. Je l'attrape en me frottant les yeux. Dans la pénombre de ce début de soirée, il éclaire presque toute la pièce et me casse les oreilles. Sans avoir regardé d'où provenait l'appel, je décroche et pose l'appareil contre mon oreille. D'une voix ensommeillée, je prononce :

— Oui, c'est qui ?

— L'homme qui ne cesse de penser à toi, répond une voix rauque.

Joshua ? Noah ? Merde, je n'ai pas bien reconnu la voix.

— Ah..., dis-je pour me laisser le temps de réfléchir.

— J'attendais ton appel, dit-il.

Je me souviens avoir promis à Noah que je l'appellerais : je vois mieux qui me parle, et je m'apaise.

— J'étais trop fatiguée, je me suis endormie, désolée.

— La Belle au bois dormant... Si je savais où tu habites, je serais venu te rendre une petite visite, histoire de te réveiller en douceur...

— Tu aurais eu affaire à des mecs pas très cool, dis-je en regrettant tout de suite mes paroles : Noah n'a pas besoin de connaître ma vie.

— Et le mec baraqué qui est venu te chercher à la fac en fait partie ? demande-t-il.

Me voilà prise à mon propre piège : je serais bien incapable de dire qui est Joshua par rapport à moi...

J'opte pour la version la plus crédible, que je propose d'un ton enjoué :

— C'est un ami de la famille, il a été sympa de venir me chercher !

— Un ami de la famille ?

— Tu as bien entendu, Noah.

— Il y a quelque chose entre vous deux ? demande-t-il.

Perspicace. Sauf que lorsqu'il nous a vus il ne s'était encore rien passé, alors ce que je m'apprête à dire n'est qu'un demi-mensonge.

— Non, rien. Je l'apprécie comme un frère.

Je grimace en prononçant ces paroles ; heureusement, Noah ne peut pas me voir, alors...

— J'ai hâte de manger mon sandwich avec toi demain, susurre-t-il.

Je pouffe de rire tant sa phrase m'a l'air incongrue.

— Ouais, ce sera super.

— Emily ?

— Oui, Noah ?

— Pourquoi est-ce que j'ai tant de mal à capter ton attention ? Quelque chose ne te plaît pas chez moi ?

Je me redresse dans le lit, car je sens qu'il ne sera pas facile de répondre à toutes ses questions.

— C'est que je ne te connais pas depuis très longtemps, Noah. Et j'avais décidé de me concentrer sur mes études. Du coup, j'ai le sentiment que ce n'est pas le moment.

— Tu pourrais regretter de passer à côté d'un mec comme moi, dit-il soudain.

— Quelle arrogance...

Sans le voir, j'entends le léger bruit humide que produisent ses lèvres quand elles s'étirent en un sourire que j'imagine craquant. Le petit rire qui suit me fait frissonner, il est tout simplement exquis.

— Je suis patient, Emily, ajoute-t-il en retrouvant son sérieux.

J'ai du mal à avaler ma salive, j'ai mille raisons de me sentir fautive. J'ai l'impression de trahir Joshua et Noah en même temps.

— Je ne peux te proposer que mon amitié, Noah, c'est à prendre ou à laisser.

— Je prendrai tout ce que tu me donneras, dit-il.

— Bon, je te vois demain, alors, dis-je, les paupières lourdes.

— OK, bébé, à demain ! lance-t-il avant de raccrocher.

« Bébé » ? Est-ce que je ne viens pas de lui dire que je voulais qu'on soit amis ? Il va devoir se garder ses petits noms pour lui.

Je reste un moment allongée dans mon lit à réfléchir à tout cet imbroglio sentimental auquel je ne me sentais absolument pas prête. Lorsque je finis par m'endormir à nouveau, c'est pour sombrer dans un sommeil très agité.

Ce matin, je me suis réveillée peu avant la sonnerie stressante de mon réveil : la journée commence bien. Je file sous la douche et m'habille en vitesse, d'un jean slim noir taille haute et d'un T-shirt court et ample très agréable à porter. J'enfile mon gilet et mes bottes et descends prendre mon petit déjeuner. La maison est plongée dans un silence religieux, je n'entends même pas de ronflements derrière les portes de mes frères. La cuisine américaine est tout aussi vide et silencieuse, et j'ai l'impression de mettre la musique à fond lorsque j'enclenche la machine à café.

Je consulte mon téléphone portable : il n'est que 6 h 30 et le soleil commence tout juste à se lever. Je m'assois sur un tabouret et déguste mon café avec deux tartines de confiture. Un délice que je m'octroie chaque matin : je suis gourmande et j'aime ce moment pour moi, avant l'ouragan qu'est parfois une journée dans ma famille, désormais.

Je n'ai toujours pas croisé mon père depuis l'accident d'Ethan et je le soupçonne de passer ses journées et ses nuits à son chevet. Il me manque, surtout après la nuit d'horreur que nous avons vécue. Je décide de lui envoyer un message :

Tu es avec Ethan ?

La réponse ne tarde pas à arriver :

Oui, je suis resté avec lui cette nuit, il va beaucoup mieux.

Je me réjouis de cette nouvelle et l'informe :

Je passe le voir ce soir avec une amie, avec ou sans ton aide.

Je reçois quelques minutes après une réponse qui lui ressemble :

James a déjà prévu de t'y emmener, ma petite fleur, bonne journée.

C'est bien, au moins, ça m'évitera de lui désobéir. Ethan me manque, et la dernière fois que je l'ai vu, juste après l'accident, j'ai cru qu'il était mort sur le coup. J'ai envie de m'effondrer rien qu'en pensant à ce que j'ai pu ressentir ce soir-là ; aussi, je rejette ces images terribles et laisse mon esprit divaguer.

J'en viens forcément à me remémorer ce qui s'est passé entre Joshua et moi hier. J'ai la sensation d'être encore plus perdue aujourd'hui. Il m'a embrassée avec tant de fougue et de désir... Je sais pertinemment que nous avons fait une erreur qui ne doit pas se reproduire mais je n'ai qu'une envie : recommencer. C'était tellement palpitant et il s'est montré si doux et attentionné avec moi que j'en ai encore l'estomac qui papillonne, il faudrait être folle pour ne pas vouloir revivre cela.

Ces pensées m'émoustillent, et je rêve quelques minutes encore, tout en préparant mon déjeuner. Mais je constate soudain qu'il est 8 heures : je dois filer à la fac ! Je monte, à la recherche d'une bonne âme pour m'accompagner, et ouvre successivement les portes des chambres de Will, James et Matthew. Visiblement, aucun d'eux n'a dormi ici hier soir.

Je monte encore un étage et me dirige d'abord vers la chambre de Logan. Je suis déjà suffisamment perturbée par ce qui s'est passé la veille pour ne pas vouloir me frotter à nouveau à Joshua de grand matin. Je frappe à la porte comme une désespérée, mais Logan n'ouvre pas, il est absent, lui aussi.

Je m'appuie le dos au mur en fermant les yeux et me laisse glisser au sol. Il va falloir que j'aille réveiller Joshua. Cette simple idée me rebute, car je ne sais plus comment je dois me comporter avec lui. Bon. Je prends mon courage à deux mains, ouvre les yeux et me dirige vers sa porte.

Avant même que j'aie pu frapper, elle s'ouvre, dévoilant un Joshua encore endormi. Son pantalon de pyjama descend sur ses hanches, il est torse nu... Il n'a pas songé à changer de tenue avant de m'ouvrir ; au contraire, il est complètement à son aise et furieusement sexy.

Il affiche un demi-sourire en coin lorsqu'il me découvre sur le seuil. Je ne peux pas m'empêcher de rester bouche bée devant son corps magnifique ; il déborde de muscles et de virilité, et je me force à détourner le regard. Mais il devine sans peine l'effet qu'il produit sur moi. Je prends tout de même une voix détachée pour demander :

— Je te réveille ?

— Disons que je t'ai entendue tambouriner à toutes les portes. J'attendais de voir combien de temps ça te prendrait d'atteindre la mienne.

Je lui lance un regard noir.

— Où sont mes frères ?

— Je sais que James a passé la nuit au Delta. Quant à Matthew et Will, c'est top secret.

— Super. Maintenant, va t'habiller, sinon je vais être en retard ! dis-je, agacée d'être ainsi mise à l'écart une fois de plus.

Mais Joshua n'a pas l'intention de me laisser passer ma colère sur lui. Il plaque sa grande main dans le bas de mon dos pour me tirer contre lui. Je n'essaie même pas de l'en empêcher. Il penche la tête et m'embrasse avec lenteur.

— Bonjour, ma puce, dit-il d'une voix ensommeillée.

J'ai du mal à tenir sur mes jambes après son baiser et, lorsqu'il me lâche, je manque de trébucher. Mais il me rattrape et me dépose sur son lit.

— Attends-moi là, je me dépêche.

Une douche ultra-rapide plus tard, il me prend par la main pour me conduire jusqu'au garage. Il s'installe au volant du 4x4 de mon père. Je lui jette un regard curieux, et lui demande, parce que j'aimerais savoir à quoi il occupe ses journées quand je suis absente :

— Quoi de prévu aujourd'hui ?

— J'ai des choses à régler pour ton père et je dois faire un tour au Delta pour rencontrer un investisseur à la place d'Ethan.

J'espère que les investisseurs dont il parle ne sont pas dans le même genre que ceux qui ont voulu tuer mon frère.

— Une journée comme les autres dans notre monde, lâche-t-il.

Je soupire d'exaspération mais il ne réagit pas.

J'arrive devant la faculté de médecine avec vingt minutes d'avance et remarque une foule d'étudiants agglutinés qui discutent en fumant une dernière cigarette. Joshua gare l'énorme 4x4 juste à côté d'eux. Les étudiants lancent des coups d'œil admiratifs sur le bolide de mon père. Heureusement, les vitres sont teintées... S'ils avaient pu me voir à l'intérieur, je me serais sentie plus épiée encore que je ne le suis déjà. Je ne comprendrai jamais cette fascination des gens pour les grosses cylindrées.

Mais je reconnais Noah et Hayle. Adossés à un mur, ils discutent en jetant des regards distraits vers notre voiture.

— Merci de m'avoir déposée, Joshua, dis-je.

— Tout le plaisir était pour moi. On se revoit ce soir, passe une bonne journée, Emy.

Il caresse alors mon visage et je baisse spontanément la tête pour qu'il cesse. Il fronce les sourcils, attendant visiblement que je m'explique. Ce que je fais d'une voix hésitante.

— On devrait peut-être parler de ce qui s'est passé hier et ce matin ?

— Que veux-tu savoir ?

— Qu'est-ce que ça change pour toi ? Pour nous ? Je ne sais même plus comment je dois me comporter avec toi. Sommes-nous un couple ?

Il ricane devant mes questions, ce qui me vexe. Pourtant, je n'en montre rien. Il finit par reprendre son sérieux et, d'une douce pression sur mon menton, il lève mon visage vers lui pour être sûr d'avoir toute mon attention.

— Ce que ça change pour moi ? Absolument tout, Emy. Je me sens enfin vivant. Pour nous ? Rien. Nous devons continuer à nous comporter comme avant. Pour le moment, je ne peux pas être en couple à proprement parler, et tu sais pourquoi. Je serai là pour toi et j'aurai sûrement encore plus de mal à cacher à tes frères l'attirance que j'ai pour toi, mais il me faudra le faire.

Je me sens soudain prise d'une colère et d'une déception qui me bouleversent. Je ne m'attendais certes pas à des fleurs et à des violons, mais tout de même à un peu plus que ces phrases énoncées bien trop raisonnablement.

— Tu n'avais pas prévu de te livrer ni de m'embrasser. Mais tu l'as fait dans l'urgence, en réaction au comportement de Noah. Pour répondre à une menace que tu voyais apparaître entre nous. Tu as fait ça uniquement pour me garder sous la main ?

Tout en interrogeant Joshua, j'observe Noah, à ma droite, qui semble attendre que je descende de la voiture. Je ne peux m'empêcher d'en vouloir à Joshua. Une partie de moi aimerait enfin connaître la simplicité et la normalité d'une relation amoureuse. Je crois que, dans le fond, je m'en veux aussi de ressentir autant d'émotions contradictoires. De ne pas savoir où j'en suis. Je veux bien ne pas presser les choses, ne pas lui forcer la main, mais je ne suis pas prête à attendre dans l'ombre qu'il se décide à officialiser ce que nous sommes. Car de sa décision dépend par la même occasion la possibilité pour moi de vivre librement ce que j'éprouve pour lui. Je comprends son appréhension à l'idée que mes frères apprennent ce que nous ressentons l'un pour l'autre. Je serais prête, moi aussi, à le leur cacher, bien sûr. Mais j'aurais voulu qu'il mette des mots sur ce qui se passe entre nous. Je ne peux m'empêcher d'être en colère, à le voir se contenter d'un : « Je serai là pour toi. » Comme une idiote, j'espérais qu'il voudrait tenter de changer certaines choses après notre rapprochement. En commençant par son comportement avec moi : qu'il me parlerait plus librement de son travail auprès de mon père. Et j'ai la nette impression qu'il s'est joué de moi d'abord pour évincer Noah, ce qui accroît indéniablement ma colère.

J'observe ses traits qui se durcissent alors qu'il regarde Noah. C'est parfait, j'abats ma dernière carte pour le faire réagir.

— Écoute, si tu veux savoir, de mon côté, c'était une super expérience, mais j'ai besoin de simplicité dans ma vie et, avec tous les secrets que tu te gardes bien de me confier, ce n'est pas toi qui pourras me l'offrir. Au revoir, Joshua.

Je ne prends pas la peine de le regarder et descends de la voiture sans ajouter un mot. Il ne proteste pas et démarre en trombe dès que je referme la portière. J'admets éprouver une pointe de tristesse à le voir partir ainsi sans chercher à me retenir. Mais tant pis. Je me tourne vers Noah et m'aperçois que Hayle n'est plus là. Il s'empresse de me rejoindre, un sourire sincère sur le visage.

— Bonjour, toi, dit-il en passant son bras autour de mes épaules.

— Salut, Noah, tu m'as l'air en forme, ce matin.

— C'est ce qui m'arrive quand je te vois : tu me rends joyeux.

— Heureuse d'apprendre que je suis capable de te faire ressentir ça.

Il me sourit et tripote nerveusement la lanière de mon sac.

— Pourquoi tu ne m'as rien dit concernant l'accident de ton frère ? J'ai l'air con de t'avoir reproché de ne pas m'avoir appelé, maintenant.

— C'était récent, je n'avais pas trop envie d'en parler.

— Ça ne t'a pas empêchée de le faire avec Hayle, précise-t-il.

Il marque un point.

— Tu n'as pas tort, mais tu m'as redonné le sourire en parlant d'autre chose, alors je ne voulais pas gâcher ça.

Il passe sa main derrière ma nuque en se mettant face à moi, et je repense inévitablement à Joshua et à son baiser enflammé. Je soupire et vois un sourire se dessiner sur le visage de Noah. Il a pris ce soupir pour lui. S'il voyait les images qui traversent actuellement mon esprit, il ne serait sûrement pas aussi content.

— Ça te dirait, de venir à une fête avec moi demain soir ?

— Chez Julan, le quarterback le plus sexy du campus ? demandé-je en riant.

— Non, je t'interdis de dire ça ! Je veux être le plus sexy à tes yeux.

— Cette phrase est signée de Lexie. Elle veut aussi que je l'accompagne, mais je m'apprêtais à refuser, ce n'est pas trop mon truc, les fêtes étudiantes.

C'est un mensonge. Je ne sais strictement rien des fêtes étudiantes. Bon, j'ai mon idée sur la question, mais je n'ai jamais eu l'occasion d'assister à une seule soirée de ce genre. Devant son regard suppliant, je lui réponds tout de même :

— OK, je vais y passer avec Hayle. Lexie compte aussi nous y rejoindre, mais je ne te promets pas d'y rester très longtemps.

— Juste le temps de boire quelques verres avec moi et puis que je t'emmène danser sur la piste, dit-il d'un air amusé.

— Va pour les verres mais pas pour la danse, dis-je, le sourire aux lèvres.

— Ça marche ! Viens, je t'accompagne à ton cours, me répond-il en attrapant ma main.

Lorsque je m'engouffre dans l'amphi, toute trace de colère a déserté mon cœur, je suis à nouveau souriante et détendue. Je ne dois cet état d'esprit qu'à Noah et à sa bonne humeur. Une place est libre, je m'assois près de Hayle et de Jerry, que je salue chaleureusement. Ça ne fait que quatre jours que j'ai intégré la fac, mais je commence à m'y sentir chez moi. J'attrape mon stylo et mon cahier pour me préparer à prendre des notes.

Le cours de pathologie cardiovasculaire est aussi instructif que dense, mais il m'est très familier car j'en connais déjà pas mal à ce sujet. Le cœur est un organe noble et vital, son fonctionnement et sa dynamique m'ont toujours fascinée. Les pratiques chirurgicales dans ce domaine m'émerveillent, et l'implantation du cœur d'un tiers dans la poitrine d'un autre est le summum du progrès, selon moi. Si je dois choisir une spécialisation un jour, la chirurgie cardiaque sera mon option numéro un, c'est certain.

Lorsque le cours se termine, je range mes notes dans mon sac et me tourne vers Hayle.

— J'ai prévu de manger avec Noah ce midi.

— J'ai déjà été mise au courant, me dit-elle en me faisant un clin d'œil.

Jerry s'approche de moi et pose une main sur mon épaule.

— On se retrouve après manger, dans ce cas, suggère-t-il avec un sourire entendu.

Est-ce que j'ai manqué quelque chose ? Pourquoi se font-ils une joie de me laisser partir pour rejoindre Noah ? S'il y a un trait de caractère que j'ai bien repéré chez Jerry, c'est qu'il laisse transparaître toutes ses émotions. On peut lire en lui comme dans un livre ouvert, et je suis certaine qu'il y a une raison que j'ignore à sa gaieté.

Noah m'attend déjà à la sortie de la salle. Le sourire aux lèvres, les yeux brillants, il est spectaculairement beau, et je ne suis pas la seule à le remarquer.

— Tu es toujours le premier à sortir des cours, je parie ! dis-je.

— Oui, je suis pressé de te retrouver, c'est pour ça.

— C'est adorable, dis-je en souriant.

Je ne sais toujours pas s'il joue la comédie avec moi, car il est franchement dragueur et son discours a un petit côté artificiel ; mais je ne peux m'empêcher de penser qu'il y a aussi une part de vérité dans ce qu'il me dit.

Pour le déjeuner, Noah choisit finalement de m'emmener dans un restaurant situé en dehors du campus.

Je savais bien qu'il avait prévu quelque chose de particulier, d'après la réaction de mes deux camarades de classe. Mais je ne prends pas la peine de prévenir Logan, je n'ai vraiment pas envie de le voir débarquer comme la dernière fois. Je ne veux pas non plus qu'il me voie, car je ne suis pas totalement à mon aise : je ne sais pas si je dois considérer ce rendez-vous comme un rendez-vous galant, mais je me sens tout de même coupable vis-à-vis de Joshua...

La bonne humeur de Noah est contagieuse, et je me laisse porter par notre discussion pendant tout le repas sans voir le temps passer. Lorsque je regarde mon téléphone, il est déjà l'heure de repartir vers le campus et je m'aperçois que j'ai reçu un message de Joshua. Tiens, quel timing ! Je l'ouvre discrètement.

Désolé si je t'ai blessée, Emy, je n'arrête pas de penser à toi, je deviens fou.

Waouh ! Je me sens encore plus coupable. Il faut que je clarifie la situation en rentrant ce soir. Je ne peux pas exiger de lui qu'il dise la vérité à mes frères, mais moi j'ai besoin de toute son honnêteté. Je ne peux pas décider de construire une relation avec lui sans savoir tout ce que j'ignore. Il devra choisir entre la loyauté envers mes frères et l'amour qu'il éprouve pour moi. S'il n'est pas prêt à cela, je passerai à autre chose ; et l'issue est déjà toute trouvée.

Tandis que je suis plongée dans ces pensées, Noah agit avec moi en véritable gentleman. Après avoir réglé l'addition, il me ramène au campus en voiture. Sur le trajet du retour, il me raconte ses années lycée et la raison qui l'a poussé à arrêter le football. Il se montre si enjoué et si attentionné que je finis par ne plus penser qu'à lui.

Tout en parlant, je le vois surveiller la route, l'heure et son compteur. Mais il a beau rouler vite, nous arrivons au campus avec une minute de retard. Ouvrant la portière pour que je descende, il saisit ma main et me conduit vers l'amphi, accélérant le pas.

— J'accepte d'être en retard, Noah, je n'ai plus de souffle ! dis-je en traînant les pieds.

Il me regarde avec un air malicieux, s'approche de moi, et avant que je puisse protester il m'a déjà soulevée du sol et hissée sur son épaule. Je lui crie de me reposer, mais il n'en fait rien. Je ris à gorge déployée. La situation est cocasse et les étudiants qui nous croisent pouffent à notre passage. Lorsqu'il arrive devant ma salle, il me dépose à terre avec un grognement rauque.

— Tu auras mal à l'épaule tout le week-end, imbécile, dis-je.

— La douleur me fera indéniablement penser à la belle fleur fragile que tu es, dit-il en gloussant.

Je lui décoche un coup de poing léger dans l'autre épaule avant de rétorquer du tac au tac :

— Cette douleur-là te rappellera que je ne suis pas une fleur fragile.

— Tu n'as pas mentionné l'adjectif « belle », je dois en déduire que je peux continuer à t'appeler ainsi ?

— Ce n'est pas gênant, en effet.

— Vas-y avant d'avoir une heure de retard, me presse Noah.

Il a raison, ce n'est pas une super idée de commencer la première semaine de fac comme ça.

— OK, j'y vais, à plus, Noah.

Il m'embrasse sur la joue et je le quitte le cœur léger.

Les quatre heures de cours qui suivent sont éprouvantes, d'autant plus que je n'arrive pas à rester totalement concentrée sur ce que le professeur raconte. Mon esprit vagabonde loin de la fac et de ce déjeuner pourtant charmant. Je n'arrive pas à me mentir plus longtemps : j'ai très envie de revoir Joshua. Même si ma déception est forte, j'admets ressentir plus que de l'amitié pour lui.

Néanmoins, je ne me vois pas construire une véritable relation, étant donné tout ce que j'ignore sur sa vie. Je ne connais rien de son passé et je ne peux pas dire que je connais mieux son présent. Il est une énigme que je ne parviendrai pas à résoudre sans son aide. Noah est quant à lui si naturel et si simple... Mais quelque chose que je n'arrive pas à cerner chez lui m'empêche de franchir le pas depuis le début.

9

Une fois les cours finis, je me dirige vers la sortie, Hayle à mon bras. Elle n'a pas renoncé à m'accompagner à l'hôpital pour rendre visite à mon frère. Une boule d'angoisse s'est logée dans mon ventre dès le moment où j'ai commencé à ramasser mes affaires. J'ai peur de découvrir Ethan en mauvais état. Et s'il était plus gravement touché que l'on a bien voulu me le dire ? On essaie sans cesse de me protéger, ce ne serait pas la première fois qu'on me mentirait.

James est déjà en train de nous attendre, je m'assois à l'avant et Hayle prend place derrière nous.

— Je te présente Hayle, dis-je à mon frère.

Hayle lui tend une main polie et il l'accepte. Elle se montre très souriante et ses yeux brillent d'intérêt. J'esquisse un petit sourire.

— Ça va, Emy ? me demande-t-il en démarrant.

— Oui, j'ai hâte de le revoir.

— Il t'attend avec impatience.

Je croise les bras et frissonne, pas de froid mais de stress. Ce que j'ai vécu cette nuit-là est encore frais dans mon esprit, et j'ai la sensation que tout peut encore se reproduire, n'importe quand. J'aimerais pouvoir protéger mes frères, mais je n'ai absolument aucune idée de ce qu'ils trafiquent. Je ne peux pas en parler à James maintenant, alors que Hayle est avec nous, mais je me promets que je ne tarderai pas à le faire.

Nous trouvons rapidement une place au pied de

l'hôpital, puis James s'oriente sans hésiter dans l'établissement. Il connaît apparemment déjà l'étage et le numéro de la chambre d'Ethan. Aux côtés de Hayle, qui me tient la main, je le suis dans les couloirs aseptisés.

— Voilà, c'est ici, dit-il en me désignant une porte de la main droite.

Je lui jette un œil et il m'encourage à entrer la première. Je frappe à la porte et enclenche la poignée. Ethan est allongé sur un lit d'hôpital qui paraît minuscule pour porter son grand corps. Une potence maintient une perfusion à sa gauche. Le goutte-à-goutte rythme les battements de mon cœur. Lorsqu'il tourne la tête et m'aperçoit, il m'offre un sourire sincère. Je respire. Il n'a pas changé d'un pouce ; je retrouve ses yeux doux, son air si habituellement joyeux et enchanté m'est toujours aussi familier.

Mon cerveau disjoncte un moment et je me jette sur lui comme une enfant. Il me rend mon câlin avec ferveur, et lorsque je me relève je m'aperçois que sa mâchoire est crispée.

— Merde, désolée de t'avoir broyé les os...

Il rit.

— Je suis trop content de te voir, Emy, je peux le supporter.

Son regard se pose sur Hayle, qui n'ose pas s'approcher, derrière moi. Je prends l'initiative de les présenter, et Ethan se montre tout à fait adorable avec elle, comme je l'avais prédit. Nous restons à discuter tous les quatre pendant près d'une demi-heure lorsqu'une infirmière interrompt notre débat sur l'Obamacare.

— Je dois l'examiner, je vais vous demander de sortir, s'il vous plaît, nous dit-elle en faisant un signe vers des récupérateurs remplis de sang.

— Merde, il fait une hémorragie ? demandé-je, incrédule.

— Non, ne vous inquiétez pas, nous ne les avons pas vidés aujourd'hui, il va très bien.

Ethan attrape mon bras et me fait approcher davantage de lui.

— Arrête de t'inquiéter pour les autres, petite sœur. Je vais bien et j'irai encore mieux lorsque je serai rentré à la maison.

— OK, je t'attends de pied ferme. Tu as tout ce qu'il te faut ?

— Ne t'en fais pas. Papa m'apporte de quoi tenir au quotidien. Rentrez, il est déjà tard, dit-il en s'adressant à James.

Celui-ci hoche la tête.

— À plus, frérot, dit-il.

J'embrasse Ethan et le quitte beaucoup plus légère qu'à mon arrivée.

Sur le chemin du retour, j'intercepte les regards curieux que James pose sur Hayle. J'ai l'impression qu'il n'est pas tout à fait insensible au charme de ma copine de fac, et cette idée me fait sourire. Elle s'est montrée très chaleureuse avec mes frères à l'hôpital, sans être pour autant envahissante, et elle a su être une présence réconfortante pour moi. Je ne la connais pas encore beaucoup, mais cette fille me plaît bien. James la dépose à East Campus et nous repartons en direction de la maison.

Seule avec mon frère, je sens refaire surface mon besoin de connaître le quotidien de ma famille et tout ce qu'on veut me cacher sur leur vie. J'ai besoin de mesurer l'importance du danger qui menace les miens pour choisir en connaissance de cause de poursuivre dans cette voie obscure. Après plusieurs minutes de silence, je ne peux m'empêcher de l'interroger de nouveau :

— Est-ce que vous êtes décidés à m'expliquer ce que vous faites de vos journées et de vos nuits ? Et qui sont ces gens étranges qui vous doivent de l'argent ?

— Quand les choses se calmeront, on en discutera, je te le promets. Pour le moment, il vaut mieux que tu n'en saches pas trop.

— Pourquoi ? Ça risque de m'inquiéter ?

Je demande cela avec un rire faussement joyeux.

— Crois-moi, ton inquiétude n'est pas le seul critère qui me motive pour te protéger de tout ça. En temps voulu, Emy. OK ?

— OK, mais n'attendez pas trop longtemps, ou je ferai en sorte de découvrir toute seule ce que vous me cachez.

Il jette un œil vers moi pour savoir si je plaisante, mais je suis tout à fait sérieuse et ne compte pas rester encore longtemps à l'écart de ce qui se trame dans ma propre famille. J'ai besoin de savoir et de comprendre.

Quand nous rentrons à la maison, ce soir-là, il est déjà 20 heures. Je retrouve Matthew, Will et Joshua attablés dans la cuisine en train d'engloutir un savoureux gratin concocté par Hilary.

— Tu nous fais l'honneur de ta présence ce soir ? me demande Matthew.

Je ne peux pas m'empêcher de jeter un œil vers Joshua, qui me scrute avec une attention toute particulière.

— OK, laissez-moi cinq minutes, je reviens.

Je pars me déchausser et enfile une tenue plus confortable, puis je les rejoins et déguste à mon tour une assiette bien remplie. La soirée se passe sans accroc, car je prends bien soin d'éviter le regard de Joshua ; du coup, je ne lui adresse pas la parole. Je le sens tendu, mais il garde la face devant mes frères.

Lorsque le repas est terminé, je regagne le salon et vais digérer sur le canapé. Je reste de longues minutes devant la télévision, à zapper frénétiquement d'une chaîne à l'autre sans rien trouver d'intéressant à regarder. Dépitée, je finis par m'arrêter sur un documentaire animalier, de quoi m'endormir en moins de deux minutes. J'entends mes frères discuter à l'étage, mais je ne saisis pas ce qu'ils se disent. Je ferme les yeux et m'endors sans même m'en rendre compte, quand mon prénom me fait sursauter.

— Emily !

— Hein ?

— Tu t'es endormie sur le canapé, m'indique la voix de Joshua.

— Ah, merci, dis-je en me levant pour remonter vers ma chambre.

— Emy, ne m'ignore pas, s'il te plaît. Je ne le supporterais pas.

L'ignorer est puéril, je le sais, et c'est pourtant ce que je me suis évertuée à faire durant toute la soirée, comme pour le punir, lui, pour tout ce qui me ronge intérieurement. M'abandonner à exprimer ce que je ressens à ce moment précis me rendrait encore plus vulnérable. Est-ce que je me comporte comme une enfant gâtée en souhaitant vivre une relation saine avec Joshua ? Je voudrais lui exprimer mes angoisses et l'entendre en retour me confier la réalité de sa vie et les missions pour lesquelles mon père l'emploie. Peut-être que je lui en demande trop et trop vite, mais mon impulsivité et mes sentiments pour lui m'empêchent de ne pas être déçue lorsqu'il élude mes questions. J'aurais voulu qu'il se range de mon côté plutôt que de celui de mes frères. En clair, qu'il me choisisse, moi. Lorsque je pose enfin les yeux sur lui, je découvre un visage défait et fatigué. Il a l'air tellement impassible, d'habitude, que ça me fait tout drôle.

— Tu devrais aller dormir aussi, tu as une sale tête, lui dis-je.

Il me fait un sourire crispé.

— OK, je te suis, répond-il.

Dans le fond, je suis persuadée qu'il n'en a pas fini avec moi mais obtempère parce que le risque de se faire surprendre dans le salon est trop grand ; et il préfère qu'on déménage à notre étage.

Je ne m'étais apparemment pas trompée, car j'ai à peine mis un pied sur le palier de ma chambre qu'il a collé son corps contre le mien. Il n'ose pas me toucher, mais je devine son empressement et sens son souffle court sur ma nuque. Je me tourne, et dans la pénombre il me paraît si grand et si musclé que j'ai l'air encore plus petite. Malgré toutes les injonctions de mon cerveau, mes mains se fraient un chemin sur son torse, et j'entends un grondement sourd provenir de sa poitrine.

— Emy, dit-il d'une voix rauque.

J'entends sa respiration saccadée se perdre dans le creux de mon cou, provoquant une vague de sensations que je n'avais encore jamais connues. Son souffle chaud se rapproche de mes lèvres, et je sais qu'il n'est plus qu'à quelques centimètres d'un baiser. Mon corps décide qu'il a assez attendu et je plonge vers lui. D'une douce pression, ses lèvres se posent sur les miennes. Il entoure mon visage de ses grandes mains et je me perds complètement dans cet élan passionné. Lorsque je reprends mes esprits, je lui avoue :

— Ce que je ressens pour toi me pose problème.

— Ah oui ? demande-t-il, curieux d'entendre la suite.

— Oui, j'aimerais que tu n'aies aucun secret pour moi mais tu me mens sans arrêt.

— Par omission, précise-t-il.

— C'est la même chose, Joshua, dis-je, exaspérée.

— Je suis désolé, Emy.

— Tu t'excuses ?

Je reste incrédule tandis qu'il passe la main dans ses cheveux d'un geste nerveux.

— J'aimerais que tu sois heureuse avec moi, c'est égoïste ?

— Si ça implique que tu continues à me mentir, oui.

— Je te promets de tout te dire, laisse-moi juste quelques jours pour convaincre tes frères.

Joshua a toujours respecté ses promesses, et je sais qu'il le fera cette fois aussi. Je ne peux réprimer un sourire triomphant. Mais je me doute que je ne serai pas forcément heureuse de ce que je vais apprendre. Enfin, au moins je ne serai plus mise à l'écart comme je le suis maintenant, et ça, ça n'a pas de prix.

Comme pour le remercier de l'effort qu'il a consenti à faire, je m'approche encore plus de lui et pose ma main sur sa puissante poitrine. Je sens qu'il essaie de réprimer son désir de me toucher, mais, lorsque je fais le premier pas, il commence à m'effleurer, puis à me caresser et à m'embrasser, sans parvenir à s'arrêter. Alors je perds le contrôle moi aussi et me retrouve très vite allongée sur mon lit sans savoir quand ni comment je suis arrivée là. Il a refermé la porte de ma chambre derrière nous et s'est allongé au-dessus de moi, se maintenant sur ses bras qui encadrent mon visage, pour ne pas m'écraser.

— Je crois qu'il faudrait que je te laisse te reposer, dit-il, haletant.

Je sens bien qu'il lutte pour me dire ça et que toutes les fibres de son corps l'appellent en réalité à poursuivre ce que nous étions en train de faire. Mais il a raison. Ce n'est pas prudent, et la dernière chose que je souhaite c'est que l'on nous découvre ainsi. Je caresse son torse de la paume de ma main et ferme les yeux comme pour me rappeler chaque détail de son visage. Lorsque je relève les paupières, je constate qu'il m'observe avec attention, lui aussi. Ses jolis yeux bridés me fixent et sont emplis de désir pour moi. Luttant moi aussi contre mon élan, je lâche d'une petite voix :

— OK, je vais dormir.

Je meurs d'envie de prolonger ce moment avec lui, mais la crainte de me faire surprendre par un de mes frères est encore plus grande. Je veux laisser une chance à nos sentiments d'évoluer sans la présence écrasante de ma fratrie. Dès que notre relation sera connue, rien ne sera plus pareil. Ils l'éloigneront comme ils ont toujours éloigné les menaces qui rôdaient autour de moi. Joshua a le pouvoir de me faire du mal, et, même si j'accepte de prendre ce risque, eux ne l'accepteront pas. Il m'adresse un doux sourire et pose une dernière fois sa bouche sur la mienne avant de se lever et de quitter ma chambre.

Lorsque je me retrouve seule, je ne peux réprimer un sourire béat qui étire doucement mes lèvres. C'était tellement... à couper le souffle. Il est d'une douceur inimaginable, je ne l'aurais jamais deviné.

Je me lève pour aller prendre une douche et rafraîchir mon corps brûlant. Il faut que je calme mes ardeurs, sinon je risque de me retrouver à nouveau dans sa chambre, collée à son corps irrésistible, et c'est une très, très mauvaise idée.

10

La journée de vendredi passe très vite. Je suis emmenée à la faculté par Logan, cette fois-ci. Je ne revois pas Joshua et ne suis plus surprise d'en ressentir du regret. Je passe la journée avec Hayle et Jerry, et n'aperçois Noah qu'en me dirigeant vers la sortie, en fin d'après-midi, à 18 heures.

Il m'interpelle :

— On se voit toujours ce soir ?

J'ai envie de refuser, à cause de ce qui s'est passé hier avec Joshua. Par honnêteté, et parce que j'aimerais passer encore plus de temps avec lui, rester à ses côtés ce soir. Lorsque je repense à ses mains sur moi, je sens mon désir se réveiller brutalement... À ce rythme, je me dis qu'il vaut mieux que je sorte me changer les idées pour ne pas créer d'incident regrettable chez moi.

— Comme convenu.

J'ai parlé plus sèchement que je ne l'aurais voulu. Je le dépasse en lui faisant un signe de la main, mais son petit sourire crispé m'indique qu'il n'apprécie pas la distance que je mets entre nous. Je ne relève pas et pars rejoindre Logan.

Il est 21 heures. Je suis allongée sur mon lit depuis plus d'une heure et je n'ai aucune idée de la façon dont je dois m'habiller pour me rendre à cette fichue fête étudiante. James a accepté de m'y emmener en fixant la condition qu'il y reste aussi. C'est vraiment le dernier de mes soucis, sa présence retiendra sûrement Noah de tenter quoi que ce soit avec moi.

Ça tombe bien, je n'en ai clairement plus envie, plus envie du tout. Mes pensées sont entièrement tournées vers Joshua depuis hier soir. J'ai l'impression d'être une gamine de quinze ans, des papillons me chatouillent le ventre dès que je pense à lui... Je suis surprise de ne pas l'avoir croisé ce soir en rentrant à la maison. Je n'ai pas osé demander à mes frères où il était, je ne veux surtout pas éveiller leurs soupçons. Rien que mon comportement rêveur est suffisamment étrange. Cela ne me ressemble pas, j'ai l'air d'une amoureuse transie. Mince, il faut vraiment que j'arrête de cogiter !

Je me lève et me dirige vers mon dressing. Il est imposant, plus que bien fourni, je vais bien finir par trouver quelque chose de joli à me mettre ce soir. J'envoie un message à Hayle :

Plutôt robe ou pantalon ?

Elle ne tarde pas à me répondre :

Fais-toi sexy, une robe.

Je ris de sa réponse. Sexy ? Sûrement pas ! Le fait que je sois la petite nouvelle dans le groupe que je fréquente désormais suffira largement à attirer les regards sur moi. Sans compter que quand j'arriverai avec James, qui mesure presque deux mètres, j'ai également de bonnes chances d'être repérée.

Je regarde les nombreuses robes qu'abrite mon dressing et en choisis une rouge, qui dévoile juste ce qu'il faut de peau pour être élégante. Je la passe et suis ravie du résultat : elle épouse parfaitement mon corps en le mettant en valeur. J'ose les talons aiguilles et enfile un boléro noir très classique. Un brin de maquillage pour mettre en valeur mes grands yeux et je laisse les boucles souples de mes cheveux retomber librement dans mon dos. Je suis enfin prête. Je pense que je ne pourrai pas tenir très longtemps dehors dans cette tenue, mais je suis véhiculée, ce soir, alors c'est parfait.

Je descends les marches avec précaution ; je n'ai pas l'habitude des talons hauts et je ne voudrais pas finir aux urgences pour m'être étalée dans l'escalier. J'envoie un message à Hayle pour lui dire que je quitte la maison. La pendule affiche 22 heures, il serait temps de partir, je ne compte pas y passer la nuit.

Je découvre James dans le salon, il semble déjà prêt ; il faut dire qu'il ne s'est pas cassé la tête sur le plan vestimentaire, lui. Il porte un jean tout simple et un T-shirt noir classique. Il est assis sur le canapé, et regarde un reportage sur les trafics de drogue par voie aérienne qui ont mal tourné.

— Super instructif, ce que tu regardes, dis-je en pouffant.

— Tu n'imagines pas à quel point, me répond-il en me souriant. T'es super belle, c'est l'heure ?

— Merci. Oui, je n'ai pas l'intention de m'éterniser là-bas, alors plus tôt on y sera...

— Je n'en reviens pas ! Ma petite sœur qui ne se réjouit même pas d'aller faire un tour dans une soirée de NYU ! Qu'est-ce qui t'arrive ?

— Si, je me réjouis ! Ma première soirée, ma première fête étudiante... Je suis juste un peu fatiguée de ma semaine.

— OK. T'inquiète, dès que tu veux rentrer, je te ramène. Allons-y.

Je le suis jusqu'au garage et découvre Joshua et Matthew dans le fond de la pièce. Ils nous tournent le dos, et discutent devant une voiture que je ne connais pas.

— C'est la voiture de qui ?

— Matthew et Joshua ont préparé une surprise pour Ethan, qui rentre demain après-midi, explique James.

Vu que sa voiture est à la casse, ils lui ont pris un Porsche Cayenne. Il sera plus en sécurité là-dedans, précise-t-il, le sourire aux lèvres.

— Sympa..., dis-je, sans pouvoir décrocher mes yeux du dos musclé de Joshua.

— D'ailleurs, on peut aller à la fête avec. Ça te tente ?

— Pourquoi pas ? Mais je n'ai pas le permis, alors c'est toi qui prends le volant...

James me pince la joue en riant.

— Ouais, de toute façon, je ne t'aurais pas laissée conduire un bijou pareil !

Sa phrase a le mérite de me ramener sur terre. Je lui assène un coup de poing dans l'épaule et il lâche un petit cri de surprise.

— Ça t'apprendra, dis-je, faussement énervée.

Notre petite querelle a eu pour effet d'interpeller Matthew et Joshua, qui se sont retournés vers nous.

— Où allez-vous ? demande ce dernier en se tournant vers James.

Il ne me regarde même pas, et ça me rend nerveuse.

— J'emmène Emy à une fête, explique mon frère.

— Ah oui ? Ça me tenterait bien d'aller y faire un tour, pas toi ? demande Matthew à Joshua en plaisantant.

— Carrément ! répond Joshua.

Je m'empresse d'intervenir :

— Je vous arrête tout de suite ! Vous n'êtes pas invités ! Ni l'un ni l'autre. Bonne soirée.

Je m'aperçois que Joshua a fini par tourner la tête dans ma direction, et me reluque avec insistance. « Noooon ! Ressaisis-toi, sinon on est cramés ! » ai-je envie de lui crier. Pour faire diversion, je bouge et m'avance vers la nouvelle voiture, je monte à l'avant et fais mine de m'intéresser au tableau de bord. Je n'en ai franchement pas grand-chose à faire, mais c'est une façon de lutter pour que mes yeux ne fixent pas Joshua. Les trois garçons échangent quelques mots en ricanant ; je ne les entends pas, mais ils ont l'air de bien s'amuser. Je ferme les yeux pour rester calme. Lorsque James finit par me rejoindre et s'installe derrière le volant, j'ai l'impression d'être une boule de nerfs.

— C'est parti ! lance-t-il en allumant le moteur, qui émet un gros ronflement velouté. Un vrai bijou, j'en tremble, ajoute-t-il en riant.

Je soupire d'exaspération. Impossible qu'une voiture me fasse ressentir ça, à moi. Non, actuellement, ce serait plutôt Joshua... *Mince, Emy ! Ressaisis-toi, toi aussi !*

Nous passons chercher Hayle et Lexie devant leur bâtiment, elles indiquent à James le chemin pour se rendre à la fête de Julan. James et Hayle discutent volontiers pendant le trajet. Je les entends, mais je suis désespérément aspirée par mes propres pensées. Soudain, je sens mon téléphone vibrer, et je le tire de la poche de mon boléro pour le consulter.

Un message reçu de Joshua :

Trop belle. Je ne peux pas croire que tu sois partie comme ça, à une fête, sans moi… Tu veux me tuer ?

Je tapote immédiatement :

Désolée, je ne vais pas y passer la nuit…

Il ne se passe pas trente secondes avant qu'il me réponde :

J'espère bien que tu ne vas pas y passer la nuit, je t'attends de pied ferme.

Je souris devant ces mots autoritaires. J'y retrouve le Joshua que je connais, sympathique même quand il est despotique. Il a toujours fait en sorte que les demandes de mon père me concernant soient respectées, mais c'était à chaque fois avec gentillesse et patience.

On ne risquait pas de louper la fête de Julan : devant son immeuble, une foule d'étudiants s'égosillent en buvant de l'alcool. James se gare à distance raisonnable, et nous ne marchons qu'une minute dans le froid avant d'atteindre l'appartement surchauffé de notre hôte. Je ne me sens pas du tout dans mon élément, et c'est peu dire. Après la marche sur talons hauts dans une robe pour les nuits d'été, l'ambiance proche des festivals internationaux de cinéma où déambulent les stars et les midinettes n'est pas faite pour me mettre à mon aise. Toutes les filles présentes sont presque nues, je me sens soudain vraiment trop couverte. Je laisse mon boléro sur une chaise et suis Hayle et James jusqu'au bar.

Je croise quelques visages familiers, mais la plupart des étudiants me sont complètement inconnus. Je suis intimidée par la foule de filles et de garçons survoltés qui s'agite dans la salle principale. Ceci dit, l'ambiance est au rendez-vous et malgré ma gêne je suis heureuse d'assister pour la première fois à une fête étudiante. James, quant à lui, semble parfaitement à l'aise. Il transpire l'assurance et la confiance en lui : je l'envie.

Je finis par apercevoir Noah près de la piste de danse. Il est collé à une fille que je ne connais pas. Je ris intérieurement, il est vraiment dragueur jusqu'au bout des ongles. Lorsqu'il me découvre, il lâche la fille sans un mot et s'empresse de me rejoindre, non sans remarquer au passage mon géant de frère.

Noah et James m'encadrent, à présent, et j'ai l'impression d'être minuscule. Je vois des lueurs suspicieuses étinceler dans le regard de James lorsqu'il se tourne vers Noah, mais il se recule et laisse un peu de distance entre nous.

— Je t'attendais. J'ai bien cru que tu n'arriverais jamais, me dit mon ami, le sourire jusqu'aux oreilles.

Je réponds du tac au tac à son début de reproche :

— Tu n'avais pourtant pas l'air de t'ennuyer.

— Ah, elle ! C'est Tia. Elle est chiante et collante,

mais pour passer le temps elle fait l'affaire, dit-il sans manifester la moindre culpabilité.

Je le regarde comme si je le découvrais. Mais qu'est-ce qui lui prend, d'être si méchant ? Est-ce qu'il parle de moi de la même manière quand j'ai le dos tourné ? Ça ne lui ressemble pas, mais, après tout, je ne le connais que depuis une petite semaine. Pour couper court, je l'interroge :

— Tu as bu ?

— Oh ! un petit peu. Et toi, tu as soif ? Il y a un super cocktail...

— OK, je t'interromps tout de suite : va m'en prendre.

Je ne vois pas comment je pourrais m'amuser dans cette fête en étant ainsi au centre de l'attention. L'alcool sera parfait pour me détendre.

James me surveille du coin de l'œil, mais il est occupé à discuter et à rire avec Hayle. C'est agréable, de le voir aussi souriant. Après plusieurs verres du super cocktail de Noah, j'admets avoir beaucoup plus de facilité à rire à ses blagues potaches... Je finis même par accepter de l'accompagner sur la piste de danse. D'habitude, j'adore danser, me trémousser, suivre le rythme. Quand la musique est bonne, j'oublie tout le reste. Mais là, parmi ces visages inconnus qui m'observent parce que je suis entourée d'hommes qui ne passent pas inaperçus, je dois dire que j'ai du mal à faire abstraction. Et puis ça vient.

La soirée est finalement bien plus agréable que je n'aurais pu l'imaginer. Mais, pendant que je suis en train de danser avec Hayle et Lexie, j'aperçois James qui discute avec un homme caché sous un sweat à capuche. Il ne me faut pas longtemps pour le reconnaître, avec sa corpulence identifiable entre toutes. Des épaules carrées et un dos immensément large : Joshua.

Qu'est-ce qu'il fait là ? Il n'y a pas pire moment pour débarquer. Je jette un coup d'œil par-dessus mon épaule : Noah approche derrière moi. Je me crispe. Vraiment pas de pire moment…

Est-ce que Joshua serait capable de commettre l'irréparable par simple jalousie ? Je l'observe et remarque vite sa mâchoire crispée et ses yeux pleins de rage. J'ai la réponse à ma question. Merde.

Instantanément, je me décale : Noah, qui était sur le point de se caler juste derrière mes fesses, est maintenant à côté de moi, ou presque. Puis je déclare à Hayle, assez fort pour qu'il m'entende :

— Je ne me sens pas très bien, je vais faire un tour dehors.

Sans attendre, je fonce vers la porte d'entrée, j'ai besoin d'air frais. Je déboule dans la ruelle qui longe l'immeuble, et le froid me remet tout de suite les idées en place. Je suis entourée de quelques étudiants qui font cercle autour d'un couple en pleine dispute. Je ne peux pas m'empêcher de regarder la scène qui se déroule sous mes yeux.

La fille ne doit pas être beaucoup plus vieille que moi, elle est plutôt grande et particulièrement mignonne. Ses joues sont rosies par le froid ou la honte, peut-être les deux. Le type qui s'énerve, en face d'elle, est tatoué sur toute la surface des bras et de la nuque, il est plutôt grand et a tout du tueur en série. Ses yeux sont révulsés et rouge sang. Il lui hurle des insultes, sans pouvoir s'arrêter. Je constate que les gens autour de moi osent à peine bouger et ne comptent certainement pas intervenir.

C'est vrai que le mec est plutôt effrayant, mais la fille est en larmes devant moi et, lorsqu'il lui balance une violente gifle, je ne peux plus rester sans rien faire. Je me positionne devant elle pour la protéger d'une nouvelle vague de violence. Lorsque je me retrouve face au type, je regrette de ne pas avoir de plan plus précis pour me sortir de ce pétrin. C'est tout moi, ça.

Les spectateurs dont je faisais partie il y a une minute encore me regardent avec des yeux ahuris ; ils se disent certainement que je suis suicidaire. Le jeune homme a l'air prêt à m'égorger, et un sourire diabolique s'étire sur son visage lorsqu'il comprend ce que je suis en train de faire.

— C'est ta copine ? Alors tu t'es dit que tu devais la défendre, cette salope ? Peut-être que tu en es une aussi ? me lance-t-il, le visage complètement révulsé par la haine.

— Je ne la connais pas. Je sais seulement que ce n'est pas comme ça qu'on traite les femmes, sale connard ! dis-je en insistant sur le dernier mot.

Je regrette immédiatement mes paroles. Voilà mon tueur en série sur le point de me décocher un coup de poing dans le ventre. Je me décale de justesse. Quelqu'un crie dans la foule :

— Julan est en train de frapper la nouvelle !

— Julan ?

J'ai lancé ma question à voix haute, tant je suis surprise. Cette espèce de brute, c'est lui, le plus sexy des quarterbacks ? Hayle s'est foutue de moi, on dirait le monstre du loch Ness !

— Ouais, et t'es chez moi, pouffiasse ! Je vais te faire regretter de m'avoir empêché de lui foutre une correction ! dit-il, plein de haine.

Bon, il est temps de faire appel à ce que mes frères m'ont appris, c'est maintenant ou jamais. Je sens que je vais regretter d'être venue ce soir. Même si je ne me fais pas démolir, j'aurai la réputation d'être une folle furieuse.

Maintenant une distance de sécurité raisonnable entre nous, je le vois s'avancer à nouveau vers moi pour me frapper. Je l'esquive encore de justesse et lui lance le tranchant externe de ma main sur la carotide. Le gémissement de douleur qui lui échappe me prouve que j'ai réussi mon coup. Il est à terre, à se tordre de douleur ; j'en profite pour m'avancer vers lui et lui assener un coup de genou bien placé. Il pousse un cri en plaquant ses mains sur ses parties intimes.

L'image en elle-même est comique, et je ne peux réprimer un gloussement. Derrière moi, la fille semble en état de choc, elle est secouée par des sanglots incessants. Une étudiante brune s'approche d'elle et, après m'avoir remerciée pour mon aide, remonte avec sa copine à l'étage.

Au moment où je m'apprête à en faire autant, je sens deux grandes mains me retenir si fort par le bras que je suis écrasée à terre en quelques secondes, et mon visage, plaqué au sol. Je ressens une vive douleur à la pommette mais encore plus à mon orgueil. Je n'ai pas été assez attentive, Ethan me le reprocherait. Enfin, là, je suis clairement en mauvaise posture : la tronche sur le pavé froid. Et j'ai bien l'intention de me relever pour frapper mon ennemi jusqu'à ce qu'il me supplie d'arrêter.

Quand il lâche enfin mon bras, je me redresse d'un bond pour pouvoir lui régler son compte, mais je constate que James a déjà sauté sur lui et lui enfile une série de coups d'une rapidité déconcertante. J'entends Noah crier à mon frère de se calmer, et, lorsqu'il essaie de s'interposer, il reçoit un coup de poing dans le nez, lui aussi. Soudain, une main chaude se pose sur ma hanche et un corps brûlant se loge derrière moi. Je lève la tête et reconnais le visage de Joshua. Ses traits n'ont plus rien d'amical, il serre et desserre frénétiquement ses mâchoires comme s'il essayait de se calmer.

Je crois qu'il se retient d'intervenir pour ne pas éveiller les soupçons sur ce qui nous lie. Il est mon garde du corps, et céder à la tentation d'une vengeance très personnelle alors que mon frère est déjà en train de régler le problème inspirerait des questionnements légitimes. Joshua doit rester professionnel et ne surtout pas se laisser submerger par l'intensité des sentiments qu'il a pour moi.

La peur s'estompe en moi, remplacée par la confiance. Je reporte mon attention sur ce qui est en train de se dérouler devant moi. Plus personne ne parle. Les étudiants s'agglutinent autour du combat qui se joue. J'aperçois même des curieux qui se bousculent sur le balcon pour avoir la meilleure place et assister au spectacle. J'ai l'impression de rêver tant tout s'enchaîne à une vitesse incroyable. D'un coup, Noah plaque la main sur son nez sanguinolent, tandis que Julan se tient les côtes en gémissant. Quand James estime qu'il s'est suffisamment défoulé, il recule légèrement, comme pour admirer son œuvre.

Je sens la main de Joshua se décoller de ma hanche et je frissonne à nouveau. Il me contourne et s'avance vers Julan, qui ne cache plus ses grimaces de douleur. Il s'approche suffisamment de lui pour que celui-ci soit obligé de lever la tête pour le regarder. Joshua le toise un moment avec un regard haineux avant de faucher ses bras, qui le maintenaient au sol, d'un seul coup de pied puissant.

Je reste un moment bouche bée. Quand je me ressaisis, je constate que je ne suis pas la seule à être abasourdie. Tous les étudiants témoins de la scène sortent de leur torpeur petit à petit. Nous étions en train d'assister à un massacre en direct. James s'approche de moi, toujours aussi détendu, et m'annonce :

— Va récupérer tes affaires, petite sœur, on rentre à la maison.

Je viens d'assister à un déchaînement de violence sans pareil, et il ne trouve que ça à me dire ? Je ne peux plus réprimer le rire hystérique qui s'échappe de ma bouche. L'alcool n'aidant pas, je mets plusieurs secondes à me calmer. James, incrédule, me pince la joue et me dit de me dépêcher. Je hoche la tête et monte récupérer mon boléro, resté à l'étage. En haut, je croise Hayle, le regard affolé.

— Ton frère est un ninja, Emily ?

Elle se penche vers mon visage sans attendre ma réponse et effleure ma pommette blessée.

— Il va falloir désinfecter tout ça, tu saignes, m'annonce-t-elle comme s'il s'agissait d'une information capitale.

— Ce n'est rien du tout. On te ramène ?

— Je vais rester encore un peu. C'est bien la première fois qu'un truc pareil arrive pendant une fête, je ne veux pas rater l'après, dit-elle en riant.

— Et comment comptes-tu rentrer ? demandé-je, soucieuse.

— Lexie me ramènera avec son nouveau petit copain, ne t'inquiète pas.

Je lui souris et l'embrasse avant de prendre le chemin de la sortie. Je récupère mon gilet près du bar. J'ai soudain une envie irrépressible de boire un verre d'alcool fort pour me brûler les neurones. Je le fais, avec précipitation. Je ne peux réprimer un petit gémissement lorsque le liquide chauffe ma gorge.

J'ai la tête qui tourne quand je rejoins mon frère et Joshua. Je tente de garder contenance en me tenant à la rambarde de l'escalier. Avant de les atteindre, j'entends Noah qui m'appelle. Il est assis sur une marche et maintient un mouchoir en papier contre son nez. Je fais demi-tour, au grand dam de Joshua, qui le fixe avec des yeux enragés.

— Je crois qu'on peut dire que les fêtes étudiantes ce n'est pas trop mon truc...

— Je suis désolé, Emily, Julan n'aurait pas dû te toucher. Il ne s'en tirera pas comme ça, dit-il en levant la main vers mon visage.

— Je crois qu'il s'est déjà pris une bonne raclée. Tu devrais juste changer de copain, c'est un vrai connard.

J'ai lâché ces derniers mots avec un sourire crispé. Il hoche la tête, une expression lasse sur le visage.

— Je dois y aller, Noah. On se revoit à la fac !

Je n'attends pas sa réponse, et pars vers mon frère sans me retourner.

— Je dois rejoindre Will au Delta. Tu rentres avec Joshua, m'informe James.

Pour toute réponse, je titube sur le côté, et mon frère me soutient sans effort de la main droite en me lançant son habituel regard réprobateur et un reproche bien senti :

— Quand on n'est pas habitué à l'alcool, on n'en boit pas autant d'un seul coup, Emy.

Je lui fais un sourire entendu et l'enlace spontanément. Il a raison, je crois que j'ai abusé de l'alcool.

— Merci d'avoir pris ma défense, j'espère que tu n'auras pas d'ennuis..., dis-je.

— Non, je n'en aurai pas, et, même si ça devait être le cas, on ne touche pas à ma petite sœur, dit-il en levant les yeux vers Joshua.

Merde. Qu'est-ce qui se passe ? Il est au courant ? Il a dû voir Joshua se coller à moi tout à l'heure. C'est sûr que ce n'était pas très malin de sa part... Joshua affiche un visage totalement impassible, comme si l'allusion que James venait de faire ne lui était absolument pas destinée.

— Merci quand même.

Je lui fais un signe de la main tandis qu'il s'éloigne. Une fois qu'il est à une distance suffisante, je jure pour moi, et sans doute aussi pour Joshua :

— Putain, pourquoi il vient de dire ça ?

Joshua attrape les clés du Range dans sa poche arrière et m'y fait monter. Une fois qu'on est tous les deux à l'intérieur de la voiture, il prend la parole d'un ton désabusé :

— Avant que tu ne me le demandes : oui, il m'a vu te toucher entre deux coups de pied.

— Il t'a dit quoi ?

— Qu'on en discuterait demain. Ne t'en fais pas, Emy, c'est le dernier de mes soucis, déclare-t-il en s'approchant de moi pour caresser mes cheveux avec tendresse. Tu as mal ?

Tout en m'interrogeant, il effleure ma blessure au visage.

— Non, c'est sensible, mais ça ne fait pas mal, dis-je en m'approchant dangereusement de lui.

— Pourquoi ce mec s'en est pris à toi ? demande-t-il en frottant doucement son pouce sur ma lèvre inférieure.

— J'ai voulu défendre sa copine.

Joshua émet un petit rire. Je suis comme hypnotisée par son regard intense, si proche de moi.

— C'est tout toi, ça.

— Et j'aurais dû la laisser se faire frapper devant tout le monde, tu crois ? dis-je, soudain révoltée.

— Non. Tu es quelqu'un de bien, dit-il, les sourcils froncés.

— Ça t'étonne ?

— Oui, c'est étonnant, Emy. Tu ne sais pas à quel point ça l'est. Tu as grandi dans une famille qui vit et prospère grâce à la peur et aux sacrifices. Finalement, ton père et tes frères ont réussi à te préserver et à faire de toi quelqu'un de vraiment bien.

— Si c'est ce que vous pensez, pourquoi ne pas me dire toute la vérité, maintenant que je suis devenue cette personne ? Vous ne me faites pas confiance ?

Il soupire doucement en se carrant dans son siège. Il ferme les yeux brièvement avant de se tourner vers moi. Il semble pensif, en proie à une grande réflexion.

Il pose sur moi un regard si chargé de désir que ses yeux paraissent m'embrasser.

— Nous savons très bien que, même si nos actes sont répréhensibles, tu resteras loyale envers ta famille. Mais tu risques d'être déçue par tes frères et par moi, Emy, et, ça, c'est assez dur à accepter pour nous tous.

— Laissez-moi la liberté d'en juger par moi-même, dis-je d'une voix paisible.

Il dépose sa grande main calleuse sur ma joue et la caresse doucement du pouce. Sa tendresse me déroute, mais je ne peux m'empêcher de me laisser aller contre sa main.

— Sans même que tu t'en rendes compte, tu es devenue pour tes frères et moi-même la seule et unique part de bonté qu'il nous reste. Nous redevenons humains avec toi, et, ça, c'est précieux, ça ne se perd pas, dit-il, les yeux luisants.

Je reste un moment silencieuse pour tenter d'assimiler tout ce qu'il essaie de me dire, mais au fond je me sens encore plus tétanisée. Tout ce qu'il m'explique concorde et confirme mes craintes : je redoute de découvrir leur quotidien. Quand je relève la tête vers lui, ses yeux s'accrochent aux miens pendant plusieurs secondes pendant lesquelles je suis submergée par l'émotion.

— Vous avez peur que je décide de vous fuir ? demandé-je, tremblante.

Il hoche la tête sans me quitter des yeux. Je ne peux pas promettre de rester si ce que j'apprends sur eux m'est insupportable, cependant je sais qu'au fond de moi l'amour que je leur porte ne pourra jamais disparaître. Ils sont tout pour moi. Pourtant, je l'interroge :

— Pourquoi vous ne décidez pas de changer de vie, tout simplement ?

Joshua lâche un petit rire qui s'étouffe rapidement.

— C'est tout ce que l'on sait faire, alors on le fait

bien, finit-il par me répondre. Et puis on vit dans un milieu qu'on ne quitte pas ; c'est impossible.

— Tu serais prêt à vivre quelque chose avec moi tout en sachant que je pourrais ne plus t'aimer en apprenant ce que tu me caches ?

— Je serais prêt à vivre tous les moments que Dieu me donnera à tes côtés.

Il se tait quelques secondes et saisit mon visage dans ses paumes, puis reprend :

— Emy, tu ne comprends pas.

Il replace une mèche de mes cheveux derrière mon oreille. Son geste a tant de douceur. Je déglutis avant de demander :

— Non ?

— Je suis complètement fou de toi, et, si je n'ai le droit de t'avoir pour moi qu'un court instant, je le saisirai.

Sa déclaration a le mérite de me faire venir des papillons dans le ventre, un millier de papillons.

— N'attends pas trop pour me confier tes secrets, Joshua, je suis capable d'indulgence.

Il m'observe attentivement pendant de longues secondes, puis sa main droite descend sur ma hanche et d'un geste possessif il m'attire vers lui.

Je me retrouve comme le soir de notre premier baiser, à califourchon sur ses genoux, et cette position est vraiment excitante. Je pose mes mains sur ses épaules et le regarde à mon tour avec beaucoup d'attention. Il est calme, mais je lis dans ses yeux l'infini désir qu'il éprouve pour moi. La chaleur de son corps réchauffe le mien, qui est engourdi par le froid. Ses mains bougent le long de mon dos dans une caresse délicate.

— Je ne veux surtout pas te brusquer, Emy, me confie-t-il.

— Je suis à l'aise avec toi et j'ai entièrement confiance, je te rassure.

Joshua m'offre un sourire sincère et me serre encore plus contre lui. La paume de sa main droite remonte sur ma joue, nos bouches se frôlent presque, désormais, mais il continue à contempler mes yeux avec un intérêt non dissimulé.

— Si tu étais dans ma tête, là, tout de suite, je ne suis pas sûr que tu voudrais encore me faire confiance, dit-il en riant.

— Tu n'es quand même pas en train de m'imaginer nue...

— Oh ! non, m'interrompt-il, ça, c'est déjà fait depuis longtemps. Là, tout de suite, j'imagine tout ce que je pourrais te faire si tu étais nue, et j'ai beaucoup d'imagination, lâche-t-il avec un sourire en coin.

Cette idée me fait perdre ma belle assurance et je m'empourpre.

— Je ne sais pas trop comment m'y prendre, Joshua, j'ai un peu honte d'être si novice à mon âge.

Il relâche légèrement la pression de ses mains sur le creux de mes reins comme s'il désapprouvait ce que je viens de dire.

— N'aie jamais honte d'être inexpérimentée avec moi, ma puce, je me ferai le plus grand plaisir de te guider...

Un sourire adorable s'étire sur ses lèvres, et un changement s'opère dans son attitude. Ses mains franchissent la barrière qu'il avait préalablement établie, et descendent sous mes fesses en m'attirant encore davantage contre lui. Un grognement rauque s'échappe de sa bouche et il m'embrasse, d'un baiser fougueux et empli de désir. J'en suis toute retournée. J'en oublierais presque que je suis dans une voiture en plein milieu de New York.

Je m'accroche à lui et me laisse aller à faire onduler mes hanches ; ce mouvement me procure un plaisir exquis. J'entends Joshua haleter dans mon cou, il remonte ses mains sur ma taille pour me repousser légèrement.

— Il faut que je te ramène, dit-il d'une voix éraillée.

Je lui souris, comprenant que lui aussi a ses limites. Lorsque je me soulève, il lâche un soupir, mais je n'y prête pas attention et me rassois sur le siège passager. Je boucle ma ceinture et attends qu'il démarre. Il met quelques secondes à reprendre ses esprits, puis se carre dans le fond de son siège et tourne la clé en me jetant un œil discret.

— Tu me fais perdre tout mon self-control, Emy, dit-il, plaintif.

Je ris, et un étrange sentiment de satisfaction m'emplit à l'idée que je détiens ce pouvoir-là sur lui.

Pendant le trajet, un silence apaisant s'installe entre nous. Joshua monte le son de la radio et *All Falls Down*, d'Usher, me berce jusqu'à la maison, tandis que la grande main de mon chauffeur reste jointe à la mienne tout le long du voyage, me réchauffant délicieusement la paume.

Cependant, je crois que les effets de mon dernier verre d'alcool commencent à se faire sentir : j'ai l'impression de planer lorsque Joshua termine de garer la voiture dans le parking. Il retire sa main de la mienne, non sans regret. Il ne sera pas facile de cacher notre relation à ma famille, mais il est crucial de le faire. Il risque de tout perdre et je ne peux pas le permettre.

Ma montre affiche 2 heures du matin quand nous pénétrons dans le manoir. La lumière de la cuisine est allumée, et je vois mon père qui semble être en grande conversation au téléphone ; lui, il ne nous a même pas vus arriver.

— Je ne veux aucun raté, sur ce coup-là. Démerde-toi pour régler la situation, j'ai d'autres chats à fouetter, conclut-il.

Soudain, il se retourne et m'aperçoit enfin.

— Je dois raccrocher, je veux des nouvelles dans une heure.

Il pose son téléphone sur l'îlot central et vient vers moi en souriant.

— Ma petite fleur, dit-il en m'embrassant.

Je le serre dans mes bras. Ça fait plusieurs jours que je ne l'ai pas vu et il me manquait. Il recule et découvre mon visage abîmé. Il tourne un regard interrogateur vers Joshua. Ce dernier garde les bras croisés d'une manière faussement décontractée, mais je le sens anxieux, comme à chaque fois qu'il s'approche de mon père. Papa est pourtant si gentil envers moi... J'ai du mal à croire qu'il puisse être redouté.

— James a réglé le problème, explique Joshua d'une voix grave.

Mon père hoche la tête imperceptiblement puis se tourne vers moi.

— Ethan rentre demain après-midi à la maison. Une infirmière viendra tous les jours ici prendre le relais de son hospitalisation, mais tout ira bien, désormais, m'assure-t-il.

— Je suis contente de l'apprendre, papa, j'ai hâte de le revoir ! dis-je en souriant.

— Et cette fête, alors ? À la hauteur de tes espérances ? me demande-t-il, les sourcils froncés.

— Encore beaucoup mieux que je ne l'avais espéré ! dis-je en repensant à ce que Joshua et moi avons fait dans la voiture avant de quitter Julan et ses invités.

J'ai l'impression que mon père peut lire dans mes pensées, car il se tourne rapidement vers Joshua. Une boule d'angoisse monte dans ma poitrine.

Respire. Respire. Respire. Le rythme de mes battements cardiaques suffirait à mettre mon père au courant de ce que je veux lui cacher à tout prix, je suis ridicule. Quant à Joshua, il se sait observé mais reste impassible et s'oblige à répondre :

— Une fête étudiante comme les autres. Mais sans alcool et sans sexe.

Il a ajouté cela le plus sérieusement du monde. Je glousse. Mais qu'est-ce qui lui prend, de dire une chose pareille à mon père ? À mon père ! Contre toute attente, ce dernier pose un baiser sur mon front et répond en souriant :

— Heureux de l'apprendre. Maintenant, va te coucher, ma princesse.

Puis il poursuit :

— Je dois m'absenter un moment, Joshua, tu seras seul, garde un œil ouvert.

Garder un œil sur quoi, bon sang ? Il est 2 heures du matin !

Je monte les marches qui mènent à ma chambre avec beaucoup de difficulté. Mes pieds souffrent d'être restés juchés sur des talons aussi hauts, et l'alcool perturbe indéniablement mon équilibre. Lorsque je pénètre dans ma chambre, je commence par me débarrasser de mes chaussures, que je lance négligemment à travers la pièce. Je descends la fermeture Éclair de ma robe et enjambe celle-ci pour rejoindre la douche à l'italienne.

Les jets d'eau chaude me font un bien fou, et j'ai l'impression que je vais m'endormir dessous. Au bout de ce qui me paraît être une vingtaine de minutes, je finis par sortir et attrape une serviette, puis regagne ma chambre. Je ne prends pas la peine d'allumer, la lumière risquerait de brûler mes yeux ensommeillés, et la lune éclaire suffisamment la pièce pour que je réussisse à enfiler mon pyjama sans me casser la figure.

Je tombe sur le lit plus que je ne m'y allonge, puis me pelotonne en chien de fusil et m'endors presque instantanément.

Durant la nuit, je sens un grand corps chaud se lover contre mon dos et des caresses effleurer mon bras droit. Je lève la tête en ouvrant des yeux lourds de sommeil. Joshua m'embrasse délicatement l'épaule.

— Mon père est parti ?

— Depuis plus d'une heure.

— Quelle heure est-il ?

— 4 heures du matin. J'ai fait le guet pendant une demi-heure devant la porte de ta chambre, mais je n'ai pas pu me résoudre à te laisser seule une minute de plus.

Je lui offre un sourire chaleureux.

— J'étais frigorifiée, tu as bien fait.

Il passe son bras autour de ma taille et me souffle à l'oreille :

— Rendors-toi, ma puce.

Plaquée ainsi contre lui, je laisse échapper un soupir de contentement, repose ma tête sur l'oreiller et me rendors sans difficulté.

11

Ce sont les rayons du soleil jouant sur mon visage qui me réveillent, quelques heures plus tard. Nous sommes samedi matin. Mon premier réflexe est de me retourner pour voir si Joshua est toujours près de moi. Mais je constate avec regret que je suis désespérément seule dans mon grand lit. Je me lève et enfile ma tenue d'entraînement.

Je ne sais pas si mes frères sont rentrés, mais j'ai besoin de réveiller mes muscles, complètement endoloris après ma chute brutale d'hier soir. Je jette un œil à mon visage dans le miroir. De discrètes griffures nervurent le bas de ma joue, et un petit hématome violacé a fait son apparition sur ma pommette. C'est beaucoup moins laid que je ne le pensais.

Je descends l'escalier, et les craquements du bois sous mes pieds brisent le silence qui règne dans la maison. Soit tout le monde dort, soit le manoir est complètement vide. Arrivée au sous-sol, j'entends de la musique retentir. Je m'avance et vois Joshua de dos qui tape en rythme dans un sac de frappe. Il semble vouloir littéralement le démolir. La sueur coule sur ses bras et s'éparpille autour de lui en milliers de gouttelettes lorsqu'il bouge. Je le regarde un moment à son insu, il est réellement impressionnant. Ses muscles s'agitent sans répit et font luire sa peau cuivrée au rythme des coups qu'il donne dans tous les sens sur ce pauvre sac. Si c'était un homme qui servait de punching-ball, j'imagine les dégâts que produirait toute la force qu'y met Joshua. Je frissonne à cette pensée : le type qui s'agite devant moi n'est pas un tendre. Pourtant, je ne ressens absolument aucune crainte face à lui, à ses côtés, je suis totalement en confiance.

Je m'avance légèrement, toute honteuse de rester dans l'ombre pour l'observer en cachette. Je contourne le sac en prenant garde de ne pas recevoir un coup dans la manœuvre. Lorsqu'il me découvre, il s'arrête instantanément de frapper et me fait un sourire adorable. Ses cheveux attachés sont littéralement trempés, et des gouttes de sueur dégoulinent sur son visage.

— Tu as bien dormi ? demande-t-il.

— Plus que toi, apparemment...

— Je ne dors pas beaucoup, j'ai l'habitude.

— Ce n'est pas une bonne habitude, mais passons. Pourquoi tu as l'air en rogne contre ce sac, de grand matin ?

Il rit à ma question et ses yeux brillent d'une lueur que je commence à connaître : un désir primaire qu'il tente de réprimer.

— Je n'ai pas eu l'occasion de cogner ce type, hier soir, alors j'essaie de compenser ma frustration en frappant ce sac.

— Le mec en question a eu sa dose de coups, rassure-toi, dis-je en levant les yeux au ciel.

— Ouais, si tu le dis. J'espère juste pour lui qu'il ne recroisera jamais ma route, dit-il en baissant le regard.

Je frissonne devant son ton sans appel.

— Tu m'apprends à taper correctement dans ce sac ?

Il sourit devant mon air de défi. Je sursaute quand il se place derrière moi et pose ses grandes mains brûlantes sur mes hanches. Son odeur d'homme et de transpiration aurait pu me repousser, mais au contraire elle m'enivre. Il soupire.

— Je ne sais pas si je vais réussir à t'apprendre quoi que ce soit, ce matin, j'aimerais plutôt...

Il n'achève pas sa phrase, et je lève la tête pour voir ce qui lui a coupé la parole. Il baisse les yeux pour me contempler et me sourit. Sa main vient se plaquer contre mon ventre, puis il la remonte légèrement vers ma poitrine. Je cesse de respirer.

Il me semble entendre un bruit en haut lorsque sa main a atteint la courbure de mon sein, aussi je me décale d'un bond. Une fois devant lui, je remarque que ses pupilles sont voilées par le désir et je souris à cette vision. Avoir cette emprise sur un homme est nouveau pour moi ; c'est à la fois quelque chose de doux et un sentiment de toute-puissance très agréable, je dois l'avouer. Mais je ne veux pas le torturer outre mesure, et je le libère.

— Laisse tomber la boxe, je vais aller courir un peu.

Il hoche la tête et quitte la salle sans un mot ; il semble complètement hypnotisé. Je me dirige vers le tapis de course. Je reste sur la machine pendant environ une heure, pas plus. Mais j'ai beau courir à une allure raisonnable, je me surprends à être essoufflée plus vite que d'habitude. C'est vrai que depuis une semaine je n'ai pas fait un brin de sport, je n'ai plus vraiment le temps, maintenant que j'ai entrepris de suivre les cours de médecine à la fac. Il faudra que je fasse du sport le week-end, désormais.

Je me promets à moi-même de m'y consacrer puis je remonte vers ma chambre. Je croise Matthew affalé sur le canapé, en train de manger un bol de céréales au chocolat.

— Salut, Mat.

Il se tourne vers moi en me toisant de haut en bas.

— Salut, Emy. Tu ne laisses pas tomber tes entraînements matinaux, à ce que je vois.

J'attrape une petite bouteille d'eau dans le réfrigérateur et bois quelques gorgées avant de lui répondre :

— J'avais personne pour m'entraîner, ce matin, alors j'ai couru.

— Josh n'est pas là ? me demande-t-il en fronçant les sourcils.

— Si, je crois qu'il est dans sa chambre. Je n'ai pas voulu le déranger.

— OK. Quoi de prévu, aujourd'hui ?

— Je dois réviser les cours de la semaine pour ne pas être bousculée avant les examens.

— C'est bien, tu es studieuse... Ce n'est pas plus mal, que tu restes à la maison, Ethan sera content de passer du temps avec toi. Il en a un peu marre des infirmières.

Il dit cela avec un rire coquin qui attise ma curiosité.

— Qu'est-ce qu'elles lui ont fait ?

— Outre les piqûres en tout genre dont elles lui lardent le derrière, elles lui faisaient même sa toilette, si tu vois ce que je veux dire.

Je pouffe.

— Ouais, vraiment gênant... Et maintenant il marche ?

— Il a des béquilles, mais il se débrouille de mieux en mieux, tu verras.

Sa réponse fait naître un sourire crispé sur mon visage. Je connais Ethan, il ne reste pas en place, c'est un hyperactif que la passivité exaspère. L'imaginer avec des béquilles, avançant cahin-caha, c'est l'entendre pester contre tout, enguirlander tout le monde. Il doit mal vivre tout ça, et le pire c'est que, pour les autres, la situation doit être plus difficile encore à supporter ! J'espère qu'il va vite se remettre, pour lui et pour notre bien-être à tous.

— Bon, je vais me doucher, à toute !

Après ce que m'a dit Matthew, je ne suis qu'à moitié rassurée, et c'est pensive que je grimpe dans ma chambre.

La porte de celle de Joshua est entrouverte quand je passe devant, et je dois lutter contre moi-même pour ne pas y pénétrer. Je pars me réfugier sous la douche, éteindre mon désir et calmer mon besoin incessant de l'avoir près de moi.

Qu'est-ce qui m'arrive ? Il y a une semaine, l'homme de main de mon père n'était rien de plus qu'un obstacle à ma liberté, et voilà que je me retrouve maintenant à vouloir passer du temps avec lui. Je dois me ressaisir avant de mettre Joshua en difficulté.

Le reste de la journée passe avec une lenteur désespérante. Je me suis obligée à rester cloîtrée dans ma chambre pour éviter tout contact avec Joshua, même fortuit, et j'ai passé le plus clair de mon temps à réviser. Je suis à peine descendue récupérer un sandwich ce midi ; je suis remontée aussi vite que possible. J'ai l'impression que lorsque je verrai Joshua je ne serai plus en mesure de cacher le trouble que je ressens, et l'idée qu'on puisse lire en moi si facilement m'inquiète.

Vers 16 heures, j'entends Will crier mon nom. Je me lève et descends le rejoindre au rez-de-chaussée. Quand je débarque dans la cuisine, la première chose que je vois, c'est Ethan, assis sur un tabouret ! Je lui saute au cou tant je suis contente de le revoir chez nous.

— Seigneur, Ethan ! Tu es enfin de retour ! Ça fait du bien, de te revoir ici !

— Moi aussi, ça me fait plaisir, tu ne peux même pas imaginer, me dit-il.

Je repense aux infirmières chargées de faire sa toilette et imagine la tête d'Ethan quand elles ont dû le déshabiller. Je ne peux réprimer un petit rire. Il attend que je m'explique, mais je mets un temps fou à me calmer avant d'avouer :

— Excuse-moi, c'est Matthew qui m'a parlé de ta relation privilégiée avec les infirmières. Je n'ai pas pu m'empêcher d'imaginer.

Il éclate de rire.

— Matthew est vraiment un petit con. Ce n'est pas drôle, de se moquer des gens malades.

— Oh ! ça va, en famille, on a bien le droit !

Il lève la main vers mon visage et dessine les fines nervures provoquées par ma chute sur le bitume hier soir.

— Quel enculé ! dit-il d'un air méprisant.

— James t'a raconté ?

— Ouais, plutôt deux fois qu'une ! Je n'en reviens pas. Une petite semaine que tu trempes à l'université et voilà ce qui t'arrive ! James s'en veut de ne pas t'avoir suivie dehors immédiatement, dit-il.

— Ce sont des choses qui arrivent, Ethan. Il n'y a pas mort d'homme. Je ne le reverrai certainement plus jamais, ce mec, alors ça n'a pas d'importance.

— On va le surveiller, ne t'inquiète pas. Il ne t'approchera plus, affirme mon frère, le regard dur.

— Je ne crois pas que ce soit nécessaire, vraiment. James s'en est donné à cœur joie, et je crois qu'il a compris la leçon.

Ethan me sourit d'un air sombre.

— Ces mecs-là, ils ne comprennent jamais du premier coup. Ils sont un peu trop cons, lâche-t-il avec un rire sans joie.

— Peu importe, je sais me défendre et je ne le laisserai plus m'avoir par surprise.

Ethan me contemple quelques secondes en silence puis me pince doucement la joue.

— Ma petite sœur, la guerrière.

— Plus si petite que ça, Ethan. Et d'ailleurs j'ai besoin de savoir ce qui se passe... Je veux comprendre pourquoi tu t'es retrouvé dans ce guet-apens horrible, dis-je.

Il baisse les yeux un moment sur le verre posé devant lui.

— En temps voulu, Emy, tu sauras. En temps voulu, martèle-t-il.

— OK, mais ça devient pénible, d'attendre...

Il m'offre un sourire compatissant et détourne la conversation vers des sujets plus légers. Apparemment, les repas de l'hôpital n'ont rien à voir avec les bons petits plats auxquels nous avons droit à la maison, et aux dires de mes frères ce serait la principale raison du retour rapide d'Ethan ici ! Bref, chacun charrie celui que nous sommes tous heureux de retrouver.

Puis, le temps ayant passé, James, Matthew et Will nous laissent pour vaquer à leurs occupations. Ethan me propose de regarder un film avec lui. J'accepte volontiers : toute activité qui m'éloignera de mes révisions sera la bienvenue, dorénavant. J'ai la tête pleine... Aussi passons-nous le reste de l'après-midi et le début de la soirée à regarder des films de X-men. Je suis fan de Hugh Jackman et de sa bande, au point que, vers 20 heures, Hilary vient nous prévenir que le repas est prêt et qu'elle peut nous servir au salon si on le désire. On choisit cette option, histoire de ne pas décrocher de la télévision.

Pendant deux heures, je goûte au plaisir d'une soirée entre frère et sœur, et à la légèreté de cette chose banale à laquelle nous nous livrons bien peu souvent : vibrer en regardant un film qui met en scène les noirceurs de la vie, comme si nous ne les vivions pas. Quand le générique de fin apparaît à l'écran, j'embrasse Ethan et monte me coucher ; la fatigue accumulée hier commence à se faire sentir et mes paupières se ferment toutes seules.

Je ne peux me retenir de jeter en passant un regard vers la porte fermée de Joshua. J'ai envie de le voir... Quelle fleur bleue, c'est désespérant ! me dis-je en me blottissant au fond de mon lit, où le sommeil ne tarde pas à me gagner.

***

Ce dimanche n'est pas plus animé qu'hier. J'ai révisé, dormi, mangé, regardé de vieilles émissions inintéressantes à la télévision. Et surtout je n'ai pas croisé Joshua. Je sens mon satané cœur souffrir de plus en plus de son absence. J'aurais besoin de le revoir et de sentir que tout ce qui s'est passé entre nous ces derniers jours n'était pas un fantasme complètement fou, un film que j'ai créé de toutes pièces.

Quand vient le soir, je ne prends même pas la peine de dîner, mes frères sont tous absents, de toute façon, même Ethan. Enfin, ils ne m'ont pas laissée seule : Logan reste posté devant notre porte d'entrée comme s'il attendait un colis. Je préfère encore aller m'allonger et espérer m'endormir vite pour passer à autre chose. Une journée à la fac vaudrait bien mieux qu'une journée ennuyeuse comme celle-là.

Étendue sur mon lit, je contemple pendant une bonne heure le plafond, bercée par les lumières de l'extérieur. Je ne parviens pas à m'endormir. Il aurait été surprenant qu'il en soit autrement, j'ai déjà fait une sieste de trois heures cet après-midi. J'allume la lampe de ma table de chevet avec l'intention de bouquiner lorsque j'entends mon portable vibrer. J'ai reçu un message de James :

Reste dans ta chambre et enferme-toi, ne pose pas de questions, on arrive.

Je n'y comprends rien mais une bouffée de panique m'envahit. Je me lève avec précipitation pour tourner la clé dans la serrure. Je m'éloigne de la porte en vitesse comme si on risquait de la fracasser. Je vais m'asseoir sur mon lit puis m'enfouis sous les couvertures comme une enfant qui tenterait de se protéger contre de mauvais rêves.

Les secondes qui passent me semblent interminables.

Je ne sais pas combien de temps je reste ainsi, le souffle coupé. Je finis par ramasser mon portable et m'aperçois que j'ai reçu un autre message, de Joshua, cette fois-ci :

Ne sors de ta chambre sous aucun prétexte, ma puce, même si tu entends du bruit. Tu y restes, fais-le pour moi, s'il te plaît.

Son insistance et la précision de ses ordres me font prendre conscience de l'urgence et du fait que je pourrais bien courir un danger. Le cœur tambourinant dans ma poitrine, je me redresse péniblement et vais ramasser un jean au pied de mon lit ; je l'enfile et glisse mon téléphone dans la poche arrière. Je ne sais pas ce qui se passe mais je veux être prête à toute éventualité. J'enfile un pull à col roulé noir par-dessus mon haut de pyjama et jette les yeux partout autour de moi : je pars à la recherche de quelque chose de tranchant que j'aurais laissé dans ma chambre, un objet qui me permettrait de me défendre si nécessaire. Les mains tremblantes, je fouille frénétiquement dans mes tiroirs jusqu'à trouver des ciseaux. Je les saisis, les serre contre moi et m'y agrippe comme à une planche de salut, puis m'oblige à reprendre mon souffle pour tenter de calmer mes nerfs.

Les minutes passent, amplifiant démesurément mon angoisse. Je ne bouge pas d'un millimètre, attentive au moindre bruit à l'extérieur de ma chambre.

Soudain, mon téléphone vibre à nouveau derrière ma fesse, et je l'empoigne en vitesse. C'est un message de Matthew :

Je suis dans le garage, dans moins d'une minute, je viendrai te chercher. Fais un sac avec des vêtements pour quelques jours.

Putain, mais qu'est-ce que c'est que ce bordel ? Ils me doivent une explication, et vite. Ce n'est plus possible.

En partie rassurée à l'idée que mon frère se trouve à proximité, je me lève et vais chercher un sac de sport ; j'y fourre ce qui me tombe sous la main : jean, T-shirt, pull, sous-vêtements, trousse de toilette. J'enfile mes baskets et repars m'asseoir sur le lit en serrant les ciseaux dans ma main droite et mon téléphone dans la gauche. Je dois faire peur à voir, paniquée comme je suis. Lorsqu'on frappe à ma porte, je sursaute et mon cœur s'arrête tandis que je fais un bond de trois mètres de haut.

— C'est Matthew, Emy, ouvre.

Je reconnais immédiatement sa voix et me rue sur la porte en lançant les ciseaux loin de moi. Lorsque la porte s'ouvre, le visage de mon frère semble plus tendu que d'habitude, mais il garde son calme devant moi. Il attrape le sac que je viens de préparer et me saisit par le bras. Je le suis jusqu'au garage et grimpe dans la nouvelle Porsche d'Ethan. Il met le contact et démarre en vitesse. Je laisse passer quelques secondes avant de l'interroger :

— Où sont les autres ?

— On va les rejoindre au Delta. Tout de suite.

Moi qui leur serinais que je voulais aller y faire un tour, c'est une manière bien étrange d'accéder à ma demande. Jean, pull et baskets, je ne suis ni au diapason de ce genre de boîte de nuit chic, ni au top de ma séduction. Mais je suis tout de même curieuse de découvrir l'endroit où vont si souvent mes frères et Joshua. Mon cerveau fonctionne à toute allure. Pendant quelques secondes, je reste silencieuse, me demandant si j'ai vraiment envie de connaître les réponses à mes questions, puis je finis par reprendre courage et demande :

— Qu'est-ce qui se passe, Matthew ? Et, s'il te plaît, pas de mensonges. Si je ne sais pas ce que je fuis, je ne serai pas en mesure de me défendre.

Mon argument est raisonnable, mais pas assez sans doute au goût de mon frère, qui répond :

— Tu n'auras pas à le faire, on est là, maintenant.

Ce nouveau refus me fait sortir de mes gonds.

— Tu te fous de moi, Matthew ? J'en ai rien à foutre, de ta protection, là, tout de suite ! Je serais même tentée de faire demi-tour pour savoir ce que je fuis.

Matthew me contemple un moment avec ses grands yeux bleus, comme si j'étais devenue folle.

— Je ne crois pas que tu saches vraiment à qui tu as affaire, pour dire une chose pareille.

— Non, en effet, je ne le sais pas. Ce n'est pas faute de le demander, mais vous ne me dites rien !

Ma colère explose, et je la laisse se répandre dans la voiture. Pendant dix interminables minutes, je suis restée prostrée dans ma chambre, et maintenant j'évacue toutes les tensions qui m'habitent en hurlant contre mon frère.

— Qu'est-ce que c'est que ce bordel ? Où est Logan ? Est-ce qu'il va bien, au moins ? Je ne comprends rien de rien et j'en ai plus qu'assez ! dis-je enfin sur un ton radouci.

— OK, on va t'expliquer. Mais attends au moins qu'on arrive, dit-il en appuyant encore plus fort sur l'accélérateur.

J'ai l'impression d'être dans un jeu vidéo de course-poursuite tant il prend des risques sur la route. Mais lui semble savoir ce qu'il fait, alors je me carre dans mon siège et tente de calmer mes nerfs.

12

Je repère tout de suite la boîte de nuit d'Ethan, son nom est fièrement inscrit sur le mur en lettres majuscules et éclairées par des leds. Matthew emprunte la rampe d'un parking et se gare rapidement au sous-sol sur une place qui semble lui être réservée. Il éteint le moteur et jette un regard distrait dans ma direction.

— OK, on va les rejoindre.

Il récupère mon sac de sport à l'arrière et descend. Je le suis vers un ascenseur, il tape un code que je ne vois pas et la porte s'ouvre pour nous laisser entrer. J'observe Matthew et m'aperçois qu'il n'a plus rien à voir avec le frère plein d'humour que j'ai l'habitude de côtoyer à la maison. De quoi me stresser encore davantage.

Nous montons deux étages, peut-être même trois ; je ne saurais dire, je ne le remarque pas tant l'ascenseur est silencieux. Lorsque les portes s'ouvrent, je constate qu'on est juste au-dessus de la boîte de nuit et qu'on a une vue imprenable sur la fosse où les gens doivent s'entasser pour danser au son des plus gros tubes du moment. La boîte de nuit semble très bien agencée ; il faut dire qu'elle dispose d'une surface gigantesque.

Matthew me fait signe de le suivre, et nous nous approchons d'une porte discrète sur le côté. Il tape à nouveau un code et nous avançons dans un long couloir. Un deuxième code est demandé pour poursuivre. Et c'est ainsi jusqu'à une quatrième porte où Matthew doit déposer son empreinte, cette fois. Je suis impressionnée par ces mesures de sécurité et mon angoisse monte en flèche. Qui essaierait de se protéger de cette façon, sinon des gens eux-mêmes dangereux ?

Lorsque la quatrième porte s'ouvre, j'aperçois une table disposée au centre de la pièce, entourée de quelques chaises. Dans le fond, un micro-ondes et un réfrigérateur. James nous tourne le dos, il a une discussion animée avec Will.

Ethan et Joshua sont en retrait sur le côté, ils ont l'air soucieux et ont les yeux rivés sur leur téléphone. Deux autres hommes que je ne connais pas sont postés devant une autre porte, dans le fond de la pièce ; l'un des deux est au téléphone. Lorsque mes frères se rendent compte de ma présence, ils manifestent leur soulagement. La tension qui les habitait avant de me voir sur le seuil a disparu.

James s'avance vers Matthew d'un pas lent, son visage se détend à mesure qu'il s'approche de nous. Ce qu'il fait me surprend et m'angoisse en même temps : il enlace Matthew en le remerciant de m'avoir ramenée à eux. Ce geste simple mais grave me fait soudain prendre conscience mieux qu'un grand discours que, même si j'ignore tout encore des dangers qui me guettaient, je ne suis pas passée loin de ma propre perte, ce soir. Inquiète, je demande une nouvelle fois :

— Où est Logan ?

James se tourne vers moi et me guide vers une chaise. J'accepte de m'asseoir tout en continuant à le regarder dans les yeux.

— Logan va bien. Il est resté à la maison pour monter la garde et nous prévenir en cas d'intrusion.

— Qui pourrait s'introduire chez nous ? Et pourquoi ?

— C'est une longue histoire, Emy. Je dois partir avec Matthew et Will pour prêter main-forte à Logan. Tu ne risques rien ici, on a installé une chambre de fortune à côté. C'est l'affaire de quelques jours, me promet James.

— Qui va enfin se dévouer pour m'expliquer ce qui se passe ?

Je voulais garder mon sang-froid, mais j'ai hurlé plus fort que je ne l'aurais voulu. Autour de moi, mes frères restent impassibles ; quant à Joshua, il m'offre un sourire compatissant. James se tourne vers Ethan et Joshua en leur faisant signe d'approcher.

— On a voté à l'unanimité pour que tu apprennes la vérité, mais on ne s'attardera pas davantage sur les détails. OK ? me dit-il enfin.

Je lève les yeux au ciel, soulagée, puis réponds :

— Je suis prête…

— À tout à l'heure.

Will, James et Matthew m'embrassent tendrement sur la joue et partent sans demander leur reste. Ils semblent n'avoir vraiment pas envie de s'embarrasser avec moi.

Je me retrouve entourée d'Ethan, de Joshua et des deux inconnus, qui me regardent avec une curiosité non dissimulée. Ethan leur demande de quitter la pièce et il vient s'asseoir face à moi. Joshua l'imite, sans me quitter des yeux ; en fait, il me dévore des yeux depuis que je suis entrée. Lorsque nous sommes seuls tous les trois, mon frère s'adresse à lui d'un air épuisé :

— Josh, tu commences ?

Ce dernier me fixe d'un regard qui me trouble profondément. Je ressens son besoin de me toucher. Pourtant, il se retient, pour ne pas éveiller les soupçons à notre sujet.

— Ton père est un des plus grands barons de la drogue de la côte Est, commence-t-il.

Je retiens ma respiration et attends qu'il poursuive.

— Il contrôle toute la ville de New York. Son

emprise est telle qu'il a des contacts au sein même du gouvernement américain.

Face à l'ampleur de ces révélations, ma voix se fait toute petite lorsque je demande :

— Et vous ?

— On est ses lieutenants, c'est-à-dire qu'on s'occupe de tout ce qui est pratique. On le représente sur le terrain, on détient une autorité presque équivalente à la sienne et on peut gérer bien des aspects du business à sa place, intervient Ethan.

Je suis estomaquée mais j'essaie de garder mon calme pour qu'ils continuent de m'expliquer ce que je veux savoir.

— Will et James sont des lieutenants, pour être plus précis, ajoute Joshua. Ethan et Matthew sont dans les relations publiques.

— Dans les relations publiques ?

Je suis incrédule.

— Nous sommes la caution légale du trafic. Il faut bien blanchir les milliers de dollars que l'on engrange chaque jour, me répond Ethan.

Je ne réagis pas et il poursuit son explication :

— L'idée, c'est d'investir nos gains illégaux dans des réseaux légaux sans lien avec les trafics que nous avons organisés. Nous sommes indispensables au bon fonctionnement de la machine, car nos décisions budgétaires sont la condition sine qua non de sa respiration ; mais nous ne faisons clairement pas partie du réseau en lui-même.

Je ne suis pas sûre de comprendre tout ce qu'ils me racontent et j'ai besoin de plus de détails, beaucoup plus.

— Le « réseau » ?

— Oui, répond Joshua. Ton père est le chef. Ensuite, il y a les membres permanents : lieutenants, producteurs, gros revendeurs, chargés de relations publiques. Il y a aussi les intermédiaires : les transporteurs, les guetteurs, les prête-noms, les hommes de main, les charbonneurs, les aspirants, les nourrices…

L'énumération des petites mains du réseau me coupe le souffle. J'interroge pourtant :

— Vous êtes combien, en tout ?

— Environ quarante personnes au sein du réseau, une centaine à la périphérie, répond Ethan.

Je reste silencieuse un moment et regarde en direction de ses béquilles.

— Qui sont les gens qui t'ont fait ça ?

— Une équipe de revendeurs au détail qui a cru pouvoir nous rouler. Ils n'ont jamais réattribué leurs recettes au réseau. Ils savaient ce qu'ils risquaient et ils ont tenté le tout pour le tout.

La question suivante sort de façon mécanique.

— À combien s'établissent vos recettes ?

— En moyenne, cinquante mille dollars par jour, dit Joshua sans ciller.

— Et comment vous avez fait pour récupérer l'argent de ces revendeurs au détail ?

— James et Will se sont sali les mains.

— Vous n'avez pas d'hommes de main pour faire ce travail à votre place ?

Tout en posant la question, je regarde Joshua, pour vérifier que je ne l'ai pas froissé. Il me répond d'un clin d'œil.

— Ils n'auraient pas dû s'attaquer à Ethan. En faisant ça, ils ont tapé au cœur sensible de l'organisation, ils ont touché un point personnel de l'équation, répond Joshua, un petit sourire aux lèvres.

— Et il en serait de même si on s'attaquait à toi, Emy, poursuit Ethan.

— Qui voudrait s'attaquer à moi ? Je ne suis même pas impliquée dans votre business.

— Tous ceux qui veulent nous nuire. Ils savent que

pour taper fort il faut taper là où ça fait mal. Comme ils l'ont fait avec maman, ajoute Ethan, le regard sombre.

Ces derniers mots me coupent le souffle, mais je tente de me ressaisir pour poursuivre mon interrogatoire.

— Je croyais que personne ne connaissait mon existence.

— On sait de source sûre que ce n'est plus le cas. Tu n'es plus en sécurité à la maison, dit Ethan.

— La police ne cherche pas à vous arrêter ?

Je suis soudain paniquée à l'idée que je pourrais être séparée de mes frères, s'ils étaient envoyés en prison.

— Les flics arrêtent parfois des petits revendeurs pas discrets, souvent des aspirants qui cherchent à intégrer le réseau à tout prix et se brûlent les mains, parfois des nourrices, et c'est plus embêtant. Dans tous les cas, nous faisons en sorte qu'ils ne remontent jamais à la source du réseau, me répond Joshua.

Je ne comprends pas tous les termes qu'ils emploient, mais je parviens à suivre tant bien que mal.

— Pourquoi ? Ils ne vous ont encore jamais démasqués ?

— Non, ce n'est pas ça, Emy, reprend-il. La police nous connaît et nous soupçonne, bien sûr. Seulement, elle n'a rien de concret contre nous.

Ça fait beaucoup de nouveautés. Beaucoup de révélations à assimiler. J'ai le plus grand mal à avaler ma salive et à contrôler les battements de mon cœur, mais j'essaie de garder une certaine cohérence dans mes pensées et je me concentre pour poser toutes les questions qui me viennent à l'esprit.

Je me tourne vers Ethan, qui tripote nerveusement l'attelle qui maintient sa jambe blessée. J'hésite quelques secondes avant de lui poser la question qui me brûle les lèvres depuis le début de notre conversation. Finalement, je me lance, je prends une grande inspiration avant de demander fébrilement :

— Qui sont les responsables de la mort de maman ?

Comme mon frère tourne la tête vers Joshua pour tenter d'éluder ma question, je me redresse sur ma chaise et me mets à sa hauteur. Puis je me lève et m'approche de lui pour le forcer à me regarder.

— Ethan, vous me devez bien ça, après toutes ces années de mensonges, articulé-je d'une voix brisée par l'émotion qui me submerge.

J'ai les larmes aux yeux, mais je me contiens car je ne veux surtout pas craquer devant eux. Évoquer la mort de ma mère est déjà une épreuve, mais comprendre enfin pourquoi on me l'a enlevée si brutalement est à la fois insupportable et indispensable. Je veux savoir ce qui s'est passé, je veux l'entendre. Ethan finit par réagir. Les yeux dans le vague, il dépose sa main sur la mienne avant d'expliquer :

— C'est un réseau rival qui voulait empiéter sur nos plates-bandes. Ils ont voulu nous intimider. Ils n'ont fait que réveiller notre haine et renforcer notre volonté de vengeance : on les a tous tués dans le nid, lâche-t-il, le regard sombre et la mâchoire crispée, comme s'il revivait le moment où ils les ont massacrés.

Je frissonne et Joshua le remarque. Du regard, il fait signe à Ethan de ne pas en dire plus. Je me carre dans mon siège pour reprendre contenance et pose la question qui s'impose depuis le début :

— Pourquoi vous m'avez fait quitter la maison, ce soir ?

— Nous avons reçu des menaces directement dirigées contre ta personne, Emy, et en attendant de découvrir le ou les responsables, nous te mettons à l'abri ici. Cet endroit est inviolable, tu ne risques rien.

— Et la fac ? demandé-je, les yeux pleins d'espoir.

Dans cette salle sans fenêtre, j'ai l'impression d'étouffer, et je ne pourrai pas me résoudre à rester enfermée très longtemps dans cette espèce de bunker. Mais Ethan baisse la tête sans rien dire, et Joshua reste silencieux, lui aussi, si bien que je m'emporte.

— Ne me laissez pas sans réponse !

Mon frère lève les yeux vers moi pour affirmer :

— On va voir comment ça évolue et tu pourras reprendre, oui, c'est une certitude.

Je reste silencieuse, à moitié rassurée. Ethan et Joshua échangent un regard interrogateur.

— Emy ? Dis-nous quelque chose, me presse Joshua.

— Que je vous dise quoi ?

— Ton ressenti.

— J'ai l'impression que tout ce que vous me racontez est un ramassis de conneries. Que c'est le résumé du prochain film à la con que va réaliser un cinéaste en vogue qui voudra mettre en scène les trafiquants de drogue de New York. Ça ne peut clairement pas être ma vie, ni la vôtre, dis-je, complètement perdue.

Ma tête est comme prise dans un étau, et je suis agitée de mouvements frénétiques : telle une lionne en cage, je me lève puis me rassois. Me voyant faire, Ethan se met debout avec difficulté ; il attrape sa canne pour rester en équilibre sur une jambe.

— Emy, ça ne change rien à ce que nous sommes...

Il me fixe de son regard vert émeraude et poursuit, la voix empreinte d'une émotion sincère :

— ... une famille, pour toujours.

Il laisse passer quelques secondes puis il se tourne vers Joshua et lui dit :

— Je vais régler quelques détails avec les employés pour cette nuit. Reste avec elle.

Avant de quitter la pièce, Ethan me regarde une dernière fois et prononce un « je t'aime » discret. Je hoche la tête, trop bouleversée intérieurement pour pouvoir lui répondre.

Une fois seul avec moi, Joshua m'accompagne dans la chambre de fortune que mes frères m'ont aménagée.

Elle n'offre aucune ouverture sur l'extérieur, et seul le néon pendu au-dessus de nos têtes éclaire la pièce d'une lumière agressive. Pas la moindre décoration, les murs et le plafond grisâtres ne me donnent aucune envie d'emménager ici. Des lits superposés sont placés contre un premier mur, et deux autres petits lits lui font face. Je suis cependant curieuse et demande :

— C'est là que vous dormez lorsque vous n'êtes pas à la maison ?

— Oui, ce n'est pas le confort de chez vous mais c'est déjà ça. Ces lits-là appartiennent à tes frères, dit-il en m'indiquant les lits superposés.

— Celui-là sera pour toi, poursuit-il en me montrant un des deux autres, qui me paraît tout à fait agréable.

— Et toi ? demandé-je, soucieuse de savoir où il va passer la nuit.

— Comme je te l'ai dit, je ne dors pas beaucoup, et je n'ai pas vraiment besoin d'un lit pour le faire.

— Tu plaisantes ?

— Non, j'ai pris l'habitude de recharger mes batteries dans n'importe quelle position. Je me dois d'être alerte et réactif, ta famille compte sur moi.

— Mais, bon sang, tu n'es pas un putain de robot, Joshua. Ils auraient pu te prévoir un endroit pour dormir.

— Ton père et tes frères sont réglo avec moi, si c'est ce qui t'inquiète.

Je l'observe un moment. Debout devant moi, il me dépasse facilement de deux têtes, et son gabarit me paraît toujours aussi impressionnant. Monsieur Muscles. Mon monsieur Muscles. Pourtant, maintenant, j'arrive à entrevoir ce qu'il est à l'intérieur, et ce que je découvre est encore plus beau. Je m'installe au bord du lit et lui désigne une place, juste à côté.

— Viens t'asseoir près de moi, s'il te plaît.

Il ne se fait pas prier et vient me rejoindre en écrasant le matelas par la même occasion. Je glousse et le taquine :

— Tu es sûr que ce lit est homologué pour des personnes comme toi ?

Il retrouve son sourire et me gratifie d'un doux baiser sur le coin de la lèvre. Je lève les yeux pour l'observer avec attention et j'ai soudain le besoin d'apprendre à le connaître un peu mieux. Pas seulement ce qu'il est depuis qu'il travaille avec mon père, mais ce qu'il était auparavant et ce qui l'a poussé vers ce monde obscur et sanguinaire du trafic de drogue.

— Que veux-tu savoir que tu n'oses pas me demander ?

Il arrive à lire dans mes pensées, ce n'est pas possible.

— Qu'est-ce qui t'a poussé à travailler pour mon père ?

— Il y a trois ans, j'ai commis un acte que la loi condamne, et, si ton père ne m'avait pas aidé à m'en sortir, j'aurais terminé en prison. Ou pire : à la morgue, m'explique-t-il sur un ton égal.

— Où as-tu grandi ?

— Un peu partout. Surtout à Brooklyn, avec mon père.

— Où était ta mère ?

— Elle est morte à ma naissance, je ne l'ai jamais connue, répond-il, les yeux pleins de regrets.

— C'est ton père qui t'a élevé, alors ?

— Il ne m'a pas élevé, il m'a au contraire rabaissé plus bas que terre. J'ai passé toute mon enfance à encaisser ses humeurs de chien. J'étais responsable de tous ses problèmes et de sa vie merdique. J'aurais voulu fuir si j'avais pu, mais je n'ai jamais eu personne avant ton père.

— Et quel acte as-tu donc commis que la loi réprouve ?

J'ai formulé cette dernière question en m'attendant à ce qu'il ne me réponde pas. Mais, contre toute attente, il prononce ces mots qui me font froid dans le dos :

— J'ai égorgé mon père et je l'ai laissé pour mort.

Je frissonne et il s'en aperçoit. Il attrape la couverture et la remonte sur mon corps d'un geste délicat.

— Si c'était à refaire, je le referais dix fois. Cet homme m'a complètement détruit à l'intérieur.

— Moi, je ne vois pas ce que tu as de pourri, Joshua, je te trouve en fait plutôt merveilleux.

— Tu me fais me sentir différent, Emy. Je ne sais pas l'expliquer, mais tu fais ressortir le meilleur de moi-même.

Je lui souris, réellement heureuse de l'apprendre.

— En quoi consiste ton travail d'homme de main, la plupart du temps ?

Il n'ose pas répondre tout de suite, mais finalement il soupire et se tourne vers moi.

— Je tue des gens gênants et je les fais disparaître.

Je bouge dans le lit pour étouffer le malaise provoqué par sa révélation.

— OK, et ça ne se résume qu'à ça ?

Il baisse la tête, étonné que je paraisse indifférente à ce qu'il vient de lâcher.

— Non, ton père me charge de moins en moins de ce genre de choses. Maintenant, j'ai surtout pour mission de garder un œil sur toi, à tout moment de la journée.

— Ah oui ? Et comment le pourrais-tu ? Je ne suis pas tout le temps avec toi !

Il semble mal à l'aise à son tour, mais se décide tout de même à me répondre :

— Je n'ai pas le droit de te révéler comment, ton père ne se gênerait pas pour me tuer. Et ce n'est pas une image.

Je suis littéralement perplexe, et laisse mon imagination débordante chercher à comprendre comment Joshua peut s'y prendre pour me surveiller sans être avec moi. Mais en vain.

— C'est assez flippant, d'imaginer que je sois suivie

d'une manière ou d'une autre, et j'ai réellement besoin de savoir comment tu peux faire ça, Joshua. Tu sais que tu peux me faire confiance, je n'en parlerai pas à mon père.

Il lève mon bras gauche et caresse ma peau avec douceur, puis jette un regard étrange dans ma direction et reprend ses caresses sur mon bras.

— Tu te souviens lorsque tu es tombée de vélo, quand tu avais six ans ?

— Euh... Oui, je m'en souviens très bien, qui t'a raconté ça ?

— Je le sais car ce jour-là ton père a dû t'emmener à l'hôpital pour faire recoudre ton bras blessé. Il en a profité pour implanter une puce dedans.

Je lâche un petit cri étouffé. Mais qu'est-ce qu'il est en train de me dire ?

— J'ai été identifiée comme un vulgaire chien ?

— C'est bien plus performant qu'une puce d'identification canine, me répond-il avec un sourire crispé.

Il se fout de moi, là ? Je ne sais pas si je vais réussir à maîtriser la colère que je sens monter en moi, ce coup-ci.

— J'ai hâte que tu m'en dises plus !

— C'est une puce qui est capable à la fois de te localiser à l'endroit exact où tu te trouves et de savoir si tu es en vie : elle enregistre tes pulsations cardiaques.

— C'est une blague, Joshua ? Je vais me réveiller ? m'écrié-je.

J'ai l'impression d'être en plein cauchemar. Je suis marquée comme un animal, et personne n'a trouvé judicieux de m'en informer. Je me sens trahie et bafouée dans mon amour-propre.

— Non, Emy, c'est loin d'être une plaisanterie. Ton père était tellement angoissé à l'idée que tu lui sois enlevée qu'il t'a mis cette puce à ton insu.

Je reste incrédule mais risque une question :

— Je peux la retirer ?

— La puce s'est déplacée sous ta peau, et ça aussi c'était l'effet recherché, pour que personne ne soit en mesure de te la retirer.

Je lâche un juron.

— Comment tu peux te connecter à cette puce, Joshua ?

Le ton de ma voix se fait plus pressant.

— J'ai les codes pour détecter tous les signaux de ta puce dans mon téléphone, dit-il en me montrant fièrement son smartphone.

Je l'attrape dans un geste plein de hargne.

— Laisse-moi voir ça.

— Tu es sûre que tu veux le voir ? demande-t-il, hésitant.

— Certaine !

Je suis terrifiée à l'idée de découvrir que je n'ai jamais totalement contrôlé ma vie. Toutefois, je tente de le cacher en restant au moins maîtresse de mes émotions.

Joshua me montre comment accéder aux données sécurisées de ma puce et ouvre un logiciel au nom aussi évident que le reste : EMY. Je prends une grande inspiration et me concentre sur ce que je vois. Il y a plusieurs onglets, je choisis de cliquer sur celui qui s'intitule « GPS ». Mon parcours est retracé jour après jour sous forme de plan. Putain. Quelle merde.

Je clique sur l'onglet suivant et découvre mon rythme cardiaque pris à des horaires différents, et je constate un pic à 21 h 30 aujourd'hui. Sans déconner. Je lui rends son téléphone comme s'il me brûlait les doigts.

— Qui d'autre a accès à tout ça ?

— Ton père, tes frères, Logan et moi uniquement. Ton père ne voudrait pas que quelqu'un d'autre puisse te localiser aussi facilement. Il a beaucoup d'hommes de main, mais très peu connaissaient ton existence avant aujourd'hui.

— J'ai la tête qui va exploser, Joshua. Pourquoi est-ce que je ne peux pas avoir une vie normale ?

Je me sens bouillir de rage à l'intérieur, mais j'ai parlé d'une voix lasse. J'inspire profondément pour me calmer. De toute façon, je ne dois pas trahir Joshua en me ruant sur mon père dès que je le verrai. Je ne suis pas supposée savoir quoi que ce soit de tout ça.

— Tu as ce qui se rapproche le plus d'une vie normale, crois-moi. Tes frères et moi n'en connaissons pas vraiment la saveur.

C'est vrai que ma plainte est égoïste. Joshua n'a pas eu mon enfance choyée. Il a connu un père hargneux et souffre de l'absence de sa mère depuis sa naissance. Moi, au moins, je l'ai eue jusqu'à l'âge de seize ans et elle m'a apporté plus que personne ne pourra jamais le faire.

— Je suis désolée, Joshua, tout ça me dépasse.

Il m'enlace soudainement et me soulève pour m'asseoir sur ses genoux. Sa chaleur envahit mon corps, la sensation est grisante.

— Je comprends très bien ce que tu ressens ce soir, ma puce. Ce n'est pas parce que je n'ai pas connu toute cette normalité que je ne peux pas en mesurer la valeur. Je veux juste éviter que tout ce qu'on t'a dit ce soir change quoi que ce soit dans ta tête. À propos de nous, à propos de moi, me dit-il, la voix chargée d'une émotion nouvelle.

Je laisse ma tête reposer contre son torse et je hume une nouvelle fois son odeur, l'odeur des agrumes et de la mûre. Une odeur qui m'apaise invariablement.

Je ne sais pas à quel moment le sommeil m'a emportée, mais je me suis endormie sur ce matelas dur comme du béton. J'ouvre les yeux pour essayer de savoir où je me trouve. Dans l'obscurité, je n'y vois rien. Je panique, me relève d'un bond et tâtonne autour de moi. Qu'est-ce qui m'arrive, où suis-je ? Soudain, je sens une grande main se poser sur mon ventre et me tirer vers un corps chaud. J'étouffe un cri de panique.

— Emy ! Emy, c'est Josh. N'aie pas peur, viens là, dit-il d'une voix rauque en m'agrippant les hanches.

— Joshua ?

— Oui, ma puce, n'aie pas peur, tu es en sécurité ici.

Au son de sa voix, mes souvenirs me reviennent par bribes : le réseau, la drogue, la menace qui pèse sur moi, la puce dans mon bras. Je frissonne.

— Quelle heure est-il ? On n'y voit rien !

— Il est 2 heures du matin, on est en pleine nuit. Il n'y a pas de fenêtre ici, viens par là, me dit-il en me tirant délicatement contre lui.

Je me rallonge en me serrant frileusement près de lui et ferme les yeux. Mais les murs laissent passer d'étranges bourdonnements.

— D'où viennent ces bruits ?

— La soirée bat son plein, là-bas. On est au milieu d'une boîte de nuit, tu as oublié ?

Je hoche la tête même s'il ne peut pas me voir.

— Désolée si je t'ai réveillé, j'ai paniqué...

— Ne t'excuse pas. Je serai toujours là pour te protéger, ma puce, et je ne dormais pas, de toute façon.

— Ah non ?

— Je te l'ai dit, je n'ai pas besoin de beaucoup de sommeil. Et puis être allongé sur ce lit avec une femme magnifique dans mes bras, ça me coupe l'envie de dormir, dit-il, me faisant rougir des pieds à la tête.

— Ah, c'était toi, cette espèce de matelas si dur ? Je comprends mieux...

— Je ne suis pas confortable ? me demande-t-il d'une voix qui me fait supposer qu'il est en train de sourire.

— Non, tu manques de moelleux, dis-je en riant.

Je l'entends rire en retour.

Il m'attrape la taille et m'enferme dans ses bras avec vigueur. Je me retourne pour lui faire face et, même si je ne peux pas le voir, je suis certaine qu'il est en train de sourire de satisfaction.

— Tu es ma prisonnière, Princesse au petit pois, et tu te contenteras de mon matelas en béton armé pour ce soir.

Ma respiration se fait haletante, je frémis d'être si proche de lui et de sa chaleur. La paume de sa main caresse mon dos frénétiquement, et, lorsqu'elle s'égare vers la courbure de mes fesses, je ressens une décharge de chaleur dans tout mon corps. Soudain, Joshua s'empare de ma bouche dans un baiser qui est un savant mélange de douceur et de vigueur. Il entoure mon visage de ses grandes mains, et son geste si possessif ne me laisse aucun doute quant aux sentiments qu'il me porte. Je me sens chérie et protégée dans ses bras.

Il me fait rouler sur le lit et je me retrouve rapidement sous son corps brûlant. Il maintient ses bras de chaque côté de ma tête pour ne pas m'écraser sous son poids. Il est invisible dans l'obscurité, mais il a reculé légèrement sa tête et je sens son souffle chaud effleurer mon visage.

Comme si je pouvais connaître ses pensées, je devine son dilemme. Il voudrait me toucher mais n'ose pas me brusquer. Je décide alors de prendre les devants et descends mes mains sur son torse. Sa respiration se fait de plus en plus saccadée, mais il ne bouge pas d'un millimètre. Mes mains atteignent la ceinture de son pantalon et je les passe sous son T-shirt pour sentir sa peau sous mes paumes. Un grognement rauque s'échappe de sa bouche, mais il ne bouge toujours pas. Je remonte en faisant glisser mes doigts sur ses abdominaux puis sur ses pectoraux, je frissonne de désir. C'est tout nouveau pour moi.

Lorsque je redescends à nouveau mes doigts vers la

ceinture de son jean, il ne peut plus se contenir et ses mains sont partout sur mon corps. Il m'embrasse avec fougue et me caresse pendant de longues secondes sans que je cherche à l'arrêter. Je m'abandonne complètement à ses mains expertes, quand soudain j'entends une porte claquer. Il se redresse et le matelas se soulève, libéré de son poids. Il disparaît, il s'est levé en emportant avec lui sa chaleur.

Je remonte la couverture jusqu'à mon cou pour tenter de me réchauffer à nouveau.

— Qu'est-ce qui se passe, Josh ? chuchoté-je.

— Quelqu'un est entré dans la salle de repos.

— Seigneur ! Il ne faut pas qu'on nous trouve ici tous les deux ! m'affolé-je.

— Ne t'en fais pas, je vais voir. Reste ici et repose-toi.

— Tu me laisses comme ça ?

Ma question est un peu stupide, mais je n'ai pas envie de le voir partir. Pas maintenant ! Je voudrais qu'il continue à me toucher, sentir son corps s'imbriquer parfaitement dans le mien et me laisser porter par la chaleur apaisante qu'il me procure.

— Je me rattraperai, ma puce, n'aie aucun doute là-dessus, lâche-t-il d'une voix pleine de promesses.

Je hoche la tête dans le noir. Je sens sa bouche déposer un baiser chaste sur mon front avant de l'entendre quitter la chambre. Je me recouche en soupirant : il me manque déjà. Je m'attends à le voir revenir au cours de la nuit, mais il ne me rejoint plus, et je finis par faire taire ma déception pour me laisser emporter par le sommeil.

13

Quand je me suis réveillée, ce matin, une faible lumière filtrait sous la porte de la chambre. Je me suis assise sur le lit un moment pour rassembler mes esprits. C'est étrange, de se retrouver ainsi, dans un endroit totalement inconnu ; je ne peux rien faire, je suis complètement désorientée, je ne sais même pas où est la salle de bains... Je voudrais y aller, justement, et me lève pour me diriger vers la porte qui se trouve dans le fond de la chambre. J'éclaire mes pas à l'aide de mon téléphone portable.

Pas de poignée, mais un système de sécurité : on me demande de déposer mon index sur un boîtier. Bon, non seulement je ne sais pas où je vais, mais en plus j'imagine que je ne suis pas référencée parmi ceux qui peuvent ouvrir les portes. C'était prévisible. À tout hasard, je tente ma chance et suis étonnée de voir la porte coulisser brutalement sur le côté. Elle s'ouvre sur une pièce dont la lumière s'allume d'un coup. Mes yeux s'écarquillent de stupeur ! Cette salle est un véritable arsenal : des armes, des armes et encore des armes... Je suis sidérée et, oubliant tout, je m'avance pieds nus dans la pièce. La porte se referme lourdement derrière moi, me faisant brutalement sursauter.

Je n'ai pas vraiment envie de rester coincée ici, mais ma curiosité est plus forte que tout. Je pose mes pieds sur le carrelage froid et longe des vitrines contenant des milliers de petits couteaux tous plus tranchants les uns que les autres. J'avance encore et distingue l'arme que tenait James dans la voiture lorsque Ethan a eu son accident. Des fusils d'assaut, des revolvers, des silencieux, la panoplie du parfait tueur en série.

Je jure entre mes dents.

Tout ce qu'ils m'ont raconté hier est bel et bien vrai. L'homme qui m'a touchée de façon si intime cette nuit est le même homme qui s'emploie à tuer des gens avec ces armes. Un frisson me parcourt le dos. Que dois-je faire ? Suis-je prête à cautionner tout ça ? Que puis-je encore éprouver pour mes frères et pour Joshua ? Mes sentiments doivent-ils changer ? Puis-je continuer de les aimer comme avant ? Je n'en sais foutre rien.

Je les aime. Je les aime absolument, et c'est sûrement la raison pour laquelle pendant toutes ces années j'ai inconsciemment fermé les yeux sur ce que notre existence, mon existence, avait d'étrange. La mort de ma mère aurait dû m'alerter, mais au fond de moi je me disais que, si les êtres qui m'étaient les plus chers affirmaient que tout irait bien, mieux valait les croire. La confiance ou la volonté de faire perdurer l'image que j'avais d'une famille classique m'ont rendue aveugle. Quelle inconscience. Avec ce que je sais aujourd'hui, je devrais me sentir trahie, blessée et horrifiée. Je devrais choisir de prendre une distance qui s'impose vu la cruauté de leurs activités illégales. Pourtant, au fond de mon cœur, je sais que, malgré tout ce que je sais, rien n'a changé. La vérité ne m'a pas détachée d'eux. Une partie de moi voudrait même continuer à vivre comme si de rien n'était. Pourtant, la réalité est placardée dans chacune de ces vitrines, ce qui me perturbe d'autant plus.

Quand j'en ai suffisamment vu, je fais demi-tour pour quitter l'armurerie. Il n'y a pas de boîtier de ce côté-là et la porte coulisse dès que je m'approche.

Je sors de la chambre et me retrouve dans la salle

attenante. Un homme est assis sur une chaise, devant un ordinateur. Il est si concentré qu'il ne me voit pas tout de suite arriver. Lorsqu'il lève enfin la tête, son regard surpris me laisse deviner qu'il n'était pas au courant de ma présence ici.

— Salut, dit-il.

— Salut, savez-vous où je pourrais trouver... James ?

Il secoue la tête de gauche à droite.

— Ethan ?

Comme il me répond de la même manière, je poursuis, perdant légèrement patience :

— Will ? Matthew ? Joshua ?

— Il y avait un homme avec moi tout à l'heure, il est parti par là-bas.

Il m'indique une porte sur la droite.

— OK, merci.

Je suis sur le point de quitter la pièce à la recherche d'un visage connu lorsqu'il me demande :

— Mais tu es qui, toi ?

Je le regarde fixement pour essayer de cerner l'individu qui se trouve devant moi. Brusquement, j'entends une voix grave et sévère menacer derrière mon dos :

— Tu n'as pas besoin de savoir qui elle est. Fais ce qu'on t'a demandé et casse-toi.

Je jette un œil par-dessus mon épaule et reconnais Logan, qui me fait signe d'approcher. Lorsque j'arrive près de lui, il me tire par la main et m'emmène dans une sorte de cuisine.

— Je t'ai préparé de quoi manger, tu pourras retourner à la fac ce matin, si tu le souhaites, me dit-il.

— C'est vrai ? demandé-je, agréablement surprise.

— Oui, on n'a pas de raison de te garder enfermée toute la journée. Mais je t'emmènerai et viendrai te chercher devant la faculté. Comme d'habitude. Sauf que tu ne pourras pas sortir de l'établissement à midi, c'est trop risqué.

— OK, je prends ! dis-je avec un enthousiasme un peu puéril.

Logan me sourit.

— Je n'ai pas pris mon sac de cours avec moi, par contre, il faudra que...

— Je suis allé te le chercher cette nuit, me coupe-t-il.

Il a tout prévu, pensé à tout, et ça me souffle. Je suis étonnée aussi qu'un tel endroit puisse avoir été conçu par mes frères. Comme si, dans leur vie, il était nécessaire de prévoir un moyen de s'échapper, de disparaître du monde. Tout a été organisé pour que plusieurs personnes puissent vivre ici en totale autarcie. Que le hasard soit à ce point écarté, c'est effrayant.

Mais je consulte mon téléphone : il est déjà 8 h 30, il faut que je me presse. Après avoir mangé ses œufs au bacon, je demande à Logan de m'indiquer la salle de bains et les toilettes. Je me lave et m'habille en vitesse. Quand je quitte la salle de bains, je retrouve Matthew dans la cuisine, où il vient de nous rejoindre.

— Finalement, c'est moi qui vais t'emmener, ce matin. Il faut que Logan se repose de sa soirée de malade, dit-il en riant.

Je n'ai absolument aucune envie d'en savoir plus sur le contenu de cette soirée « de malade ». Ce que je veux, c'est au contraire quitter leur monde un moment et retourner dans celui de la fac, des cours et de la normalité. Je le suis en silence dans les couloirs au bout desquels se trouve, je le sais, une porte de sortie pour quitter ce bunker moderne où j'étouffe.

Je reste silencieuse durant tout le trajet vers l'université. Matthew ne cherche pas à combler ce silence, il se contente de jeter quelques regards curieux dans ma direction. Quand il se gare devant l'entrée et éteint le moteur, je lui dis :

— Merci de m'avoir déposée.

— Pas de quoi. Eh, Emy, ne fais confiance à personne et reste à l'intérieur de la faculté. N'en sors sous aucun prétexte, OK ?

— Entendu, je suis les cours et je te rejoins ici ce soir. Pas de quoi paniquer, dis-je d'une voix légère.

— À ce soir, dans ce cas, dit-il en m'embrassant sur la joue.

Je lui adresse un dernier signe de la main et pars en direction de l'amphi de biochimie. Je me presse pour espérer trouver une place, car lundi dernier la salle était déjà bondée, les étudiants de première et deuxième année étant venus en nombre.

Lorsque j'arrive, j'ai cinq minutes d'avance mais il y a déjà un attroupement devant la porte. Je le dépasse pour entrer dans la salle, mais j'entends chuchoter sur mon passage :

— Ouais, c'est elle !

— Il paraît qu'il veut se venger...

— J'aurais pas aimé être à sa place !

— C'est bientôt l'heure du bizutage...

Je m'applique à garder contenance et à ignorer ces petites voix qui tentent de se frayer un chemin dans mon esprit. Je suis plus forte que ça, bien plus forte que tous ces ragots. En tout cas, j'essaie de m'en persuader lorsque je m'assois à une place laissée libre.

Je scrute la salle à la recherche d'un visage connu, mais je ne repère ni Hayle ni Jerry. Je sors de mon sac de quoi écrire, mes cahiers et mes livres. Quand le professeur fait son apparition, il n'y a toujours aucune trace de ma copine de classe, je m'enfonce dans mon siège en respirant un bon coup. Une journée à passer toute seule à la fac, ce n'est pas très amusant, mais c'est toujours mieux que de rester enfermée au bunker.

Quelqu'un s'assoit près de moi en me bousculant légèrement. Je me tourne et reconnais Noah, qui a le sourire jusqu'aux oreilles. Sa présence ici m'étonne, aussi je l'interroge :

— Tu assistes à ce cours ?

— Non, je n'en ai pas besoin, mais je suis venu te tenir compagnie.

— Ce n'était pas nécessaire, Noah, je compte écouter ce que le prof va nous raconter.

— Je ne t'empêcherai pas de l'écouter, je te tiens juste compagnie. Et puis Hayle n'est pas là : tu ne vas quand même pas rester toute seule !

— Comment tu as su que Hayle serait absente ?

— Je n'en savais rien, j'ai tenté le coup.

Je ris devant son air enfantin, mais je suis gênée aussi. Il se comporte comme si la soirée de vendredi n'avait pas eu lieu. Son visage ne trahit ni rancœur ni gêne. Il est serein et reste naturel sous mes regards inquisiteurs. Je ne peux m'empêcher de trouver son indifférence étonnante mais je choisis d'ignorer le trouble que son attitude imperturbable fait naître en moi.

Le prof commence son cours ; Noah se tait pour me laisser prendre des notes. Pendant les minutes qui s'écoulent ensuite, je le vois dessiner quelque chose sur un bout de papier avec beaucoup de concentration. Il aime dessiner ? Je ne l'aurais pas cru.

Au bout de deux heures, il s'affaire toujours à la tâche, je me penche légèrement pour apercevoir son dessin et suis surprise de reconnaître un portrait très ressemblant de... moi.

— Noah..., soufflé-je en levant les yeux vers lui.

— Ça te plaît ?

— Je suis épatée, tu as un talent incroyable.

— J'étais inspiré, me dit-il.

Je le fixe du regard et l'observe intensément pendant quelques secondes. La surprise qu'il vient de provoquer en moi ne prouve qu'une chose : je le connais encore moins bien que je ne le croyais, car il a réussi à me surprendre. Je jette un œil sur son dessin et demande :

— Qu'est-ce que tu comptes en faire ?

— Le placarder au-dessus de mon lit ou dans ma salle de bains, j'hésite encore, dit-il en riant.

Je m'empourpre. Quel dragueur ! Il s'y prend bien, en plus, mais je sais maintenant que mon cœur est déjà conquis par un autre. Désormais, je le sens avec certitude. Noah ne me fait plus autant d'effet que les premiers jours, il faudra que je me montre honnête envers lui. Pas aujourd'hui, mais je le ferai bientôt, c'est sûr.

Je regarde à nouveau le dessin posé sur la table devant lui : je me trouve carrément canon dessus.

— Tu t'es montré plutôt sympa, et ton portrait est flatteur, je suis assez jolie dessus, dis-je.

Il me regarde, les sourcils froncés.

— T'es au courant que tu es encore plus belle en vrai, hein ?

— Si tu le dis.

J'ai répondu sur un ton gêné et il me scrute, l'air étonné.

— Quoi ?

— Emily ! Des fois, on dirait que tu ne sais rien du monde, que tu n'es jamais sortie de chez toi ! Les mecs devaient pourtant être nombreux à te courir après au lycée, non ?

— Je... Non, dis-je avec assurance.

J'ai l'impression de mentir par omission. Vu que je n'ai jamais mis un pied au lycée, comment pourrais-je bien savoir l'effet que je fais aux garçons ? Je ne suis pas fière d'avoir accepté sans broncher la vie que ma famille m'a imposée, et quelque part je me sens honteuse de n'avoir rien connu d'autre que mes cours par correspondance. Aussi je me garde bien de lui raconter mon enfance morne et monotone et je lève le regard vers lui. Il fronce les sourcils en me fixant de ses yeux gris.

— Là, je ne comprends pas. Parce que ici, par exemple, dans cette salle, je ne vois pas un seul mec qui ne se retourne pas pour te regarder.

Je rougis et j'essaie de couper court à cette discussion en lui répondant :

— OK, je ne dois pas faire assez attention, dans ce cas. Et ton nez, au fait ?

Je veux juste le faire changer de sujet, et je me suis exclamée un peu trop fort pour être crédible. Il me sourit en comprenant ce que j'essaie de faire.

— Rien de cassé. Mais ton frère n'y est pas vraiment allé de main morte. Julan est encore très mal en point.

— Je ne vais pas te dire que je ne m'en réjouis pas, ce serait te mentir. Il l'a bien mérité.

— Je sais, il joue un jeu dangereux avec sa copine et ça dure depuis plus d'un an.

— Ça fait un an qu'elle supporte ses crises et ses insultes ? demandé-je, estomaquée.

— Il sait comment la faire revenir vers lui, apparemment.

À cette idée, je réagis et, saisie d'une curiosité sans doute déplacée, j'interroge Noah :

— Et... Elle est revenue vers lui après que je suis partie ?

— Oui, il me semble les avoir vus ensemble quand je suis rentré dormir.

— Quelle idiote !

Ça m'a échappé. Il rit de ma réaction excessive.

— Elle a apprécié que tu t'interposes, tu sais, mais elle n'est pas encore prête à se libérer de l'emprise que ce type a sur elle.

— J'aurais dû me mêler de ce qui me regardait. Maintenant, toute la faculté me connaît et parle de moi dans mon dos.

— Tu en as quelque chose à faire ?

— Pas vraiment, mais j'avais espéré que mes débuts ici se passeraient un peu différemment, dis-je, pensive.

Il ne me répond plus, distrait par quelque chose qu'il observe sur son téléphone portable. Je saisis mon stylo et recommence à prendre des notes sur mon cahier jusqu'à la fin du cours.

Lorsque le prof conclut, tous les étudiants s'affairent à ranger leur sac. Je reste assise dans la salle, ne sachant pas vraiment où aller : je n'ai même pas prévu de quoi manger ce midi et j'ai reçu l'interdiction formelle de déjeuner à l'extérieur de la faculté.

— Tu ne sors pas, ce midi ?

— Non, je vais réviser encore un peu, dis-je en gardant la tête baissée sur mes notes.

Noah me surprend en posant sa main sous mon menton pour relever mon visage vers le sien.

— Il faut que tu manges, me dit-il.

— Je n'ai pas faim. Et puis, franchement j'ai un retard considérable à rattraper si je veux réussir les examens...

— OK, comme tu voudras. À plus tard, la bosseuse ! dit-il avec un sourire en coin.

Puis il se tourne pour quitter la salle à son tour.

Je me retrouve seule, à l'exception de deux ou trois étudiants restés pour réviser, eux aussi, leurs cours. Je récupère mon téléphone dans ma poche et compose un message à l'adresse de Joshua :

Au cas où tu interrogerais ton logiciel, je suis assise au beau milieu de l'amphi, en vie, avec un rythme cardiaque qui oscille entre 70 et 90 battements par minute, et j'ai foutrement faim.

Je relis mon message en riant ; je suis une vraie gamine, mais ça me fait du bien de me moquer un peu de moi-même, vu les circonstances.

Pendant les vingt minutes qui suivent, je regarde distraitement mon portable en attendant une réponse de sa part, mais au bout d'un moment j'imagine que je n'en aurai pas. J'entreprends de relire les notes du dernier cours que je viens de suivre pendant la demi-heure suivante, puis une silhouette imposante s'assoit près de moi. Je n'ose pas regarder qui vient de s'installer sur la chaise, de peur d'avoir une mauvaise surprise, et fais mine de poursuivre ma lecture. Une main me tend soudain un sandwich, et je suis du regard le bras auquel elle est attachée, puis l'épaule, et j'arrive enfin au visage de Joshua, qui m'observe, le sourire aux lèvres.

— Eh ! Merde, c'est toi !

Ça m'a échappé, sous le coup de la surprise. Il paraît beaucoup trop large et trop grand pour cette chaise. Il ne se fond pas du tout dans le décor de l'université ! Est-ce qu'il aurait aimé en faire partie, d'ailleurs ?

— Toujours là pour te servir, ma puce, dit-il en jetant un œil sur le sandwich qu'il me tend.

Je l'attrape et le remercie.

— Tu es venu spécialement pour m'apporter ça ?

— C'était une bonne excuse pour te voir... Tu me manquais.

— Ah oui ?

Je souris, agréablement surprise par son aveu.

— Tu n'imagines pas à quel point ! Allez, mange, ne t'occupe pas de moi, dit-il en se mettant à l'aise sur la chaise qu'occupait Noah une heure plus tôt.

J'attrape le sandwich et mords dedans. Il est exquis et je lâche un soupir de contentement.

— Hum, trop bon, merci.

Joshua reste silencieux. Je lève la tête et le surprends qui me fixe, complètement béat.

— J'ai de la sauce sur le menton ? demandé-je, pour le faire réagir.

Il rit d'un rire franc et contagieux.

— T'occupe pas de moi, répète-t-il.

Je lui jette un dernier regard et poursuis mon repas avec le même plaisir. Au bout d'un moment, je lui demande quand même :

— Tu ne manges pas ?

— Non, je n'ai pas faim du tout...

Il reste évasif et je lève la tête vers lui.

— Qu'est-ce qui ne va pas, Josh ? Tu as l'air si... pensif.

Pour toute réponse, il me sourit et pose son bras puissant autour de mes épaules. Alors qu'il s'apprête enfin à parler, son téléphone se met à sonner dans sa poche. Il l'attrape et décroche mécaniquement.

— OK, je vous rejoins, dit-il à son interlocuteur.

Il raccroche et se tourne vers moi. Je le devance et imagine ce qu'il va me dire :

— Tu as des trucs à faire, c'est bon.

— Oui, c'est avec regret que je quitte ce spectacle des plus excitants, dit-il, le regard rieur.

Je fronce les sourcils.

— Moi en train d'engloutir un sandwich ? Il ne t'en faut pas beaucoup...

Il pose la main sur ma joue pour me forcer à lui faire face puis, après m'avoir jeté un regard des plus équivoques, il m'embrasse à pleine bouche.

— À ce soir, ma puce.

Il se lève et me laisse pantelante, le reste de mon sandwich toujours dans la main gauche.

Je termine de manger, et décide d'aller faire un tour dans la cour intérieure de la faculté pour me dégourdir un peu les jambes avant le prochain cours. L'air froid s'infiltre immédiatement sous mes vêtements, ce qui me fait frileusement refermer mon manteau et enrouler mon écharpe plus serré autour de mon cou. Je marche jusqu'à un banc et m'assois un moment. Il me reste dix minutes avant le prochain cours, la fraîcheur hivernale m'aide à me vider la tête et à faire le point sur les derniers jours.

Joshua a beau être reparti, j'ai l'impression d'être imprégnée de son parfum ; un parfum que j'ai dans la peau, de toute évidence, une odeur que je n'arrive clairement plus à oublier. Pourtant, cela fait longtemps que je le connais : depuis trois ans, il vit sous le même toit que moi et dort de l'autre côté du mur qui sépare ma chambre de la sienne. Bien sûr, son charme et sa gentillesse ne m'avaient pas laissée indifférente, mais je le trouvais distant. Je comprends aujourd'hui que ce que j'avais pris pour du désintérêt de sa part, pendant toutes ces années, n'était en réalité que de la timidité. Il a bien tenté de résister, par respect pour mon père et pour me préserver du monde auquel il appartient, mais je suis heureuse qu'il ait finalement choisi de m'avouer ce qu'il ressent. Il aura suffi d'une petite semaine à la fac pour qu'il me dévoile ce qu'il a au fond du cœur et qu'il fasse chavirer le mien par la même occasion. Tout cela me laisse pensive : quel chemin parcouru ! Soudain, une voix aiguë m'appelle :

— Emily !

Je me tourne et découvre Hayle tout essoufflée.

— Tu es venue ?

— Oui, j'étais tellement fatiguée, ce matin, j'ai laissé tomber le cours. Mais j'ai mes notes de l'année dernière, ne t'en fais pas.

— Qu'est-ce qui t'a fatiguée autant ce week-end ?

Je n'ai pas pu m'empêcher de lui lancer un sourire complice en lui posant cette question, et elle détourne le regard, gênée. C'est assez surprenant de sa part : elle est plutôt franche et directe, d'ordinaire. Je suppose qu'un homme s'est glissé dans l'équation, mais, pour ce que je sais d'elle, c'est une chose qu'elle ne se serait pas privée de me dire, en temps normal. Décidément... Je ne comprends pas.

— J'ai dû aider ma mère à refaire la déco de notre salon, finit-elle par m'expliquer.

Je ne la crois pas une seule seconde. Je ne la connais pas depuis bien longtemps, mais mon instinct tire le signal d'alarme sans jamais se tromper lorsque quelqu'un me ment. Je détourne le regard à mon tour, car je suis déçue par sa réponse. Elle s'avance vers moi et attrape mon bras d'un coup sec. Je sursaute et la regarde en fronçant les sourcils.

— Excuse-moi, Emily, je ne veux pas te mentir, et en même temps on m'a fait promettre de ne rien te dire, avoue-t-elle.

Elle attise encore plus ma curiosité, mais son honnêteté me suffit pour l'instant.

— OK, alors ne me dis rien, dis-je d'un ton morne.

Je ne vois vraiment pas ce qu'elle peut me cacher, mais je n'ai pas envie de la pousser dans ses derniers retranchements. Sans doute, elle m'en sait gré, car elle m'offre un sourire sincère.

— On rentre se réchauffer dans l'amphi ? propose-t-elle, frissonnante.

J'acquiesce et nous partons ensemble vers notre prochain cours. Le temps passé avec ma nouvelle amie, je m'en rends compte, me fait du bien. L'impression de normalité que me procure ma relation avec elle est précieuse, car elle me permet d'échapper à la réalité écrasante qui m'attend chez moi. La simplicité de notre amitié et la légèreté de nos conversations sont une vraie bouffée d'oxygène. Nous revenons sur la soirée du vendredi, qui m'a pas mal occupé l'esprit, mais elle la raconte avec tant d'humour que j'en ris avec elle ! Son sourire et son énergie débordante sont contagieux, j'ai l'impression de gagner en sérénité et de considérer ce qui m'arrive avec un peu plus de philosophie. Elle me raconte le reste de la soirée de vendredi avec un sourire épanoui et me fait promettre de retourner bientôt dans une autre fête avec elle.

La suite de l'après-midi se passe dans la plus grande banalité, les cours sont intéressants et Hayle, à côté de moi, me fait beaucoup rire avec ses commentaires moqueurs sur le prof. C'est vrai qu'il est spécial et complètement décalé dans son style vestimentaire.

Lorsque nous quittons l'amphi, la nuit est déjà tombée sur New York et les lampadaires de la faculté éclairent nos pas jusqu'à la sortie. L'énorme 4x4 de mon père m'attend déjà. J'embrasse Hayle en lui souhaitant une bonne soirée et pars rejoindre la voiture.

Une surprise agréable m'y attend : c'est Joshua qui est au volant. Je suis tellement contente de le voir qu'après avoir refermé la portière je me penche vers lui pour l'embrasser. Il semble ravi de ma spontanéité, et prolonge notre baiser encore quelques secondes.

— Quelle bonne façon de commencer la soirée, murmure-t-il, le sourire aux lèvres.

— Où est-ce que tu m'emmènes ? À la maison ou...

— Au Delta, m'interrompt-il. C'est encore trop tôt pour retourner chez toi.

— Génial, dis-je sur un ton ironique.

Il jette un dernier coup d'œil dans ma direction et démarre. Dès qu'il s'insère dans la circulation, il attrape ma main gauche, la serre dans la sienne et ne la lâche plus jusqu'à ce qu'on arrive au Delta. J'ai en quelque sorte besoin de ce contact ; j'aime sentir sa peau contre la mienne. Mais, une fois dans l'ascenseur, je prends par habitude un peu de distance avec lui, et il me signale, en jetant un œil au plafond, que nous sommes filmés. Je m'éloigne encore un peu plus et il sourit.

— N'en rajoute pas ! Si tu t'éloignes encore, ça va devenir louche, me dit-il.

Je ris de ma maladresse. Puis le laisse repartir : il ne faisait que me déposer, et doit aller régler « un problème ».

Autant dire que ça me gâche la soirée, que je passe assise sur une chaise rigide, en tête à tête avec un écran de télévision minuscule, à regarder des émissions pourries. Sans compter que je ne croise personne, pas même mes frères. Je me fais du souci pour eux. Maintenant que je connais leurs activités, je ne peux pas m'empêcher de m'inquiéter. Je me demande comment ma mère réussissait à gérer tout ça : rester mère, nous communiquer l'amour et la joie de vivre qui l'ont toujours animée, tout en sachant la vérité sur les « affaires » de mon père. Comment pouvait-elle ne pas être en permanence inquiète, angoissée à l'idée de le perdre ou de se retrouver en danger par sa faute ? J'ai le souvenir d'une femme forte et aimante, qui vivait nos moments en famille avec tant de calme et de sérénité... S'était-elle résignée à accepter tout ça ? Mes frères ne sont pas en train de passer une soirée tranquille chez leur petite copine mais occupés à fournir de la drogue à la population new-yorkaise, je sais qu'ils sont en danger, en permanence. Avec le recul, je trouve ça aberrant, qu'ils aient réussi à m'écarter si longtemps de cette réalité. Cette vaste comédie aurait pu prendre fin bien avant. Mais est-ce que j'étais prête à entendre et à accepter l'envers du décor comme je semble le faire aujourd'hui ? Je ne sais pas si j'en serai capable un jour. Ma seule certitude, c'est que je suis actuellement habitée par la volonté et le besoin de m'éloigner le plus possible de cette partie de leur vie. Je veux m'en écarter pour espérer devenir une femme indépendante et libre. Et normale. Est-ce que la protection de Joshua pourrait suffire à me permettre d'avancer dans la vie que j'aurai choisie ? Cette nouvelle donne bouleverse mon existence et mon avenir, je ne peux pas me le cacher.

À 22 heures, je me sens vidée : par la bêtise de ce que j'ai vu à la télévision, et par ces questions qui m'ont occupé l'esprit. Quand j'en ai assez vu, je vais me coucher dans mon petit lit d'appoint, après avoir préparé mes affaires pour le lendemain et réglé mon réveil pour la fac. Dans l'obscurité relativement rassurante du bunker, je m'endors sans trop tarder.

Durant la nuit, quand les bourdonnements de la musique font vibrer le mur de la chambre, je sens un corps chaud se lover contre moi et de grandes mains caresser mes cheveux. Alors je plonge vraiment dans un sommeil apaisé.

14

La semaine à la fac se déroule sans accroc et je regagne chaque soir le Delta pour y passer la nuit. J'ai très envie de retourner dans notre maison, mais mes frères me l'ont formellement interdit. Ils estiment que le manoir n'est pas suffisamment sécurisé pour le moment et m'assurent qu'ils sont en train d'y remédier.

Ils ne dorment dans le dortoir du Delta avec moi que quelques heures par nuit, je ne comprends pas comment ils font pour tenir ce rythme. Joshua ne doit, quant à lui, dormir qu'une heure de temps en temps, et il prend rarement la peine de s'asseoir pour manger avec nous. Il profite de l'absence de mes frères pour venir me rejoindre et m'enlacer dans mon sommeil, mais ne reste jamais très longtemps avant de se lever pour partir. Je m'interroge sur ce qu'il fait lorsqu'il n'est pas près de moi. Je m'imagine un tas de choses toutes plus horribles les unes que les autres.

Le vendredi soir, c'est décidé : je ne perdrai pas une nouvelle soirée à réviser ou à regarder la petite télé, vautrée dans le nouveau fauteuil qu'on a installé pour moi dans le bunker. Je tape sur mon téléphone un message adressé à Ethan :

> Je compte bien sortir profiter de la musique et danser ce soir.

Par sécurité, je n'attends pas sa réponse avant d'aller me préparer.

Il est minuit quand je sors de la douche et que j'entreprends d'enfiler une jolie robe fuchsia. La musique bourdonne déjà depuis plus d'une heure, faisant vibrer le mur de la chambre. J'attrape mon téléphone et m'aperçois que j'ai reçu trois nouveaux messages d'Ethan et un de Joshua. Je clique sur les messages d'Ethan et lis :

Hors de question que tu te mélanges à la foule, trop dangereux.

Emy, attends qu'on vienne te chercher, s'il te plaît !

On arrive dans dix minutes.

Le dernier message a été envoyé à 23 h 55, mes frères ne devraient plus tarder à débarquer. Je clique ensuite sur le message de Joshua :

Alors, comme ça, tu veux danser ?

Je souris devant son message et réponds :

Oui, et je ne vais pas me gêner pour le faire.

J'attrape ma trousse de toilette et me maquille légèrement les yeux en soulignant mes cils déjà prononcés avec du mascara ; un peu de blush pour rosir mes joues, de la crème sur mes longs cheveux, que je laisse retomber en cascade derrière mes épaules... Je me regarde dans la glace : pas mal du tout ! Une fois prête, je regagne la chambre. Je pars m'asseoir dans la salle de repos et m'aperçois que je ne suis plus seule. Un homme y est assis devant un ordinateur. Je l'interroge :

— Bonsoir, vous êtes... ?

L'homme se tourne vers moi d'un air étonné, comme si lui non plus ne s'attendait pas du tout à me trouver là. Mes frères débarquent à ce moment et le type se carre dans sa chaise, beaucoup moins à l'aise, tout à coup. Du regard, il interroge James, qui lui répond d'une voix dure :

— C'est notre petite sœur, Damon. Damon est un hacker professionnel, ajoute-t-il à mon intention. Il retrace des messages et des appels pour nous.

Je hoche la tête, je n'ai pas besoin d'en savoir plus. Quant à Damon, il me regarde avec un air ébahi... Il n'a jamais vu de femme, ce geek ?

— Remets-toi au travail, Damon, ordonne Will.

— Alors, comme ça, tu veux profiter de la soirée ? me questionne Matthew.

— Oui, j'ai besoin de me changer les idées, dis-je d'une voix suppliante.

Ethan s'assoit sur une chaise en déposant délicatement sa béquille en appui sur la table. Lorsqu'il parle, c'est d'un ton las :

— Je vous laisse la gérer, ce soir, je reste un peu assis.

— Vous n'aurez pas besoin de me « gérer », je veux juste danser un peu, dis-je pour me défendre.

— OK, on va s'installer en retrait, dans le coin VIP, ça te va ? me demande James.

— Tout plutôt que ça, dis-je en montrant la salle où nous nous trouvons dans un geste théâtral.

Mes chaussures à talons aux pieds, je suis James vers la sortie du bunker. Lorsque nous arrivons sur le balcon qui surplombe la fosse, je suis étourdie par le monde qui nous entoure. La musique fait vibrer ma cage thoracique et j'esquisse un sourire. Il m'aura fallu attendre vingt et un ans pour mettre les pieds dans une boîte de nuit, mais je me sens chez moi dans cette ambiance.

Je reste un moment à observer les gens se trémousser en bas ; une foule de corps qui ondulent au rythme de la musique électro. Les femmes sont apprêtées, rayonnantes, sexy, et semblent pour la plupart balayer la masse des autres danseurs d'un regard affûté, à la recherche d'un visage et d'un physique qui pourraient les séduire. Ce ballet incessant de corps en mouvement m'hypnotise lorsque je sens une main se poser sur mon bras et me tirer. Je distingue James, qui me glisse à l'oreille :

— On ne fait même pas trois pas qu'on t'a déjà perdue ! Reste près de nous, OK ?

Je hoche la tête et tente de le suivre en contournant les gens qui sont agglutinés autour de nous. Lorsqu'on arrive devant le salon VIP, un vigile se tient près de la porte. Un géant à la mine patibulaire, que la simple vue de James suffit à faire se décaler pour nous laisser entrer.

Dans le salon, l'ambiance et la musique sont les mêmes que dans la boîte, mais beaucoup plus tamisées, plus intimistes. L'un des quatre murs de la pièce est constitué d'une enfilade de baies vitrées d'où l'on surplombe la piste de danse. Au fond, des hommes en costard sont accoudés au bar, d'autres, tout aussi bien habillés, sont avachis sur des canapés dans le fond de la salle. Pas un qui ne soit entouré de jolies femmes aux allures de déesse. D'énormes bouteilles remplies de liquide ambré jonchent les tables, comme si l'accès à cette salle ne dépendait que de l'argent que l'on est prêt à dépenser pour consommer. Quand je repense à ma mère, je l'imagine très mal dans ce genre de lieu. Pourtant, je sais que cette vie nocturne a été son quotidien pendant un temps. J'imagine que la maternité a dû lui ouvrir les yeux sur ce qui était réellement important pour elle. Peut-être aussi qu'elle a fui le monde de la nuit incitée par mon père, qui devait ressentir le besoin de la protéger.

Mais ma curiosité est piquée, et j'interroge James :

— Il faut dépenser combien pour accéder à ce salon ?

— Minimum cinq mille dollars, dit-il sans ciller.

— Ça fait un paquet d'argent…

J'ai marmonné mais il m'a entendue, et me sourit.

— C'est un vrai business, cette boîte, Emy. On sait faire des choses légales aussi, dit-il avec un clin d'œil.

J'observe les gens qui nous entourent et je me rends vite compte qu'ils appartiennent au même milieu social. Le haut du gratin. Ils sont tous beaux, c'est vrai, mais, leur élégance, ils la doivent en grande partie à leurs bijoux, à ces vêtements haute couture qui mettent en valeur leur silhouette, aux coups de bistouri des chirurgiens esthétiques aussi, peut-être. Beaucoup sont accompagnés de jolies femmes, ils sont tirés à quatre épingles dans leur smoking hors de prix.

Je me tourne vers les baies vitrées pour regarder le vrai monde s'amuser, pas ce monde superficiel et surfait qu'offre l'argent. Matthew s'approche de moi discrètement.

— Dingue, le monde, hein ?

— Je t'avoue que j'ai envie de les rejoindre et de m'amuser avec eux.

— On ne pourra pas avoir un œil sur toi dans cette foule, Emy. Ce n'est pas une bonne idée.

— Il ne va rien m'arriver, Matthew, je vais juste danser.

— On en reparle tout à l'heure. Tu viens boire un verre, d'abord ?

J'acquiesce et le suis jusqu'à une table entourée de fauteuils où James et Will ont déjà pris place.

— Qu'est-ce que tu veux boire, Emy ? me demande Will.

— Ce que vous avez l'habitude de boire ici, ce sera parfait.

Un serveur nous voit lever les yeux, prêts à commander ; il abandonne sur le bar la commande dont il s'occupait et scrute le visage de James. Ce dernier se contente d'un signe de la main, que le jeune homme semble décrypter sans mal. Il acquiesce poliment d'un hochement de tête avant de passer derrière le bar. Quelques minutes suffisent pour le voir revenir avec des flûtes et une bouteille de champagne haut de gamme dans les mains.

Durant les trente minutes qui suivent, mes frères me laissent boire plus que de raison. Je les soupçonne d'essayer de me soûler pour me faire oublier mon envie de danser dans la fosse. Je commence déjà à avoir la tête qui tourne, mais suis animée par le même désir d'aller me dépenser sur la piste. Me levant d'un bond, je lance à la cantonade :

— Bon, et maintenant je vais danser !

James se lève sans un mot pour me suivre. Je quitte le salon VIP en empruntant un escalier qui rejoint la salle en contrebas. L'ambiance est électrique dans la fosse, les corps se mêlent et les cris de joie couvrent presque la musique. Dès qu'un nouveau morceau est lancé par le DJ, des applaudissements enthousiastes éclatent. À chaque coin de la salle se trouvent des cages où des filles à moitié nues se trémoussent sans aucun complexe. Je m'avance et me fonds au reste des danseurs non sans un frisson de plaisir.

À mon tour, je laisse mon corps vibrer au son de la musique, déploie mes bras en l'air et bouge mon bassin en rythme. J'ai toujours apprécié la danse, et même si c'était entre les quatre murs de ma chambre jusqu'à présent, je danse beaucoup... À voir à la télévision les chorégraphies qui font de certains chanteurs des bêtes de scène, je ne pense pas me tromper en disant que je me débrouille bien. Je me sens à l'aise et je laisse mon corps prendre le contrôle, comme s'il se laissait pénétrer par la musique. Je me sens planer. Je ferme les yeux tant je trouve ça agréable. Quand je les rouvre, je distingue James en train de parler à un homme en sweat à capuche. Ce type-là n'a pas vraiment adapté sa tenue à la soirée, me dis-je.

Je continue de danser et de bouger mon corps en musique lorsque le sweat à capuche se retourne pour me révéler le beau visage de Joshua. Il me sourit et me lance un regard de défi. James jette un œil vers moi et prononce encore quelque chose à l'oreille de Joshua ; il n'a pas l'air content du tout et finit par nous tourner le dos et partir.

Je ne comprends pas ce qui se passe. Mais je ris : je m'en fiche royalement, un train pourrait bien passer sur la boîte de nuit que je continuerais à danser.

Je crois que c'est clairement le champagne qui me joue des tours ; je tiens moins bien l'alcool que je ne l'imaginais. Quand je commence à avoir des étourdissements, amplifiés par les lumières des stroboscopes, qui ne font qu'accentuer cette impression de vertige, je ferme les yeux et me concentre sur la musique en continuant de bouger en rythme.

Soudain, je sens des mains m'étreindre par-derrière et se poser sur mon ventre. Je tourne la tête et dois la lever pour distinguer l'auteur des faits. C'est Joshua. Le regard attendri, il s'oblige à bouger au même rythme que moi pour rester collé à mon corps. J'ai l'impression d'être en fusion. Nous dansons ainsi pendant cinq minutes, langoureux, jusqu'à ce que je me décide à me tourner pour lui faire face. Ses yeux sont voilés d'une émotion que je connais bien. Je suis contente de lui faire cet effet-là.

Je ne sais pas si mes frères peuvent nous repérer d'où ils sont, mais je ne prends pas le risque de l'embrasser. Il m'observe avec intensité, semble avoir besoin de me toucher. Soudain, il me tire d'un coup sec et j'atterris contre son torse, dans un endroit reculé et sombre. Nous sommes enfin à l'abri des regards indiscrets. Il nous fait basculer, et recule tout en me poussant jusqu'à ce que je sois totalement appuyée contre un mur. Il plonge ses yeux dans les miens, et son regard a une intensité que je ne lui connais pas.

— Tu m'as ensorcelé... Je ne sais pas si je pourrai tenir longtemps, lâche-t-il d'une voix rauque et sensuelle.

Je n'ai pas le temps de lui demander ce qu'il veut dire qu'il s'est déjà emparé de mes lèvres et m'embrasse fougueusement en collant son corps contre le mien. Je me sens petite et fragile dans ses grands bras puissants et me laisse aller à toute sa sensualité. C'est grisant, envoûtant. Soudain, mon bas-ventre vibre, et je réalise que c'est le téléphone de Joshua qui sonne lorsqu'il le tire de sa poche pour jeter un œil dessus.

— Tes frères s'inquiètent, m'annonce-t-il.

Il tape rapidement un message et lève la tête vers moi.

— Viens, je te ramène là-haut.

Il attrape ma main et me guide à travers la boîte de nuit ; son corps ouvre devant nous le flot des danseurs, il me protège de ceux qui, surexcités, pourraient me marcher dessus. Je remarque que les hommes comme les femmes ont tendance à s'écarter sur son passage. Il dépasse d'une tête toute l'assemblée, et ses muscles ultra-développés se devinent sous son sweat. Je me dis qu'il est bien plus sexy en pull que les hommes guindés du salon VIP dans leur costume hors de prix, mais je me garderai bien de le lui dire. Il ne faut pas qu'il sache à quel point je suis accro à lui...

Lorsque le vigile le voit apparaître, il hoche la tête poliment et s'efface pour nous laisser passer. Nous pénétrons dans la salle et je sens la main de Joshua m'échapper. Je soupire de déception. Je le suis jusqu'aux fauteuils où mes frères ont établi leurs quartiers.

— C'est bon, tu as assez dansé, Emily Jackson ? demande James, d'un ton faussement réprobateur.

— Pour le moment.

J'ai volontairement répondu sur un ton provocateur, mais contre toute attente il me sourit et me fait signe de m'asseoir près de lui. Joshua reste debout, et je sens au fond de moi qu'il va repartir. Je ne veux pas qu'il me quitte à nouveau, je veux le sentir près de moi... Sans même réfléchir, je propose, tournant la tête vers lui :

— Viens boire avec nous, Joshua.

Il affiche un visage impassible, mais je lis de l'étonnement dans ses yeux. Je dois être moins spontanée, car réclamer sa présence n'est pas du tout une bonne idée pour conserver le secret de notre idylle naissante. Heureusement pour moi, Matthew lui fait signe de s'asseoir avec nous, et je me détends. Joshua s'installe dans un fauteuil, les yeux rivés sur moi. Il va falloir qu'il fasse un petit effort, lui aussi, s'il ne veut pas qu'on nous démasque ce soir.

À côté de moi, je sens James beaucoup plus tendu qu'à son habitude. Tout au long de la soirée, il m'observe, et ses mâchoires ne se desserrent pas. Il est capable d'être très perspicace. Je croise son regard plus d'une fois : je le connais suffisamment pour savoir qu'il se doute de quelque chose, et ce n'est pas exactement une bonne nouvelle. Je ressens le besoin de me retrouver seule avec Joshua pour partager avec lui mes impressions au sujet de mon grand frère. Je me lève sous prétexte de vouloir me refaire une beauté et lui jette un regard furtif dans l'espoir qu'il me devinera et me rejoindra.

Il se lève spontanément, comme pour m'accompagner, mais James lui fait signe de se rasseoir en lui disant qu'il s'en occupe. Merde ! James est trop malin. Après un dernier coup d'œil vers Josh, je les quitte au bras de mon frère. Avant que j'entre dans la cabine des toilettes, il me retient et me demande :

— Il se passe quoi avec Joshua ?

Son ton est neutre et impassible, mais je sens qu'à l'intérieur il bouillonne. De façon inattendue, j'éclate de rire. La pression ? Le stress ? Je n'en sais rien, mais je me marre sous son nez, ce qui a le mérite de lui décrocher un petit sourire. Lorsque je réussis à me calmer, je finis par lui répondre :

— Quand je suis enfermée dans ce bunker, je passe le plus clair de mon temps toute seule, alors tu ne peux pas me reprocher d'apprécier sa compagnie. Il est sympa et je m'entends bien avec lui, ça s'arrête là.

Il hoche la tête distraitement, comme s'il ne trouvait rien à redire à mon explication, et j'en profite pour m'éclipser aux toilettes sans attendre.

La nuit se poursuit gaiement. Ethan vient nous rejoindre vers 2 heures du matin et nous trinquons ensemble. Mon père finit même par faire son apparition. Il a deux femmes à son bras. Lorsqu'il m'aperçoit, il les lâche et les écarte de lui sans ménagement. On peut dire qu'il ne s'ennuie pas !

— Qu'est-ce que tu fais là, ma petite fleur ? me demande-t-il.

— Je profite de la nuit, comme toi.

Je fais bien entendu allusion aux deux pimbêches qui se sont retirées sur le côté en l'attendant. Il m'enlace et, après avoir parlé à James, il se tourne à nouveau vers moi pour me donner ses habituels conseils de bonne conduite, d'un ton réprobateur :

— Ne bois pas trop, ce soir, sinon tu seras malade demain.

— Ne t'en fais pas, demain, je dors.

J'ai répondu avec un petit sourire provocateur, et il tapote distraitement mon bras avant de repartir vers ses conquêtes pour leur dire quelque chose.

Je tourne la tête tant ça me révulse, au fond de moi, de le voir avec d'autres femmes que ma mère. Je pose les yeux sur Joshua, qui a suivi la scène et qui me fait un sourire compatissant. Je lui réponds d'une moue crispée et me laisse retomber comme de la guimauve dans le fauteuil. Je me ressers un verre de champagne pour réchauffer ma gorge et tenter de balayer mon humeur devenue taciturne.

Lorsque mon père repart, Matthew vient s'asseoir près de moi.

— Ça va, Emy ? me demande-t-il, sincèrement inquiet.

— Au top, fais-je d'une voix que je ne reconnais même plus.

— Papa ne savait pas que tu serais là ce soir, il ne se serait jamais pointé avec elles, sinon.

— Qu'est-ce que ça peut me faire ? Je ne suis pas une petite fille qu'on doit protéger, je savais bien qu'il ne s'était pas coupé la bi...

Matthew pose sa main sur ma bouche pour m'empêcher de prononcer le dernier mot. D'un regard rieur, il m'interroge avant de retirer sa main.

— Sa bite ! hurlé-je tandis que Matthew explose de rire quand James, Ethan, Will et Josh se retournent simultanément vers moi.

Je me joins au rire de mon frère, et l'incompréhension se lit sur le visage de nos spectateurs. Une fois calmée, je dépose ma tête sur le dossier de mon fauteuil. Je me sens étourdie et étrangement lasse, tout d'un coup, comme si le fou rire avait épuisé les dernières réserves d'énergie qui me restaient. J'entends au loin Matthew tenter de répéter ce que je viens de dire aux garçons entre deux fous rires intempestifs. Je lève la tête et croise le regard amusé de Joshua, mais il a aussi saisi mon désarroi profond, car je vois sa mâchoire se crisper.

Je vis des moments difficiles, des prises de conscience douloureuses. Ma famille m'a caché plus que l'essentiel. Au-delà de leurs activités illégales et répréhensibles, je ne sais pas ce qu'ils font et avec qui ils partagent leur vie en dehors de la maison. J'ai cru pendant des années à des choses complètement utopiques. J'étais comme enfermée dans une bulle qui vient tout juste d'éclater, et la réalité me saute au visage, irrémédiablement.

Je continue à engloutir des litres d'alcool pour me faire oublier ce pincement au cœur qui ne veut plus me lâcher. Mes frères ne font pas attention à ce que je bois, mais Joshua, lui, surveille mes moindres faits et gestes en silence et avec une mine réprobatrice.

Vers 4 heures du matin, Will part chercher une fille qui l'attend à l'entrée du salon VIP et la ramène pour qu'elle se joigne à nous. La fille est légèrement plus âgée que moi et ne manque pas de charme. Elle fixe mon frère comme s'il était le plus bel homme sur terre. Will, quant à lui, reste impassible devant elle, presque insensible à sa beauté. La fille ne peut pas s'empêcher de me jeter des regards curieux, et je la vois chuchoter à l'oreille de mon frère avant qu'il ne s'avance vers moi.

— Emy, je te présente Alissa, dit-il sans juger bon de préciser la nature de leurs relations.

Je me lève et tends la main poliment. Elle la saisit et la serre avec douceur.

— Emily, dis-je naturellement.

— Vraiment enchantée de faire ta connaissance, dit-elle avec un sourire sincère.

Je lui rends son sourire et décide que cet instant est parfait pour retourner danser. Il est déjà 4 heures du matin et je ne compte pas m'éterniser encore très longtemps, alors autant profiter de la nuit qui m'est offerte. Je ne veux pas déclencher la colère de James en m'éloignant vers la fosse, aussi, je repère une petite piste de danse improvisée pas très loin des garçons et je m'y rends d'un pas chancelant.

Je me déhanche en rythme, entourée d'hommes d'âge mûr pour la plupart. De nombreuses filles les accompagnent déjà, pourtant ils ne se cachent pas pour me montrer l'intérêt que je suscite chez eux. Une fille ne leur suffit pas, apparemment, ils ont besoin d'un harem.

Lorsqu'un homme d'une trentaine d'années s'avance vers moi pour venir me coller aux fesses, je me tourne et le repousse d'une main. Il paraît surpris de mon refus : avec tout le fric qu'il a, il doit avoir l'habitude d'être environné d'une flopée de femmes prêtes à tout pour s'attirer ses bonnes grâces. Il ne se vexe pas pour autant et m'offre un sourire charmant, que je lui rends avant de retourner à ma danse solitaire.

Je me déhanche depuis une dizaine de minutes quand je repère Alissa qui s'approche de moi en dansant sur la piste. Elle est légèrement plus petite que moi mais tout aussi fine. Ses grands yeux noisette me fixent avec un intérêt évident. Mais qu'est-ce qu'elle me veut ?

— Je savais que Will avait une petite sœur, mais je ne m'attendais vraiment pas à ce que tu sois comme ça, m'avoue-t-elle.

— Ah oui, et tu m'imaginais comment ?

— En couche-culotte ! Il parle de toi comme s'il devait te protéger de tout et de tout le monde !

Je ris : elle me plaît bien, finalement ! Elle a repéré le problème assez rapidement. « Surprotéger » est un mot qu'on a dû inventer en pensant à moi.

Nous dansons encore un peu ensemble, puis mes frères et Joshua débarquent à leur tour sur la piste. Will se glisse doucement derrière Alissa, et ça me fait tout drôle de le voir pour la première fois avec une fille. James et Matthew enchaînent des pas de danse plutôt techniques et super réussis, ils deviennent vite le centre d'attention des autres occupants du salon. Joshua reste en retrait derrière moi, mais je sens sa chaleur d'où je me trouve. Tout mon corps réclame ses bras. C'est totalement impossible, je ne le sais que trop bien, alors j'essaie de faire abstraction de sa présence et continue de danser. Ça me fait un bien fou.

Je pars me coucher dans le bunker vers 5 h 30. Je suis exténuée, mais je ne le sens pas encore tout à fait, car l'excitation est là, et l'alcool m'a rendue gaie et sautillante. Will danse encore un slow avec Alissa quand je quitte le salon VIP.

Matthew et James doivent partir rejoindre Logan

je ne sais où. J'imagine que ce n'est pas de gaieté de cœur que James me laisse seule avec Joshua, mais il n'a pas vraiment le choix. Après m'avoir souhaité une bonne nuit, ils partent discrètement.

La soirée était plutôt réussie, mais elle nous a contraints à rester loin l'un de l'autre, Joshua et moi, ce qui nous a semblé long et insupportable. Aussi, lorsque nous nous retrouvons tous les deux, ne peut-il s'empêcher de déposer une main possessive en bas de mon dos pour me guider jusqu'à la porte à code. Comme il passe devant moi pour ouvrir, je l'interroge :

— Pourquoi tu souris comme ça, Josh ?

— Je repensais à ce que tu as sorti à Matthew tout à l'heure à propos de la... de ton père, dit-il.

Je ris.

— Je ne sais pas ce qui m'a pris.

— Je me disais que la mienne non plus n'a pas été coupée, et elle a été particulièrement douloureuse toute la soirée.

Je fais mine d'être choquée en restant bouche bée. Il me pousse vers le couloir en riant.

— Il fallait que je te le dise, pour que tu ne sois pas étonnée, m'explique-t-il.

— Et qu'est-ce qui l'a rendue si douloureuse ? demandé-je d'un ton taquin.

Il se tourne vers moi avec des yeux qui me dévorent littéralement.

— Toi, dans cette robe, en train de danser, ça a suffi, lâche-t-il en me faisant un clin d'œil.

Tant mieux si le spectacle lui a plu. Ma tenue, la danse, c'était pour lui aussi. Et puis j'ai bien l'intention de le faire rester encore un peu auprès de moi, ce soir. Je croise les doigts pour qu'Ethan ne soit pas rentré se coucher.

Lorsque nous pénétrons dans la salle de repos, la faible lumière qui y règne me montre qu'elle est vide.

Je détache mes talons aiguilles et les balance à travers la pièce pendant que Joshua referme la porte derrière nous. Je me retourne pour voir où il est, et je constate qu'il m'a suivie et que sa haute silhouette me domine. Il approche doucement de moi comme un prédateur et agrippe d'une main douce la fermeture Éclair de ma robe, dans mon dos. Il penche la tête vers mon épaule et y dépose un baiser, tandis que sa main descend la fermeture jusqu'à ce que la robe tombe à mes pieds.

Je l'enjambe et me tourne face à lui. Il me regarde avec intensité en détaillant chaque partie de mon corps. Je ne me suis jamais autant exposée devant un homme : je suis en sous-vêtements mais je ne ressens aucune gêne devant lui. Seulement un désir profond de le voir me toucher.

Il reste un long moment à me regarder avec des yeux brillants de désir, sans oser même m'effleurer. Quand je m'apprête à reculer, il m'attrape les hanches et me soulève contre son corps. Il me plaque contre le mur de la chambre et sans prévenir m'ôte mon soutien-gorge. Toute trace d'hésitation a déserté son visage.

Sa bouche se perd sur mes seins et je ne suis plus qu'une boule de sensations. Je le laisse m'embrasser et me toucher où il le désire. Je soulève à mon tour son T-shirt pour sentir sa peau contre ma poitrine, il est brûlant et son empressement se fait de plus en plus sentir. Lorsqu'il arrache littéralement ma culotte, je ne peux masquer l'angoisse qui naît dans mon ventre. C'est la première fois que je partage un tel moment avec un homme, je ne sais vraiment pas à quoi m'attendre. Comme s'il sentait la tension qui m'habite, il freine ses ardeurs un moment pour remonter vers mon visage. Son souffle caresse mes cheveux et il me demande :

— Est-ce que tu veux qu'on le fasse, ma puce ? Je peux t'attendre indéfiniment, tu sais.

J'ouvre la bouche pour parler mais je me ravise.

J'acquiesce en hochant la tête et l'embrasse avec fougue. Alors il m'allonge délicatement sur le lit et me recouvre de son corps. Je le vois enfiler un préservatif, mon souffle se fait haletant et mon cœur tambourine dans ma poitrine. Il reprend position au-dessus de moi et m'embrasse tout en s'assurant régulièrement que je n'ai pas mal. Ne sachant comment réagir quand une douleur vive s'insinue au fond de moi, je me crispe. Il le voit et ralentit ses mouvements.

Il se montre tendre et attentif, et veille à ce que je ne ressente que du plaisir, avant de poursuivre son va-et-vient. Mon corps se détend ; il laisse son empressement et son désir prendre le dessus. Les minutes qui s'écoulent sont les plus troublantes de mon existence, la douleur se mélange au plaisir d'une façon indescriptible. Ses mains sont douces lorsqu'elles se posent sur mon corps, mais ses mouvements du bassin sont de plus en plus sauvages. Tout est si parfait que je me laisse complètement aller, la fusion de nos corps est la plus belle chose que j'aie jamais vécue.

Décidément, beaucoup de premières fois en une seule nuit.

15

Quand je me réveille, à midi, mon crâne me fait atrocement mal : boire autant d'alcool hier soir n'était pas l'idée du siècle. J'entends des ronflements réguliers en provenance des lits superposés. J'allume la petite lumière près de mon lit et découvre Matthew allongé sur le dos, la bouche grande ouverte. J'éclate de rire. Il m'entend et marmonne un « il est trop tôt pour rire ». Je pouffe en ramassant des vêtements dans mon sac et me dirige vers la salle de bains pour me laver.

Sous les jets d'eau chaude de la douche, je revis ma nuit avec Joshua. Il s'est montré si doux et attentionné... Après nos ébats, il est resté et m'a enlacée un long moment. Je m'endormais et me réveillais par intermittence sous ses caresses. Puis il m'a aidée à me rhabiller avant de me quitter pour aller je ne sais où.

Difficile de dire pour l'instant ce qui changera dans notre quotidien, mais pour moi rien ne sera plus jamais comme avant. Je n'ai qu'une envie : le revoir. Maudit soit mon cœur d'artichaut ! Joshua me touche plus que personne ne l'a jamais fait.

Je me décide à sortir de la douche et enfile un jean, un débardeur et de grosses chaussettes. Je pars récupérer mon téléphone dans la chambre et tombe nez à nez avec James. Il est assis dans la salle de repos, plutôt fringant pour quelqu'un qui vient de passer une nuit blanche.

— Salut ! dis-je gaiement.

— Salut, Emy, tu as faim ?

— Oui, je meurs de faim. Qu'est-ce qu'il y a au menu, ce matin ?

— Petits-beurre, biscottes, confiture, café...

— Hilary me manque ! dis-je en gémissant.

Il rit.

— Bientôt, tu vas la retrouver.

— Ah oui ? Quand ?

— C'est prévu pour la semaine prochaine, normalement. Ça viendra vite, ne t'en fais pas.

— Mouais... En attendant, du café et des gâteaux feront l'affaire.

James se comporte comme un grand frère formidable avec moi, je m'en rends compte. Pour me remonter le moral, il se lève et prépare mon café. Il le sert dans une petite tasse, qu'il pose sur une soucoupe où il installe quelques petits-beurre. Il m'apporte le tout avec le plus grand soin, puis se rassoit près de moi.

C'est un peu frugal, comme petit déjeuner, mais délicieux pour l'affamée que je suis ! Je me jette sur les gâteaux, puis m'arrête au bout de quelques minutes, car je sens son regard peser sur moi.

— Qu'est-ce qui se passe, James ?

— Emy... Je voulais te parler de quelque chose, me dit-il très sérieusement.

J'ai soudain beaucoup de mal à avaler ma bouchée. Qu'est-ce qui peut bien justifier le ton sur lequel il s'adresse à moi, tout à coup ? De quoi veut-il me parler ? Je lève les yeux vers lui et attends qu'il poursuive.

— Il faut qu'on parle de Joshua, annonce-t-il.

Je reste imperturbable, mais j'ai le plus grand mal à garder mon calme. Qu'est-ce qui se passe ? Quelqu'un nous a surpris ? Je ne dois pas paniquer. On aurait entendu du bruit, si quelqu'un était entré dans la chambre pendant que nous faisions l'amour. Seigneur, merci de m'avoir faite si bronzée : au moins, ça m'évite de rougir comme une tomate sous les yeux inquisiteurs de mon frère !

— Je t'écoute, dis-je d'une petite voix.

— Je t'ai demandé ce qui se passait avec lui, hier soir, car j'ai surpris vos regards à plusieurs reprises et je ne suis pas assez naïf pour penser que ce n'est qu'amical entre vous deux.

— Ah oui ?

James me sourit avec gentillesse et reprend :

— Du côté de Joshua, je n'ai jamais eu de doute : il est dingue de toi depuis qu'il te connaît. Mais jusqu'à récemment je ne sentais pas de réciprocité...

Il s'arrête un moment pour scruter mon visage. C'est flippant, de devoir rester de marbre alors que je me sais observée.

— Maintenant, je crois que je la sens. Et en tant que grand frère je me dois de t'avertir. Joshua n'est pas comme toi, il a l'esprit bien plus torturé, bien plus sombre que tu ne le penses. En ce qui te concerne, je ne m'inquiète pas, il ne te fera jamais de mal, mais ce n'est pas le genre de mec qu'il te faut, Emy.

— Je... Il ne se passe rien, ne t'en fais pas.

J'ai lâché ça dans un souffle, incapable de mentir davantage. Mince, s'il arrive à croire à mon bobard, je suis la reine d'Angleterre. Mon regard est fuyant et je n'ai vraiment pas l'air très sereine.

James me sourit, d'un sourire qui veut dire qu'il n'est pas dupe une seule seconde. Je ramasse un gâteau pour le fourrer dans ma bouche et éviter de lui reparler par la même occasion. Je crois que je n'arriverais qu'à aggraver mon cas.

— Tu sais ce qu'il est en train de faire, là, actuellement ? me demande soudain mon frère.

Étonnée par sa question, je lui avoue franchement :

— Pas le moins du monde.

— Il est au sous-sol en train de tabasser un mec

à mort pour le faire parler, et il n'y va pas de main morte. Il y a du sang partout.

Je recrache le morceau de gâteau dans mon assiette en toussant. Putain, mais qu'est-ce qui lui prend, de me dire ça ? Je savais bien que James tenterait le tout pour le tout pour m'éloigner de Joshua, mais je suis quand même surprise qu'il s'y prenne ainsi. Me le rendre inhumain alors qu'il vit dans leur monde et ne fait qu'obéir à leurs ordres, c'est injuste ! La colère me fait trembler, et je crache :

— Tu es bien placé, toi, pour me dire ce genre de trucs. Il y a moins d'une semaine, tu faisais la même chose avec le quarterback de Columbia.

— Tu prends sa défense ?

Il lève un sourcil.

Merde. C'était ça, son but ? Que je me révolte en l'entendant descendre celui que j'aime, et avoue de cette manière mes sentiments ? Je me rembrunis et bafouille :

— Non... Oui, un peu. Papa en a fait une machine à tuer, mais Joshua est bien plus que ça, James. Vous ne voyez que l'homme de main en lui, et vous passez à côté de sa véritable personnalité. Mais un jour il vous laissera tomber et tu verras qu'au fond il est quelqu'un de bien.

James se lève soudainement en me jetant un regard lourd de sens.

— Joshua est rongé par la violence de sa vie passée. Il n'a connu que ça, et elle fait partie de lui, désormais. Quelle que soit l'image qu'il t'a donnée de lui, il est d'abord et avant tout quelqu'un de violent. N'espère pas le voir changer, tu risquerais d'être déçue. Et maintenant j'ai des trucs à faire, à plus, petite sœur.

Il quitte la pièce sans me laisser le temps de répondre. Je reste assise en silence, j'ai complètement perdu l'appétit. Je ne peux pas me mentir à moi-même : le fait que Joshua soit allé tabasser quelqu'un après m'avoir fait l'amour me trouble. Il faut avouer que ça donne quand même l'impression qu'il est schizo. Dans nos moments seul à seule, j'ai découvert une tout autre facette de sa personnalité, empreinte de douceur et d'amour. Je ne peux pas croire qu'il se résume à cette violence dont parle mon frère, je ne peux pas laisser James me faire penser ça ! Je suis trop bien placée pour connaître les véritables sentiments qui l'animent, et je reste persuadée qu'il est capable du meilleur. J'essaie de penser à autre chose en m'asseyant dans le fauteuil. Ma tête me fait atrocement souffrir, je m'allonge un moment et passe ma main fraîche sur mon front.

Je reste quelques minutes à fixer le plafond en attendant que la douleur s'estompe, mais elle n'en fait rien et reste solidement agrippée à mon crâne et à mes tempes. Je me lève à la recherche d'un antalgique. Je n'ai qu'un mince espoir d'en trouver dans ce dortoir d'appoint, mais je n'ai pas d'autre solution. À moins de réveiller un Matthew grognon.

Après vingt minutes de recherches infructueuses, la douleur a décuplé et déranger Matthew est devenu inévitable. Je pénètre dans la chambre, pleine de mauvaise conscience à l'idée de le tirer de ce sommeil qui semble si réparateur. Je gémis doucement, les mains sur les tempes :

— Matthew...

Il doit vraiment avoir le sommeil super léger, car il se redresse immédiatement et se retrouve debout devant moi en moins de temps qu'il n'en faut pour le dire.

— Qu'est-ce qui t'arrive, Emy ? Quelqu'un t'a fait du mal ? me demande-t-il, inquiet.

Je finis par articuler avec difficulté :

— Non, mais mon crâne me fait un mal de chien et je ne trouve rien, tu sais, pour la douleur.

— La pharmacie est au sous-sol, je t'emmène.

Je repense à Joshua. Il est là-bas, justement, en train de tabasser quelqu'un. J'interroge donc mon frère :

— Au sous-sol ? Tu es certain ?

— Oui, je suis sûr, c'est au sous-sol, répète-t-il en riant. Allez, viens, on y va, dit-il en coupant le fil de mes pensées.

Je me rassure en me disant que Matthew ne m'emmènerait pas là-bas si quelque chose d'affreux s'y passait, de toute façon. Il attrape mon bras et me soutient pour me conduire à la pharmacie. Je baisse les yeux sur mes pieds et remarque que je n'ai même pas enfilé de chaussures.

— Je suis en chaussettes...

— Et moi je suis torse nu, une urgence n'attend pas, dit-il, le sourire aux lèvres.

Je me force à lui sourire malgré la douleur qui irradie et comprime les quatre coins de ma cervelle. Il est adorable.

On monte dans l'ascenseur, et quand la porte s'ouvre sur le sous-sol la douleur a pris une telle ampleur que j'ai maintenant très envie de vomir. Je me concentre pour me retenir. Je mets un pied devant l'autre dans le couloir froid et austère que nous parcourons en silence.

— C'est quoi, ici ? demandé-je, en montrant des portes sur les côtés.

— C'est pour les « plus si affinités », répond-il du tac au tac.

Devant mon regard interrogateur, il reprend :

— Tu n'as pas envie de le savoir, Emy. Allez, viens, on y est presque.

Il me fait pénétrer dans une salle illuminée par des néons. Une table de consultation verte est au centre de la pièce, des placards bordent les murs et semblent remplis de médicaments et de matériel médical. Une vraie salle d'opération chirurgicale au sous-sol d'une boîte de nuit : bizarre.

Matthew me lâche le bras et part chercher de quoi soigner ma migraine. Il ouvre les placards frénétiquement. Je décide de m'allonger sur la table de consultation, car je commence à me sentir étourdie. Une minute passe avant que j'entende mon frère s'exclamer :

— Ça y est, j'ai trouvé ! Je vais te chercher un verre d'eau.

Je hoche la tête et il quitte la pièce. Me voilà seule.

Je reste allongée les yeux fermés pendant quelques minutes quand je l'entends pousser la porte. Je m'attends à ce qu'il me tende les comprimés, mais il n'en fait rien, alors j'ouvre les yeux et découvre un Joshua aussi surpris de me trouver là que je le suis de le voir surgir devant moi.

Mes yeux glissent irrésistiblement sur sa silhouette. C'est l'horreur. Ses mains sont couvertes de sang, et son T-shirt blanc aussi. Je lâche un juron, James ne m'avait pas menti. Je ne peux réprimer une grimace de dégoût. Au moment où il s'apprête à parler, Matthew entre en trombe dans la pharmacie et s'aperçoit de la présence de Joshua.

— Merde, tu t'en es donné à cœur joie, dit-il en tapotant l'épaule de son homme de main.

Je détourne la tête de ses poings ensanglantés et l'entends qui fait couler l'eau du robinet pour se les laver.

— Tiens, prends ça. Ça va te soulager, m'explique Matthew.

Je le remercie et m'exécute, jetant au passage un dernier coup d'œil vers Joshua qui désinfecte les jointures de ses doigts avec une compresse. Il croise mon regard d'un air abattu. Je prends mon courage à deux mains et le quitte sans un mot.

Une fois que je suis de retour dans le bunker, la douleur finit par s'estomper progressivement, au bout d'une heure ou deux. Je me rendors et me repose une bonne partie de l'après-midi pour tenter de récupérer de la nuit dernière.

Mon père passe me voir, comme pour vérifier que je ne lui en veux pas de l'avoir surpris hier au bras de deux bimbos. Il parle d'abord de tout et de rien, l'air léger, puis finit par aborder le sujet en restant évasif. Je ne dois pas croire qu'il cherche à remplacer ma mère. Aucune femme ne la remplacera jamais ; aucune n'est comme elle. Mais il est un homme, et aime s'entourer de belles femmes, quand il en a l'occasion. Je ne suis plus une gamine, et je le comprends. Ceci dit, je ne cherche pas à faire durer cette discussion gênante sur la vie intime de mon père. Après le choc de la découverte, je me suis raisonnée en me disant que je ne pouvais tout simplement pas lui en vouloir d'avoir à nouveau des femmes dans sa vie : c'est sa vie, il est adulte, et je dois l'être moi aussi.

Il passe encore un peu de temps avec moi, en m'expliquant les travaux qu'il est en train de réaliser pour rendre notre manoir imprenable. Je l'écoute distraitement pendant un moment. Il part vers 19 heures.

Depuis, je n'arrête pas de ressasser. Je revis sans arrêt le moment où j'ai découvert Joshua couvert du sang de quelqu'un d'autre. Je crois qu'au fond de moi je regrette de ne pas le connaître si bien que ça. Pour être honnête, là, maintenant, je ne désirerais qu'une chose : qu'il me serre dans ses bras. C'est vraiment pitoyable.

Vers 20 heures, mes frères débarquent en me faisant la surprise de rapporter un repas préparé par Hilary. Will sort les couverts, et nous nous mettons à table comme si nous étions à la maison. Ils ont trouvé la solution pour me rasséréner, aussi la bonne humeur est-elle de mise, et la conversation va bon train. Les sujets abordés n'ont aucun lien avec leurs activités, et nous rions ensemble aux blagues de Matthew. La soirée me fait un bien fou ; j'arrive presque à en oublier le visage abattu de Joshua.

Quand je me retrouve seule à nouveau, j'enfile un short de pyjama et un débardeur puis je pars m'allonger sur le lit dans l'obscurité.

Dans la nuit, je sens le matelas s'enfoncer sous le poids de quelqu'un. J'ouvre les yeux et crois distinguer l'épaule carrée de Joshua près de moi. Il me regarde dans l'obscurité. Je me redresse sur un coude en tâtonnant pour trouver la lumière, mais il arrête ma main en la prenant dans la sienne. Je reconnais la sensation de sa peau râpeuse, et soupire de bien-être.

— Regarder une femme dans le noir en s'asseyant sur son lit, ça fait plutôt psychopathe, dis-je sur le ton de l'humour.

— J'en suis un, Emy. J'aimerais être quelqu'un d'autre, quand je te vois, mais je sais que ce n'est pas le cas. Je suis monstrueux, me dit-il d'une voix rauque et voilée.

Putain. Je me redresse complètement pour pouvoir le sentir plus près de moi.

— Ce que je connais de toi n'a rien à voir avec le monstre que tu décris...

Il me fait taire en m'embrassant passionnément.

— Je suis désolé pour tout à l'heure. Je ne m'attendais vraiment pas à te croiser au sous-sol.

— Ça me tue, que tu aies à faire ça pour mon père.

— Ça fait partie du contrat depuis toujours, et, grâce à ce que je fais pour ton père, je m'en sors plutôt bien, dans la vie.

— Ah oui ? Ça rapporte, de tabasser des gens ? demandé-je avec ironie.

— Avec ton père, oui, je n'ai pas à me plaindre.

Je reste silencieuse un moment puis lui demande :

— Où est-ce que tu dors, le soir ?

— Un peu partout. Où il y a du bitume.

— Tu te fous de moi, Joshua ?

— Non, ma puce. Quand j'étais petit, mon père me faisait dormir au sol. Je n'ai jamais trouvé utile de coucher dans un lit. Enfin, avant ; je n'ai pris conscience de l'utilité d'un lit qu'avec toi, dit-il très sérieusement.

J'ai les larmes au bord des yeux. Qui peut faire subir ça à un gosse ? Je ne sais sans doute pas la moitié de ce qu'il a eu à endurer lorsqu'il était petit, et je sens mon cœur se serrer rien que d'y penser. Je me doute que ce qu'il a vécu était atroce, car tuer son propre père n'est pas un geste humain, c'est un geste désespéré. La voix tremblante, je ne trouve qu'une chose à dire :

— Je suis désolée...

Il se penche vers moi et m'attrape par la taille pour m'installer entre ses jambes. Il passe ses mains autour de moi d'un geste protecteur.

— Ne le sois pas. La vie m'a rendu plus fort, plus fort que toute cette merde.

Je reste pensive un moment, ses mains tendrement posées sur mon ventre. Je le laisse me caresser, puis relève la tête en tentant de deviner son visage dans l'obscurité.

— Pourquoi tu n'aurais compris l'utilité d'un lit qu'avec moi ? Tu ne vas pas me dire que c'était la première fois pour toi aussi ?

J'ai lancé ma question spontanément, soudain très curieuse d'en savoir plus sur sa vie passée avec les femmes. Contre toute attente, il se marre, et son corps qui se secoue fait trembler le mien.

— Qu'est-ce qu'il y a de si comique ? demandé-je, incrédule.

— Rien, ce n'est pas drôle, tu as raison, dit-il en tentant de reprendre son sérieux. C'est juste qu'avant toi j'ai connu des tas de femmes pour satisfaire mes besoins physiques... Tu sais.

— Ah !

Je suis un peu déçue, au fond. Ou juste jalouse ? En même temps, je serais idiote de me montrer naïve. Arrêtons les conneries : il n'avait pas l'air d'en être à son premier coup, la nuit dernière. De toute façon, je m'en doutais un peu.

— C'est juste que... Je ne les prenais pas dans un lit, dit-il soudain, crûment.

Je me crispe en visualisant des images équivoques de Joshua avec d'autres femmes. Je tente de calmer mon esprit jaloux en inspirant profondément.

— Je n'ai jamais eu beaucoup de respect pour les femmes, d'aussi loin que je m'en souvienne, poursuit-il. Elles satisfaisaient mes besoins et ça s'arrêtait là. Certaines ont bien tenté de chercher à me revoir, mais elles ont vite déchanté.

J'admets être un peu abasourdie par ce qu'il me raconte.

— Tu t'es pourtant toujours montré respectueux envers moi, Josh.

Il resserre ses mains autour de mon ventre et me plaque contre son corps.

— Avec toi, oui. Tu éveilles l'homme gentil qui sommeille en moi, dit-il en riant avec douceur.

Je me détends légèrement, heureuse de l'apprendre.

— Plus sérieusement, Emy, tu éveilles tout ce qu'il reste de bon en moi. Tu es ce que j'ai trouvé de meilleur en ce monde.

Waouh ! Pour le coup, sa déclaration a le mérite d'effacer toute trace de jalousie en moi. Je l'interroge, le sourire aux lèvres :

— Alors tu accepteras de nouveaux rendez-vous avec moi ?

Ses mains remontent sur mes deux bras dans une caresse délicate.

— Je compte bien te garder pour moi aussi longtemps que je vivrai..., dit-il d'une voix empreinte d'une émotion qui me bouleverse.

Je lève la tête vers son visage et il dépose un baiser sur mes lèvres. Nous restons enlacés ainsi pendant de douces minutes, ma tête logée contre son torse. Je suis bercée par sa respiration régulière. Lorsqu'un bruit à l'extérieur vient briser notre silencieuse harmonie, Joshua me soulève pour m'allonger sur le lit et m'embrasse une dernière fois.

— Quand est-ce que je te revois ?

— Je serai là demain, ma puce. Dors.

Après son départ, j'ai quelques difficultés à retrouver le sommeil. Je reste longtemps pensive, tournant frénétiquement dans mon lit. J'aimerais trouver une solution pour que l'on puisse assumer notre relation aux yeux de mes frères et éloigner Joshua de toutes ces activités que je ne cautionne pas. On verra demain, me dis-je finalement en plongeant dans un sommeil profond et réparateur.

16

Dans ce bunker, j'ai beaucoup de mal à me situer dans le temps, et lorsque je me réveille j'ai l'impression qu'il fait encore nuit. Je ramasse mon téléphone portable et l'allume : l'horloge affiche déjà 1 heure de l'après-midi. Eh bien, je suis pire qu'une marmotte. J'ai reçu deux messages, l'un de Joshua, l'autre de Noah. Je m'assois au bord du lit et entreprends de lire le premier, celui de Josh :

Belle endormie se réveillera-t-elle un jour ?

Je souris, c'est mignon. J'ouvre ensuite le message de Noah :

Coucou, Emily, on organise un barbecue chez Phil, mon pote de droit. Je te joins l'adresse, j'espère que tu viendras… J'ai envie de te voir.

Hors de question que j'y aille. Pourtant, je ne réponds pas, je peux toujours faire comme si je n'avais rien reçu.

Je me lève en attrapant des vêtements et me dirige vers la salle de bains. Une fois propre et prête, je rejoins la salle de repos, complètement déserte. Je ne trouve rien d'intéressant à manger dans la cuisine d'appoint et les restes de la veille ne me font vraiment pas envie. J'enfile mes baskets et décide qu'il est temps que je sorte un peu, je vais devenir folle dans ces pièces où aucune ouverture ne laisse passer la lumière du jour.

Je n'ai pas le permis, alors pour emprunter les

bolides de mon père c'est raté, mais je peux toujours marcher un petit peu, les supermarchés et les boulangeries ne manquent pas, dans cette ville. Je sais que mes frères me tueraient rien que pour avoir eu l'idée de quitter le Delta sans leur permission, mais j'en ai assez de dépendre de quelqu'un. Je suis une femme indépendante et j'en suis encore plus consciente maintenant que Joshua m'a fait découvrir ma féminité. Je me sens différente.

Je quitte le bunker d'un pas décidé. Une fois passé la porte, je me retrouve dans des couloirs et je suis le panneau lumineux « EXIT ». Un escalier se présente à moi, et je le descends en m'accrochant à la rambarde. Une fois arrivée devant une énorme porte blindée, j'appuie sur la poignée de toutes mes forces et je tombe presque à l'extérieur.

La lumière du soleil me brûle les yeux et je mets un temps fou à m'y acclimater. Il y a un supermarché ouvert au coin de la rue. Super, je n'irai pas à l'autre bout de la ville, on ne pourra pas me reprocher ça, au moins. Je coince dans la poche arrière de mon jean le billet que j'ai attrapé en prévision de mes achats et je marche en respirant à pleins poumons. L'air frais m'avait manqué.

J'achète du jus d'orange et quelques biscuits au chocolat, ceux que je préfère. Lorsque j'arrive devant la caisse, alors que j'attends mon tour, je sens mon téléphone vibrer plusieurs fois dans ma poche. Je le tire pour le consulter et m'aperçois que j'ai reçu une série de messages de Joshua, James, Matthew, Ethan. C'est une blague ? Ils ont foutu une alarme qui leur signale quand je m'éloigne du périmètre de sécurité ou quoi ? Je ris jaune, et ouvre le message de James d'abord :

Emily, fais demi-tour immédiatement.

Alors, là, si Josh n'avait pas dévoilé le pot aux roses,

j'aurais forcément deviné que j'étais suivie à la trace. Les messages de mes autres frères sont à peu près du même acabit :

Rentre.

Tu es inconsciente.

Le message de Joshua est écrit avec plus de tact mais le fond est le même. Je soupire d'exaspération en remettant mon téléphone dans ma poche. Je ne fais rien de mal, ils ne réussiront pas à me faire culpabiliser parce que j'ai voulu sortir toute seule. Quand il me voit, le caissier arbore un grand sourire que je lui rends poliment.

— Vous êtes nouvelle dans le coin ? demande-t-il, lorsque je lui tends mon billet.

Je réponds sans m'attarder :

— Je suis venue rendre visite à mon frère.

Lorsque mes achats sont réglés, je ramasse mes courses et il me jette un dernier regard en coin.

— À bientôt, alors ? me questionne-t-il.

— Oui, à bientôt.

Lorsque je me retourne vers la sortie, je me cogne contre un mur de muscles. Merde, il est rapide. Je lève la tête et distingue les traits tendus de Joshua, qui me scrute, le regard lourd de reproches.

— Ça va, monsieur Muscles, laisse-moi passer, dis-je pour le provoquer gentiment.

Sa bouche s'étire en un petit sourire mais il reprend vite son sérieux.

— T'aurais pas pu m'appeler pour que je t'accompagne ?

Je réponds du tac au tac, en le contournant vivement :

— Je n'ai pas besoin de nounou pour aller m'acheter mon putain de petit déjeuner.

Je n'ai pas envie de faire un esclandre dans la supérette, aussi, je déboule dehors et ne l'attends pas pour rebrousser chemin. Je suis même sur le point de penser qu'il a laissé tomber quand je sens ses mains qui m'attrapent les hanches brutalement et me poussent contre un mur. La rage monte en moi. Soudain, je suis surprise par une rafale de coups de feu qui s'abat à moins d'un mètre de nous. Par réflexe, je m'accroupis contre le mur, cache ma tête dans mes bras et me bouche les oreilles pour atténuer le bruit qui me perce les tympans.

Je lève la tête. Joshua s'est placé devant moi pour protéger mon corps avec le sien. Il passe une main à l'intérieur de sa doudoune et saisit un fusil d'assaut, comme si porter une arme de ce calibre dans son blouson était une chose tout à fait courante et naturelle ! Sans attendre, il pointe son arme vers le 4x4 qui déboule devant nous.

Ratatatatatatata, les rafales de balles se poursuivent et j'étouffe un cri de terreur. C'est officiel, je suis en enfer. Au bout de quelques secondes interminables, Joshua me relève d'un coup sec et me tire vers une voiture garée le long du trottoir. Il se tourne vers moi pour la première fois depuis que la fusillade a éclaté et caresse ma joue d'un geste tendre.

— Reste derrière cette voiture, c'est bientôt fini, ma puce.

J'entends un crissement de pneus derrière nous et je vois Joshua se déplacer comme un chat le long de la voiture. Il ramasse son arme et la positionne avant de tirer une nouvelle rafale. Puis tout va très vite : quelqu'un m'appelle de l'autre côté, je me tourne, paniquée, vers un véhicule à l'arrêt, et découvre James qui me fait signe d'avancer vers lui. Je reste immobile, je ne peux pas abandonner Joshua. Mais le regard suppliant de mon frère me force à me relever et à courir vers lui. Il m'attrape et me porte presque sur les derniers mètres qui me séparent du Range de mon père. Je m'engouffre dedans, à bout de souffle, et me cogne contre quelqu'un, Matthew, apparemment. Will est au volant, il démarre et une bouffée de panique me submerge. Je me débats presque en hurlant :

— Attends ! Où est Joshua ?

Will se tourne vers moi avec des yeux étonnés.

— Baisse-toi, Emy, on va le chercher, m'informe James, les traits tirés.

Je m'exécute et replie ma tête sur mes jambes tout en continuant à me boucher les oreilles. Comme si me protéger du bruit allait me prémunir contre ce qui m'arrive.

Le Range accélère et fait une embardée sur le côté, Matthew me fait glisser à l'arrière de la voiture, et ouvre la portière d'un coup sec pour laisser Joshua s'engouffrer à l'intérieur. Pendant ce temps, James échange des coups de feu puissants. Je n'arrive pas à lever la tête pour distinguer la provenance des tirs. J'entends le bruit des balles perdues sur la carrosserie de la voiture, mais apparemment elle a été solidement conçue et résiste aux assauts. Elle est blindée, mes frères vivent dans un autre monde.

Quand Joshua pénètre dans le 4x4, Will n'attend même pas que la porte soit refermée pour repartir à toute allure. La portière claque en chemin et je sursaute quand un bruit sourd retentit derrière moi. Par réflexe, je me protège la tête juste avant qu'une pluie de verre retombe sur moi. Mes bras me brûlent, tout à coup, et un liquide chaud coule doucement le long de mon corps, du sang, certainement. Je ne bouge toujours pas quand j'entends jurer dans la voiture.

— Appelle le Dr Paul, on a besoin de lui tout de suite, hurle James.

Je sens les mains de Joshua qui m'aident à me redresser et qui retiennent mon corps dans les virages brutaux que Will négocie comme un conducteur de formule 1.

— Ça va aller, ma puce, chuchote-t-il, comme si nous étions seuls.

Je surprends le regard assassin de James, mais ne peux me résoudre à m'en inquiéter pour le moment. Lorsque nous arrivons dans le parking souterrain du Delta, Joshua soulève sans aucun effort mon corps traumatisé. Je me laisse faire ; même si j'avais voulu marcher par mes propres moyens, le choc de ce qui vient de se passer m'aurait laissée tremblante et incapable d'avancer. Nous marchons, tournons, parcourons les couloirs du sous-sol, puis il m'allonge délicatement sur la table de consultation de la « pharmacie ». Mes frères le suivent, et je repère un homme d'une cinquantaine d'années ; il nous tourne le dos et prépare visiblement une seringue. C'est pour moi, ce truc ? Ils sont malades ?

— Il faut déchirer ses vêtements pour qu'on puisse retirer les bouts de verre, dit Will.

— Je vais chercher des ciseaux, déclare Matthew.

— Pas la peine, je m'en occupe, dit Joshua en sortant un énorme couteau de sa ceinture.

Où est-ce qu'il cache toutes ces armes ? Ça en devient flippant. Joshua s'exécute en jetant des regards brefs vers mon visage paniqué. Je ne bronche pas lorsqu'il découpe mes vêtements en lambeaux. Je me trouve rapidement en culotte et débardeur devant mes frères, et malgré la douleur je ne peux m'empêcher d'être gênée.

Joshua le remarque et leur demande de le laisser gérer. Matthew et Will acceptent sans problème et quittent la pièce. James, quant à lui, tient à rester près de moi. Comme par hasard. Lorsque Joshua lui lance un regard réprobateur, il rétorque :

— Quoi ? C'est ma sœur, enfants on prenait nos bains ensemble, ce serait plutôt à toi de te tirer, non ?

Joshua ne prend pas garde à ce qu'il vient d'entendre

et s'approche de moi pour saisir ma main. Mais qu'est-ce qu'il fait ? Il dépose un baiser sur mon front avec beaucoup de délicatesse. J'ai l'impression qu'il lui est désormais égal d'être découvert par mes frères. Le médecin approche avec une seringue à la main. Mince, je l'avais oublié, celui-là. Je me redresse d'un bond pour protester.

— Hé ! Non !

— C'est un antidouleur, Emy. Crois-moi, tu en auras besoin pour qu'on te retire tous les petits bouts de verre qui se sont incrustés dans ta peau, m'explique James.

Je grimace et ferme les yeux en signe de reddition. Le médecin s'approche et m'enfonce l'aiguille dans la chair. Il attend quelques minutes que l'antalgique commence à faire son effet et entreprend de retirer un par un les bouts de verre.

Je ne peux réprimer des gémissements, mais je me laisse faire en serrant les dents. Joshua reste près de moi, le visage tendu. Il tient ma main tout le temps que cela dure, raffermissant son étreinte lorsque je me crispe de douleur.

James, quant à lui, s'est posté de l'autre côté, il m'encourage et sert d'assistant au médecin. Au bout de quinze bonnes minutes, ce dernier termine enfin de retirer l'ultime morceau qui avait entaillé ma peau et s'applique à désinfecter toutes les plaies. Sa tâche accomplie, il sort, et Joshua me tend un drap, dont je me couvre en le remerciant.

— Maintenant, expliquez-moi ce qui s'est passé là-bas.

— Je ne sais pas comment ils ont été mis au courant que tu vivais au Delta, mais ils ont fait surveiller les issues, m'explique James.

— Pourquoi ils ont attendu que Joshua se pointe pour me tirer dessus, dans ce cas ?

Ma question est légitime, et James reste muet un moment puis se gratte la tête.

— Je ne sais pas. Je crois que tu as juste eu beaucoup de chance dans ta connerie, lâche-t-il, en colère.

Joshua se dresse, sans doute pour prendre ma défense, mais je serre sa main pour qu'il n'en fasse rien. Comme si James percevait cet infime mouvement, il tourne les yeux vers nos mains jointes.

— Je ne crois pas qu'ils essayaient de la tuer, finit par articuler Joshua.

James et moi nous tournons vers lui brusquement.

— Développe, ordonne mon frère.

— Avec leurs armes et à la distance où nous étions, ils ont eu de nombreuses occasions de nous atteindre. Dans l'hypothèse où ils savent manier un flingue, ils auraient pu nous abattre en un rien de temps. Non, je crois que c'était un message qui nous était directement destiné. Un avertissement. Ils connaissent l'existence d'Emy et ils voulaient s'assurer qu'on le sache. J'imagine qu'ils s'attendaient à la voir sortir de la boutique et la guettaient patiemment pour la cueillir devant, mais je suis intervenu et j'ai modifié leurs plans. Elle est plus que jamais en danger.

Je jure entre mes dents. C'est surréaliste, c'est un cauchemar. J'interroge James, les yeux pleins de larmes :

— Ce sera ça, ma vie, maintenant ?

— Il ne t'arrivera rien, petite sœur, on va régler le problème, dit-il, soudain attendri.

Il me regarde puis tourne les yeux vers Joshua avant d'ordonner froidement :

— Je te laisse le soin de la ramener en haut.

Josh acquiesce et le regarde partir. Quand la porte claque, il se rapproche davantage de moi et enfonce son visage dans le creux de mon cou.

— Putain, Emy, plus jamais tu ne te mets en danger comme ça ! S'il faut que je te surveille et que je t'empêche de sortir, je le ferai. Ces mecs-là ne plaisantent pas.

— Tu viens de dire que tu ne crois pas qu'ils voulaient me tuer...

— Ils ont attendu patiemment que tu sortes du Delta pour te sauter dessus. Même s'ils ne voulaient pas te tuer, ils ont visiblement l'intention de t'utiliser pour faire pression sur nous.

Je frissonne. Il remonte le drap sur moi et m'entoure de ses bras.

— On ne les laissera pas faire. Je ne les laisserai pas faire, OK ?

— OK, répété-je.

Joshua refuse de me laisser marcher et m'attrape dans ses bras pour me ramener en haut. Il m'allonge délicatement sur le canapé de la salle de repos et part chercher un jogging et un gilet. Une fois que je suis confortablement habillée, il s'installe près de moi en silence, étend une couverture sur mes jambes et ne bouge plus.

Il a délicatement déposé ma tête sur ses cuisses, une main sur mes cheveux et l'autre sur mon ventre. Calée dans ses bras, je me sens en sécurité, et nous restons ainsi tout l'après-midi. Ce moment de silence me fait le plus grand bien, après ces émotions. Nous passons ensuite l'après-midi à discuter de choses bien plus banales et rions devant les émissions pathétiques de la télévision. Quand la soirée débute, j'ai déjà la tête beaucoup plus légère, et les idées plus claires. Je suis curieuse de savoir ce qu'a ressenti Joshua pendant l'épisode terrifiant que nous avons traversé, et je l'interroge :

— Tu n'as pas eu peur de mourir, tout à l'heure ?

— Je n'ai pas eu le temps de m'inquiéter pour moi, m'avoue-t-il.

À la réflexion, c'est vrai que Joshua a plaqué son

corps contre le mien dès que les coups de feu ont retenti ; c'est héroïque de sa part. Je n'en attendais pas moins de lui.

— Je ne veux plus que tu te mettes en danger par ma faute, dis-je, pensive.

— Ma vie n'a pas autant de valeur que la tienne, déclare-t-il sans hésitation.

Il n'a décidément pas une haute opinion de lui-même. Il paraît pourtant si sûr de lui. Je ne comprends pas ce qui le pousse à se déprécier ainsi. Les drames qu'il a vécus enfant semblent avoir atteint l'estime qu'il se porte. Moi qui le connais chaque jour un peu mieux, je sais qu'il est une belle personne, qu'il a une valeur immense. Il mérite d'être heureux et de sortir de cette spirale infernale, de ce cycle de la violence dans lequel l'entreprise de mon père l'a, au fond, maintenu.

— Tu te trompes. Tu ne dévoiles pas facilement ta véritable personnalité, alors j'ai mis du temps à m'en rendre compte, mais tu as de la valeur pour moi, Josh, lui avoué-je timidement.

Pour toute réponse, il me soulève délicatement et m'enlace avec beaucoup de précaution.

— Tu ne peux pas savoir à quel point ça me fait plaisir de l'apprendre, dit-il enfin.

Je lui réponds d'un sourire complice, avant d'adopter un ton faussement suppliant.

— Tu m'emmèneras à la fac, demain ?

Je m'attends à ce qu'il refuse en prétextant que c'est trop dangereux pour l'instant, mais il inspire profondément et répond :

— Oui, je t'emmènerai jusqu'à ta salle de cours et je viendrai te chercher au même endroit le soir. Mêmes règles que cette semaine : tu ne quittes pas le campus à midi. OK ?

— OK. Mes frères ne vont pas faire d'histoires ?

— Je m'occupe de tes frères, dit-il, confiant.

— Merci, Josh, tu ne sais pas à quel point c'est important pour moi.

Son portable se met à vibrer sous mes fesses. Je me décale pour le laisser le récupérer. Lorsqu'il prend connaissance du message qu'il vient de recevoir, il se redresse et se met debout. Notre moment d'intimité prend fin bien trop tôt à mon goût...

— Je dois y aller, j'ai... J'ai quelque chose à faire.

Toujours ces secrets... Mais dans un sens je ne suis plus sûre de vouloir savoir ce qu'il compte décider.

— Tu ne reviens pas ce soir ? lui demandé-je.

Il soupire et dépose un baiser sur ma bouche.

— Non, ça va être long. Je te revois demain. Je peux te faire confiance pour ne pas bouger d'ici ? me recommande-t-il, les sourcils froncés.

Je ris.

— Après ce que je viens de vivre aujourd'hui, je ne suis pas prête à remettre le nez dehors toute seule.

Il m'offre un sourire adorable et quitte la pièce sans se retourner.

Je reste assise un moment en me demandant ce qu'il va bien pouvoir faire durant une nuit entière, mais les idées qui me traversent l'esprit me glacent le sang. Je les chasse au plus vite et pars chercher à manger dans la cuisine.

Après un dîner léger, je ne tarde pas à rejoindre la chambre. Je m'allonge sur le lit à plat ventre, attrape mon téléphone sur la table de chevet et règle mon réveil pour demain. J'ai reçu deux nouveaux messages. Le premier est de Noah :

Je suis triste que tu ne sois pas venue, tu aurais apprécié mes côtelettes.

Je souris : il est vraiment gentil avec moi, je me dois d'être honnête avec lui. Je ne peux pas continuer à le laisser espérer en vain plus longtemps. Je me promets de lui parler très vite, puis j'ouvre le deuxième message, de Joshua :

J'ai déjà envie de faire demi-tour pour te rejoindre dans ton lit…

Je lui réponds :

D'autant plus que je suis presque nue.

Je ris : être amoureuse me rend crétine ! C'est bien la première fois que je me libère autant avec un homme, et c'est agréable.

Une réponse ne tarde pas à arriver :

Hum, j'aurais fait découvrir des milliers de merveilles à ton petit corps sexy.

Cette fois-ci, son message a vraiment réussi à me chauffer comme il se doit. Mon cerveau se déconnecte, et le désir prend le contrôle, me faisant taper sur le clavier de mon téléphone :

Je suis déjà prête à te recevoir.

Nous continuons d'échanger, et faisons l'amour à distance. Du phone sex... Qu'est-ce qui me prend ? Ce n'est pas trop mon style, de faire l'amour par messages, mais après tout, depuis que je connais Joshua, j'ai l'impression de me découvrir moi-même, et de me voir telle que je ne m'étais jamais vue. D'oser ce qui me semblait avant complètement impossible. Une grande première, une de plus !

En quelques minutes, mon corps a atteint cet état qui me fait croire que j'aurai beaucoup de mal à trouver le sommeil. Je me maudis d'être si réceptive lorsque mon portable se remet à vibrer :

Putain, ma puce ! Si ce que je fais n'était pas important, je serais venu te faire l'amour sauvagement.

Joshua est plutôt direct quand on le provoque un

peu ! Je ris en reposant mon téléphone. Et j'aime bien ça, me dis-je en me rallongeant. Après m'être retournée des milliers de fois dans mon lit, je finis par m'endormir, le sourire aux lèvres.

17

Quand mon réveil sonne, je mets un temps fou à réunir mes forces pour l'éteindre et j'entends quelqu'un marmonner à côté de moi : « Éteins ce putain de téléphone à la con, Emy ! » C'est Matthew. Je souris en me levant, récupère mes vêtements et vais me doucher. Mon corps est aiguillonné de petites décharges électriques lorsque je marche, sûrement les stigmates de ce qui m'est arrivé hier. La douche n'est pas plus agréable, ma peau se met à me brûler lorsque les jets d'eau atterrissent sur les petites plaies... Mais j'ai dormi comme un bébé et ce matin je me sens plutôt en forme, compte tenu de tout ce que j'ai vécu en un seul week-end.

Je rassemble mes affaires de cours dans mon sac et me rends dans la cuisine pour boire un café. Joshua y est déjà, frais comme s'il venait tout juste de sortir d'une bonne nuit de sommeil. Il faudra qu'il m'explique son secret ; vraiment, je ne comprends pas comment il peut survivre en dormant si peu.

Lorsqu'il me voit dans l'entrebâillement de la porte, il s'avance vers moi d'un pas rapide et me tend une tasse de café bien chaud. Il dépose un rapide baiser sur mes lèvres et me fait signe de m'asseoir. Je m'exécute sans quitter des yeux son visage détendu. Il m'observe avec attention, lui aussi, me détaillant des pieds à la tête.

— Comment tu vas, tu as mal ? me demande-t-il.

— Moins que je ne le mérite...

Sa mâchoire se crispe instantanément.

— Tu ne mérites rien de tout ça, ma puce. Tu subis les dommages collatéraux du business de ta famille.

Je ne lui réponds pas, et il reprend :

— On a identifié presque tous les responsables. Ils vont payer pour ce qu'ils ont osé faire.

Sa voix est dure ; et son visage, inquiétant. Un sourire en coin étire ses lèvres, son regard se perd dans le vague, et je sais qu'il est en train d'imaginer sa vengeance avec une précision qui sans doute m'effraierait. Je tressaille imperceptiblement et choisis d'orienter notre conversation vers un sujet plus banal et mieux adapté à un petit déjeuner :

— Et toi, tu as bien dormi ?

— Une heure ou deux.

— Ah, une vraie grasse matinée ! Je comprends mieux pourquoi tu as l'air si reposé, dis-je en pouffant.

Il m'offre un sourire compatissant.

— Dormir, c'est une perte de temps, c'est ce que me répétait mon père sans arrêt.

Je suis surprise qu'il parle spontanément de son père et j'en profite pour le questionner. Sa relation avec lui est un vrai mystère pour moi...

— Il ne dormait pas non plus ?

— Il travaillait à l'usine et il partait très tôt...

— Tu restais tout seul, alors ?

— Oui, j'ai su me débrouiller très vite.

— C'est l'avantage, dis-je sur un ton ironique.

Je m'imagine le petit Joshua dans un appartement miteux, terrifié et seul. Mon cœur se serre.

— On devrait y aller, si tu ne veux pas être en retard, dit-il, coupant court à mes pensées.

Je vois bien qu'il précipite un peu notre départ pour éviter de parler de son passé. Son visage s'est contracté, comme hanté par ses souvenirs. Même s'il essaie de ne rien en montrer, il est bien moins détendu qu'au début de notre conversation. Ma curiosité est loin d'être satisfaite, pourtant je ne veux pas le faire souffrir en l'amenant à ressasser un passé qu'il préfère oublier. Je me lève, dépose ma tasse dans l'évier puis pars enfiler mon manteau et mes bottes.

Il attrape ma main et me guide jusqu'au garage. Je passe devant le Range et je frissonne : les dégâts causés par l fusillade sont impressionnants. Comme s'il pouvait lire dans mes pensées, Joshua se tourne vers moi et déclare :

— Ils vont la faire réparer aujourd'hui.

Je hoche la tête et continue de le suivre jusqu'au 4x4 Mercedes noir de mon père. Je grimpe sur le siège passager et attends que la voiture démarre. Joshua me jette un dernier coup d'œil avant de faire ronfler le moteur.

La circulation est dense, mais il s'entête à doubler tous ceux qui se mettent sur son passage. Je le sens crispé, en proie à la nervosité et plongé dans une profonde réflexion, comme si notre courte discussion sur son passé avait réveillé en lui les pires instincts. Je préfère rester silencieuse, tentant de garder mon calme malgré les soubresauts du 4x4, si bien que, lorsqu'il gare la voiture devant la fac, j'ai mal aux doigts d'avoir agrippé si fort le siège. Je plie et déplie plusieurs fois les mains pour les dégourdir. Il m'observe et sourit.

— Tu as paniqué ? Avec un chauffeur comme moi ?

— Waouh, dans le genre « danger de la route », tu as fait fort, ce matin !

J'ai déclaré ça le sourire aux lèvres, mais avec un peu de reproche dans la voix tout de même. Il lâche un « désolé, ma puce » et sort de la voiture pour me rejoindre sur le trottoir. Il enclenche la fermeture centralisée et m'accompagne vers ma salle de cours sans lâcher ma main.

Arrivé devant la porte de l'amphi, il jette un œil à l'intérieur puis reporte son attention sur moi. Il s'approche tellement qu'il me pousse contre le mur. Il m'embrasse langoureusement en collant son corps contre le mien. Il est si proche que je sens son excitation monter dans son jean. Je recule en lâchant un juron, puis l'interroge :

— Sérieusement ?

— Au moins, tu sais l'effet que tu me fais, dit-il, le regard rieur. À ce soir, ma puce. Tu vas me manquer. Ah, et, au fait, tu as déjà un sandwich dans ton sac pour ce midi, Hilary te l'a préparé.

Il attrape mon menton de la main droite et dépose une nouvelle fois ses lèvres sur les miennes avec une infinie douceur. Waouh ! Plutôt sympa, comme baiser d'adieu, j'en suis toute retournée.

Lorsqu'il recule pour me laisser, il affiche un sourire victorieux qui m'étonne après la tendresse dont il vient de faire preuve. Mais je comprends mieux de quoi il s'agit lorsque je me retourne pour rejoindre la salle de cours : Noah est sur le pas de la porte et me regarde fixement, ébahi. Merde. Comme ça, c'est fait, c'est dit, merci, Joshua.

— Alors, finalement, ça y est ? Tu t'es mise avec lui ? dit-il, les dents serrées, en regardant Joshua partir.

— Euh… Oui, c'est assez nouveau…, dis-je sans trouver autre chose à ajouter.

C'est que je suis surprise par la tension qui se dégage de lui, et les émotions qu'exprime son visage : déception, colère, tristesse… Et puis je prends un peu de recul. Mince, ça ne fait que deux semaines que je le connais, il ne devrait pas réagir comme ça.

Je décide de rejoindre la salle, mais il a alors une réaction à laquelle je ne m'attendais pas du tout. Il m'attrape par le bras et me plaque au mur de toutes ses forces. Je me cogne violemment le dos, ce qui me coupe la respiration pendant quelques secondes.

— Tu m'avais moi et tu as choisi King Kong ? dit-il d'une voix emplie de haine et de dégoût.

— Putain, mais qu'est-ce qui te prend ? lancé-je dans un cri.

Je sens une peur bien réelle m'envahir, et je rassemble mon courage pour le contourner en vitesse et rejoindre le cours de neurosciences. Là, je m'assois près de Hayle en essayant de retrouver mon calme. Elle m'embrasse gaiement et me demande comment s'est passé mon week-end. Je lui raconte ma première soirée au Delta mais je ne parle pas des détails croustillants qui ont suivi. J'ai remarqué sa complicité avec James et je n'ai pas envie de me trahir bêtement en lui en disant trop.

Mais, dix minutes après le début du cours, je la vois se tourner plusieurs fois pour regarder derrière nous, et froncer les sourcils. Je l'imite, et repère Noah qui s'approche, la mine abattue, les poings serrés. J'appréciais notre ami pour sa nature plutôt souriante et joviale ; c'est décidément un autre Noah qui se dévoile aujourd'hui et Hayle semble tout aussi décontenancée par les états d'âme inhabituels de notre camarade que je le suis par la violence que j'ai devinée en lui tout à l'heure.

Il s'assoit comme si de rien n'était et, sans me jeter un seul regard, il dispose son cahier et son stylo sur la table pour prendre des notes. Cependant, je m'aperçois rapidement qu'il ne suit pas le cours : il est en train de dessiner un croquis. Je ne vois pas tout de suite de quoi il s'agit, mais, plus les minutes passent, plus je me reconnais dans son dessin. Cette fois, il m'a représentée entière. Je distingue mon corps : je suis nue ! Et un homme accroupi se tient face à moi... *Putain !* Un homme en train de m'embrasser l'entrejambe ! Mais c'est un grand malade ! Je suis prise de vertiges : comment faut-il que je réagisse ? Je ne veux pas avertir Hayle, il faudrait que je lui parle du baiser de Joshua et de la tête de Noah, ce matin. Je ne vais quand même pas non plus faire une scène en plein cours, j'aurais l'air franchement arrogante devant les autres étudiants :

accuser sans preuve une star du campus de fantasmer sur moi... Je décide donc de les ignorer, lui et son dessin immonde.

Je bous intérieurement mais tente de ne rien en montrer. Vivement que ce cours se termine et qu'il se casse ! répète la petite voix dans ma tête. J'attrape mon téléphone d'un mouvement rageur et m'emploie à envoyer un message à Joshua. Oui, c'est une bonne idée. Penser à lui me calmera. Je tape :

Que fais-tu ?

Il me répond immédiatement :

Je compte les minutes qui me séparent de toi.

Je me marre : décidément, il a l'art des phrases clichées ! Noah tourne brusquement la tête vers moi lorsqu'il m'entend rire. Il a l'air... différent. Haineux et mauvais. Rien du Noah gentil, adorable et marrant des deux premières semaines. J'ai l'impression de l'avoir imaginé. Je penche à nouveau la tête vers mon téléphone et réponds à Joshua :

Tu as bien appris ta leçon, je te félicite.

Je range mon téléphone et reprends le fil du cours et ma prise de notes. Lorsque le professeur clôture son exposé, une bouffée de soulagement me parcourt : je vais enfin pouvoir m'éloigner de Noah.

Hayle range ses affaires, et s'apprête à rejoindre Lexie pour manger à l'extérieur. Je lui donne rendez-vous pour le prochain cours de l'après-midi et lui annonce que je ne l'accompagnerai pas, sous prétexte de vouloir manger mon sandwich tranquillement à la faculté pour travailler un peu. Elle lève les yeux au ciel et sort.

Noah, quant à lui, n'a pas l'air pressé de remballer ses affaires. Je soupire. S'il ne part pas, je le ferai à sa place : il est hors de question que je passe la pause du midi avec lui dans les parages. Je ramasse mes cahiers et les fourre précipitamment dans mon sac.

Soudain, quelqu'un arrête ma main en la saisissant d'un geste brusque. Je sursaute. C'est Noah. Je jette un œil autour de moi : nous sommes presque seuls dans la salle, et j'ai le plus grand mal à calmer la panique qui m'envahit d'un coup. Il est beaucoup plus grand que moi et me domine de façon menaçante ; je ne sais pas ce qu'il a en tête, mais je ne suis pas sûre d'être capable de me défendre face à lui. Je tire mon bras d'un coup sec pour qu'il me lâche, mais sa main reste solidement agrippée autour de mon poignet.

Cette fois-ci, je ne cherche plus à faire taire mon angoisse, je tremble littéralement devant lui. Son regard me terrifie. J'ai eu suffisamment de sensations fortes hier, je n'avais vraiment pas besoin de ça aujourd'hui. Je me sens à bout de forces et prie pour que Noah me lâche... Mais il me tire violemment à lui. Mon sac tombe par terre. Il me fait descendre les marches de l'amphi deux à deux et je manque de me casser la figure à plusieurs reprises. Affolée, je hurle :

— Qu'est-ce qui te prend, Noah ? Lâche-moi !

Lorsque nous sommes parvenus en bas de l'escalier, il me pousse avec une telle brutalité que je m'effondre devant le gigantesque tableau.

— Il se passe que tu m'as trahi ! dit-il d'une voix sourde.

— Mais enfin je ne t'ai jamais rien promis ! dis-je, incrédule.

Ma réponse ne fait qu'amplifier la rage qu'il ne contient même plus. Il s'avance vers moi, la mâchoire crispée, et me gifle avec une force inouïe. Ma tête est projetée sur le côté, et la douleur vive me fait lâcher un juron. Mais un juron de colère, cette fois ! J'en ai assez ! S'il croit que je vais subir et encaisser sa jalousie folle sans rien dire, il se met le doigt dans l'œil ! Je me relève d'un bond en frottant ma joue et je me mets en position de combat, face à lui.

Ce qu'il fait alors m'étonne encore plus que tout ce que j'ai vu depuis ce matin : il rit. D'un rire hystérique et terrifiant. Plus de doute possible : il est complètement cinglé, et je me demande comment j'ai pu passer à côté de cette facette de sa personnalité.

Mais je n'attends pas qu'il se ressaisisse pour le frapper au visage d'un coup de poing aussi puissant que je le peux. Il se penche juste à temps pour l'éviter, attrape mon poignet et me jette à terre, sur le ventre. Puis, saisissant mon bras droit, il le tord dans mon dos. Je hurle de douleur, et de peur aussi, car j'ai l'impression qu'il est déterminé à me faire payer le fait que j'aie choisi un autre homme que lui. Quitte à me casser un bras pour cela. Épuisée par la douleur, je le supplie :

— Qu'est-ce que tu veux de moi ?

Je lève la tête par-dessus mon épaule et le regarde. Il esquisse un petit sourire. Mon pouls s'accélère et la panique prend le dessus : je crois que j'ai oublié toutes mes techniques d'autodéfense. Je n'essaie même plus de me débattre lorsqu'il me retourne brutalement sur le dos. Ses yeux se perdent sur les courbes de mon corps, et je réprime mon envie de lui cracher au visage. Sa haine est suffisamment violente sans que j'en rajoute une couche en le provoquant.

Soudain, j'entends une porte s'ouvrir et claquer en haut de l'escalier de l'amphi, je lève les yeux et aperçois Joshua en haut des marches. Son attitude peut paraître décontractée, mais je vois ses muscles se tendre. Il descend les marches d'un pas rapide et félin, et je profite de l'inattention de Noah, qui l'a aperçu, lui aussi, pour me relever et reculer.

Joshua jette un œil vers moi et me fait signe de partir. Ma stupéfaction et ma peur sont à leur comble, et m'empêchent d'agir rationnellement. Je voudrais m'éloigner pour me mettre en sécurité et tenter de calmer les battements frénétiques de mon cœur, pourtant je refuse de le laisser seul avec ce fou. C'est moi que vise Noah, de moi qu'il veut se venger, et je ne peux pas laisser l'homme que j'aime gérer cette situation tout seul. Même si Joshua n'en laisse rien paraître, je sais qu'il a dû en voir assez, en entrant dans l'amphi, pour être fou de rage. Je suis prête à parier que, sans intervention extérieure, la situation risque de dégénérer au détriment de Noah. Mais les yeux de Joshua se font maintenant suppliants ; il insiste pour que je m'éloigne, mais je ne bouge pas d'un millimètre. Quand il comprend que je ne céderai pas, il s'avance vers Noah d'un pas décidé, lent et maîtrisé. J'ai l'impression de regarder un prédateur en train de chasser.

— Qu'est-ce que tu t'apprêtais à lui faire ? demande Joshua d'une voix faussement calme.

— Je m'apprêtais à prendre ce qui me revient, répond Noah du tac au tac.

Je grimace : c'est un grand malade, aussi fou que son copain Julan.

— Tu n'as aucun droit sur cette femme, elle est à moi, répond Joshua d'un air provocateur.

Je sais que cette remarque est sa façon à lui de mettre le feu aux poudres et de provoquer Noah encore un petit peu plus. Il réagit au quart de tour en s'élançant à toute vitesse pour se jeter sans réfléchir sur Joshua. Je les vois valser contre une table, Josh reprend très vite le dessus et assène des coups rapides et efficaces dans les côtes de Noah, qui gémit de douleur. Il contrôle totalement la situation. Pourtant, contre toute attente, il s'arrête, recule et s'assoit avec lenteur sur une table. Comme un félin qui attend de voir sa proie bouger pour reprendre sa traque. Je soupire : j'assiste à nouveau à un massacre en direct, et Joshua semble n'avoir absolument aucune limite, contrairement à mon frère James durant la fête.

Étourdi, Noah se relève péniblement. Quand il se met à courir dans ma direction, je panique, mais, avant qu'il réussisse à m'atteindre, Joshua lui a déjà fait un croche-patte. Il s'étale par terre de tout son long dans un bruit sourd.

— Remonte, ma puce, récupère ton sac et sors, me demande Joshua de manière rapide mais très calme.

Je reste tétanisée. Cette fois, je ne suis pas sûre de pouvoir en supporter davantage. Mon cœur me crie de rester, mais mon cerveau, lui, est au bord de l'implosion. Cet excès de violence et cette folie, palpables d'un côté comme de l'autre, sont insoutenables pour la jeune femme que je suis. Je me sens prête à faire preuve de lâcheté en fuyant, et en fermant délibérément les yeux sur cette sauvagerie inouïe pour tenter de reprendre mes esprits. Je ne quitte pas Joshua du regard, comme pour reprendre un peu de force dans ses yeux. Je suis tétanisée. Et perdue à la pensée que cet homme, que je considère avec tant de respect, peut faire preuve d'autant de férocité envers quelqu'un. J'ai l'impression de comprendre encore un peu mieux la nature de son travail et de ses missions au sein de l'entreprise de mon père, et cette prise de conscience me fige dans une sorte d'hébétude. Mais au bout de quelques secondes la perplexité fait place à l'instinct de survie, et je remonte l'escalier de l'amphi sans un mot. Lorsque je passe à côté de Joshua, il me souffle un « merci » soulagé. S'il savait : ce n'est pas pour lui que je pars mais pour fuir un enfer qui me terrorise. Je ramasse mon sac et quitte la pièce dans un état second.

Je marche hors de l'amphi en pilote automatique et vais m'asseoir le plus loin possible sur un banc. Je n'ai plus faim, après ce que j'ai vu, mais je me force à croquer dans mon sandwich. Je dois avoir l'air d'une folle, le regard effaré, le corps secoué de tremblements.

Le sandwich se révèle délicieux et je l'avale finalement sans trop de difficulté. Je reste assise, immobile sur le banc, ressassant ce qui vient de se passer. Ma vie ne retournera-t-elle plus à la normalité ? Ne vivrai-je plus jamais rien de banal ? J'ai l'impression que la situation me dépasse, et, alors que je croyais avoir rencontré un camarade de fac sympathique, je réalise l'erreur que j'ai commise. Mais pouvais-je deviner dans quel guêpier je me fourrais ? Je suis confuse et dépitée. J'ai si peu l'habitude des relations humaines... Cela a dû me rendre incapable de juger les gens qui m'entourent.

Je n'ai évidemment pas peur pour Joshua, je connais sa force et Noah aura beaucoup de mal à prendre le dessus sur lui. Je m'inquiète plutôt pour ce dernier, à vrai dire. Joshua saura-t-il s'imposer une limite avant de commettre l'irréparable ? Je tressaille en imaginant qu'il puisse le tuer, ici, à quelques mètres seulement de moi, et dans ma faculté.

Prise de panique, je décide de le rejoindre pour tenter d'empêcher qu'une telle horreur se produise. Je me lève d'un bond et repars vers l'amphi lorsque je distingue la silhouette imposante de Joshua qui sort de la salle, un sourire énigmatique plaqué sur le visage. Serait-il... heureux ? Je ravale la boule qui s'est logée dans ma poitrine en tentant de comprendre la satisfaction qui semble l'habiter. Il m'aperçoit et vient me rejoindre d'un pas plus rapide.

— Est-ce que tu l'as...

Les mots restent coincés dans ma gorge ; les prononcer ne servirait qu'à me faire perdre un peu plus mes certitudes.

— Non, je me suis arrêté avant, mais ce n'est pas l'envie qui m'en manquait, dit-il.

— Que faut-il qu'on fasse ? demandé-je, la voix tremblante.

— J'ai appelé les secours pour signaler sa présence dans l'amphi, ils ne vont pas tarder à venir le chercher.

— Ils t'ont identifié ?

La panique s'empare à nouveau de moi quand j'envisage les répercussions qu'un tel épisode pourrait avoir sur la vie de Joshua. Et s'il était arrêté et incarcéré par ma faute ? Je m'en voudrais éternellement : d'avoir mal jaugé Noah et d'avoir laissé l'espoir naître en lui de cette façon... Un frisson de culpabilité me parcourt lorsqu'il dépose une main rassurante sur ma joue.

— Non, je suis intraçable, ma puce. Mais il faut que je parte avant qu'ils viennent interroger tout le campus et qu'ils s'aperçoivent que je ne suis pas un étudiant d'ici.

— OK, vas-y, dis-je en le poussant presque.

Il rit puis arrange une mèche folle de mes cheveux derrière mon oreille.

— À ce soir, mon ange, dit-il, le sourire aux lèvres.

Je le regarde quelques minutes tandis qu'il s'en va. Il a l'air complètement détendu, comme si ce qu'il venait de faire à Noah était un moyen de s'apaiser. Je frissonne à cette idée.

Hayle me rejoint dans la cour extérieure cinq minutes avant que les ambulances et les policiers ne débarquent avec fracas dans l'enceinte de la faculté.

— Qu'est-ce qui se passe ? me demande-t-elle.

— J'en ai aucune idée, dis-je sans pouvoir croiser son regard.

Les étudiants s'agglutinent rapidement près de nous pour assouvir leur curiosité, lorsqu'un brancard ressort de l'amphi. Noah y est allongé. Il ne bouge pas, il paraît mort. Je tressaille et ferme les yeux pour tenter de me calmer. J'aurais pu éviter qu'une chose pareille se produise si j'avais remis Noah à sa place dès le départ.

Il n'était pas fait pour moi, et une partie de moi l'a toujours senti. Mais j'étais flattée et, moi qui vivais cloîtrée depuis si longtemps, j'ai eu l'impression de devenir en quelques secondes une véritable étudiante. Mon erreur est grossière, et les remords que j'ai en le voyant ainsi défiguré me nouent l'estomac.

Hayle le remarque et passe son bras autour de mes épaules.

— Merde, dit-elle avec compassion.

Je n'ajoute rien, c'est une vraie merde.

— Tu as vu celui qui lui a fait ça ? me demande-t-elle soudain.

— Non, je n'ai rien remarqué, j'étais assise ici pour manger mon sandwich.

Tout en désignant le banc sur lequel j'étais installée quelques minutes plus tôt, j'ai pris la voix la plus sûre possible pour répondre : je me doute bien qu'on risque de parler de cet événement pendant un long moment, il faut que je me prépare à l'évoquer avec naturel. Je ne dois pas avoir l'air de me sentir coupable, même si au fond de moi je sais que je le suis doublement. D'abord pour ne pas avoir cerné la véritable personnalité de Noah, ensuite pour avoir laissé le champ libre à Joshua qui s'en est donné à cœur joie. Je le savais en colère et j'ai préféré fuir, je n'ai pas cherché à canaliser sa violence. J'aurais dû insister pour qu'il sorte avec moi lorsque Noah était à terre.

Nous sommes priés de rester dans l'enceinte du campus pour répondre à toutes les questions des inspecteurs de police. Cela prend l'après-midi. L'ambiance est électrique, et les rumeurs vont bon train, mais je tâche de m'isoler pour garder la tête froide. Je me répète sans cesse que je ne dois pas avoir l'air d'une coupable, je refuse de laisser le moindre soupçon peser sur Joshua. Il m'a protégée de la violence de Noah, à mon tour de le protéger contre celle de la société.

Quand on nous donne enfin l'autorisation de quitter l'établissement, je ramasse mes affaires et sors sans attendre. Joshua est posté sur le pas de la porte, aussi serein et détendu que s'il ne s'était rien passé. Il doit connaître mon emploi du temps et le numéro de mes salles par cœur, il m'impressionne. Quand Hayle le voit, elle le salue poliment et lui demande :

— C'était bien toi qui étais à la fête avec James ?

— Il y a des chances, dit-il sans me quitter des yeux.

— Tu es l'ami de James, dans ce cas ? insiste-t-elle.

— Pas exactement, lâche-t-il en se tournant enfin vers elle. Je serais plutôt son ami à elle.

Hayle se tourne vers moi, le visage contracté par l'incompréhension. Joshua lui a répondu en étirant les lèvres dans un sourire plus que suggestif, et elle est certainement en train de faire des suppositions que je veux à tout prix éviter qu'elle fasse. Je me précipite d'une façon sans doute encore plus suspecte, pour dire dans un souffle :

— On est juste amis, Hayle.

Le sourire complice qu'elle me lance en s'éloignant me laisse peu d'espoir : elle n'est pas dupe ! Chassant mes mauvais pressentiments, j'entreprends de suivre Joshua vers la sortie, mais je ne peux réprimer une boule d'angoisse qui vient se loger dans ma poitrine. J'ai l'impression de revivre la journée d'hier, j'ai l'impression que, lorsqu'on sera devant l'entrée de la faculté, on va à nouveau nous tirer dessus. Joshua se tourne vers moi et remarque mon allure lente et mon visage crispé ; il attrape ma main fermement, je sais déjà qu'il m'a comprise.

— Tu ne risques rien, on les a déjà interceptés.

— C'est vrai ?

Ce qu'il me dit là me laisse incrédule. Ça ne fait que vingt-quatre heures que tout ça s'est produit et ils ont déjà réussi à régler le problème. Ils sont plus qu'efficaces.

Il acquiesce et me ramène devant le Range flambant neuf : il n'y a plus aucune trace de balles perdues ou de verre brisé, juste une voiture propre et rutilante à souhait. Je suis époustouflée.

— C'est du rapide.

— C'est le moins que l'on puisse faire pour te permettre d'oublier l'épisode d'hier, ma puce.

Je m'installe à bord de la voiture et pose mes mains glacées entre mes cuisses pour les réchauffer. Joshua démarre en poussant le chauffage à fond. Il s'insère dans la circulation avec plus de prudence et de douceur que ce matin.

— J'ai une surprise pour toi, m'annonce-t-il.

Je le regarde, curieuse d'en savoir plus.

— Bonne ?

— Je te ramène à la maison...

— Très bonne ! dis-je avec un sourire éclatant.

Enfin ! Mon grand lit, mes affaires, ma salle de bains XXL et des fenêtres partout.

— C'est la première bonne nouvelle à laquelle j'ai droit depuis le début de cette journée pourrie.

Sa mâchoire se crispe, il doit sûrement se remémorer l'épisode avec Noah et ça n'a pas l'air de l'enchanter.

— Heureusement que tu as décidé de venir me rendre visite ce midi, sinon...

— C'est grâce au logiciel, Emy, me coupe-t-il.

— Ah oui ?

— J'y jetais un œil, comme d'habitude, et l'accélération anormale de tes pulsations cardiaques m'a alerté. Tu es restée plus de cinq minutes à 125 battements par minute. J'en ai conclu que tu faisais du sport ou qu'il se passait quelque chose.

— Waouh, je dois remercier le logiciel espion, alors ?

Il acquiesce avec un air de défi.

— Jamais ! dis-je en riant. Ce truc est une violation de ma vie privée, j'insiste.

— C'est pourtant ce qui t'a sauvé la mise aujourd'hui.

Joshua a raison, il a su montrer son utilité, aujourd'hui, mais je me garde bien de le lui dire, et me promets que, dès que j'aurai trouvé le moyen de me débarrasser de cette fichue puce, je le ferai sans aucun regret. Il garde un petit sourire vissé au visage jusqu'à ce qu'on arrive devant la maison. Le véhicule pénètre dans le garage couvert et il effectue une manœuvre complexe et rapide pour le ranger à côté des autres. Observant ses gestes, je remarque :

— Il faut que je passe mon permis. Vous n'allez quand même pas continuer à m'emmener partout comme une gamine.

Il se tourne vers moi et pose la paume de sa main sur ma joue.

— Pas comme une gamine, comme une princesse, souffle-t-il.

— T'es doué pour les phrases kitsch, tu sais..., dis-je en riant.

Il se joint à mon rire et m'embrasse une dernière fois avant que nous empruntions l'escalier qui mène à la maison.

Tout y est resté tel quel, propre, brillant et bien éclairé par les larges baies vitrées du salon et de la cuisine. De la lumière et de la verdure à perte de vue ; je soupire d'aise.

— Elle est vraiment super belle, cette maison, dis-je en réalisant soudain la chance que j'ai d'habiter là.

Joshua hoche la tête distraitement. Il regarde vers la cuisine, où j'aperçois mon père qui discute avec un géant tout aussi baraqué que mon compagnon. Lorsqu'il m'aperçoit, il s'approche, le sourire aux lèvres.

— Salut, papa, dis-je en l'enlaçant brièvement.

— Salut, ma chérie, murmure-t-il en m'embrassant.

Il se tourne ensuite vers Joshua et hoche la tête à son intention.

— Je t'attendais, m'annonce-t-il.

Joshua, à ma gauche, semble en retrait, mais je ne peux ignorer sa crispation croissante et m'en inquiète immédiatement, me demandant ce qu'elle signifie. C'est pourquoi je lance avec un certain empressement :

— Ah bon ? Qu'est-ce que tu voulais me dire ?

— Viens t'asseoir, me répond-il en tendant la main vers les canapés.

Quand Joshua commence à s'éloigner, mon père se tourne vers lui et lâche un sec :

— Vous aussi, Joshua.

Voilà qui ne me laisse rien présager de bon. Je me demande pourquoi mon père veut nous parler à tous les deux et j'échafaude les pires suppositions. Il sait tout, parce qu'il nous a vus. Ou pire : James lui a sûrement confié ses doutes quant à notre relation, ce pour quoi je le maudirais franchement. Joshua s'assoit près de moi, à une distance respectable. Je reste silencieuse en attendant que mon père prenne la parole. Il nous regarde l'un après l'autre d'un œil vif avant de s'adresser à Joshua :

— Je sais que ma fille vous témoigne beaucoup de considération, Joshua, mais je me dois de mettre un terme à ce petit jeu. Vous êtes mon employé, voyez-vous, et cette jeune femme qui est devant moi est la prunelle de mes yeux. Par conséquent, je n'accorderai à aucun homme le droit de la toucher comme vous le faites.

Je tousse. *Inspire, expire, Emy.* J'ai l'impression de vivre un cauchemar ! Que mon père ait été mis au courant de la situation me déçoit, bien sûr, mais sa façon de se mêler de ma vie intime et de prendre les décisions à ma place me bouleverse encore plus. Comme s'il comprenait mon désarroi et sentait que je suis sur le point d'exploser, il reprend la parole d'une voix grave :

— Quand James a émis des doutes, j'ai fait installer des caméras de surveillance dans les pièces communes.

Quelle n'a pas été ma surprise lorsque je vous ai aperçu en train de tourner autour de ma fille !

C'est une blague ? Non, c'est un cauchemar, tu vas te réveiller, me rassure une petite voix. Quel père de famille s'abaisserait à surveiller les faits et gestes de sa fille comme il l'a fait ? J'oscille entre la colère et une profonde déception. Je jure entre mes dents, ce qui ramène l'attention de mon père sur moi.

— Je connais ma fille et je sais bien qu'elle ne me laissera pas vous mettre à la porte. Ou alors elle me le ferait payer très cher. Et puis vous êtes un élément bien entraîné et solide de mon équipe, je ne veux pas vous laisser de côté. C'est pourquoi j'accepte de vous garder dans mes rangs, mais vous n'approcherez plus Emy.

À côté de moi, Joshua ne réagit pas. Il se carre dans le fauteuil sans manifester aucune émotion. Un putain de soldat ! Je sais bien que ses rapports avec mon père sont différents des miens, et qu'à ses yeux son patron est aussi celui qui l'a sauvé d'un avenir bien plus glauque que celui qu'il peut espérer en travaillant pour lui, pourtant j'espérais qu'il se serait battu pour moi, pour les sentiments qu'il dit éprouver et parce qu'il a besoin de me garder près de lui.

— Vous n'êtes plus affecté à la protection d'Emy, et vous repartez vivre dans les locaux du siège. Votre place reviendra à quelqu'un qui saura rester à une distance correcte de ma fille. Ma décision prend effet dès aujourd'hui, dit-il d'une voix dure et péremptoire.

Il se tourne vers la montagne de muscles qui se tient, bras croisés, à sa droite, et lui fait signe de nous rejoindre. C'est avec lui qu'il discutait lorsque nous sommes arrivés. L'homme n'est pas très âgé, la vingtaine, tout au plus ; d'une stature impressionnante, il porte une barbe longue et coupée avec soin, et ses yeux noisette pétillent de curiosité quand il s'approche de nous.

— Emy, voici Drew. C'est lui qui assurera ta sécurité, dorénavant. Il t'emmènera en cours et viendra te chercher, comme le faisait Joshua.

Je regarde ce dernier quelques secondes, attendant qu'il réagisse, mais il reste impassible. Pas la moindre émotion sur son visage, il ne m'accorde pas même un coup d'œil. J'ai envie d'exploser, tant ma déception est profonde. La montagne de muscles sursaute quand je hurle, désignant mon père de la main :

— Tu m'imposes ta vie de cinglé et tu crois que tu peux m'imposer ça aussi ?

Le géant affiche un visage surpris, il ne doit pas avoir l'habitude de voir traiter leur « baron de la drogue » de cette manière. Comme mon père ne réagit pas, je reprends :

— Tout ça, c'est ce que toi tu as décidé. Mais moi j'en ai rien à foutre, de ce que tu décides. Et j'ai mon mot à dire !

— Emily, calme-toi ! m'ordonne mon père.

Je le regarde avec dégoût. Rien de ce qu'il pourra me dire maintenant n'arrivera à me calmer, je le sais bien.

Je jette un dernier coup d'œil vers le visage statique de Joshua, en espérant y voir une réaction, n'importe laquelle : un mouvement de tête, un regard complice, même un bref froncement de sourcils. N'importe quoi, sauf cet air indifférent qui me vrille le cœur. Je voudrais me battre contre mon père, lui expliquer qu'élever une fille ce n'est pas la priver de sa liberté, l'empêcher de faire ses choix sentimentaux, mais je n'ai pas la force de lutter seule. Si Joshua renonce à nous pour contenter mon père, alors je n'aurai pas d'autre possibilité que de me soumettre, moi aussi. Je sens les larmes pointer, c'est injuste. Injuste et frustrant. Je refuse de pleurer devant eux et choisis de leur tourner le dos ; puis je m'en vais en jurant.

Lorsque j'arrive dans ma chambre, je sens la colère

m'étouffer : je lance mes affaires contre le mur, me débarrasse de mes chaussures et de mon manteau, qui valdinguent à leur tour. Je me jette sur mon lit sans plus retenir mes larmes : je sanglote comme une petite fille.

Après des heures entières à pleurer, je crois que je finis par m'endormir, car quand j'ouvre les yeux la nuit est déjà tombée. Le calme règne dans la maison. Je sors dans le couloir et marche comme un automate vers la chambre de Joshua. J'ai pleuré pendant des heures et je dois avoir les yeux bouffis, mais j'ai besoin de le voir. De lui parler. Sa porte est entrouverte et je la pousse d'un coup sec.

Les meubles sont disposés différemment, et l'odeur d'agrumes et de mûre a disparu. Une ombre géante s'approche de la porte et je sursaute quand le visage de Drew apparaît à quelques centimètres du mien. Merde, c'est quoi, son problème ?

— Bonsoir, Emy, tu ne dors pas ? me demande-t-il d'une voix mielleuse.

Bon, il faut que je me calme. Tout ce qui n'est pas Joshua n'est pas forcément mauvais. Mais, là, maintenant, tout de suite, je le hais parce qu'il a pris la place de l'homme dont je suis en train de tomber amoureuse.

— T'as pas l'impression d'être un usurpateur ?

Je l'ai interrogé d'une voix mauvaise, pourtant, contre toute attente, il rit en me fixant.

— On m'avait dit que la fille du chef était belle et bourrée de caractère, on ne m'avait pas menti. Tu as pas mal de toupet : venir te pointer à 4 heures du matin pour me dire ça !

4 heures ? Je regarde ma montre : oui, c'est ça, il est bien 4 heures du matin. Je perds vraiment les pédales... Mais pas encore ma fierté. Sans prendre la peine de lui répondre, je fais demi-tour vers ma chambre, la rage au ventre. Je jette un œil sur mon téléphone et constate

avec regret que Joshua n'a pas pris la peine de m'écrire. Décidément, je vais de déception en déception.

Remets-toi, me dis-je pour me réconforter. Joshua a juste voulu conserver son poste ; c'était moi ou son avenir dans l'entreprise florissante du trafic de drogue, le choix était vite fait.

Pleine d'amertume, je me tourne et me retourne frénétiquement dans mon lit pour tenter de me calmer. Je dois me rendre à l'évidence : Joshua a préféré son travail. Je n'arrive pas à le croire. Brusquement, j'ai conscience d'avoir accordé de plus en plus d'importance à cet homme, une place de plus en plus grande dans ma vie. Mais, il me l'a dit lui-même, je l'ai aidé à trouver ce qu'il y a de meilleur en lui, je le rends humain, digne ; alors comment pourrait-il choisir de m'écarter de sa vie sans se battre ?

Et puis j'en veux beaucoup à mon père de vouloir décider à ma place. Ceci dit, c'était prévisible. La réaction de Joshua l'était, en revanche, beaucoup moins. L'amertume me ronge et, même si je n'arrive pas à faire taire l'espoir qu'il décide de se réveiller et de se battre pour moi dans les prochains jours, je ne peux qu'encaisser et le reconnaître : la passivité dont il a fait preuve ce soir m'a déçue.

18

Lorsque je me réveille, le mardi matin, j'ai un goût amer dans la bouche et je ne parviens pas à avaler une seule miette du petit déjeuner que m'a préparé Hilary. Elle me remet un sandwich avant mon départ, et je suis Drew, le géant, jusqu'à la voiture. Je sens ses yeux observateurs se poser souvent sur moi durant le trajet, mais il ne desserre pas les dents, ce dont je lui suis reconnaissante.

Hayle et sa gaieté légendaire arrivent tant bien que mal à me remonter le moral, et les cours chassent un moment mes tristes pensées. À midi, ma décision est prise : oubliées, les consignes de mon père, il est temps que je me rebelle ! Je décide donc de suivre mon amie à l'extérieur de la faculté pour déjeuner. Elle ne m'emmène pas bien loin, et nous mangeons sans qu'aucun homme de main de mon père ne vienne me déranger. Je discute et ris avec elle pendant une heure. Nous repartons joyeusement vers la faculté lorsque je sens une présence dans mon dos : Drew.

Bon, au moins, il s'est fait discret, je peux lui accorder ça... Je l'ignore et rejoins l'amphi du prochain cours avec Hayle. L'après-midi est éprouvant. La chaleur des cerveaux en ébullition dans la salle m'enveloppe et m'engourdit. Je finis par me retrouver en débardeur tant j'ai chaud ! Hayle me regarde, ébahie.

— Tu sais que tu as un corps magnifique ? Tu

empêches les garçons de rester concentrés. Rhabille-toi ou je fais intervenir le service d'ordre ! dit-elle en riant.

Elle fait mine de rabattre mon gilet sur mes épaules, mais quand elle frôle ma peau elle sursaute.

— Emy, tu dois avoir plus de 40 de fièvre ! Ta peau est brûlante, s'exclame-t-elle.

Avant même que je réagisse, elle pose sa paume sur mon front et lâche un juron.

— Tu te sens bien ? J'appelle ton frère, finit-elle par me lancer, en devenant rouge comme une tomate.

J'ai l'esprit comme dans du coton, pourtant sa mine ne m'a pas échappé : comme c'est marrant, elle s'est trahie toute seule ! Alors, comme ça, elle a le numéro de mon frère ? Je lui fais un petit sourire complice.

— Hors de question. Je ne veux pas parler à James, Hayle. Je lui en veux énormément et je ne peux pas te dire pourquoi.

Hayle me lance un regard étonné et me demande :

— Dans ce cas, j'appelle le grand musclé, Joshua, c'est ça ?

— Il ne me parle plus..., dis-je, tête baissée.

— Vu la façon dont il a l'air de ramper à tes pieds, je te parie cinquante dollars qu'il va répondre dès la première sonnerie, m'assure-t-elle.

Elle attrape mon téléphone avant que je puisse protester et appelle. Lorsqu'on décroche, je peux lire dans son regard un triomphant : « Tu vois, je te l'avais dit ! » Puis elle enchaîne :

— Salut, Joshua, je suis Hayle, la copine d'Emily. Je t'appelle car elle refuse de contacter son frère James mais elle est très mal en point, elle..., dit-elle.

Son sourire s'évanouit et elle écarte le téléphone de son oreille en me regardant, ahurie.

— Il m'a raccroché au nez ! Je n'ai même pas eu le temps de lui dire ce que tu avais !

— Je t'avais prévenue..., fais-je, toute triste de vérifier

à nouveau l'indifférence de Joshua et encore plus triste de l'affronter en direct.

— Mais non, laisse-moi finir. Il m'a répondu qu'il venait... Et il ne sait même pas où tu es ! s'écrie-t-elle.

— Oh ! si, il sait.

J'ai soufflé ça dans un murmure : effectivement, je commence à me sentir mal. Est-ce le fait de revoir Joshua ou celui que je sois peut-être fiévreuse ? Un peu des deux.

— Allez, viens, on quitte le cours. Je te filerai mes notes, promis, me dit-elle en m'aidant à rassembler mes affaires.

Dix minutes plus tard, nous arrivons dans la cour de la faculté et le vent glacial me rafraîchit agréablement. Hayle a bien insisté pour me faire enfiler mon gilet, mais j'ai refusé : j'ai besoin de sentir le froid sur ma peau brûlante. Je m'assois sur une marche et, alors que je m'apprête à l'avertir que Joshua ne viendra pas, je le distingue au loin.

Il est venu.

Lorsqu'il me découvre si peu vêtue, je l'entends jurer.

— Qu'est-ce qui se passe ? demande-t-il avec empressement à Hayle.

Elle lève les deux mains pour le rassurer.

— Elle n'a pas l'air malade, mais elle doit avoir au moins 40 de fièvre, lui explique-t-elle.

Pendant leur échange, je garde la tête baissée : je n'ai pas envie de le voir et de ne plus pouvoir détacher mes yeux de lui. Je n'ai pas envie d'affronter encore son visage dénué d'émotions, je ne le supporterais pas. Sa silhouette entre dans mon champ de vision, et je me fais violence pour ne pas relever la tête. Il s'accroupit et pose sa main sous mon menton, m'obligeant à le regarder. Ses yeux sont brillants, emplis d'émotions contradictoires. J'inspire, tremblante, il est à nouveau l'homme que j'ai appris à aimer.

— Ma puce, il faut que tu voies un médecin, tu ne peux pas rester comme ça.

Il approche ses lèvres de mon oreille pour que Hayle n'entende pas.

— Il vérifiera que ce ne sont pas tes plaies qui s'infectent.

Je tressaille. Mes plaies, pourquoi je n'y pensais plus ? Ah, oui, je ne pensais qu'à lui... Idiote ! J'entends Joshua remercier Hayle de l'avoir appelé puis l'assurer qu'il a la situation en main. Elle m'embrasse et retourne en cours.

Seule face à lui, je frissonne, incapable de me libérer de la peur de le voir disparaître à nouveau derrière un masque d'indifférence. Sans doute l'a-t-il deviné, car il me relève sans un mot et plaque sa main sur ma joue, plongeant ses yeux dans les miens.

— Si ta question est « Vas-tu me laisser tomber ? », la réponse est : « Non, jamais. »

Ses mots suffisent à débloquer quelque chose dans mon esprit, et je me penche en avant pour l'embrasser. Il me répond avec la même fougue, et nous restons ainsi tous les deux, pantelants, de nombreuses secondes. Puis il s'écarte de moi à contrecœur et retrouve la raison ; il me soulève dans ses bras pour me ramener à la voiture. Il est venu avec la Porsche d'Ethan. Il ouvre la portière d'une main et me dépose sur le siège passager.

Il conduit avec douceur, voulant sans doute me protéger des à-coups de la route, et tient ma main fermement enlacée dans la sienne. Nous roulons lentement, comme s'il voulait étirer le temps pour que nous restions ensemble un peu plus. Plus les minutes passent, moins je me sens dans mon état normal. La fièvre commence à me donner la migraine. Quand on arrive à la maison, je me tiens la tête pour supporter la douleur. Je me sens beaucoup trop faible pour marcher, et, sans me demander quoi que ce soit, pour éviter que je refuse,

Joshua m'enlace, me soulève et me porte jusque sur mon lit. Il m'allonge et me déshabille.

— J'espère que papa n'est pas là, dis-je, à bout de forces.

Joshua me sourit et m'embrasse tendrement le front.

— Je l'ai appelé pour le prévenir, il arrive.

— Josh, non, il va te dire de partir, dis-je, désespérée.

— Je ne serai jamais très loin. S'il faut que je prenne un peu de distance pour que ton père me laisse à nouveau t'approcher, je le ferai. Ça ne changera rien pour nous, je suis patient.

Ce que je fais ensuite doit sûrement être provoqué par la fièvre, je l'espère, en tout cas. Je me mets à pleurer devant lui. Je me maudis, mais les larmes coulent tout de même en silence sur mes joues. Je voudrais avoir l'air combative, capable de supporter la distance qu'il est prêt à mettre entre nous, si c'est pour mieux nous retrouver, mais attendre m'est insupportable. J'ai l'impression d'avoir fait ça toute ma vie. J'ai attendu d'être enfin libre de suivre mes études, de rencontrer de nouveaux visages, de me faire des amis, de trouver l'amour. Je n'ai plus le temps d'attendre, je veux vivre ! Je veux être libre et je me raccroche à lui de toutes mes forces.

Car j'ai besoin de lui bien plus qu'il ne peut l'imaginer et j'ai du mal à l'admettre. Ces larmes le lui prouvent et me trahissent. Joshua me rassure et me permet d'accepter les événements avec plus de patience. Le perdre, même pendant quelque temps, c'est accepter de renoncer à cet équilibre qu'il m'apporte. Je ne m'en sens pas la force. Ma faiblesse me fait honte, et je sèche mes larmes d'un revers de main, puis me tourne pour me cacher contre l'oreiller. J'ai honte d'être si fragile et si sensible. Pourtant, j'ai plutôt l'habitude de contrôler mes émotions…

Joshua se plante devant moi sans bouger ; je lève

la tête vers lui. J'ai l'impression de voir sa carapace se fissurer, se décomposer en petits morceaux à mesure qu'il me regarde. Il se baisse pour me saisir délicatement le visage et me plaquer contre son cœur.

— Viens là, ne pleure pas. Je suis là, ma puce.

Il recule légèrement pour voir si mes larmes ont cessé de couler et essuie de son pouce une goutte qui roule sur ma joue.

— Je ne veux pas que tu t'éloignes, Josh...

— Je ne m'éloignerai pas. Ja-mais, articule-t-il.

— Oui, mais tu as peur qu'il ne te laisse plus travailler pour lui si tu n'obéis pas exactement à ses ordres ?

Il lâche un petit rire aigre.

— Perdre mon travail est le dernier de mes soucis, ma puce, crois-moi. À ce stade, si ton père se rendait compte que je continue à te tourner autour, il mettrait les bouchées doubles pour s'assurer que je ne traîne plus dans le coin... Quitte à user de toutes les armes dont il dispose, raille-t-il. En fait, ce n'est pas de mon travail mais de ma vie qu'on parle. Mais je suis prêt à la risquer pour pouvoir continuer à te voir.

Mes yeux s'écarquillent. J'ai cru qu'il décidait de m'abandonner pour conserver son business, mais il est en fait question de sa vie. J'ai du mal à le concevoir, peut-être parce que mon père paraît si charmant avec les membres de sa famille. Pourtant, il oserait sans aucun doute s'en prendre à Joshua si celui-ci décidait de s'opposer à ses décisions. Dans le milieu où il évolue, la violence fait partie du quotidien, et il n'hésitera pas à en user pour intimider l'homme que j'aime, s'il pense que c'est pour mon bien. Il n'est pas question que je laisse Joshua prendre ce risque. Nous devrons être plus malins, plus discrets.

Joshua recule soudain ; je me tourne vers l'entrebâillement de la porte et découvre mon père, le regard dur. Il n'a pas l'air ravi de nous trouver tous les deux dans ma chambre mais il se concentre sur moi et approche du lit d'un air inquiet. Il pose sa paume sur mon front et jure entre ses dents. Encore une première.

— Merci de l'avoir ramenée à la maison, Joshua. Allez chercher le médecin, s'il vous plaît.

Joshua me jette un dernier regard puis quitte la pièce d'un pas lent.

— Il ne peut définitivement pas rester très loin de toi, celui-là, siffle mon père une fois que nous sommes seuls.

— C'est moi qui l'ai appelé. Je sais que tu essaies de me protéger, comme le fait James, mais vous me rendez la tâche plus compliquée, papa. Je tiens à lui, ne pourrait-il pas juste faire partie de ma vie sans que ce soit un drame de plus dans notre famille ?

Je me suis redressée, fière de lui tenir tête alors que je suis si mal en point, et il me sourit faiblement puis me force à me rallonger sur le lit.

— Joshua est un homme très perturbé, Emy, il a eu une enfance difficile, voire très traumatisante, et je ne crois pas que quelqu'un comme lui puisse être à la hauteur de ma fille.

— Il a réussi à rebondir et...

— Je ne veux rien savoir, m'interrompt-il. Il n'est pas fait pour toi et il doit le comprendre.

Je me tais, me rendant soudain compte que, quoi que je dise maintenant, son avis sur la question est déjà établi. Quant à Joshua, il a raison : il faut qu'on s'éloigne. Il n'est pas question que je laisse mon père lui faire du mal pour s'assurer qu'on reste à l'écart l'un de l'autre. Je repose ma tête sur l'oreiller en tentant de dissimuler les larmes qui repartent de plus belle.

Je sens mon père derrière mon dos qui me caresse les cheveux comme lorsque j'étais enfant. Je ne peux m'empêcher de lui en vouloir pour ce qu'il m'impose et je reste mutique jusqu'à ce que le médecin pénètre dans la chambre.

Drew est là, lui aussi ; il accompagne mon père comme nouveau bras droit. Il a pris la place de celui que j'aime, et cette seule faute suffit à réveiller ma colère. J'ai envie de lui cracher à la figure. Décidément, je le déteste, et je vais lui faire payer le fait d'avoir pris la place de Joshua de cette façon. Je le jure, il regrettera d'avoir accepté d'être si près de moi.

Mon père le fait sortir quand le médecin me demande de me déshabiller pour ausculter mes plaies. Il s'applique à désinfecter une nouvelle fois toutes les petites cicatrices puis se tourne vers mon père.

— Je vais la mettre sous antibiotiques, dit-il en lui tendant une ordonnance. Il faut qu'elle se repose et qu'on continue à désinfecter soigneusement les plaies chaque jour.

Mon père le remercie et le guide vers la sortie.

— Drew ira chercher les antibiotiques, tu pourras commencer à les prendre dès ce soir, m'explique-t-il.

Je hoche la tête en silence et me recouche, épuisée.

— Emily ?

Une main secoue légèrement mon bras. J'ouvre les yeux et aperçois la barbe de Drew. Je me tourne pour lui présenter mon dos, pleine de rage.

— Lâche-moi !

— Emily, tes antibi...

— Tu n'as qu'à les bouffer, Drew, ça te fera plus de bien qu'à moi ! dis-je, d'une voix empreinte d'une colère pure.

Je l'entends faire demi-tour et quitter ma chambre. Il n'est pas si tenace que ça, le nouvel homme de main de mon père ! Je me recouche et me rendors.

— Emy ? Réveille-toi, Emy !

J'ouvre les yeux péniblement et cette fois c'est James que je découvre. Ma colère resurgit immédiatement. Je lui faisais confiance et il a tout fait pour pousser

Joshua à la porte de notre maison. Il a refusé notre relation naissante et accepté de poser des caméras à mon insu pour nous piéger. Maintenant que je sais cela, la colère l'emporte sur mes sentiments pour mon frère ; et cette colère, je ne peux plus la contenir, je la laisse se répandre dans mes mots :

— Laisse-moi crever ! Laisse-nous, moi et ma fièvre, j'en veux pas de tes antibiotiques à la con !

Je lui tourne le dos et l'entends jurer. Je sais que ma réaction est puérile et que ces antibiotiques me permettraient certainement d'aller mieux, pourtant, à mes yeux, ces médicaments symbolisent la défaite. La reddition. Les prendre serait leur obéir une fois de plus, ce serait comme me plier à leurs exigences. Or je refuse de le faire. Cette situation est ubuesque, j'en ai conscience, cependant lutter est le seul moyen de lui rendre le mal qu'il m'a fait. Je sens son inquiétude, et je ne ferai rien pour l'apaiser, au contraire.

— Emy, que tu le veuilles ou non, tu prendras ces putains d'antibiotiques !

Je lui réponds du tac au tac d'un ton provocant :

— Tiens donc, et comment comptes-tu t'y prendre ?

Il se lève à son tour et quitte ma chambre. Je referme les yeux, espérant ne plus être dérangée, mais le bruit de ses pas revient si vite que je me lève, affolée. Trop tard : James est sur moi et, la main sur ma mâchoire, il m'oblige à ouvrir la bouche. Je lui crache à la figure, mais il insiste. Je m'apprête à lui donner des coups de pied et des coups de poing, il retient toutes mes frappes désespérées. Je hurle :

— Va te faire foutre !

Ma voix qui s'étrangle semble résonner dans toute la maison. Lorsque je croise son regard, je suis remuée par l'intensité des émotions qui le traversent ; la colère, l'incompréhension, la tristesse, l'inquiétude. Je sais que James m'aime, mais étrangement c'est celui de mes frères qui me le dit le moins souvent. Pourtant, ses sentiments se devinent dans sa façon de me protéger, de s'inquiéter et parfois même dans la colère qu'il n'arrive pas à maîtriser quand je prends des décisions qui lui déplaisent. Il voudrait que toute ma vie soit sous son contrôle, pour se rassurer, et en refusant d'avaler ces satanés comprimés je lui fais comprendre que, quels que soient ses désirs, je resterai libre de faire ce que bon me semble. Ce soir, en somme, j'ai touché une corde sensible de son cœur, et il n'a pu contenir la violence de sa colère.

Soudain, j'entends des pas rapides ; on débarque dans la chambre. Matthew s'interpose et se met devant moi pour éloigner James, fou de rage.

— Qu'est-ce que tu fous, eh, frère ? T'es malade ! hurle-t-il à son tour.

Le visage de James est méconnaissable, empreint de culpabilité. Il semble mesurer la violence dont il a fait preuve tout à l'heure, et c'est plein de rage contenue qu'il quitte la chambre en balançant les médicaments sur ma table de chevet. Il ne me fait pas peur, il me terrifie. J'ai l'impression que si Matthew n'était pas devant moi il pourrait m'enfoncer le crâne, pour des putains d'antibiotiques.

Je me remets à pleurer comme une idiote, mais l'émotion est si forte qu'elle me submerge. Je lui ai tenu tête, ma vie et mes choix m'appartiennent, quoi qu'il en dise. C'est une victoire. Entendant mes sanglots, il passe la tête par l'entrebâillement de ma porte. Sa mine de gros dur se désagrège dès qu'il me voit en larmes, et un air douloureux la remplace.

— Emy ! Seigneur, je suis vraiment désolé, me dit-il.

— Va te faire foutre, James ! Casse-toi, je ne veux plus jamais te revoir !

Son pétage de plombs m'a atteinte plus que je ne veux l'admettre. Je suis secouée de sanglots qui m'empêchent de rester plus longtemps debout et je m'effondre sur mon lit quand Ethan et Drew font leur apparition.

James a l'air de s'être transformé en statue de cire, il est immobile, le visage traversé par toute une gamme d'émotions. Je refuse de les voir et tourne la tête vers Matthew, qui m'aide à me rallonger. Il demande à James de sortir, mais c'est Ethan qui parvient à le faire bouger. Je sanglote.

— Je ne veux plus le voir.

Matthew s'assoit près de moi et me caresse la tête avec douceur.

— Je ne sais pas ce qui lui a pris, Emy, James ne te ferait jamais de mal, tu le sais, ça ?

J'en suis réellement convaincue, et quelque part je regrette d'avoir dû en arriver là pour lui montrer les limites que je veux désormais donner à son autorité. J'aime terriblement James, et malgré tous ses défauts il a toujours pris soin de moi. Mais je dois lui faire comprendre que je suis désormais une jeune femme libre et qu'il ne peut pas décider de tout à ma place. Ce soir, je l'ai poussé à bout, et je m'en veux, mais il était nécessaire de lui faire ressentir ça. Épuisée, je hoche la tête à l'adresse de Matthew et ferme les yeux, sombrant dans un profond sommeil.

Durant la nuit, je ne dors que par intermittence, je me réveille à plusieurs reprises, tremblante et trempée de sueur. J'aurais peut-être mieux fait de prendre les antibiotiques, mais ce qui est fait est fait…

Lorsque le jour se lève, j'émerge difficilement de mes cauchemars et je n'ai même pas la force de me redresser pour regarder l'heure. Tant pis pour la fac, je reste au lit, aujourd'hui. Je me rendors plusieurs fois avant de réussir à attraper mon téléphone portable.

J'ai reçu trois messages. Le premier est de James :

Je m'en veux terriblement, petite sœur, j'espère que tu pourras me pardonner. Je t'aime…

Je ressasse ce qui s'est passé hier soir, pleine de remords. Pourtant, il n'est pas question que je lui réponde. Il doit réfléchir à ce qui s'est produit, sinon toute cette histoire n'aura eu aucune utilité ; je comprends que ma réaction désagréable ait pu l'énerver, mais, à ce point, ça me dépasse.

Le deuxième message est de Hayle :

J'ai eu ton frère au téléphone, il m'a dit que tu serais sûrement absente aujourd'hui. Pas de panique, je récupère les cours et te les apporte dès ce soir. Repose-toi bien !

Je lui envoie un mot rapide pour la remercier et passe au dernier message : Joshua... Je ne sais pas si j'ai la force de l'ouvrir. Qu'est-ce que je vais y lire ? À part qu'il est quelque part au « siège » où l'a envoyé mon père et qu'il ne peut plus m'approcher jusqu'à nouvel ordre, je ne vois pas ce qu'il pourrait m'apprendre, comment il pourrait embellir cette journée déjà assombrie par mon état de santé.

Inspire, expire, Emy. Je finis par ouvrir le message, trop curieuse de savoir ce qu'il a bien pu m'écrire :

Salut, j'ai appris ce qui s'est passé cette nuit avec James. Je suis vraiment désolé et fou de rage. J'espère que tu vas bien. Tu me manques, ma puce…

Les nouvelles vont vite... Je ne sais pas quoi lui répondre. Est-ce que je vais bien ? Clairement, non : je me sens attirée par le fond. Mais est-ce que j'ai envie qu'il le sache ? Encore non. Je récupère mon téléphone et rédige un message :

Tout va bien, ne t'inquiète pas. Passe une bonne journée.

J'envoie le message puis le relis et le trouve vraiment

pitoyable. Dans un accès d'exaspération, je lance mon téléphone contre le mur. L'appareil vole en éclats.

Bon sang ! Qu'est-ce qui m'a pris ? S'il fonctionne encore, ce sera un miracle, me dis-je, en me reprochant mon geste. Je perds la tête, moi aussi. Je me recouche en me promettant de ne plus sortir de mon lit aujourd'hui, histoire de ne pas causer plus de dégâts.

Je me tiens à mon programme. J'ai fini par récupérer les morceaux de mon téléphone et l'ai remonté, mais il refuse de se rallumer. Je suis vraiment idiote : je n'ai plus aucun moyen de garder contact avec Joshua, maintenant.

Ethan passe me voir à midi. Il porte un plateau garni de plats dans lesquels il m'invite à piocher ; c'est très attentionné de sa part, mais je n'avale presque rien. Je finis par prendre ces satanés antibiotiques, « pour ne pas crever d'une septicémie », lui dis-je, la voix rageuse, et il me remercie d'un sourire. J'aurais franchement dû les prendre hier soir, mais ma colère et mon besoin de me frotter à James et de lui faire comprendre ce que je ressentais étaient trop forts. J'ai voulu le punir de m'avoir espionnée et trahie, j'ai voulu lui montrer les limites, et c'est chose faite ; maintenant, autant que j'évite l'infection généralisée...

Le soir venu, Hayle vient me rendre visite comme convenu et m'explique que c'est James qui l'a accompagnée jusqu'ici. Je ne relève pas. Comme elle me parle des jours à venir et du fait qu'elle est toute prête à repasser me donner les cours que je manquerai, je la préviens que je ne serai plus joignable en lui montrant mon téléphone. En deux mots ronchons, je lui explique ce qui est arrivé à l'épave ridicule qui a été mon lien avec le monde. Elle sourit puis me le prend des mains : elle connaît quelqu'un qui pourra le réparer.

Le lendemain, je réussis à me lever péniblement

pour aller en cours, la fièvre a disparu et mes forces me reviennent progressivement.

Le week-end, je ne sors pas de ma chambre et ne croise Drew que lorsque je vais chercher du ravitaillement dans la cuisine. Je ne lui adresse pas une seule fois la parole.

Toute la semaine suivante, c'est lui qui me mène à la fac ; il me dépose et vient me rechercher sans un mot. Il se contente de me saluer et de me dire au revoir poliment, ce qui me suffit amplement.

Les cours sont prenants et de plus en plus complexes, mais c'est ce qu'il me faut : je me plonge dedans pour oublier le reste. Après les cours, je passe mes soirées entières à réviser et à potasser mes livres, m'impliquant à cent pourcent dans mes études.

Je n'ai pas revu James depuis notre altercation, ce qui n'est pas plus mal. Je veux qu'il prenne le temps de bien réfléchir à tout ce qui s'est produit. Et puis je ne suis pas sûre de lui avoir vraiment pardonné son accès de colère, d'autant qu'il m'a quand même fait peur. Enfin, j'ai besoin de souffler ; la semaine dernière a été marquée par un nouvel épisode de violence pour moi, et je dois encaisser. Je n'ai apparemment pas encore la carapace qui protège mes frères ou Joshua : je me tourmente pour Noah et demande de ses nouvelles. D'après Hayle, il a été hospitalisé quelques jours avant de rentrer chez lui ; il souffrait de multiples fractures, mais il a refusé de donner l'identité de son agresseur. Joshua a dû lui faire très peur.

À la faculté, les rumeurs vont bon train et, bien sûr, je suis impliquée dedans. On parle de mon amitié avec Noah, du fait qu'il semble être tombé amoureux de moi. On pense que la bagarre dans laquelle il a été pris à partie est liée à notre relation car on nous a vus ensemble peu avant... Je n'y fais pas attention. Qui croirait qu'une fille comme moi puisse se mesurer à un gaillard de deux mètres de haut et l'amocher de cette manière ? Je suis au-dessus de tout soupçon à ce sujet. Et personne ne connaît l'existence de Joshua, personne ne sait qu'il était sur les lieux au moment de l'agression. Je suis tranquille.

En ce qui concerne Joshua, j'évite tout simplement de penser à lui. Je ne l'ai pas revu depuis ma soirée chaotique et enfiévrée. Je n'ai plus aucun contact avec lui, car je n'ai pas encore récupéré mon téléphone. Je me demande souvent dans quel état d'esprit il envisage la situation et s'il souffre autant que moi de notre séparation. Ça fait déjà une semaine et demie que je n'ai plus de nouvelles de lui, mais Matthew m'a assuré qu'il allait bien.

19

Cette semaine sans Josh m'a semblé durer une éternité. Le vendredi soir, alors que je pensais passer une soirée de plus plongée dans mes révisions, Matthew me rejoint dans ma chambre.

— Salut, Emy ! Je peux entrer un moment ?

— Vas-y.

— Ce soir, on va fêter les trente ans de Will au Delta. Ce serait bien que tu viennes t'amuser un peu avec nous.

— Je ne suis pas sûre d'en être capable. Je t'avoue que je n'ai pas envie de revoir James tout de suite.

— Arrête de te morfondre, Emy. Ça fait des jours et des jours que tu restes cloîtrée dans cette chambre, je te connais assez bien pour savoir que tu es déprimée.

— Si tu le dis...

— Will sera heureux de t'avoir avec nous, tu pourras te soûler pour oublier tes soucis..., dit-il en m'offrant un sourire à la fois mutin et suppliant.

Comme je baisse la tête vers mes cours pour trouver une nouvelle excuse, il insiste en jouant sa dernière carte :

— Joshua sera là.

Je redresse brusquement la tête et lis de la compassion et de la compréhension sur son visage. Je baisse immédiatement les yeux pour feindre l'indifférence, mais il n'est pas dupe, il a repéré mon changement d'attitude à la simple évocation de ce prénom.

— Je sais tout, Emy, et personnellement j'apprécie

trop Joshua pour vouloir t'interdire de l'aimer. Je ne suis pas enchanté que ma petite sœur sorte avec un mec, mais il a l'air amoureux. Depuis que papa vous empêche de vous voir, il est insupportable. Il se montre morose et hargneux avec ceux qui se mettent en travers de son chemin. Ça fait plus d'une semaine, il ne faut pas que ça dure, je t'assure !

Cette fois, je relève la tête et soutiens le regard de mon frère.

— C'est vrai ? Tu ne chercheras pas à me dissuader ? Tu comprends mon choix ?

— Ouais, mais garde ça pour toi, je n'ai pas envie de me faire frapper par James, dit-il en riant.

Pour toute réponse, je me jette littéralement dans ses bras et l'enlace avec plus de ferveur que jamais.

— Merci ! Tu ne sais pas à quel point ça m'aide, de me sentir soutenue, Matthew...

Il pince ma joue délicatement et se relève.

— Va te préparer, on part à 23 heures, dit-il en quittant ma chambre.

Je ne cherche pas à réprimer le sourire éclatant qui se dessine sur mes lèvres. Je vais revoir Joshua ce soir ! Je fais un bond vers mon dressing pour choisir la tenue que je vais porter. Il n'est que 21 heures, j'ai donc deux bonnes heures pour me préparer. Je compte bien me rendre irrésistible pour lui.

Après un soin du visage et des cheveux, je file sous la douche pour confier mon corps à l'eau chaude, qui le détend. Je me sèche et enfile une robe au décolleté affriolant : ma poitrine se laisse deviner sous un évasement plongeant, et mon dos est complètement nu jusqu'à la chute de mes reins. La robe descend juste au-dessus des genoux, et sa couleur noire la rend vraiment très classe. Sexy et classe.

J'entreprends de coiffer mes cheveux soyeux avec le plus grand soin, et les rassemble en un chignon haut.

J'enfile de jolies boucles d'oreilles créoles en or qui mettent en valeur mon cou élancé, et termine en ajoutant un peu de maquillage sur mon visage trop enfantin. Me voilà prête pour faire chavirer le cœur de Joshua.

J'ai mis deux heures, mais ça en valait la peine : mon reflet dans le miroir me plaît. Pour la première fois depuis dix jours, je suis souriante et rayonnante. J'attrape un gilet, les talons que je mettrai une fois en bas pour ne pas tomber dans l'escalier, et je descends rejoindre mes frères. Il est 23 heures.

Will et James sont accoudés à l'îlot central de la cuisine. Mes jambes cessent de fonctionner. Je revois James se mettre dans une rage folle pour me faire avaler ses foutus comprimés et je frissonne. Son visage a l'air détendu, il plaisante même avec Will. Quand il m'aperçoit, son regard change et il hésite une seconde avant de se lever pour me rejoindre.

— Salut, Emy, dit-il en me pinçant la joue.

Je recule instinctivement. Sa bouche se crispe quand il me voit faire.

— Je ne m'en prendrai plus jamais à toi, petite sœur. Je t'en prie, pardonne-moi, dit-il d'une voix douce.

Je hoche la tête imperceptiblement, et son visage se détend au même moment. Avant que j'aie pu dire quoi que ce soit, il m'a déjà prise dans ses bras et inspire profondément.

— Tu m'as manqué, Emy, souffle-t-il à mon oreille.

Je mentirais si je disais que je ne me sens pas heureuse de le retrouver, de lui avoir pardonné et ainsi de lui permettre de revenir dans ma vie. Mais une part de moi lui en veut encore. La partie de mon cœur qui est toute pleine de Joshua, j'imagine. Il n'aurait pas dû me trahir en parlant de nous à mon père. Sans ses manigances, j'aurais continué à bâtir ma relation avec Joshua sans me soucier de ce que cela risquait de lui coûter.

Quand mes frères nous ont tous rejoints au salon,

nous partons pour le Delta. Je remarque que Drew fait aussi partie du voyage, et paraît bien s'entendre avec mes frères. Je ravale ma colère et me concentre sur la route qui défile par la fenêtre.

La voiture garée dans le parking souterrain, un ascenseur nous mène jusque dans la boîte de nuit, où la fête bat déjà son plein. La foule s'amasse sur des pistes improvisées aux quatre coins de la salle. Mes frères marchent devant moi en serrant fréquemment des mains sur leur passage. Je ne reconnais personne parmi tous ces visages, jusqu'à ce que je le voie. Avec une fille, discutant tranquillement à l'entrée du salon VIP. Joshua paraît souriant mais fatigué, il n'a vraiment pas dû dormir beaucoup...

Inspire, expire, Emy ! La jalousie m'étreint jusqu'à ce que je sois assez proche pour reconnaître la fille avec laquelle il discute : c'est Alissa, la copine de mon frère. Mon soulagement est immédiat. Lorsqu'il pose les yeux sur moi, Joshua arrête instantanément de lui parler pour m'accorder toute son attention. Ses bras pendent le long de son corps et je le sens m'appeler par toutes les fibres de son être. Il fourre ses mains dans ses poches d'un geste rapide quand il me découvre, comme s'il voulait les emprisonner un moment, les empêcher d'exprimer son désir profond. Je fais, moi aussi, bonne figure en affichant un sourire superficiel, mais je sais qu'au fond de moi je suis aussi crispée que lui. J'ai envie de lui sauter dans les bras, de l'embrasser et de me presser contre son corps pour me sentir à nouveau en sécurité.

Lorsque nous arrivons à son niveau, je commence par saluer Alissa, qui se jette littéralement dans mes bras. Quelle énergie ! Elle me serre comme si nous étions les deux meilleures amies du monde, puis se rapproche de Will pour lui prendre tendrement la main.

Je me tourne ensuite vers Joshua, qui ne me lâche plus du regard. J'ai le souffle court et mon cœur tambourine dans ma poitrine lorsque je m'approche davantage pour le saluer. Son baiser se perd un peu trop près de ma bouche, et je lève les yeux vers les siens pour remarquer la lueur de désir qui les éclaire. Il lutte contre lui-même pour garder ses distances avec moi, aussi je m'éloigne rapidement pour ne pas gâcher ses efforts. Mais il me retient d'une main sur ma taille. Surprise, je sursaute presque.

— Tu es magnifique, ce soir. Comme toujours, me dit-il.

Puis il relâche la pression de sa main sur mon corps et je recule à la hâte en articulant un « merci » à peine audible. La seconde d'après, il toise Drew d'une manière bien peu amicale ; je ne suis pas la seule à en vouloir à son remplaçant.

Nous entrons un moment dans le salon VIP pour boire quelques verres puis en sortons et rejoignons la piste de danse, dans la grande salle aux cages. Je pars près de la fosse avec Alissa ; Will insiste pour nous accompagner. Nous prenons plaisir à bouger notre corps sous les stroboscopes. Mais soudain l'ambiance change, et une lumière tamisée envahit peu à peu la salle tandis qu'une musique lente, langoureuse, invite au slow : *No Pressure*, de Justin Bieber. Je regarde autour de moi, tous les hommes se mettent en chasse ; je m'affole quand j'en vois un ou deux se diriger vers moi. Hors de question, je ne danserai pas avec des inconnus. Je me tourne vers Alissa, mais elle a déjà posé les mains sur les épaules de Will. Les lâcheurs !

Derrière moi, quelqu'un me tapote l'épaule ; je me retourne, Matthew me fait signe de le suivre. Il a un air mystérieux et content de lui. Je m'exécute sans poser la moindre question. Il me guide vers un coin reculé de la piste de danse, et je distingue dans l'ombre un corps sculpté dans un T-shirt noir. Des bras puissants qui me font signe d'approcher. Un cou musclé, une tête dans l'ombre. Je jette un œil vers Matthew, bouche bée ; il sourit et me pousse pour que je marche plus résolument. L'énergie qui m'envahit quand je le reconnais me propulse directement contre son grand corps ; quand enfin je le touche, je lève la tête pour m'assurer que je ne rêve pas. Mais c'est bien son odeur d'agrumes et de mûre, lorsqu'il referme ses bras autour de moi.

Il m'offre un sourire fatigué en posant son front contre le mien.

— J'ai rêvé de cet instant chaque putain de seconde de cette semaine, lâche-t-il en inspirant bruyamment.

— Moi aussi.

Je lui ai fait cet aveu d'une petite voix empreinte d'émotion.

— Comment ça va, ma puce ? Matthew m'a dit que ce n'était pas trop la forme et que tu avais cassé ton téléphone...

— J'essaie de faire comme toi, j'imagine... Et, pour mon portable, ce n'était vraiment pas très malin de ma part, dis-je, gênée.

— Moi, je me tue au boulot, et ton père est plutôt satisfait de ce que j'engrange, dit-il, pensif.

— Est-ce que je dois craindre que tu puisses m'oublier ?

Il entoure mon visage de ses mains en reculant le sien légèrement. Un sourire rieur vient étirer ses lèvres.

— Comment fais-tu pour être la seule à ne pas remarquer l'état dans lequel tu me mets ? Je t'attendrai in-dé-fi-ni-ment, articule-t-il.

Une boule de sérénité implose en moi et je dépose ma tête contre son torse pour profiter du moment que nous a accordé Matthew. Ses mains se mettent en mouvement dans mon dos ; il me caresse avec une infinie douceur. Son geste nous isole des danseurs, de la boîte, du reste du monde. Il n'y a plus que lui, moi et la musique qui nous fait bouger doucement l'un contre l'autre. Lorsque la chanson se termine pour laisser place à une autre, Joshua attrape ma main et m'emmène un peu plus loin. Il se laisse tomber sur un canapé et me tire pour que je m'asseye sur ses genoux. Il m'attrape les reins pour que je m'approche et m'embrasse avec toute l'impatience qui le traverse. Cet instant est à graver dans la pierre tant il est parfait.

À partir de ce moment-là, nous nous enfermons dans une bulle de douceur et plus rien autour de nous ne semble avoir d'importance. Nous ne prêtons même plus attention aux gens qui passent continuellement et nous contournent pour nous éviter. Je reste à l'abri de ses bras jusqu'à ce que Matthew réapparaisse devant nous.

— Bon, viens, maintenant, sinon ils vont se douter de quelque chose, dit-il en me tirant par le bras.

Je quitte la chaleur du corps de Joshua, non sans regret, et suis Matthew vers le salon VIP, où le reste du groupe est attablé. Avant de m'installer avec eux, je tire Matthew par le bras pour qu'il se mette face à moi et je le remercie d'une accolade émue.

— De rien, petite sœur. Si ce moment peut te redonner un peu le sourire, je suis preneur.

Quand je rejoins mes autres frères, je m'assois et me sers un verre d'alcool fort, histoire de me remettre les idées en place après cet interlude.

La soirée se poursuit dans la bonne humeur, et je me surprends moi-même d'être si détendue et souriante. Mais Joshua ne reparaît pas, et je passe presque une heure à me demander ce qu'il peut bien faire. Au bout d'un moment, je m'approche de la vitre qui surplombe la fosse pour essayer de l'apercevoir discrètement, mais en vain. Matthew passe à côté de moi en me murmurant :

— Il a dû s'isoler pour faire baisser la température...

Il rit en partant, et moi je m'empourpre : quel idiot !

J'essaie de chasser Josh de mon esprit pendant les heures qui suivent, jusqu'à ce que j'entende dans la bouche de James un murmure imperceptible adressé à Will, à côté de lui :

— Josh s'est presque battu à mort avec lui. Dingue ! Si j'avais su, je serais venu voir.

Ma raison me conseille d'ignorer cette information, mais mon cœur dirige mon corps et me conduit face à James, qui baisse les yeux en me voyant approcher. Avant qu'il puisse prononcer un mot, j'ordonne :

— Répète ce que tu viens de dire.

— Tu n'as pas besoin de savoir, Emy.

— Si, et je te le demande : répète !

J'ai hurlé. Il sourit, gêné.

— Rien de grave, une petite baston au sous-sol, il n'y a pas mort d'homme.

Je n'attends pas une seconde de plus et lui tourne le dos. Je me précipite vers les ascenseurs. Je ne sais pas où Joshua se trouve actuellement, mais j'ai bien l'intention de le chercher jusqu'à ce que je le trouve. Coûte que coûte. J'entends James m'appeler, mais je l'ignore et quitte le salon VIP en vitesse. Je cours et appuie avec mon majeur sur le boîtier de l'ascenseur pour qu'il reconnaisse mon empreinte ; lorsque celui-ci s'ouvre, je m'engouffre dans la cabine sous le regard médusé des curieux qui se trouvent devant moi. Avant que la porte ne se referme, je distingue une silhouette qui se jette à côté de moi de justesse. C'est James.

— Je n'avais pas besoin que tu m'accompagnes, frangin, dis-je, la voix plus sereine que je ne le suis réellement.

Lorsque les portes s'ouvrent sur le sous-sol, je bondis hors de l'ascenseur comme une bombe prête à exploser. Autour de nous, le silence. Ce calme apparent ne me dit rien qui vaille. J'avance, suivie de près par mon frère. Pourquoi a-t-il tenu à m'accompagner ? Il n'aime clairement pas Joshua et s'oppose totalement à notre union. Aurait-il décidé de me surveiller plutôt que de m'enfermer ? Mais je laisse ces questions de côté, car l'angoisse qui me serre la gorge devient insupportable, et je l'interroge d'une voix blanche :

— Où est-il ?

— Suis-moi, dit-il simplement.

Nous entrons dans une pièce austère dont je ne remarque aucun détail : ce qui me saute aux yeux, c'est le sang. Beaucoup de sang. Du sang partout, qui couvre le sol. Je réprime une envie de vomir et continue à avancer. La pièce est très peu éclairée ; seule la lumière d'un néon, au fond de la salle, tombe sur une ombre à terre.

Je jette un œil vers James, qui est toujours impassible. Décidément, impossible d'en tirer quoi que ce soit. Qu'à cela ne tienne : la peur qui me taraude est trop forte. Je n'en peux plus, je presse le pas. Je crois même que je finis par courir vers l'ombre laissée pour morte au sol.

Un gros sweat à capuche noir. Mon cœur se serre. Un dos qui paraît en morceaux. Je me sens m'évanouir. Je retourne le corps inerte, pour reconnaître le visage de Drew. Merde. Il est inconscient, couvert de sang et tellement tuméfié qu'on ne distingue que difficilement ses traits. Il respire encore, mais il souffrira sans doute atrocement à son réveil. À le voir par terre si vulnérable, je ne peux m'empêcher de m'en vouloir d'avoir été odieuse avec lui. Il ne m'a jamais rien fait de mal, il s'est toujours comporté avec respect avec moi. Je me tourne vers James et lui demande, affolée :

— Pourquoi vous ne faites rien pour lui ?

— Il se réveillera tout à l'heure, ne t'en fais pas. Il a été un peu sonné, mais il saura quoi faire pour se soigner à son réveil.

Je suis ébahie par si peu de compassion.

— T'es un vrai salaud ! Vous êtes dégueulasses, tous !

Il ricane un moment avant de reprendre son sérieux.

— Emy, Drew ne vit pas dans le même monde que toi. Dans le sien, il doit savoir se relever seul s'il veut se faire respecter.

Je grimace. Rien ne me semble pouvoir justifier une telle violence ni un tel détachement, que ce soit dans le monde normal ou dans celui où évoluent mes frères. C'est Drew. C'est un homme. James ne peut pas se résoudre à le laisser comme ça !

— Il faut le transporter ailleurs, l'allonger, nettoyer ses plaies... Qui lui a fait ça ?

— Je ne suis pas sûr que tu veuilles entendre la réponse.

Pas besoin d'être Einstein pour savoir qu'il parle de Joshua. Que cet homme que je connais intimement soit capable de pareilles choses me fait frissonner. Je me recule pour m'écarter un peu du corps meurtri de Drew. Sa vision m'accable et j'ai du mal à supporter de rester là sans rien faire. Incrédule, j'interroge James :

— Pourquoi aurait-il fait une chose pareille ?

— À cause des rumeurs qu'on balance au siège à ton sujet.

— Qu'est-ce qu'on dit ?

Je ne peux pas croire que Joshua ait infligé autant de coups à Drew pour quelques « rumeurs ».

— Des conneries, Emy, dit mon frère en tournant la tête pour me dissuader d'insister.

Il devrait me connaître, depuis le temps.

— Quelles conneries ? James !

— Drew s'est amusé de certains détails de ton physique avec les hommes de main du siège. Joshua les a bien sûr interceptés et il se montre plutôt... possessif ?

— Quel genre de détails ?

Pas de doute, il tourne autour du pot pour éviter de me dire quoi que ce soit de concret, mais je tiendrai bon. Il fulmine et lâche sans me regarder :

— Il parle de toi et de tes attributs féminins aux collègues.

Je jure et fais une chose des plus idiotes : je m'avance vers Drew et lui mets un léger coup de pied dans le ventre, lui arrachant un gémissement ensommeillé.

James est plié de rire, mais moi je suis enragée et consternée. Quand il finit par se calmer, il dépose son bras autour de mes épaules.

— Si Joshua ne l'avait pas corrigé, tu sais qu'on l'aurait fait à sa place, petite sœur.

Je ne sais pas si je dois ressentir du soulagement de le savoir puni de la sorte. Bien sûr, une partie de moi trouve que la sentence est trop lourde, mais j'ai en même temps la sensation de m'être fait rouler par Drew, et la colère l'emporte pour l'instant sur ma raison. Il s'est moqué de moi et s'est conduit en parfait imbécile.

— Si je comprends bien, il va dégager de la maison ?

— Peut-être bien..., dit mon frère avec un sourire mystérieux.

Sa réponse attise soudain ma curiosité.

— Et qui va le remplacer ?

— On ne sait pas encore, il faut qu'on y réfléchisse, Emy. On remonte ?

— Non, je veux voir Joshua.

James soupire et fronce les sourcils.

— Il a dû aller se désinfecter les mains. Il va revenir quand il sera prêt, OK ?

— OK, on remonte, dis-je, conciliante.

Nous retournons vers la boîte, et je suis soulagée de constater que Josh est déjà revenu et boit un verre au bar. Il a l'air calme et détendu, comme si frapper quelqu'un avait un effet rassérénant sur lui. Je quitte James et pars le rejoindre en m'asseyant sur un tabouret près de lui.

— Où est-ce que tu étais partie ? me demande-t-il

en fronçant les sourcils, comme si c'était moi qui m'étais absentée pendant plus de deux heures.

— Je suis allée faire un tour au sous-sol, dis-je d'une voix légère.

Il ouvre grand les yeux, essayant de deviner ce que je ne lui dis pas.

— Et ? lâche-t-il.

— J'ai rencontré Drew. Il était plutôt dans un sale état...

— Tu ne me feras pas regretter de lui avoir sculpté un nouveau visage, ne te fatigue pas, me coupe-t-il.

— Tu ne ressens donc aucune culpabilité ?

Ma question me fait venir le sourire aux lèvres : après tout, Joshua n'est pas obligé de savoir que je ne me suis pas gênée pour lui remettre un coup de pied après son passage à lui.

— Non, aucune. Qu'il parle de tes fesses et de tes seins à qui veut bien l'entendre ne me plaît pas. Même s'il précise qu'ils sont magnifiques.

Je lève les yeux au ciel, excédée. Quel connard, ce Drew ! Il cachait bien son jeu avec moi. Ce que m'apprend Josh soulage un peu ma conscience : au fond, ça lui servira de leçon.

— Ce n'est pas très élégant, en effet.

— Je ne supporte pas l'idée qu'un homme puisse poser ses yeux de cette façon sur toi, Emy. Tu es à moi, tout entière.

Ses mains sont saisies d'un petit tremblement, et il attrape distraitement le verre d'alcool qui était posé devant lui pour le boire d'un coup sec. Je lui demande alors avec un sourire malicieux :

— Qu'est-ce qui ne va pas, Josh ?

— Ça me tue, de ne pas pouvoir te toucher. Là, tout de suite.

— Il va falloir que tu te battes un peu plus si tu veux récupérer ta place à la maison.

Il rit.

— La perspective de pouvoir à nouveau me glisser entre tes draps le soir peut me donner beaucoup de courage, tu sais.

Je lui tapote l'épaule comme si nous étions deux bons amis et, tournant la tête, il arrête longuement ses yeux sur ma main, le regard équivoque. Lorsqu'il me voit l'observer, il baisse les paupières.

— Putain, je ne vais pas tenir.

C'est à mon tour de rire devant son air douloureux.

— Allez, viens, on va rejoindre les autres, ça t'aidera à te changer les idées.

Le reste de la soirée est très agréable. Mes frères avaient raison : je passe un bon moment avec eux et cela me fait le plus grand bien. On nous apporte un gros gâteau au chocolat, sur lequel trente bougies flambent gaiement. Will les souffle avec enthousiasme puis nous trinquons. Chacun rit, les yeux brillants ; nous sommes détendus et j'en profite pour bavarder un peu avec Alissa. Histoire de faire connaissance.

Elle n'est franchement pas très timide et me dévoile très vite les détails les plus personnels de sa vie avec Will. En cinq minutes, je sais tout de leur rencontre : depuis deux ans déjà, elle travaille dans un bar situé à deux pas du Delta. Elle veut économiser suffisamment d'argent pour reprendre ses études d'esthétique, précise-t-elle avec volubilité. Le soir où elle a aperçu mon frère dans son bar pour la première fois, il était un peu alcoolisé, et seul. Il l'a abordée alors qu'elle lui servait son quatrième ou cinquième verre. Elle reste même un instant songeuse, à essayer de se rappeler le nombre de verres qu'il a bus, comme si ça avait une quelconque importance dans son histoire. Elle est amoureuse, me dis-je.

Et rayonnante : je comprends vite ce que Will a aimé chez elle. Elle n'a rien du portrait-robot des filles qui fréquentent le Delta, et qui sont pour la plupart ternes et vulgaires. Elle m'a l'air très stable, dans sa vie comme dans son esprit, et d'ailleurs elle ne semble pas vraiment au courant de ce que mon frère trafique. Du moins, elle n'en parle pas. Je me garde bien sûr d'y faire allusion, et me contente d'espérer que leur relation pourra fonctionner malgré ces activités et surtout les non-dits qu'elles supposent.

Puis c'est mon tour : Alissa prend le temps de m'interroger sur ma vie, mes études... Elle m'écoute avec un réel intérêt, puis finit par me demander, un peu de but en blanc :

— Tu as un petit copain ?

— Non, personne.

J'ai répondu du tac au tac, car je ne veux pas entrer dans les détails de ma vie privée. Tout y est déjà assez compliqué comme ça. Alissa recule légèrement pour me considérer de haut en bas et elle fait non de la tête.

— Je ne peux pas croire qu'une fille comme toi soit toujours sur le marché amoureux, conclut-elle.

— Je n'ai pas vraiment le temps...

— Il faut le prendre ! insiste-t-elle.

— Mes frères ne me laissent pas beaucoup de liberté, dis-je.

Je ne sais pas pourquoi je lui ai avoué ça et je le regrette immédiatement. Quelle idiote ! Elle ira sûrement le répéter à Will. Je veux qu'on pense que j'ai renoncé à Joshua, que je suis passée à autre chose, pas que je continue à me morfondre en regrettant une histoire interdite. Mais la copine de mon frère semble avoir décidé qu'elle faisait partie de la famille, et qu'elle y serait une sorte de grande sœur pour moi... Elle poursuit, d'un ton maternel :

— Tu as l'âge de prendre ton envol ! J'en toucherai un mot à Will.

Je me fige, me demandant de quoi elle se mêle. Je décide tout de même de lui répondre gentiment :

— Non, s'il te plaît, ne lui parle pas de tout ça. Je vais très bien et je n'ai pas besoin de petit copain pour le moment. Les études de médecine sont suffisamment prenantes, je n'ai pas envie de rater mon année à cause de ce qui pourrait n'être qu'une amourette.

Elle acquiesce, tout en me jaugeant ; elle est maligne et a sûrement détecté mon malaise. Je change de sujet de conversation et nous poursuivons notre discussion un moment sans nous apercevoir que les garçons se sont légèrement éloignés pour discuter.

Nous restons et profitons de la nuit jusqu'à 5 heures du matin. Nous reprenons ensuite la route en direction de la maison. Will suit avec Alissa, et Joshua repart... Je ne sais pas où il va, et ça me ronge.

Lorsque je l'ai embrassé avant de le quitter, il m'a plaquée contre son corps pendant un moment, mais de manière très subtile et complètement invisible aux yeux de mes frères. J'en ai gardé son odeur sur la peau ; il m'a ainsi accompagnée pendant tout le voyage du retour. Même si cette soirée et nos moments à deux étaient beaucoup trop courts, je sais que le revoir m'a requinquée. Joshua m'apaise et sa simple présence m'a fait beaucoup de bien. Arrivée dans ma chambre, je ne prends même pas la peine de me doucher ; je me déshabille, me couche et m'endors, simplement vêtue du souvenir de son parfum.

Je passe le samedi à comater et à dormir pour récupérer les heures de sommeil que j'ai perdues cette nuit. Le dimanche, je me sens déjà beaucoup plus reposée et reprends mes révisions avec détermination. Je ne descends que pour manger.

Le dimanche soir arrive vite. Après tout un week-end

enfermée à réviser, j'ai l'impression que les bienfaits de ma soirée avec Joshua ne sont déjà plus qu'un lointain souvenir. J'ai besoin de ma dose quotidienne, et il me manque terriblement. Heureusement, vers 20 heures, j'ai la surprise de voir Hayle me rendre visite, brandissant tel un trophée mon téléphone portable réparé. Je lui saute presque au cou tant je suis ravie : je vais enfin pouvoir reprendre contact avec Joshua ! Après l'avoir remerciée mille fois, je la laisse repartir avec James. Apparemment, ils ne se cachent même plus devant moi...

Je referme la porte de ma chambre sur eux et m'affale sur le lit, le téléphone en main. Je l'allume et tape immédiatement un message à Joshua, le sourire aux lèvres :

Salut, toi !

Je regarde l'appareil sans ciller, comme s'il allait subitement se mettre à frétiller. Je ris de mon idiotie et le repose sur la couette. À peine trente secondes après, je le sens vibrer et le retourne pour lire :

Salut, poupée, comment vas-tu ?

Je ne sais pas trop quoi lui répondre : ses cinq mots m'ont rendue euphorique ! Il faut que je me calme avant d'écrire, si je ne veux pas avoir l'air d'une folle. Je finis par me décider.

Bien, et toi, beau mec ?

En attendant sa réponse, je consulte mon historique d'appels, et découvre que j'ai plusieurs messages vocaux et une trentaine d'appels d'un numéro inconnu. Bizarre. J'appelle ma messagerie vocale et y entends une voix rauque et dure : Noah.

« Salut, Emily, je voulais que tu saches que je ne t'en veux pas pour tout ça. Je sais que tu ne l'as pas vraiment voulu. Je souhaiterais qu'on discute pour arranger les choses, appelle-moi dès que possible, bébé. »

« Bébé » ? Mais il est con ou il le fait exprès ? crie une petite voix révoltée dans ma tête. Après les coups qu'il a reçus, malgré les fractures dont il souffre, il continue à s'accrocher et à me harceler comme ça ? Il est vraiment malade. Je tremble sans pouvoir m'arrêter. Une partie de moi est effrayée à l'idée de devoir le recroiser à la fac, l'autre a envie d'en découdre.

J'attrape frénétiquement mon téléphone et efface toutes les traces de ses messages vocaux sans même les écouter, puis supprime mon historique d'appels tout en espérant qu'il arrêtera de lui-même de chercher à me joindre. Entre-temps, j'ai reçu deux nouveaux messages de Joshua :

J'irais mieux si j'étais calé dans ton lit contre ton joli petit corps…

Tu ne réponds pas ? Je t'en prie, ne casse plus ce satané téléphone, j'ai besoin de te parler.

Je ris. Ça, c'est sûr, je ne vais pas le casser une nouvelle fois, ça m'a servi de leçon. Je réponds donc :

Non, je casserai autre chose si nécessaire. Ça m'a manqué de ne pas faire l'amour par téléphone…

Quelques secondes à peine et mon téléphone se met à sonner. C'est Joshua. Je décroche :

— Hé, mon message a dû te faire de l'effet pour...

— N'écris pas des trucs comme ça, j'en peux plus, me coupe-t-il.

Je me marre, puis demande, le sourire aux lèvres :

— À toi aussi, ça t'a manqué, de ne plus pouvoir me faire l'amour par téléphone ?

— Non, moi, ce qui me manque, c'est de te faire l'amour à toi en chair et en os.

Je sens une décharge d'excitation vibrer dans tout mon corps. Ses mots ont un sacré pouvoir sur moi. Je reste muette et il reprend :

— Désolé, je suis un homme…

— Non, ne t'excuse pas, je crois que moi aussi ça me tenterait bien.

— Hum…

— Josh ?

— Ce n'est rien, je savoure cette idée.

Je ris franchement. Une fois que j'ai retrouvé mon calme, je l'interroge :

— Qu'est-ce que tu faisais avant que je t'envoie mon message ?

— Pas grand-chose. Je venais de terminer des négociations.

— Ah… Et tu es où ?

J'ai posé la question d'une voix hésitante, soudain curieuse de savoir ce qu'il peut bien faire quand il est loin de moi.

— Dans le Queens. J'étais en route pour retourner au siège quand j'ai reçu tes messages. Ils m'ont donné envie d'entendre ta voix.

— Ne te fais pas braquer dans le Queens.

Il rit.

— Ça ne risque pas, ma puce. Et toi, qu'as-tu fait de ton week-end ?

— Oh… Pas grand-chose, j'ai révisé et j'ai dormi.

— Sacré programme.

— Comme tu dis ! Hayle m'a rapporté mon téléphone tout à l'heure. Je crois qu'elle et James sont ensemble…

— Bon courage à elle, me dit-il avec un sérieux qui me crispe légèrement.

— Pourquoi tu es si dur envers mon frère ?

J'ai beau connaître tous leurs défauts, j'ai horreur qu'on critique mes frères.

— James est... C'est un homme qui s'emporte vite. Et il apprécie beaucoup les femmes.

Sa remarque m'interpelle, aussi je demande :

— Pas toi ?

— Je suis l'homme d'une seule femme.

— Ravie de l'apprendre, dis-je avec un soulagement sincère.

— Je dois te laisser, ma puce, j'ai un double appel. On se revoit bientôt, OK ?

— OK, dis-je, une pointe de déception dans la voix.

— Hé ? dit-il alors que je m'apprête à raccrocher.

— Oui ?

— Je t'aime, ma puce.

Je ne réponds pas et raccroche. Je me rends compte qu'il fait beaucoup d'efforts pour me rasséréner, mais je ne me sens pas encore prête à mettre des mots sur mes sentiments.

Après son appel, je prépare mon sac pour les cours de demain, programme mon réveil et m'allonge dans la pénombre de ma chambre. La lumière de la pleine lune éclaircit légèrement le ciel, et le vent, dehors, fait bouger l'ombre des feuilles sur mon visage. Je m'endors, bercée par le doux murmure du vent qui fait chanter les branches des arbres.

20

Le lundi matin, Logan me dépose devant la faculté et je rejoins seule la salle de cours. J'ai une boule au ventre, comme un mauvais pressentiment que je n'arriverais pas à chasser.

Quand je pénètre dans l'amphi, je repère rapidement Hayle et me détends instantanément. Son sourire et sa bonne humeur me font du bien. Les cours du matin terminés, nous partons manger pas très loin de la fac avec Jerry et Lexie. Je repère Logan, mais il reste à bonne distance de nous et je peux profiter de mes nouveaux amis dans la bonne humeur.

Je reçois un message de Joshua au cours du repas :

Tu ne peux pas manger sur le campus, comme avant ?

Je soupire.

Non, j'en ai marre des sandwichs.

Ma réponse est stupide, mais sa question l'est tout autant. Il doit être de mon avis, car jusqu'à la fin de notre repas c'est le silence radio.

Une fois seule avec Hayle, je tente d'en savoir plus sur sa relation avec James. Ma curiosité me démange, mais elle me répond à demi-mot que rien n'est fait, qu'ils s'apprécient bien, que c'est tout. Je dois admettre que je ne suis pas mécontente du choix de James. Hayle est vraiment une fille super. Les taches de rousseur qui s'étalent sur ses pommettes lui donnent un charme fou. Sa longue chevelure brune et soyeuse encadre avec perfection son visage aux grands yeux en amande. Elle est jolie. Mais sa véritable beauté est intérieure, et transparaît dans chacune des expressions de son visage : Hayle est généreuse, bienveillante, pétillante, et surtout tellement drôle ! C'est elle qui risque d'être déçue, si elle découvre un jour la véritable nature des activités de mon frère...

À la fin de la journée, la boule d'inquiétude qui me rongeait le matin a disparu et je repars sereine vers la sortie de la fac, mon amie à mon bras. Le Range Sport HSE de mon père est déjà garé et m'attend. Je jette un sourire à ma copine pour lui dire au revoir, et je vois Noah, derrière nous, qui s'avance, l'air nonchalant. Prise d'une panique soudaine et irrépressible, je tourne le dos et hâte le pas pour m'engouffrer dans la voiture. Une fois assise, je respire et glisse un œil par la fenêtre : Hayle est toujours debout, figée après mon départ précipité, le visage contracté par l'incrédulité.

Quant à Noah, il s'est arrêté, et s'est tourné pour regarder dans ma direction. Il ne peut pas me voir derrière les vitres teintées du véhicule. J'ai beau le savoir, je suis mal à l'aise, car il esquisse un petit sourire malsain.

La fermeture automatique de la voiture s'enclenche. Je sursaute. Me tournant vers Logan, je m'apprête à lui demander pourquoi il a fait ça, mais je m'aperçois que ce n'est pas Logan qui est assis derrière le volant. Je me fige et ne réagis pas immédiatement, continuant d'observer le conducteur inconnu avec sidération.

J'ai la certitude de l'avoir déjà croisé quelque part. Mais où ? Il ne porte qu'un débardeur alors que nous sommes en plein hiver, et un jean taché de sang. Merde, du sang ! Je remonte les yeux le long de son torse. Il doit avoir la cinquantaine passée mais semble vraiment bien conservé ; ses muscles sont affûtés, dessinés précisément sur ses avant-bras, et le rendent encore plus inquiétant. Et puis il est tatoué de la tête aux pieds ; pas une parcelle de peau ne semble avoir été épargnée par l'encre noire, et des figures terrifiantes s'épanouissent sur ses bras.

Oui, je l'ai déjà vu. Les images me reviennent brutalement en mémoire lorsque j'aperçois une forme géométrique sur le lobe de son oreille. Il était assis dans la salle du restaurant où j'ai déjeuné l'autre jour avec mes camarades. Logan l'avait repéré lui aussi. Je me souviens de ses yeux insistants et du malaise que j'avais ressenti en croisant son regard. Je n'ai aucune idée de ce qu'il peut bien me vouloir, mais ce souvenir me laisse croire qu'il me suivait depuis quelque temps déjà, qu'il a prémédité son coup, pris le temps de m'observer et de s'informer. Je frissonne.

Nos regards se croisent dans le rétroviseur ; il me jauge de la même manière que moi, à la différence qu'il esquisse un sourire victorieux tandis que mes yeux s'écarquillent sous l'effet de la peur. Il fait démarrer la voiture, accélère en trombe et je me retrouve scotchée à mon siège, incapable d'articuler le moindre mot. Au bout d'une minute de combat intérieur, je finis par articuler :

— Qui êtes-vous ?

— Ton pire cauchemar, dit-il sans cesser de regarder la route.

Je n'arrive plus à avaler. Je n'ai pas la force d'en demander plus, ni qui il est, ni où il m'emmène, ni même ce qu'il compte faire de moi. J'ai envie de crier, mais aucun son ne sort de ma bouche. Je me retourne vers la banquette arrière : elle est vide. Dans un sursaut de courage, je réussis à m'y glisser, enjambant rapidement le levier de vitesse. Le véhicule est lancé à toute allure et j'ai fait vite ; en pleine circulation, le type ne réussit pas à lâcher le volant pour me retenir.

Une fois assise à l'arrière, je saisis mon téléphone en me glissant juste derrière le siège du conducteur : ainsi, mon agresseur ne peut pas facilement m'attraper. Je tape précipitamment un message pour Joshua :

Help

J'appuie ensuite sur la touche « Envoyer ». Le message est-il parti ? Je n'en sais rien, car je suis brusquement plaquée contre la portière. En moins de trois secondes, je lâche mon téléphone, suffoquant sous l'effet de la surprise et du choc. Comme il ne parvenait pas à me toucher, l'homme a fait faire des embardées à la voiture pour me projeter contre les parois et me neutraliser.

Il s'est arrêté et, à genoux sur le siège conducteur, il me fait face. Il passe ses mains autour de mon cou et serre, pas assez pour que j'étouffe, mais suffisamment pour que je panique encore plus. Je suis coincée contre la vitre et ses mains calleuses bloquent partiellement ma respiration. Je suffoque.

Je regarde derrière lui : nous sommes toujours en plein milieu de la circulation, à l'arrêt. Les voitures bloquées derrière nous sont obligées de nous contourner en klaxonnant. J'ai envie de vomir tant la panique me tord l'estomac. L'homme me serre si fort que je ne peux plus bouger. Mon cou est bien trop frêle pour ses mains puissantes, et j'ai peur de ne pas tenir bien longtemps.

— À partir de maintenant, tu vas être très, très obéissante, ma jolie.

Ma voix reste bloquée dans ma gorge ; il sort quelque chose de sa poche. Une seringue. Il la plante d'un geste brusque dans mon bras. Je lâche un cri de terreur, mais je ne peux rien contre les fourmillements qui envahissent peu à peu mes membres. Mes paupières deviennent lourdes, et je lutte plusieurs secondes pour rester éveillée. En vain : je finis par sombrer dans l'inconscience.

— J'ai même pas eu besoin de la forcer pour qu'elle grimpe dans la voiture. Elle s'est fait avoir comme une débutante, ricane une voix masculine près de moi.

Le ronronnement d'un moteur couvre légèrement la voix. Suis-je encore dans la voiture ?

Mes derniers moments d'éveil me reviennent d'un coup et je tressaille. Mes questions aussi : Putain ! Qui est ce type ? Qu'est-ce qu'il me veut ?

Je suis assise dans un siège plutôt confortable, mais je ne peux pas bouger les mains. J'ouvre les yeux et découvre des menottes autour de mes poignets ; elles sont solidement fixées aux accoudoirs d'un fauteuil. Je regarde autour de moi et constate que je ne suis plus dans la voiture de mon père mais dans un avion. Je gémis un peu trop fort, et l'homme qui est assis devant moi se retourne. Un petit sourire mauvais étire ses lèvres.

— Revoilà la Belle au bois dormant !

— Qu'est-ce que vous me voulez ? demandé-je d'une voix pâteuse.

Je ne suis pas sûre d'avoir véritablement envie de connaître la réponse.

— Oh ! rien. Une vengeance, une simple vengeance.

— Je ne vous ai rien fait. Laissez-moi partir, s'il vous plaît. Je vous en supplie.

L'homme ricane et agrippe mes joues d'un geste agressif.

— Toi, non, mais eux oui.

J'imagine qu'il fait référence à mes frères. J'ai la certitude à présent que je ne sortirai pas indemne de tout ça.

— Qu'est-ce que vous comptez me faire ?

Il sourit en faisant glisser son doigt le long de mon visage.

— Si tu te montres coopérative, j'essaierai d'épargner ton beau visage. Je ne peux pas te promettre de ne pas toucher à ton joli corps, en revanche.

Putain, il me dégoûte ! Cette peau entièrement tatouée, ce visage recouvert de tatouages et ces yeux injectés de sang... On dirait un monstre tout droit sorti de l'hôpital psychiatrique. Je suffoque.

Calme-toi, Emily. Inspire. Expire.

J'ai eu une belle vie, me dis-je pour concentrer mon esprit sur quelque chose et cesser de paniquer. Un peu courte, c'est vrai, mais belle tout de même. Je n'ai rien à regretter. Mais d'un coup je pense à ma mère : je refuse de finir comme elle. Or, si je perds mes moyens, je suis morte. Je dois me montrer maligne ; je dois observer, retenir et emmagasiner tout ce qui pourrait m'aider à me tirer de cette situation.

Je promène les yeux autour de moi. L'homme et moi ne sommes pas seuls dans cet avion : des mèches de cheveux dépassent des sièges devant nous. Les coupes courtes m'indiquent qu'il s'agit de deux hommes.

Un jet privé. Nous sommes dans un jet privé dernier cri, et la vitesse à laquelle nous naviguons sans doute, là-haut dans le ciel, ne fera que compliquer la tâche de mes frères, et allonger le temps qui leur sera nécessaire pour me retrouver. À l'heure qu'il est, ils doivent tout faire pour cela, mais ce sera difficile...

Ceci dit, j'ai un avantage incontestable sur ce type : la puce que j'ai dans le bras permettra de me localiser avec précision. Si tout se passe comme prévu et si leur système de surveillance fonctionne, mes frères doivent déjà être alertés de mon départ, et mon message à Joshua a sûrement précipité les choses. Je suis certaine qu'ils ont vite réagi. Je l'espère, du moins.

On dit qu'après un enlèvement les premières heures sont cruciales. J'imagine donc que c'est très exactement maintenant que va se jouer ma vie. Je dois par conséquent gagner du temps et me poser les bonnes questions.

— Que vous ont-ils fait, mes frères ?

Il s'esclaffe.

— Ils ont brisé la vie de mon fils cadet en mettant fin à celle de mon fils aîné, dit-il sans ciller.

Merde, c'est plus grave que je ne l'avais envisagé. Je garde la tête froide : je ne suis pas coupable, je n'étais au courant de rien.

— Vous savez que, jusqu'à il y a très peu de temps, je n'étais même pas au courant de leurs agissements ?

Je pose ma question avec l'espoir que la révélation qu'elle comporte pourra atténuer sa haine contre moi.

— J'en ai rien à faire. Tu partages le même sang que ces bâtards, et, ce sang-là, j'ai besoin de le faire couler, ça me démange. Et puis te faire souffrir c'est les atteindre, et c'est eux que je veux voir plier sous mes coups. Même si c'est à travers toi.

Ça ne s'annonce pas bien du tout...

— Où sommes-nous ?

— Dans le ciel. On quitte les États-Unis pour les tropiques, là où personne ne te retrouvera...

— Qu'est-ce que vous avez fait à Logan ?

— Je l'ai tué, ce fils de pute.

Je tressaille. Merde, Logan. C'est l'homme de main de mon père mais aussi l'un de ses plus fidèles amis, et je le connais depuis mon enfance. Des larmes me brûlent les yeux. Le type les voit et ricane encore une fois. J'ai envie de le frapper et de lui faire avaler sa langue pour ce qu'il a fait, mais pour le moment il faut que je trouve un moyen de lui échapper, sinon je finirai comme Logan. Il n'y a plus vraiment de doute là-dessus : il est prêt à tout pour punir ma famille. J'inspire un bon coup pour ravaler mes sanglots et mon chagrin. Ce n'est pas le moment de se morfondre.

— J'ai besoin d'aller aux toilettes, s'il vous plaît, demandé-je d'une voix suppliante.

Il me jauge, évalue la situation un moment, puis

ouvre les menottes qui me retiennent au fauteuil, et me pousse brutalement vers l'avant de l'appareil.

— Si tu tentes quoi que ce soit dans ces toilettes, tu le paieras, me prévient-il.

Je hoche la tête et entre dans la minuscule cabine en verrouillant la porte derrière moi. Après m'être soulagée, je rince mon visage dans le petit lavabo et bois un peu d'eau pour tenter d'évacuer ce goût amer qui persiste dans ma bouche, celui du produit qui m'a endormie, sans doute. Un coup d'œil dans le miroir me fait voir que je suis bien plus pâle qu'à mon habitude ; mes yeux écarquillés sont méconnaissables. Il faut que je me ressaisisse, je dois trouver la force de garder la tête froide pour prendre, le moment venu, les bonnes décisions, celles qui s'imposeront.

Après avoir arrangé mes cheveux, j'ouvre le verrou. L'homme m'attend toujours, posté devant la porte. Il m'observe quelques secondes comme pour vérifier que je n'ai rien fait d'anormal puis me raccompagne jusqu'au fauteuil. Il me presse pour que je me rassoie et rattache mes liens. Je reste silencieuse tout le reste du voyage, malgré la faim qui me tenaille.

Alors que je tente une fois de plus d'imaginer ce que mes frères sont en train de faire pour me retrouver, je m'aperçois que l'avion a déjà amorcé sa descente. Le poids de mon corps semble multiplié par dix ; je n'ai jamais vraiment apprécié cette sensation, je suis plutôt nerveuse en avion, mais ce coup-ci je prierais presque pour que l'appareil n'arrive pas à destination. J'ai bien trop peur de ce que l'on va me faire après.

Une fois le jet posé, on rabat un foulard sur mes yeux pour entraver ma vue avant de détacher mes menottes. Lorsque je quitte l'appareil, une chaleur écrasante s'abat sur moi, étouffante. On me pousse brutalement, et je m'engouffre très vite dans ce que je crois être une voiture. Je suis d'une docilité affligeante ; une parfaite prisonnière...

Nous roulons pendant plus d'une heure sur une route qui doit être défoncée tant la voiture est secouée. Personne ne m'adresse la parole, mais j'entends une radio en bruit de fond ; on y joue une musique un peu reggae. Est-ce du Bob Marley ? Oui, je crois bien. Si c'est la musique locale, alors j'ai une petite idée de l'endroit où nous nous trouvons. C'est le pays de mes ancêtres. Je rêvais d'y mettre les pieds un jour, mais j'étais loin d'imaginer que ce serait dans de telles circonstances.

Lorsque nous nous arrêtons, on me tire sans ménagement hors de la voiture et on me pousse pour que j'avance. J'ai beaucoup de mal à marcher, car le bandeau sur mes yeux m'empêche d'y voir, et je bute plusieurs fois sur de gros cailloux qui jonchent le chemin. Je finis même par tomber et me blesser les mains en tentant de me rattraper dans ma chute. Autour de moi, on ricane, mais je ne prête pas attention à ces moqueries, c'est vraiment le cadet de mes soucis.

Je continue d'avancer jusqu'à ce que la lumière du jour, qui filtre à travers le tissu du bandeau, faiblisse un petit peu et que la température se fasse plus fraîche. Nous sommes sûrement entrés dans une maison. On me fait descendre un escalier, et la chaleur s'atténue encore un peu lorsque j'arrive en bas. Mon bandeau est brusquement arraché et on me pousse dans une pièce sombre. Une seule petite fenêtre protégée par des barreaux éclaire mal la pièce vide aux murs couverts de parpaings bruts. La décoration n'a pas dû peser bien lourd dans le budget des propriétaires, me dis-je. Je me force à rire pour dédramatiser la situation et tenter de retrouver un peu de mes moyens.

Le type au tatouage me lance un regard mauvais, ce qui a le mérite de me faire immédiatement retrouver mon sérieux. Je sursaute lorsqu'il s'éloigne et quitte la pièce en refermant d'un coup sec, derrière lui, une énorme porte blindée.

Un petit matelas a été grossièrement jeté dans un coin de la pièce, sans drap ni couverture. Un seau blanc gît, renversé sur le sol, de l'autre côté. Les toilettes ? Cette fois-ci, je ne peux m'empêcher d'éclater de rire, un rire nerveux qui libère la totalité des émotions qui me traversent.

Une fois calmée, je m'allonge en boule sur le matelas et je laisse mes larmes prendre le dessus. Je n'ai aucune idée de l'heure ni de la date, je sais juste que le soleil brille et que nous sommes donc en plein milieu de la journée, ici.

Je repense à mes frères, à Joshua et à mon père. J'ai peur de ne plus jamais les revoir. La mort de ma mère a détruit une partie de notre cœur, et je sais que ma mort pourrait anéantir le peu de bonté qu'il reste aux hommes qui m'entourent. Je ne veux pas que ça leur arrive.

Je finis par m'endormir en me remémorant tous les moments joyeux qui ont comblé ma vie jusqu'à présent et en me promettant silencieusement qu'il y en aura d'autres.

Je suis réveillée par le grincement de la porte en fer qui s'ouvre sur un visage que je connais bien. Je me redresse pour m'asseoir et tenter de me remettre les idées en place. Je relève la tête une nouvelle fois pour m'assurer que ce que je vois est bien réel, quand Noah attrape mon bras d'un coup sec pour me soulever.

— Putain, qu'est-ce que tu fous là ?

— Ne sois pas si nerveuse ! On m'a invité à venir te tenir compagnie, ça ne te fait pas plaisir ?

Je fais de mon mieux pour raccorder sa présence avec les autres pièces du puzzle ; en vain. Je me sens un peu plus perdue encore, si c'est possible.

— Noah ! Qu'est-ce qui se passe ? Tout ça a un rapport avec toi ?

— Hum, tu es bien curieuse, tout à coup.

Je ne lui réponds pas, j'attends qu'il poursuive. Au lieu de ça, il me plaque contre le mur froid en passant son doigt sous le col roulé de mon pull.

— Tu n'as pas trop chaud, avec tous ces vêtements de laine ? Ici, tu n'en auras plus réellement besoin, tu sais.

Je baisse les yeux et vois son doigt remonter le long de ma joue. Sa main poursuit son chemin vers mes cheveux et il les tire d'un coup sec, me faisant lâcher un petit cri de douleur.

— J'aime t'entendre gémir, dit-il d'une voix grave et assurée.

Je grimace. Maintenant que les masques sont tombés, je ne ressens définitivement plus que du dégoût pour lui. Ma réaction ne fait que l'énerver davantage, et il me gifle de toutes ses forces. J'en tombe à la renverse et recule instinctivement vers le mur derrière moi pour me mettre à l'abri. Il ricane, puis se retrouve à nouveau près de moi. Il s'accroupit et me fixe de ses yeux clairs.

— J'ai cru que tu tomberais amoureuse de moi. Je t'aurais sûrement évité bien des souffrances si tu avais fait le choix de m'aimer moi plutôt que ce mec bodybuildé, crache-t-il.

Je l'interroge, incrédule :

— C'est pour ça que je suis ici ?

Je croyais que ça avait un rapport avec ce que mes frères avaient fait à la famille du mec tatoué...

— Non. Tu es là pour qu'on punisse tes frères d'avoir tué le mien.

Je tressaille. Je ne suis pas sûre d'avoir bien compris ce qu'il me raconte là.

— Tu veux dire que depuis le début...

— Oui, tout était prévu : le supermarché, le magasin et la fac. On ne s'est pas rencontrés par hasard. C'était ma mission. Entrer en contact avec toi pour réussir à t'éloigner d'eux.

— Alors tout était faux entre nous ? Nos longues discussions, cette attirance que tu semblais ressentir, nos fous rires ?

Il reste très sérieux et caresse ma joue, plus tendrement, cette fois. Sa réaction m'étonne.

— Tout était vrai, au contraire. De mon côté, en tout cas. Je crois même être tombé sous ton charme. Mais tu m'as menti et tu t'es jouée de moi, comme l'ont fait tes frères avant toi. Malgré tous mes efforts pour te séduire, tu as préféré en choisir un autre !

Il attrape ma mâchoire et la comprime entre ses mains. La douleur se développe en vrille dans tout mon crâne et s'insinue jusque dans mes os. Noah paraît sans limites, et sa rage peut de toute évidence le conduire à me torturer. Je vais devoir être diplomate. Je lâche, dans l'espoir de le radoucir un peu :

— Je ne mentais pas, je t'aimais bien, Noah.

Il me sourit et attrape mon bras pour me relever et me hisser face à lui.

— Tu serais prête à quoi pour me le prouver ? demande-t-il en me sondant de haut en bas.

— À tout.

Immédiatement, je regrette ma réponse. Je refuse qu'il pose ses mains sur moi, il me dégoûte. Son physique avantageux ne suffit plus à dissimuler la laideur de son âme. La mâchoire crispée, les sourcils froncés, il n'a plus rien du Noah jovial que j'ai rencontré il y a quelques semaines et que je croyais apprécier. Il est l'opposé de ce que je m'étais imaginé : calculateur, manipulateur, menteur et perfide.

Ma réponse le satisfait pourtant, et il m'adresse un sourire plein de promesses. Je ne parviens plus à masquer les tremblements qui parcourent mon corps, et ne me maîtrise plus. Quand il s'approche encore, je me sens hypnotisée, sous l'emprise de son regard carnassier, et je recule un peu plus vers le mur glacé.

— Retire ce pull, Emily, ordonne-t-il.

Je suis absolument incapable de bouger et reste immobile, les bras ballants.

— Ne fais pas la timide, me dit-il en relevant le bas de mon pull vers mon visage d'un geste bien trop pressant.

Je me décale vers la droite pour lui échapper, mais il agrippe mes hanches avec violence et se poste devant moi à nouveau, un petit sourire étirant ses lèvres charnues. Tandis que son bassin m'immobilise, il continue de soulever mon pull.

— Tu ne peux pas t'enfuir, cette fois, bébé.

« Bébé » ? Il recommence à me donner ce surnom à la con ! J'ai envie de lui cracher à la figure, mais je me retiens. Cette fois, je suis seule face à lui. Ni James ni Joshua pour venir à ma rescousse. Agitant mes bras, j'essaie de me débattre, mais il attrape mes poignets d'une main et de l'autre passe mon pull par-dessus ma tête.

Inspire. Expire.

Il laisse retomber le pull par terre, et je me retrouve en débardeur devant lui. Il s'octroie une pause pour loucher sur ma poitrine. La température a dû chuter d'au moins dix degrés, et je frissonne.

Soudain, il tire sur mon bras sauvagement et m'allonge à même le sol. Ma tête heurte le ciment et je pousse un gémissement.

— Hum, j'aime ce son, dit-il.

J'ai envie de le frapper ! J'ai envie de l'étriper de mes propres mains, mais je ne pourrai pas venir à bout de lui, il est beaucoup plus fort que moi. Il faut plutôt que je réussisse à le manipuler pour qu'il m'épargne. Je dois trouver le moyen de laisser à mes frères le temps de venir me chercher...

Lorsqu'il me lèche la joue, puis descend dans mon cou et s'attarde sur ma clavicule, le dégoût que je ressens est à son comble. Je le repousse légèrement par les épaules, et il se crispe instantanément. Son visage se durcit sous l'effet d'une colère à peine voilée. Il attrape mes hanches et les plaque au sol avec force pour m'immobiliser à nouveau. C'est douloureux et très frustrant d'être ainsi dominée par un homme que l'on hait.

Lorsque j'arrête enfin de le repousser, à bout de forces et ne pouvant plus résister, il dépose ses mains autour de mon visage, m'emprisonnant encore plus sous le poids de son corps. Je sens alors son excitation monter dans son jean. Il faut que je réussisse à m'échapper au plus vite !

Je regarde frénétiquement autour de moi. La porte en fer est restée entrouverte. Erreur de débutant, Noah ; une erreur que je vais te faire payer.

Je l'empoigne par les épaules dans un geste tout à fait sensuel et il me lance un regard satisfait mais étonné. Ma main glisse derrière sa tête en caressant sa nuque et le force à rouler pour se mettre sur le dos à son tour. Je le chevauche à présent et me penche pour l'embrasser langoureusement. Il se perd complètement dans notre baiser. Ses mains se posent sur mes fesses, et il resserre son étreinte pour que je balance mes hanches d'avant en arrière sur sa taille. Je m'exécute d'un mouvement de bassin adroit qui semble l'exciter encore davantage. Il est dur sous mon corps et ses yeux se voilent de désir.

Il est à ma merci, je le tiens. D'un bond, je me redresse, profitant de ce qu'il a perdu le contrôle de lui-même pour me lever en repoussant ses mains baladeuses ; je lui lance un coup de pied d'une violence inouïe entre les jambes. Instantanément, il se tord de douleur et me hurle des insultes.

Je ne demande pas mon reste et pars en courant de toutes mes forces vers la porte, l'ouvrant d'un coup. Je remonte l'escalier avec prudence. Je ne dois pas me faire repérer si je veux fuir cette maison au plus vite. Sinon, je risque de passer un très sale quart d'heure.

Je suis surprise de ne croiser personne qui monte la garde près de la porte d'entrée. Noah a commis l'erreur de venir me voir alors qu'il était seul dans la maison. Son attirance pour moi est décidément sa faiblesse : pour la deuxième fois, elle lui a fait oublier les règles élémentaires de la prudence... Je réussis à tourner le verrou de la porte d'entrée et me retrouve dans un petit jardin coquet et verdoyant. Je cours à perdre haleine pour m'éloigner de la bâtisse quand j'entends hurler derrière moi :

— Je vais te rattraper et, crois-moi, je n'aurai plus aucune pitié pour toi, bébé !

Merde, il s'est relevé bien plus tôt que prévu, j'aurais dû le frapper plus fort avant de quitter les lieux, pour m'assurer qu'il reste à terre plus longtemps. Je comprends mieux maintenant la hargne de Joshua ou de mes frères face aux hommes à terre qu'ils ont passés à tabac.

Tout va très vite alors. À ma droite, un champ de canne à sucre ; là-bas, il aura plus de mal à me retrouver. J'en prends la direction en tentant d'oublier mes poumons qui me brûlent à force de respirer si fort.

J'entends les pas de Noah qui se rapprochent quand je m'engouffre dans le champ. Je cours si vite que je ne contrôle même plus les mouvements de mes jambes. Je change régulièrement de trajectoire, tournant à angle droit pour qu'il ne me retrouve pas entre les cannes qui me recouvrent tout entière. Les feuilles me giflent le visage, elles lacèrent ma peau, mais je ne m'arrête pas. La voix de Noah qui jure me paraît de plus en plus lointaine.

Je crois que je cours depuis plus d'une heure. Je sors du champ et me retrouve face à deux gros bœufs surpris de me voir. Devant moi, une route déserte. Je préfère la longer en restant à distance, pour ne croiser personne, et m'engouffre dans une forêt à la végétation tropicale luxuriante.

J'ignore combien d'hommes appartiennent à l'équipe du tatoué et ont été lancés à ma poursuite. Mais, à voir leur jet privé aussi luxueux que sophistiqué et l'endroit où ils me retiennent, de toute évidence un domaine de plusieurs hectares, j'imagine qu'ils n'ont absolument aucun problème d'argent. Autant dire qu'il doit y avoir du monde à mes trousses.

Je crois que je n'ai jamais autant couru de ma vie. À bout de forces, je m'effondre au bord d'une petite rivière. Je suis en nage, alors, sans réfléchir, je plonge la tête la première dans l'eau. Elle est très fraîche et me fait un bien fou. Je patauge quelques minutes en buvant de grandes gorgées pour me réhydrater. Je sors enfin et m'allonge sur un rocher pour me sécher avec les derniers rayons du soleil.

Quand la nuit tombe, mon ventre se tord de douleur tant j'ai faim, mais la fatigue prend le dessus et je finis par m'endormir au bord de l'eau, allongée à même les cailloux.

Quand l'aube me réveille, j'ai des courbatures dans tout le corps et j'ai froid, terriblement froid. La température est nettement descendue durant la nuit, ce qui ne m'a pas empêchée de dormir profondément. Je me redresse péniblement et m'assois en me frottant les bras pour tenter de me réchauffer un peu. Tout est calme autour de moi, et je prends quelques minutes pour considérer la situation. Il faut que je réussisse à contacter mes frères. Et à manger, car mon ventre ne cesse de gronder ! Je me lève et longe la rivière un moment puis décide de remonter vers la route. Il me faut un temps fou pour la rejoindre, ce qui tend à prouver que j'ai couru comme une folle, longtemps et très loin, hier soir.

Une fois à proximité de la route, je marche un long moment. Tout à coup, j'entends une petite voiture s'approcher derrière moi. Je lève le pouce pour faire du stop, la gorge immédiatement nouée par l'angoisse : et si au volant se trouvait un de mes poursuivants ? Mais je n'ai pas vraiment le choix, je dois courir ce risque : il faut que je mange et que je téléphone à mes frères. La voiture ralentit, et la vitre côté passager descend lentement, dévoilant le visage d'une conductrice, une femme d'une quarantaine d'années.

— Tout va bien ? me demande-t-elle dans un anglais teinté d'un accent typiquement jamaïcain.

Je lui souris, autant par soulagement que pour la rassurer, car elle semble à deux doigts de me laisser là.

— J'ai besoin d'aide pour retrouver ma famille. Auriez-vous un téléphone portable, s'il vous plaît ?

La femme est restée, elle m'écoute. J'admire même son courage lorsqu'elle me tend son téléphone sans ciller. Je la remercie et m'apprête à composer le numéro de James quand j'entends une seconde voiture qui roule vers nous en trombe.

Je tourne la tête et distingue un énorme 4x4 noir lancé à toute allure et qui freine brusquement au niveau de la voiture de la femme, près de laquelle je me tiens. Mon sang ne fait qu'un tour. Je lance le téléphone par la fenêtre de la portière pour le rendre à sa propriétaire, et jette un dernier regard vers le 4x4. Ses vitres teintées sont lourdes de menaces. Les portes avant s'ouvrent avec brutalité. Deux hommes très grands, très musclés sortent du véhicule. Ils ont les cheveux longs tenus par des locks, et leur regard perçant ne me quitte pas. Aucun doute : je suis dans leur viseur. Et dans la merde jusqu'au cou.

Je leur tourne le dos et me mets à courir à toute vitesse vers la rivière. Je saute par-dessus les racines et enjambe les branches basses de justesse. J'entends crier mon nom et j'accélère au point de ne plus maîtriser aucun des mouvements qu'exécute mécaniquement mon corps. Je suis branchée en mode « instinct de survie ». Je finis pourtant par trébucher sur un morceau de bois et me retrouve à terre aussi sec. Je me roule en boule et dévale une pente escarpée sur plusieurs mètres avant d'être arrêtée sans ménagement par un tronc d'arbre.

J'essaie de me relever, mais mon corps est ankylosé par la douleur. Je n'irai nulle part dans cet état. Quand je réussis à m'asseoir et à m'adosser à l'arbre, une sorte de brûlure irradie dans tous mes membres. J'entends les hommes se rapprocher de plus en plus et je ferme les yeux pour calmer mes nerfs, que je sens sur le point de lâcher.

— Emy ! crie une voix que je reconnais immédiatement.

Joshua. Joshua. C'est lui ! J'ouvre les yeux pour le chercher du regard. Il court dans ma direction et s'accroupit devant moi.

— Putain, Emy, c'est nous ! On est venus te chercher, me dit-il.

Je sens mes larmes couler mais je ne les retiens pas, j'ai besoin de pleurer pour me vider de tout ce que j'ai accumulé depuis le début de ce cauchemar. Joshua m'attrape les épaules pour m'enlacer. La douleur aiguë qu'il provoque n'est rien comparée au soulagement de le voir devant moi. Je me laisse aller contre son torse pendant une longue minute et quand je redresse la tête je vois ses traits tirés s'ouvrir, un sourire rassurant se dessiner. Il entoure mon visage de ses mains et dépose un baiser tendre sur mes lèvres avant de se reculer à nouveau.

— Je suis désolé, ma puce. J'aurais voulu être là plus tôt. On a mis un temps fou à te localiser à bord de l'avion, m'explique-t-il.

— L'important, c'est que vous m'ayez retrouvée, non ?

Il s'apprête à me répondre quand sa voix se bloque. Il baisse la tête et caresse mes cheveux.

— Qu'est-ce qu'ils t'ont fait ? demande-t-il d'une voix sourde.

Je repense à Noah et à ses mains sur moi. Josh n'a pas besoin de savoir ça, et je me doute que c'est le genre de chose qui ne ferait que le culpabiliser davantage. Je baisse la tête pour ne pas avoir à soutenir son regard tandis que je lui mens.

— Rien, ils ne m'ont rien fait. J'ai réussi à m'échapper à temps.

Du regard, il me jauge un moment, puis il se met à souffler bruyamment. Une main sous mes cuisses, l'autre sous mes épaules, il me soulève précautionneusement dans ses bras.

— Je te ramène, tes frères t'attendent.

Je l'interroge, surprise :

— Ils ont tous fait le voyage ?

— Tous, y compris ton père, me dit-il.

— Merde, alors, je dois vraiment compter pour eux.

Il se marre en continuant de remonter vers la route.

— Je crois qu'ils t'apprécient bien, en effet, lance-t-il avec une pointe d'ironie.

— Et, en ce qui te concerne, c'était ton boulot ou alors tu t'es porté volontaire pour venir aussi ?

Je le taquine, il le sait. Il baisse la tête vers moi et m'offre un sourire malicieux.

— Tu auras ta réponse plus tard, si tu ne la devines pas déjà, dit-il.

21

Joshua me dépose doucement sur la banquette du 4x4. Les deux hommes que je trouvais tout à l'heure angoissants reprennent leur place à l'avant. Ils m'offrent un salut poli, et instantanément je n'ai plus peur d'eux. Pour dire vrai, près de Joshua, je n'ai plus peur de personne, je me sens protégée. Je me glisse plus près de lui pour pouvoir poser ma tête contre son épaule, et il m'enlace à son tour en laissant sa main plaquée contre ma hanche. Toute au soulagement de le savoir enfin près de moi, je lui avoue :

— C'est bon de te retrouver.

— Plaisir partagé, ma puce.

Nous restons ainsi pendant tout le voyage, et je crois que je finis même par m'endormir, lovée contre lui, car lorsque j'ouvre à nouveau les yeux la voiture est arrêtée.

Elle stationne devant un hôtel luxueux. Un voiturier s'empresse de récupérer les clés pour aller la garer. Joshua ne me lâche pas. Il m'aide à descendre, puis à avancer péniblement. J'ai mal partout d'avoir dormi sur des rochers, et ma chute contre cet arbre m'a laissé quelques séquelles.

Nous montons au premier étage par un ascenseur tout en dorures et en miroirs. Une fois que nous sommes dans le couloir, de larges baies vitrées offrent une perspective imprenable sur un jardin magnifique, écrin d'une piscine à débordement dont le bleu rivalise avec celui du ciel. C'est le paradis pour les vacanciers venus du monde entier. Les arbres tropicaux et les haies fleuries bien entretenues bordent des sentiers menant jusqu'aux terrasses et aux restaurants d'extérieur, tandis que le jardin en contrebas apporte une touche plus sauvage à l'ensemble. La couleur bleutée d'une seconde piscine aux proportions titanesques fait miroiter les transats où les vacanciers se sont pressés pour se détendre.

Un soupir d'admiration m'échappe.

— Vraiment grandiose.

— Tu pourras t'y détendre, demain, me dit Joshua.

— Demain ?

— Aujourd'hui, tu vas te reposer et te soigner. Je pense que c'est nécessaire, non ?

— Est-ce qu'il y aurait une place pour un déjeuner, dans ce programme ?

Il se tourne vers moi rapidement.

— Tu n'as rien avalé depuis ton enlèvement, devant la fac ? Ils ne t'ont même pas donné à manger, ces enflures ?

— Je crois que mon confort ne faisait pas partie de leurs priorités...

Joshua jure et se remet à marcher sans me lâcher.

— Tu vas aller te laver pendant que je descendrai te chercher de quoi manger, OK ?

Une bouffée d'angoisse surgit aussitôt à ces mots. Je n'arrive pas à contrôler les tremblements qui se saisissent de mes mains. Je l'implore, la voix suppliante :

— Non, je ne veux pas que tu t'éloignes, Joshua. S'il te plaît, reste près de moi.

Son regard change, et j'y lis de la colère mais aussi de la compassion et de l'amour. Le tout réuni dans ses yeux que j'aime.

— Je reste près de toi, ma puce. Je t'attendrai pour t'emmener manger ensuite, ça te va ?

— C'est parfait, merci.

Nous pénétrons dans une suite magnifique à la

décoration classique et épurée, et à la vue imprenable sur la mer. La photographie d'une plage paradisiaque surplombe un minibar entouré d'un canapé et de deux fauteuils moelleux. Une dizaine de coussins décorent de leurs couleurs flamboyantes un lit aussi grand que celui qui trône dans ma chambre : un véritable appel au sommeil et au farniente.

— C'est ici que je dors ?

— Oui, tes frères ont pensé que tu aurais besoin d'être un peu seule pour te reposer.

Je lui souris pour toute réponse et me débarrasse de mes chaussures encore pleines de l'humidité et de la terre de la rivière.

— Tes frères ont apporté un sac plein de vêtements pour toi, me dit-il comme s'il lisait dans mes pensées.

Je hoche la tête et entreprends de retirer mon jean en m'asseyant sur le lit, mais lorsque je me courbe la douleur me fait lâcher un gémissement.

— Je vais t'aider, laisse-moi faire, dit Joshua en s'agenouillant devant moi.

Il tire délicatement sur le bas du pantalon et le laisse tomber par terre. J'attrape mon débardeur pour l'ôter, mais mes côtes fragilisées envoient une décharge de douleur dans tout mon corps et je m'arrête de bouger, sous le choc.

— Laisse-moi faire, ma puce.

Je hoche la tête et il m'aide en jurant : des hématomes sont apparus là où Noah m'a attrapée violemment hier. Des traces de doigts sont imprimées sur ma peau en taches sombres. Je réalise que Joshua s'est figé pour m'observer. Je m'empresse de le rassurer et dis, comme pour m'excuser :

— Ce n'est pas grand-chose.

— Qu'est-ce qu'on t'a fait, Emy ? me redemande-t-il alors, avec une voix dure.

Sa main descend sur mon cou bleuté et il le caresse distraitement en attendant que je lui réponde.

— Noah… Il a voulu qu'on… Mais je suis partie avant, dis-je, tremblante.

Joshua ferme les yeux pendant ce qui me paraît durer une éternité, comme s'il essayait de se maîtriser avant de me faire face à nouveau, calme et serein.

— On aura le temps d'en reparler. Viens, je t'accompagne à la douche.

Je le laisse m'emmener vers la salle de bains. Il dégrafe mon soutien-gorge d'une main, et règle de l'autre la température de l'eau. Je me sens vulnérable devant lui, nue, les seins offerts, et je les couvre d'un geste pudique en ramenant dessus ma tignasse brune épaisse. Il s'avance pour glisser les mèches acajou dans mon dos et embrasse mon cou puis toutes les zones de mon corps où un hématome apparaît. Quand je suis recouverte de ses baisers, il se redresse et dépose ses lèvres sur ma bouche avec une infinie délicatesse. Sa main remonte sur mon sein gauche, et il le caresse avec la même douceur. Sentir la peau de Joshua répare le mal que Noah a tenté de me faire. Ses caresses sont tellement plus douces et attentionnées… Il dépose son autre main sur la naissance de mes fesses puis recule légèrement pour me regarder.

— Je crois qu'il vaut mieux que je te laisse terminer…, dit-il comme avec peine.

Je lui souris et hoche la tête. J'admets avoir besoin de temps, et prendre beaucoup de plaisir à le voir lutter contre le désir qu'il ressent pour moi. Il ne veut clairement pas me brusquer, et ça le rend encore plus adorable. Il n'a jamais voulu autre chose que mon bonheur et mon plaisir. Mes frères devront s'y faire un jour ou l'autre.

— Je t'attends dans la chambre, me prévient-il en disparaissant derrière la porte de la salle de bains.

Je laisse glisser ma culotte le long de mes jambes et m'abandonne sous la douche chaude et réparatrice.

Une fois sèche, je farfouille dans le sac apporté par mes frères et y trouve des jeans, des robes, des T-shirts, mais pas le moindre sous-vêtement. Je soupire : je me rappellerai à l'occasion qu'il ne faut pas compter sur eux pour préparer mes bagages...

Je repère tout de même un maillot de bain, que j'enfile, faute de mieux, avant de revêtir une jolie robe d'été. Ici, je ne risque pas de souffrir du froid, et mon corps contracté par la peur a besoin de s'offrir à un soleil réparateur.

Je me brosse les dents et coiffe mes cheveux emmêlés lentement, pour ne pas tirer trop fort sur ma tête blessée. Mon visage a repris des couleurs, j'ai l'air fatiguée et affamée, mais je suis enfin propre et plus détendue, et tous ces menus gestes du quotidien me rassurent : ils me prouvent que je suis bien de retour dans l'environnement protecteur de ma famille et de Joshua.

En pénétrant dans la chambre, j'ai la surprise de trouver un véritable comité d'accueil. Mes frères sont là, tous les quatre, vautrés sur le lit ou debout près de la porte. Ils ont l'air heureux de me voir et je ne peux m'empêcher de sourire. J'ai vraiment cru que je ne les reverrais jamais. Mon père aussi est présent et il s'avance vers moi les bras ouverts, les mains tendues, dès qu'il m'aperçoit. Josh est resté en retrait près de la baie vitrée et me dévore du regard ; sa présence est loin d'être la moins intense. La chambre me semblait gigantesque tout à l'heure, mais, ainsi emplie des miens, elle me paraît désormais ridiculement petite.

— Ma petite fleur, me dit mon père en me serrant dans ses bras avec un peu trop de vigueur.

Je pose ma tête sur son torse, son odeur de menthe me monte au nez et j'ai l'impression de redevenir une petite fille.

— Papa...

— Je suis désolé que tu aies dû vivre ça, mon trésor. Viens t'asseoir, nous allons t'expliquer.

Je le regarde, étonnée de ne pas devoir me battre pour avoir des réponses à mes questions. J'embrasse mes frères puis m'assois sur le lit. Un silence de mort s'installe entre nous.

— Je vous écoute, dis-je pour que l'un d'eux se décide à prendre la parole.

James se racle bruyamment la gorge puis il se rapproche de moi.

— On n'a pas fait le rapprochement suffisamment rapidement, commence-t-il.

— Le métis qui te suivait partout n'était pas qui on croyait, précise Ethan afin de l'aider.

Je m'en serais doutée, après ce qu'il a essayé de me faire. Mais je les laisse continuer en gardant le silence.

— Il voulait se venger de nous parce qu'on a tué son frère, termine James.

Là, je réagis. Je suis un peu déçue, et demande :

— Alors, ce n'était pas un mensonge, vous l'avez bien tué ?

— Oui, on l'a tué il y a cinq ans, et je m'en suis personnellement occupé, intervient mon père.

Je lève la tête vers lui, ébahie, puis l'interroge :

— Que vous avait-il fait pour mériter ça ?

Un silence à nouveau très inconfortable s'installe dans la pièce. Je vois James se frotter les mains sur l'oreiller et Will se gratter la tête. Joshua finit par lancer à travers la pièce :

— Il était responsable de la mort de votre mère.

La loi du talion. Un mort pour un mort.

Je baisse les yeux en comprenant que, même si cette fois-ci je m'en suis tirée, la guerre entre nos deux familles est loin d'être achevée, et que Noah doit être prêt à tout pour venger son frère. Peut-être que s'il n'était pas tombé sous mon charme, comme il me l'a dit, il m'aurait tuée bien plus rapidement. Je tressaille et partage ma peur :

— Ils ne laisseront pas tomber. Ils vont tout faire pour me trouver et me tuer.

— Tu n'as plus à t'en inquiéter, on gère la situation, tente mon père pour me rassurer.

— Ne me dites pas de ne pas m'en faire. J'ai été leur prisonnière pendant plusieurs heures, et ce, malgré toute la surveillance hyper organisée et sophistiquée que vous aviez mise en place autour de moi. C'est seulement grâce à Joshua que vous avez pu me retrouver ! lâché-je en regrettant mon ton trop vigoureux. Rien de ce qui est arrivé n'est votre faute, soit, mais vous en êtes tout de même responsables, car c'est vous qui avez choisi de vivre dans ce monde de gangs et de violence, et de m'y faire vivre.

— Emy, on est en train d'élaborer un plan pour en finir une bonne fois pour toutes avec leurs organisations mafieuses. On est plus puissants qu'eux et on règne sur une bonne partie du territoire new-yorkais, c'est pour ça qu'ils s'acharnent à nous repousser depuis longtemps..., m'explique Matthew.

— Ouais, on va leur montrer de quoi on est capables, termine James, les yeux emplis de rage.

— Non, c'est trop dangereux, je veux juste rentrer à la maison, maintenant...

— On rentrera quand on aura réussi à tous les enterrer les uns après les autres. Ils comprendront une bonne fois pour toutes qu'on ne s'en prend pas à notre famille, me répond James.

— Tu resteras en sécurité ici, m'ordonne mon père.

Cette fois, je ne m'oppose pas à sa volonté. Je sens à nouveau grandir cette boule dans mon ventre à l'idée que mes frères sont prêts à se mettre encore une fois en danger pour punir ceux qui m'ont enlevée devant la fac !

— Et... Logan ? demandé-je à mon père d'une petite voix.

Son regard s'assombrit immédiatement.

— Ils l'ont tué pour pouvoir te piéger, dit-il, la voix chargée de colère.

Je jure. Le type tatoué me l'avait dit, mais je n'arrivais pas à me faire à cette idée. Mes frères comme nos ennemis sont prêts à tout, et je ne veux pas perdre l'un des miens dans cette guerre de gangs. Est-ce que j'ai le choix ? Apparemment pas, ils ont tous l'air déjà convaincus de connaître le chemin à prendre. Je tente toutefois de les attendrir.

— Je vous aime, les garçons.

— On t'aime aussi, Emy, et c'est pour ça qu'on doit éliminer cette menace au plus vite, répond Ethan.

Je comprends leur volonté d'en finir, mais je ne peux m'empêcher de penser qu'ils risquent gros dans cette histoire. Il ne faut pas me demander de rester à l'écart de tout ça et de les attendre sagement à l'hôtel. Depuis que j'ai été enlevée et emmenée ici de force, je me sens nettement plus concernée.

— Je veux en être, dis-je sur un ton décidé.

— Bon, je comptais l'emmener manger..., intervient Joshua.

Sa réplique me fait sourire. S'il pensait pouvoir changer de sujet en douceur sans se faire remarquer, c'est raté.

— OK, on t'emmène manger, le soutient James.

Je les observe l'un après l'autre d'un regard qui signifie : « On n'a pas fini d'en parler. » Si j'en juge par leurs sourires triomphants, ils ne doivent pas bien saisir le message, ni surtout mesurer ma motivation. Mais mon ventre gronde, il faudra remettre notre discussion à plus tard.

— OK, j'ai faim.

Mon père m'embrasse et me promet d'être présent ce soir pour dîner au restaurant avec nous. Je quitte ma chambre avec mes frères, Joshua et quelques molosses de l'équipe de mon père dont je ne connaissais pas l'existence et dont j'ignore le nom. D'après leur accent, je dirais qu'ils sont d'ici. Se pourrait-il que mon père ait des contacts dans le pays de ses ancêtres ? Je pensais que son business se limitait à la seule ville de New York, mais je crois que j'ai encore sous-évalué le problème et qu'il me reste beaucoup à découvrir.

Nous marchons dans les couloirs silencieux de l'hôtel pendant quelques minutes, et je me rapproche discrètement de Joshua pour lui souffler à l'oreille :

— Mes frères n'ont pas pensé à mettre des sous-vêtements dans ma valise. Est-ce que tu pourrais m'en trouver ?

Il tourne la tête, étonné d'abord par ce que je lui demande ; puis il m'offre un sourire malicieux teinté de désir.

— Tu n'es pas obligée d'en porter, ce n'est pas un problème pour moi...

Je me retiens de le pousser pour ne pas me faire remarquer.

— Obsédé ! Tu es vraiment irrattrapable !

— Avec toi... Je ne le fais pas exprès, désolé, ma puce.

Je ne réponds pas et il poursuit :

— J'irai, à la condition que tu me montres ce qu'ils donnent sur toi ensuite.

— Ça peut se régler, dis-je timidement.

Pour toute réponse, il me fait un clin d'œil et tourne la tête vers mes frères, le visage impassible, comme si notre échange n'avait pas eu lieu. Il est de plus en plus fort, pour laisser croire à ma famille qu'il a laissé tomber notre semblant de relation naissante, mais je ne peux m'empêcher d'avoir un pincement au cœur. Mentir en faisant comme s'il était un étranger, alors que mon corps, lui, l'appelle de toutes ses fibres et refuse de mentir à son contact... Cela me fait enrager.

J'aimerais crier mes sentiments à toute la terre, mais il me serait immédiatement arraché, et, ça, je le refuse ; c'est absolument inenvisageable. J'ai l'impression d'être schizophrène.

Nous arrivons dans le hall du restaurant de l'hôtel, où on nous accueille comme des rock stars. Des serveurs nous installent immédiatement à une table libre d'où nous voyons les jardins et la piscine, et se rendent disponibles pour répondre au moindre de nos besoins.

Matthew est assis à ma droite, et je lui demande :

— Papa a l'habitude de faire des réservations dans cet hôtel ?

— Non, on n'a pas besoin de réserver, Emy, l'hôtel appartient à papa.

— Encore quelque chose que j'ignorais, dis-je, sidérée.

— Il ne fait que quelques rares allers-retours ici, tu sais. Il laisse son frère gérer l'hôtel, d'habitude.

— Son frère ? demandé-je, incrédule.

— Oui, on a de la famille ici, des oncles et des tantes, et même une grand-mère encore en vie.

Je me fige. Comment est-il possible que ce soit vrai ? Que personne n'ait eu l'idée de m'en parler ? Mon père, mes frères ont une famille dont je ne soupçonnais pas l'existence. Ma famille.

— Papa ne voulait pas que tu viennes ici. Trop dangereux, m'explique Matthew comme s'il lisait dans mes pensées.

— J'aurais aimé savoir tout ça. Après tout, c'est ma vie, à moi aussi, et je ne me serais pas précipitée dans le premier avion pour venir ici. Arrêtez de me traiter comme une gamine !

— Papa ne prend jamais aucun risque à ton sujet. On n'est jamais à l'abri d'un coup de folie.

Je le regarde, ahurie.

— Un coup de folie ? Je crois être la plus stable d'entre vous !

Matthew explose d'un rire sonore et communicatif.

— Ça reste à prouver ! dit-il en me gratifiant d'une pichenette.

Je me détourne en faisant mine d'être vexée, mais il me retient, une main sur mon épaule.

— C'est bon, Emy. Sache qu'aucun de nous n'est jamais venu ici. Papa ne veut pas qu'on fréquente sa famille, de près ou de loin. Je ne crois pas qu'il ait conservé de très bons rapports avec elle...

— OK. Et maintenant on pourra les rencontrer ?

— Tant qu'on n'aura pas mis la main sur nos ennemis, c'est exclu.

— Je suis patiente, dis-je, pensive.

Il m'offre un regard attendri.

Je mange un plat délicieux qui me régale autant que le spectacle de mes frères réunis autour de moi. J'ai l'impression d'avoir récupéré toutes mes forces lorsque James me ramène à ma chambre en début d'après-midi.

Deux colosses se sont postés devant la porte. Je regarde mon frère, inquiète.

— Ils veilleront à ta sécurité nuit et jour, m'explique-t-il.

— Je pensais que j'étais en sécurité ici...

— On n'est jamais trop prudent. En cas d'intrusion, ils pourront te protéger et nous avertir.

J'observe quelques secondes mes deux gardes du corps, surprise d'être intimidée par eux. Il faut dire qu'ils sont aussi grands que James et sûrement tout aussi entraînés. Leur veste cache mal leurs armes solidement accrochées autour de leur ceinture. Ils ne sont apparemment pas là pour jouer. Ça devrait me rassurer, pourtant je ne leur fais absolument pas confiance. Leur visage fermé ne m'inspire qu'inquiétude. Ils ont l'air de deux gros durs sans âme.

Avant que nous n'entrions, j'entends James leur répéter les consignes de sécurité ; de mon côté, je ne m'attarde pas et pénètre dans la chambre sans un mot.

James me rejoint quelques minutes plus tard. Ses yeux sont beaucoup plus tirés que d'habitude. Il semble fatigué et étrangement vulnérable.

— Ça va ?

— Mieux, maintenant qu'on t'a retrouvée.

— Je suis contente, moi aussi, dis-je en lui offrant un sourire sincère.

— On ne peut tout simplement pas te perdre, Emy. Ces mecs vont payer pour avoir essayé de te faire du mal et pour ce qu'ils ont fait à Logan aussi...

— Il avait de la famille ?

En posant la question, je m'aperçois soudain que j'avais beau le connaître depuis toujours ou presque, je ne sais rien de lui.

— Une sœur à Detroit. Mais il ne la voyait plus depuis longtemps.

— Vous étiez sa seule famille, dans ce cas..., dis-je, pensive.

— Il faisait partie des nôtres, il était de notre famille, me répond James sans ciller.

Ça me démange de lui demander s'il ressent la même chose à propos de Joshua. Je résiste, pour ne pas lui mettre la puce à l'oreille.

— Nous avons des informateurs qui sont à pied d'œuvre. Nous serons prêts dès demain pour aller rendre une petite visite sans courtoisie aucune à tes ravisseurs. Nous rentrerons bientôt à la maison, je te le promets. Repose-toi, petite sœur, tu es en sécurité, maintenant, termine-t-il en me pinçant la joue.

J'arrive à peine à lui répondre d'un sourire, tant je sens naître l'angoisse dans mon cœur. Ils vont au-devant de gros problèmes, je le sens, mais je ne peux strictement rien dire ou faire pour les en empêcher.

James quitte ma chambre, et je m'allonge sur le lit moelleux en humant l'odeur de propre que m'offrent les draps d'un blanc immaculé. Je reste un long moment à penser à Logan, à ce qu'il a longtemps représenté pour moi. Mon cœur se serre lorsque je réalise que je ne le verrai plus jamais. Je l'ai détesté, parfois, lorsqu'il obéissait aux ordres de mon père sans jamais essayer de me comprendre. Pourtant, c'était quelqu'un de loyal et de respectueux, et c'est ce souvenir-là que je souhaite conserver de lui. Les images et les souvenirs se succèdent dans mon esprit, puis je laisse le sommeil m'emporter.

Je suis réveillée par du vacarme en provenance de la porte d'entrée. Je me crispe instantanément. Je tends l'oreille et distingue des voix masculines sur le seuil de ma chambre. Je m'approche davantage et reconnais la voix particulièrement grave de Joshua. Je respire, soulagée.

J'ouvre la porte et aperçois les deux géants qui bloquent le passage à un Joshua tendu et passablement énervé. Je l'interroge :

— Qu'est-ce qui se passe ?

— Ils refusent de me laisser entrer, c'est la consigne, m'explique-t-il.

— Mais laissez-le passer ! m'exclamé-je.

Les deux hommes se tournent vers moi, étonnés, et s'écartent de la porte pour lui permettre de me suivre à l'intérieur, non sans lui jeter des regards d'avertissement, qu'il ignore.

La visite de Joshua risque de parvenir à l'oreille de mes frères, mais au fond je ne m'en soucie guère. Face à lui, je dois sûrement perdre quelques neurones, car je suis prête à tout !

Il entre et je remarque immédiatement le sachet blanc qu'il tient à la main. Certainement ce dont je l'ai chargé. Il est rapide.

— Tu as déjà pu récupérer ce que je t'ai demandé ?

— Ce fut une vraie joie d'aller faire les courses pour toi. Je n'ai pas pu m'empêcher de t'imaginer dedans...

— Ah oui ?

Il a fait naître un sourire sur mes lèvres.

— Oui, et maintenant j'ai besoin de vérifier si j'ai fait les bons choix...

— On ne t'a pas conseillé ?

— Je n'ai pas eu besoin de conseils : j'ai gravé chaque partie de ton corps dans ma mémoire. Je ne pouvais pas me tromper sur les tailles.

Je me marre.

— La fois où on... on était dans le noir, Josh.

— Mes mains se souviennent, dit-il avec un clin d'œil, ce qui a le mérite de me faire rougir des racines des cheveux jusqu'aux orteils.

Il le remarque et m'emprisonne dans ses bras d'une manière totalement irrésistible.

— Vas-y, essaye-les, dit-il en me tendant le sachet.

Je le saisis en le remerciant puis vais m'isoler dans la salle de bains. J'ouvre le sac et constate qu'il n'a effectivement pas fait ses choix au hasard. Les ensembles sont magnifiques et sûrement très onéreux. Je ne m'attendais vraiment pas à ce qu'il ait autant de goût en matière de dentelle. Je les essaye l'un après l'autre en me détaillant dans le miroir.

Il doit avoir le compas dans l'œil, car tout est ajusté à ma taille, et je suis plutôt flattée par le reflet que m'offre la glace. Les soutiens-gorge sont discrets et confortables, et épousent parfaitement les courbes de mon corps. L'un des ensembles est un peu différent des autres, il est encore plus... affriolant. Sa dentelle bleu marine se marie parfaitement avec la couleur dorée de ma peau, tandis que le tanga ne laisse pas beaucoup de place à l'imagination.

Je suis sûre que, s'il me voyait comme ça, il ne pourrait s'empêcher de me sauter dessus. Et j'ai très envie qu'il le fasse... Aussi, je combats ma timidité en le rejoignant dans la chambre, simplement vêtue de deux bouts de tissu bleu nuit.

Lorsqu'il m'aperçoit, il cesse littéralement de respirer, et je me sens très fière de produire cet effet-là. Il s'avance comme un automate vers moi, je crois qu'il ne se rend même pas compte que sa démarche est à ce point altérée. Il n'est plus que désir, littéralement. Ses yeux sont rivés sur mon corps, qu'il détaille de haut en bas.

Sa réaction me donne confiance, et lorsqu'il est suffisamment près je dépose mes mains sur son torse. Il baisse la tête et m'embrasse avec une passion qui m'avait manqué. Il recule légèrement sans couper le contact avec mon corps et chuchote dans mon oreille :

— Tu es encore plus belle que je n'avais pu l'imaginer.

— Si tu crois pouvoir m'amadouer avec tes flatteries, tu te trompes, dis-je en riant.

Je le vois esquisser un petit sourire, mais il se contente de soulever mon menton vers lui d'un geste tendre et assuré pour déposer un baiser chaste sur ma bouche.

Durant les minutes qui suivent, j'ai l'impression qu'une conversation silencieuse a lieu entre nous. Nos corps parlent à notre place. Il dépose sa main droite sur le bas de mon dos, me forçant à avancer un peu plus près de lui.

Sa main gauche reste posée sur ma joue et il plonge ses yeux dans les miens pour me sonder. Est-ce que j'aimerais qu'il me fasse l'amour une nouvelle fois ? Oui. Maintenant ? Oui. J'ai suffisamment attendu.

Je tente de le pousser pour que nous atteignions le lit, mais j'ai l'impression d'appuyer sur un mur en béton, il ne bouge pas d'un millimètre. Mon obstination le fait rire. Puis, lorsque je m'apprête à renoncer, il me soulève dans ses bras et me dépose délicatement sur le lit. Je me moque :

— Tu veux faire étalage de ta force ?

Il me sourit en caressant mes cheveux.

— Je veux faire étalage de ce que je ressens pour toi.

Il reste à m'observer comme s'il attendait mon feu vert.

— OK, montre-moi, dis-je pour lui faire comprendre que je l'attends.

Au lieu de se rapprocher de moi, il se relève et quitte le lit pour me dominer de toute sa taille et m'observer ainsi d'en haut.

— Exquis, cet ensemble, conclut-il.

Je glousse.

— Arrête de t'autoféliciter pour tes choix en matière de sous-vêtements ! Viens plutôt me rejoindre...

Je n'ai pas besoin d'en dire plus : en deux temps trois mouvements, il est déjà remonté sur le lit, m'emprisonnant sous son corps. Il retire son T-shirt, dévoilant un torse que des heures de sport intensif ont parfaitement sculpté. Il est magnifique, et je me sens chanceuse. D'autant qu'il me caresse de ses mains expertes et m'embrasse avec une passion dévorante.

Je ne pense plus à rien lorsqu'il me libère des deux bouts de tissu qui cachaient encore ma nudité. Mon cerveau semble se mettre en veille, et mon corps se laisse aller au plaisir qui l'envahit. Le coucher de soleil illumine la pièce et projette des reflets jaunes et orangés sur ma peau dorée. Je me sens exposée mais désirée, et je le laisse me guider une nouvelle fois vers la communion de nos deux corps enlacés.

J'ai dû m'endormir après le départ de Joshua. La nuit est déjà tombée depuis quelques heures, mes frères ne devraient plus tarder à venir me chercher. Je me douche, le corps et l'esprit encore pleins de ce que je viens de vivre. Je me sens aimée, et ce sentiment me donne une plénitude que je n'avais pas imaginée. Je laisse l'eau brûlante apaiser mes muscles endoloris et me relaxer... m'anesthésier le corps. Au bout d'un certain temps, je me force à sortir et m'habille d'un jean et d'un T-shirt noir. Je dépose un gilet sur mes épaules et rejoins ma chambre pour attendre la visite de mes frères.

J'allume l'énorme écran plat qui recouvre presque totalement un des murs de la pièce, face à moi. Je passe en revue, curieuse, les chaînes télévisées locales avant de tomber sur ce qui me semble être le journal.

Je ne regarde que d'un œil distrait, quand un mot tinte à mes oreilles et me fait réagir : « fusillade ». Reportant mon attention sur l'écran, je vois des corps grossièrement recouverts de bâches, allongés à même le bitume, le long d'une route. Un mauvais pressentiment me fait frissonner : et si demain c'étaient les corps de mes frères qui jonchaient le sol ?

Je repousse mes sombres pensées quand Ethan entre dans ma chambre, l'air détendu.

— Tu es prête ? On va manger un bout ?

— Prête. Je t'attendais.

Nous quittons ma chambre et je le suis à nouveau jusqu'au restaurant surplombant la mer. Le cadre est magnifique, les cocotiers et les palmiers s'épanouissent autour de la terrasse d'une manière si naturelle. Cet hôtel est vraiment une splendeur.

Le reste de la famille nous rejoint, et nous dînons ensemble de spécialités jamaïcaines. Nous restons longtemps à table, à discuter et à rire entre nous, et ce moment nous rappelle à quel point nous sommes soudés. Ça fait un bien fou. Will me raccompagne vers ma chambre à minuit.

— J'ai passé une très bonne soirée, merci, dis-je.

Il devine ce que je n'ajoute pas : elle aurait été encore plus réussie si Joshua avait été présent à mes côtés, mais je me garde bien de le lui dire. Je préfère ne pas ranimer des discussions qui n'aboutiraient à rien de bon pour nous...

— Oui, c'était très sympa. On se croirait presque en vacances..., dit-il soudain, déclenchant mon hilarité.

— Tu as une définition des vacances complètement différente de la mienne ! Mais, si tu fais seulement référence au lieu paradisiaque où nous séjournons, alors oui, on se croirait presque en vacances, dis-je en souriant.

— Tout se passera bien, Emy. Dors tranquille, me répond Will.

Au regard intense qu'il plonge dans mes yeux, je sais qu'il est parfaitement conscient de la panique qui me submerge, alors qu'il s'apprête à me laisser et que je pense à ce qu'ils comptent faire le lendemain. Je le remercie et le serre dans mes bras, puis je le regarde quitter ma chambre. Lorsqu'il claque la porte, je file mettre un short et un débardeur, puis je sors un moment sur la terrasse. Les étoiles qui brillent dans le ciel ont quelque chose de fascinant ; je pourrais les observer pendant des heures. Elles sont tellement scintillantes, ici. Si j'avais quelques souvenirs de ce que ma mère me lisait dans les étoiles, quand j'étais enfant, je suis certaine que j'aurais pu reconnaître les constellations.

Vers 1 heure du matin, une pluie violente s'abat contre la baie vitrée, me tirant brutalement du sommeil. Je m'enveloppe dans la couverture et repense à Joshua quand j'entends la porte de ma chambre s'ouvrir. Je me redresse d'un bond et je le vois apparaître sous la lumière blafarde de la lune.

— Je ne voulais pas te réveiller, ma puce, me dit-il.

— Je ne dors pas, je pensais justement à toi. Mais tu es ici : c'est mon rêve qui devient réalité !

Il se débarrasse grossièrement de ses chaussures et grimpe sur le lit pour venir se caler contre mon corps. Le dos contre sa peau, je sens son souffle sur mes cheveux.

— Je n'arrêtais pas de penser à toi, moi aussi. Je

me suis dit qu'il fallait que je te voie pour réussir à me calmer un peu.

Je souris : il est dans le même état que moi, ça a du bon.

Il tire la couverture sur nous et pose délicatement sa main sur mon ventre. Sa présence m'apaise et je ne tarde pas à m'endormir tout contre lui.

Je me réveille avec les premières lueurs du soleil ; je n'ai pas pris la peine de fermer les rideaux, et la lumière éblouissante m'empêche de me rendormir. Je sens toujours le corps chaud de Joshua contre moi, et son bras enroulé autour de ma taille. Je tourne la tête pour le voir. Il dort, quel miracle.

Je tente alors de retirer son bras délicatement pour pouvoir me lever, mais je le sens qui résiste et je sursaute. Je le regarde et il m'offre un sourire détendu.

— Désolée, je ne voulais pas te réveiller.

— Moi, je ne veux pas que tu quittes ce lit, dit-il d'une voix encore plus grave que d'habitude.

— Hum... Laisse-moi au moins me brosser les dents...

— Non, je te veux au saut du lit, pas de chichis entre nous, dit-il en riant.

Je glousse.

— OK, comme tu voudras, dis-je en me rallongeant près de lui.

Ses yeux plongent dans les miens d'une manière tout à fait intime et troublante. J'ai l'impression qu'il est capable de lire tout ce que je veux lui cacher.

— Qu'est-ce que tu veux faire aujourd'hui ? me demande-t-il.

— Tu ne seras pas avec mes frères pour leur plan foireux ?

— Non, j'ai pour mission de m'occuper de toi.

Je reste silencieuse quelques secondes en observant

la vue que nous offre la baie vitrée. L'eau est turquoise. Je distingue la mer à perte de vue, et une jolie plage de sable blanc. La mer a l'air agitée depuis la petite tempête de cette nuit, mais je meurs d'envie d'y plonger la tête la première.

— J'ai envie d'aller nager, Joshua. Mais dans la mer, pas dans la piscine.

Je m'attends à ce qu'il refuse catégoriquement, pour des raisons de sécurité, mais il n'en fait rien. Au lieu de ça, il se redresse dans le lit et propose :

— Tu voudrais apprendre à surfer ?

— Je... Tu saurais m'apprendre ?

— J'ai de très bonnes bases et je me ferais un plaisir de te les transmettre.

— Oui ! Oui, oui ! dis-je avec peut-être un peu trop d'enthousiasme.

Il rit.

— Bon, va enfiler ton maillot, je t'emmène surfer, ma puce.

Je saute du lit pour rejoindre la salle de bains, en jetant un dernier regard vers Joshua, qui ne quitte pas son sourire attendri. Je sais pertinemment que mes frères auraient refusé que je parte braver les vagues ce matin. Ils ont peur pour moi dès que nous ne sommes plus chez nous et que je m'éloigne d'eux de plus d'un mètre. Pourtant, Joshua, lui, n'a pas hésité à me proposer de sortir. Je suis surprise et je réalise que les choses sont en train de changer pour nous deux. Nous formons désormais un couple, et à ses yeux je ne suis plus la petite fille dont il est chargé d'assurer la protection.

Il n'est plus seulement le petit soldat de mon père, il est aussi devenu mon amant, par la force des choses. Un sourire fier et attendri aux lèvres, j'enfile mon maillot en vitesse puis choisis une robe d'été. Quand je suis enfin prête, je retrouve Joshua assis sur le lit qui consulte son téléphone, le visage tendu. Dans ma poitrine, mon cœur se comprime.

— Il y a un problème ? Qu'est-ce qui ne va pas ?

— Rien, ma puce. Je ne t'ai même pas entendue arriver. Tu es prête ?

Je hoche la tête.

— Allons-y, ma surfeuse.

Je pouffe : je risque de me ridiculiser, mais je ne veux pas passer à côté de son cours particulier.

— Où allons-nous récupérer les planches ?

— Il y en a dans un local en bas. J'y vais, annonce-t-il.

Il m'attrape la main et nous sortons, passant devant les deux colosses sans un mot. Je sens leurs regards suspicieux se poser sur nos mains jointes, mais je n'y prête pas attention et je me contente de suivre Joshua à travers les couloirs de l'hôtel.

Lorsque nous nous engouffrons dans l'ascenseur, je me tourne vers lui.

— Mes frères vont savoir que tu as passé la nuit avec moi, ces gars-là ne vont pas se gêner pour le leur dire.

Il pose sa paume sur ma joue et m'embrasse.

— Quand je te disais que je prendrais tous les moments que tu accepteras de me donner, ce n'était pas des paroles en l'air.

— Dois-je en déduire que tu ne te soucies plus de ce que mes frères et mon père pourraient faire ?

— Je crois, oui. J'ai assez attendu pour t'avoir et je ne veux pas passer à côté de tous ces moments.

— Qu'est-ce qui t'a fait changer d'avis ?

— Quand on t'a kidnappée devant la fac... J'ai juste arrêté de voir l'avenir.

— Tu le vois de nouveau ?

— Je l'ai revu dès que je t'ai tenue dans mes bras, dans cette forêt.

Pour toute réponse, je pose une main sur sa poitrine. La porte de l'ascenseur s'ouvre sur le hall de l'hôtel.

Joshua attrape ma main et me conduit vers la plage en contrebas.

Il n'y a pas beaucoup de monde, seuls quelques touristes se sont levés tôt pour profiter des premiers rayons du soleil. Joshua récupère des planches dans une petite cabane en bois sur la plage et enfile son maillot de bain par-dessus son caleçon.

— Aurais-tu peur de te faire dépouiller ? demandé-je, moqueuse.

— J'ai besoin de comprimer quelque chose là-dedans, répond-il en se marrant.

Je lui souris et m'approche encore davantage de son corps dénudé.

— Des bouts de tissu suffiront donc ?

— Hum, si tu me cherches comme ça, certainement pas. Mais j'ai quelques réserves.

Je ris à mon tour en reculant pour qu'il reprenne ses esprits.

Avant d'entrer dans l'eau, il pose nos planches à même le sable et nous grimpons dessus pour qu'il m'indique les bonnes positions à adopter. Je parviens à garder mon équilibre, mais nous sommes à terre, et la perspective de me retrouver à l'eau me fait frissonner et le fait ricaner d'avance. Quand il estime que la leçon est comprise, il ramasse les deux planches et m'emmène rejoindre l'océan. Je laisse tomber ma robe sur le sable et le suis, le sourire aux lèvres.

La première heure est vraiment désastreuse. J'arrive à peine à rester sur la planche pour laisser les vagues me pousser vers le rivage. La deuxième heure est beaucoup plus fructueuse et je m'accroche à tous les conseils que me lance Joshua pour m'améliorer. Il est patient et adorable avec moi, je ne pensais pas pouvoir m'amuser autant.

Je finis même par réussir à me lever sur la planche pendant quelques secondes. Mon professeur me rejoint à la nage et me soulève dans ses bras pour me féliciter. Je m'agrippe à lui et je l'embrasse en le remerciant d'avoir pris le temps de m'apprendre à surfer. Cet instant avec lui était un délice, car nous avons ri, et il a partagé avec moi quelque chose qui lui appartient.

Nous restons dans la mer encore un long moment sans jamais vouloir nous lâcher. Joshua est très tactile et ses mains semblent avoir besoin de rester toujours posées sur mon corps. Je ne m'en plains pas et je reste, moi aussi, solidement cramponnée à lui durant les longues minutes de la baignade que nous nous accordons.

Lorsque nous retournons enfin vers le sable, nos doigts sont solidement enlacés. Nous avons laissé filer le temps sans faire attention à rien d'autre qu'à nous deux, et nous découvrons avec stupeur que la plage a été prise d'assaut par les touristes. Des regards curieux se posent sur nous, je suis certaine que nous avons l'air d'un jeune couple en vacances.

Mais j'ai la sensation que les instants qui viennent de s'écouler étaient hors du temps : je n'ai absolument aucune idée de l'heure qu'il est. Joshua a réussi l'exploit de me faire oublier toutes mes angoisses, je suis détendue et heureuse. J'entrevois la vie que j'aurais pu avoir si ma jeunesse n'avait pas été ternie par les activités de mon père.

Joshua dépose les planches et nous remontons vers ma chambre sans prendre la peine de nous sécher. La communion me paraît si forte entre nous qu'en chemin je n'hésite pas à le questionner :

— Comment as-tu appris à surfer ?

— J'habitais à Malibu quand j'étais au collège, et mon meilleur ami m'a transmis le virus sans trop de difficulté.

Je reste bouche bée : Joshua en surfeur de Malibu ? Je n'aurais jamais pu le croire.

— Tu devais plaire aux filles ! Toi sur ta planche de surf...

— Tu n'as même pas idée, dit-il en riant.

Il a piqué ma jalousie mais je n'en montre rien, préférant tourner la tête, les yeux dans le vague. Je dois être réaliste : il a eu une vie avant moi, tout le monde n'est pas resté vingt et un ans dans une fichue chambre. Je sens ma colère refaire surface et j'inspire profondément pour me calmer. Joshua le remarque et dépose ses mains sur mes hanches pour me tourner vers lui et plaquer mon corps contre le sien.

— J'avais une réputation de gros dur, et tu sais que ça a tendance à attirer les filles superficielles.

— C'est ce que tu penses des filles qui sont attirées par toi ? Qu'elles sont superficielles..., répété-je, boudeuse.

— C'est ce que je pense des filles qui ne sont attirées que par le physique et une attitude de branleur violent.

La porte de l'ascenseur s'ouvre et il me reprend la main tandis que nous nous engageons dans les couloirs. Tournant mon visage vers lui, je lui demande, avec un sourire de défi :

— Je suis attirée par ton physique, est-ce que ça fait de moi une fille superficielle ?

— Il n'y a rien de superficiel en toi, dit-il, pensif.

Nous arrivons devant la porte de ma chambre. Les colosses sont toujours aux aguets. Quel intérêt, vu que je n'y étais même pas ? J'entre la première et j'entends Joshua jurer. Je me retourne : je vois un des deux géants bloquer Joshua d'un bras puissant.

— On m'a donné l'ordre de refuser votre présence dans cette chambre, dit-il du ton monocorde d'un élève qui récite sa leçon.

Putain, mon père va encore nous pourrir la vie longtemps ? s'écrie une petite voix dans ma tête... J'observe Joshua, qui est de toute évidence à deux doigts de perdre son calme et de laminer le colosse. Je m'avance vers lui. Je l'embrasse, ce qui le calme instantanément. Puis je lui chuchote à l'oreille :

— Laisse-moi prendre mon sac, j'arrive.

Il m'offre un sourire pour toute réponse et je m'engouffre dans la chambre. Je récupère mon sac et y balance deux ou trois vêtements et des produits et accessoires de toilette. Quand je ressors, Joshua est adossé contre le garde-corps et toise les géants avec un air suffisant.

Dès qu'il m'aperçoit, il dépose son bras sur mes épaules et nous nous éloignons.

— Tu as une chambre ici ? demandé-je.

— Oui, je la partage avec deux autres mecs. Mais ils vont foutre le camp, t'inquiète pas.

— Ce n'est pas gênant, Josh, ils ont le droit de rester dans leur chambre. Je me ferai toute petite.

— Hors de question que ces connards posent leurs yeux sur toi, ils ne sont pas assez fous pour me mettre en colère.

— Je me permets de te rappeler que le colosse, devant ma porte, ne s'est pas gêné pour le faire, lui.

— Il ne me connaît pas. Mais il va apprendre à qui il a affaire bien assez tôt, dit-il avec un sourire narquois.

— Ouh, t'es du genre flippant, quand tu t'y mets, lancé-je pour le taquiner.

Il tourne la tête vers moi et m'embrasse le front. Nous descendons au premier étage et il m'emmène devant la chambre n°103. Il y pénètre avant moi et je le suis, silencieuse. J'entends le bruit de la télévision et la voix d'une présentatrice qui fait l'éloge d'un aspirateur haut de gamme.

— Super programme, lance Joshua comme s'il lisait dans mes pensées.

J'entends ricaner à l'autre bout de la pièce.

— Tout le monde ne dispose pas d'un canon à mettre

dans son lit le soir ! Que veux-tu, on fait ce qu'on peut, on se réveille en regardant une bonne meuf...

Je sens Joshua se raidir, et il tousse pour arrêter ce discours. Le type à qui appartient la voix relève la tête et me découvre enfin ; il grimace.

— OK, bonjour, finit-il par dire.

Je ris, puis l'encourage :

— Vas-y, ne te gêne pas, fais comme si je n'étais pas là.

Joshua écarquille les yeux en tournant la tête vers moi. Puis, reportant son attention sur les deux hommes vautrés sur les lits, il ordonne :

— Non, cassez-vous, on a besoin d'intimité.

— OK, Josh, on va faire un petit tour, on te laisse...

— Et on la ferme, ce serait préférable, le coupe Joshua avec un sourire railleur.

— Mais quel enfoiré ! lâche un des types en riant.

Joshua ricane et m'attrape par les hanches.

Les hommes de main de mon père s'entendent bien mieux que je ne le pensais. Ils forment une équipe. Derrière leur ton provocateur, je sens une forme de respect mutuel entre eux. Ils sont apparemment bien au courant de ce qui se passe entre nous, Joshua est peut-être plus bavard qu'il n'en a l'air.

— Fais-moi confiance, c'est pour ton bien, que je les éloigne de nous, me dit-il avec douceur.

Je lui réponds d'un sourire et m'avance pour déposer mon sac près du lit. Quand je me redresse, les deux types sont comme tétanisés et ont arrêté de bouger pour me regarder. Il y a un problème ? Par réflexe, je porte la main à mon nez, histoire de vérifier que je n'ai pas un bouton... J'ai une corne qui me pousse sur la tête ?

— Allez faire un tour sur la plage, il y a plein de maillots qui se baladent. Dégagez de là, maintenant, ordonne Josh.

Les mecs reprennent leurs esprits et ne se font pas

prier pour partir. Je m'avance vers Joshua d'un pas lent, puis répète, incrédule :

— « Des maillots qui se baladent » ?

— Ouais, désolé. Ces mecs-là sont de véritables bites sur pattes. Viens, on va se doucher, me dit-il en me prenant par la taille.

Je retire ma robe et la laisse glisser jusqu'à terre ; mon maillot ne tarde pas à la rejoindre. Joshua entre complètement nu sous la douche. Il ne peut pas cacher son excitation bien longtemps et il me fait l'amour sous les jets d'eau chaude.

Une fois secs et habillés, nous nous vautrons sur le lit. Il m'apporte des chips et de l'eau, les seules ressources alimentaires qu'il ait pu trouver entre ces quatre murs. Malgré la simplicité de ce repas, je souris intérieurement : notre matinée a été parfaite, et c'est bien la première fois de ma vie que je me sens à ce point épanouie... Mais l'inquiétude refait surface, et tout en croquant des chips je demande :

— Tu as des nouvelles de mes frères ?

— L'opération est en cours, ma puce, je n'en sais pas plus.

Je frissonne et il frotte mes bras pour me réchauffer.

Nous discutons encore quelques minutes de sa vie à Malibu et de sa scolarité désastreuse. J'en apprends beaucoup sur son adolescence, mais il ne parle jamais de son père, comme si ce sujet était un secret bien enfoui dans sa mémoire. Je comprends que Joshua a eu une vie très mouvementée, à mille lieues de ma jeunesse monotone. Les heures passent et je ne quitte pas la chaleur de ses bras, finissant par me laisser doucement emporter par le sommeil.

22

Je suis réveillée en sursaut par les mouvements du matelas sous mon corps et un tic-tac discret en provenance de la porte. J'entends Joshua jurer une première fois et j'ouvre les yeux pour regarder ce qui se passe. Il est debout près du lit et il récupère des armes qu'il accroche solidement autour de sa ceinture et dans son dos. Je panique et me lève d'un bond sans le quitter du regard, puis demande dans un couinement :

— Qu'est-ce que tu es en train de faire ?

Il se tourne vers moi et m'adresse un sourire crispé.

— On a été piégés, ma puce. La porte est blindée, mais elle ne va pas tarder à voler en éclats.

Mes jambes se dérobent sous mon poids. En un instant, il est près de moi pour me soutenir.

— Je ne veux pas y retourner, Josh.

— Je sais, ma puce, et tu n'y retourneras pas. Je ne vais pas te lâcher. Assieds-toi par terre.

Il me désigne la moquette rouge et je m'exécute. Il soulève le lit de ses deux bras et le renverse pour s'en faire un rempart.

— Mes frères ?

— Ne t'en fais pas pour eux. Ils vont s'en sortir, ma puce.

Il s'accroupit près de moi et m'enlace pour m'allonger par terre sur le dos. Il pose son corps sur le mien pour me protéger.

— Je ne les laisserai pas te reprendre sans me battre.

Et, toi, tu dois me promettre de rester à couvert quoi qu'il arrive, OK ?

— OK..., dis-je en frissonnant.

Dans un vacarme assourdissant, j'entends soudain une bombe éclater. Une fumée épaisse envahit la pièce et un bourdonnement incessant vrille mon oreille gauche ; je dois avoir le tympan perforé. Joshua se relève tout à coup en me laissant recroquevillée sur moi-même derrière le lit. Il attrape un fusil et le pointe sur la porte d'entrée.

Les minutes qui suivent sont insoutenables. Des rafales de balles éclatent de tous les côtés dans un fracas d'éclairs au milieu desquels je ne distingue même plus Joshua. Les mains sur les oreilles, je tente d'échapper aux déflagrations des balles qui se perdent dans la chambre d'hôtel. Je suis couverte de poussière et je tremble de la tête aux pieds. Quand le vacarme cesse et que plus aucun tir ne retentit, je me force à me relever. Je ne peux pas rester cachée et laisser Joshua se faire tuer à ma place. Je n'en mène pas large, la peur se répand dans chacun de mes membres, pourtant je veux m'assurer qu'il ne tombe pas sous les balles des ennemis de ma famille. Fébrile, je prends mon courage à deux mains et contourne le lit. Ma panique grandit quand je vois l'étendue des dégâts autour de moi. Et aucune trace de la présence rassurante de Josh pour m'apaiser. Je m'oblige à reprendre mon souffle et m'apprête à courir vers la porte lorsque je m'aperçois que deux hommes me tiennent en joue. Je ne les ai jamais vus.

— Ne bouge plus ou je tire, dit l'un d'eux.

Je m'immobilise quand je vois Joshua s'interposer devant moi.

— Vous ne la toucherez pas, dit-il.

— Tu m'as l'air un peu trop sûr de toi, dit une voix que je reconnais instantanément : celle de Noah.

Le cauchemar recommence. Il s'avance vers nous en

faisant signe à ses hommes de ne pas tirer. Il ricane tout en nous observant. On dirait un félin face à une proie qu'il sait à sa merci. Je sens Joshua se tendre, je dépose ma main dans son dos pour l'apaiser. Noah n'hésitera pas à nous tuer tous les deux, dans sa folie ; on n'est pas vraiment en posture de négocier. Mieux vaut ne rien tenter pour l'instant.

Mais, au moment où je crois que Joshua va se rendre, il attrape un flingue et tire une balle qui se fige entre les deux yeux d'un des types qui se tiennent derrière Noah. Autant dire que les hostilités sont déclarées, pensé-je, et une boule d'angoisse me serre la gorge.

— C'était un de mes meilleurs hommes, crache Noah.

— Paix à son âme, le provoque Joshua.

— Bon, assez plaisanté, répond l'autre. Je les veux tous les deux vivants. Grouillez-vous, termine-t-il en nous tournant le dos pour s'adresser à ses hommes.

Joshua n'attend pas pour réagir : d'un seul geste, il me pousse derrière le lit et attrape un fusil d'assaut dans son dos pour tirer sur nos assaillants. Il n'est vraiment pas du genre à renoncer... Je le vois tenter de les repousser pendant plusieurs minutes, mais il est forcé de se replier lorsqu'il est complètement cerné par les hommes de Noah. On lui assène un violent coup sur la tête puis on le plaque au sol en lui attrapant les bras.

— Josh, est-ce que ça va ? m'écrié-je.

— Je vais bien, t'en fais pas, affirme-t-il en levant les yeux pour croiser mon regard. Je suis désolé..., murmure-t-il, crispé.

— Ne le sois pas, tu as fait tout ce que tu pouvais, affirmé-je en me levant pour tenter de m'interposer et mettre fin au supplice que le type lui inflige.

Un autre homme surgit à ma droite et m'attrape les bras en me plaquant à mon tour au sol. Je jette un regard désespéré vers Joshua, qui semble possédé par une colère et une frustration inouïes. Je ne ressens pas sa douleur, pourtant je vois bien les hommes de Noah tordre ses bras avec force.

Je ferme les yeux un moment pour retenir mes sanglots. Ce n'est pas le moment de craquer. *Emy, inspire, expire.*

Quand je rouvre les yeux, Joshua me lance un clin d'œil pour m'encourager. On nous attache avec des menottes et on nous emmène par un escalier de secours au parking, où nous nous engouffrons dans deux 4x4 noirs différents. Mon cœur saigne d'avoir été séparée de lui si brutalement, d'autant que je crains davantage pour sa vie que pour la mienne.

On me bande les yeux à nouveau, et je fais le reste du trajet dans le noir complet. Lorsque la voiture s'arrête, on me tire dehors sans ménagement et on m'oblige à marcher pendant quelques minutes. Je descends des marches, puis on me retire les menottes et on me pousse violemment contre un mur. Je m'y raccroche de justesse pour ne pas tomber, m'éraflant la peau au passage.

Je retire le bandeau qui entravait ma vue : je suis à nouveau dans une cellule froide, mais sans aucune fenêtre, cette fois-ci. Je suis prise d'une panique sans nom et je tente de m'asseoir pour me calmer. Mes mains sont saisies de tremblements convulsifs, alors je les bloque entre mes cuisses. Je ferme les yeux et inspire profondément. Le cauchemar recommence.

Je reste une heure immobile, totalement découragée. Je ne vois pas comment je pourrais m'échapper à nouveau. Noah ne refera plus les mêmes erreurs, désormais, et j'en sais assez maintenant pour deviner que j'ai peu de chances de survivre à ce second enlèvement. Je ne compte pourtant pas me laisser mourir sans me battre, je dois bien cela à mes frères.

Je me redresse et me lève quand j'entends la porte de ma cellule s'ouvrir. Je ne suis pas surprise par le visage souriant et déformé par la haine que je découvre.

— Bébé, on se retrouve, dit Noah, l'air froid et triomphant.

Je refuse de le regarder plus longtemps, je ne vais pas lui offrir cette satisfaction supplémentaire. Je me détourne donc vers le mur en béton à ma droite. J'entends ses pas approcher rapidement, il agrippe ma mâchoire en la tirant pour m'obliger à poser les yeux sur lui à nouveau. Je me retiens de lui cracher à la figure.

— J'aurais préféré ne jamais te revoir, Noah.

Il ricane un moment et reprend son sérieux assez vite.

— Tu ne peux pas passer à côté d'un mec comme moi sans le regretter, dit-il avec un regard arrogant.

Je ne m'abaisse pas à lui répondre : il prend mon silence pour une provocation. Ses traits se durcissent, et il agrippe mon jean pour me tirer à lui. Je tente de résister, mais je n'y parviens pas et me retrouve collée à son corps, qui me dégoûte. Aujourd'hui, je serais bien incapable de dire ce qui m'a un jour plu chez lui.

— J'ai fait l'erreur de croire que tu accepterais de te donner à moi sans public l'autre jour, alors que nous étions entre nous. À présent, je vais prendre ce qui me revient et je vais le faire devant ton sale petit copain, dit-il en ricanant.

Je tressaille. Quelle idée tordue ! Il compte vraiment faire ça ? Me violer devant Joshua... J'essaie de m'éloigner de lui, mais il me plaque brutalement contre le mur. Je jure :

— Allez vous faire foutre, Noah, toi et ton putain d'ego démesuré ! Tu ne lui arriveras jamais à la cheville. J'ai perdu mon temps avec toi, depuis le début, je le sais, maintenant !

Je hurle et le regrette amèrement lorsqu'il attrape mes cheveux avec force et me tire pour me forcer à m'allonger au sol. Il me gifle avec violence en enfonçant sa cuisse entre les miennes.

Il a touché ma fierté, et j'ai envie de le lui faire

regretter. La colère décuple mes forces, je me promets de tout faire pour me venger. Je me débats avec vigueur, et il finit par reculer légèrement, un sourire toujours plaqué sur les lèvres.

— À tout à l'heure, bébé. Je vais rendre une visite de courtoisie à ton enculé de petit copain.

— Laisse-le en dehors de ça !

— Ne hurle pas, voyons. Je l'aurais sûrement tué tout à l'heure si je ne t'avais pas vue essayer de le défendre. Il a de l'importance pour toi, et je vais le faire payer pour ça.

Je n'ai pas le temps de lui répondre qu'il est déjà sorti en claquant la porte derrière lui. Je bous de colère, incapable de maîtriser ma frustration : être coincée ici pendant que Noah va narguer Joshua ! Je finis par donner un coup de poing dans le mur devant moi pour essayer de me calmer, mais je ne réussis qu'à me blesser douloureusement la main.

Je me rassois le long du mur en frottant vigoureusement mes phalanges pour apaiser la brûlure. Les paroles de Noah me hantent, et ce qu'il compte faire me glace les sangs. Car ce n'est pas seulement ma mort qu'il envisage, ce qu'il veut, c'est profiter de mon impuissance pour faire du mal à l'homme que j'aime.

Ça y est, je l'ai dit.

L'homme que j'aime. Car je crois que c'est bien ce qu'est Joshua pour moi. J'aurais voulu le lui dire, mais je ne pourrai sans doute jamais le faire. Je ramène mes genoux contre moi et les entoure de mes bras tout en calant ma tête contre le mur. Je n'arrive plus à retenir les larmes qui me brûlent les yeux à l'idée de perdre celui que j'aime. Il a pris une telle importance dans ma vie ! Toutes les interdictions, tous les obstacles et les oppositions qui nous barrent la route, j'aurais été prête à les surmonter par amour. Je ne lui ai jamais réellement fait part de mes sentiments et je le regrette amèrement, aujourd'hui que la dure réalité me rattrape. Est-ce que j'aurai l'occasion de le faire un jour ?

J'essuie rageusement les larmes qui mouillent mes joues lorsque j'entends la porte de ma cellule s'ouvrir. Un homme d'une trentaine d'années me fait face. Il m'ordonne de me lever et de le suivre. Je suis surprise qu'il ne me passe pas de menottes et ne cherche pas à m'entraver. Je me demande si c'est le bon moment pour m'enfuir quand nous rejoignons deux autres hommes dans le couloir. J'ai peu de chances, maintenant.

Impassibles, mutiques, mes accompagnateurs me conduisent en silence vers un salon aux tons blafards, meublé d'un billard, de deux canapés et d'une télévision. La pièce semble se refermer sur moi tant je me sens oppressée. Il n'y a rien de rassurant dans la posture hargneuse et silencieuse des hommes qui m'encadrent. Mon angoisse monte en flèche quand l'un d'eux me pousse sur le canapé, m'obligeant à m'asseoir. Je lève la tête vers eux pour tenter de savoir ce qu'ils attendent de moi, mais ils ne sont pas très communicatifs et semblent attendre quelque chose ou quelqu'un.

Quand la porte s'ouvre, face à moi, je découvre tout d'abord Joshua, menotté, qui semble surpris de me voir. Il est suivi d'un homme armé et de Noah, qui se frotte les mains. Je frissonne : est-ce qu'il compte mettre son projet à exécution ?

Tout mon corps se tend vers Joshua ; je voudrais courir pour le rejoindre, mais le regard mauvais de Noah m'indique que ce serait une très mauvaise idée. Je frotte mes paumes sur mes cuisses pour tenter de dissiper mon malaise. Joshua, lui, n'hésite pas une seconde et m'atteint en deux pas. Fébrile, je passe spontanément mes mains derrière sa nuque en me rapprochant de lui.

— Ma puce, ça va ? Ils ne t'ont rien fait ?

Je lui réponds, crispée :

— Pas encore...

Il dépose sa tête contre la mienne en soupirant. Son odeur et sa présence me rassurent instantanément, et sa chaleur contre ma peau est la plus agréable des sensations ; je me détends un petit peu.

— Je suis là, ma puce, je ne les laisserai pas...

— ... Te toucher ? l'interrompt Noah d'une voix railleuse.

Joshua tourne la tête vers lui et le fusille du regard. Comme il s'apprête à se lever, je le retiens d'une main posée sur son bras, et murmure assez doucement pour que les autres n'entendent pas :

— Je t'aime, Joshua.

Les traits de son visage s'attendrissent, et je devine la colère et la peur qui se frayent un chemin à travers sa carapace de gros dur.

— Je t'aime aussi, ma princesse.

— Comme c'est mignon, se moque Noah en s'approchant de nous.

Il dépasse Joshua et vient vers moi avant de m'empoigner le bras. Joshua se lève d'un bond pour lui balancer avec une violence inouïe un coup de pied circulaire dans les reins. Pris par surprise, Noah lâche mon bras en reculant pour se rééquilibrer sur ses jambes.

— Ça t'avait manqué ? siffle Joshua, satisfait et prêt à poursuivre son œuvre.

Deux hommes s'approchent alors de lui et tentent de le maîtriser, mais il les repousse de toutes ses forces en jouant des coudes pour rester près de moi. Il plaque son corps contre le mien et je sens son cœur battre à cent à l'heure. Il n'est vraiment pas prêt à lâcher prise. Pourtant, s'il ne se montre pas plus conciliant, il risque de mourir ici, et je ne le supporterai pas.

À nouveau, je pose la main sur son bras pour le retenir. Il me regarde par-dessus son épaule et je lui souris, d'un sourire qui voudrait dire : « Je t'en prie, ne laisse pas ta colère l'emporter, j'ai besoin de toi vivant. »

Les hommes reviennent à la charge et le forcent à s'éloigner de moi en le bousculant. Cette fois, il se laisse faire, comme s'il avait compris ce que je lui demandais silencieusement. Un brusque coup de poing en plein milieu de l'abdomen lui arrache un grognement de douleur. Je me crispe, impuissante. Noah, qui se remet tout doucement de la violence du coup qu'il vient de recevoir, s'avance vers lui, affichant un détachement feint. Je devine sa colère mais également la retenue qu'il s'efforce d'avoir face à lui, comme si le moment de le faire payer n'était pas encore arrivé. Son comportement de fin manipulateur donne froid dans le dos.

— Bloquez-le sur ce fauteuil, dit-il à ses hommes.

— Et maintenant je vais prendre ce qui me revient, lâche-t-il en détaillant mon corps de haut en bas.

Je me sens mortifiée à l'intérieur mais je n'en montre rien. Je sais que je ne peux plus compter sur Joshua pour me protéger, désormais, alors je dois m'en sortir seule. Rester vigilante et saisir la moindre occasion qui se présentera à moi. Et pour cela il me faut être concentrée, aux aguets. Je ne peux pas me résoudre à laisser mes sentiments et ma faiblesse émotionnelle l'emporter.

Face à Noah, Joshua ricane.

— Parce que tu crois sincèrement qu'elle en a quelque chose à foutre de toi ? Tu t'obstines peut-être un peu trop, connard !

Je vois les mâchoires de Noah se serrer puis saillir sur sa joue, mais au lieu de lui répondre il se tourne vers moi. Il s'approche d'un pas lent et déterminé de l'endroit où je me trouve et, sans aucune délicatesse, m'empoigne le bras à nouveau.

— Si elle n'est pas pour moi, elle n'est pour personne d'autre. Je me servirai et je la tuerai, dit-il d'une voix dure et froide.

Il me tire puis me projette contre le mur. Je jure :

j'en ai assez de me sentir coincée entre lui et ces satanés murs. Je me décale spontanément pour reprendre ma liberté, mais il me bloque, cette fois avec une plus grande force.

J'essaie de me débattre pour m'enfuir, mais je n'y parviens pas.

— Tout doux, ma jolie, dit-il en faisant glisser ses doigts vers ma clavicule.

Je frissonne d'horreur, je ne supporte pas ses mains baladeuses sur moi. Mes yeux se posent sur Joshua, qui a baissé la tête pour essayer de garder son calme. Comme s'il sentait mon regard sur lui, il lève la tête vers moi. Son visage est empreint d'une rage incommensurable et il fusille Noah du regard.

Ce dernier dépose ses mains répugnantes sur mon ventre et les remonte doucement sur mes deux seins en gémissant bruyamment. Des larmes incontrôlables coulent sur mes joues, je relève la tête comme pour ravaler ma peine et mon dégoût. Et ne pas voir ce qu'il fait. Je ne peux pas subir ça sans me battre. Je m'adresse à Noah :

— Je ferai tout ce que tu voudras, mais je veux être seule avec toi.

Il m'observe, étonné.

— Encore un moyen de t'enfuir ? demande-t-il en haussant un sourcil.

— Non, je n'irai nulle part.

— Bien, sache qu'il n'y aura aucun moyen de fuir, cette fois.

Je hoche la tête. Je n'y crois pas mais suis bien satisfaite qu'il ait choisi de commettre une nouvelle erreur risible en me laissant le droit de décider à sa place ! Il se tourne vers ses hommes pour leur dire de quitter les lieux avec Joshua.

Je croise le visage affolé de ce dernier, et le rassure d'un sourire timide. Lorsque Noah les regarde partir, je m'avance et me place face à lui. Avant qu'il ait eu le temps de poser les yeux sur moi, je lève mon genou dans un coup dirigé précisément dans son entrejambe, encore. Il hurle de douleur et jure.

— Tu vas me le payer !

Comble de ma folie, je ris et vois Joshua près de la porte qui en fait autant. Les hommes qui l'accompagnent prennent tout juste conscience de ce qui vient de se passer, et Joshua profite de leur incrédulité pour s'accrocher à la porte en articulant « ma ti-gresse » à mon intention.

Je m'éloigne de Noah tandis qu'il reprend ses esprits et m'élance vers Joshua dans une course désespérée. Lorsque je l'atteins presque, il a déjà passé ses bras autour du cou de l'homme devant lui et l'étouffe. Je saute sur le deuxième homme pour l'empêcher de réagir et lui assène deux coups de pied bien placés et un coup de coude en pleine tête. Il est sonné, et je repars vers Joshua au moment où il relâche sa pression sur le cou de son adversaire, qui s'effondre à terre.

Le troisième homme, celui qui le suit, tente de s'en prendre à lui, mais Joshua ne se laisse pas faire et se retourne brutalement en lui jetant le coude dans la carotide. L'homme plaque sa main sur son cou comme pour tenter d'empêcher son sang de couler.

Joshua ne s'arrête pas là et le cogne sans relâche jusqu'à ce que la douleur le plie en deux. Hoquetant et toussant, il attrape vigoureusement l'arme qu'il a dans la ceinture, mais, avant qu'il réussisse à la diriger sur lui, Joshua la fait s'envoler d'un coup de pied. L'arme glisse des mains de son propriétaire et finit sa course par terre. Je me jette dessus spontanément et mets quelques secondes avant de me rendre compte que c'est la première fois que j'ai une arme entre les mains. Elle me brûle la paume, mais je résiste à l'envie de la lâcher et la pointe vers l'homme qui s'en prend à Joshua.

— Recule, dis-je simplement, d'une voix blanche.

L'homme perd toute sa contenance et s'exécute pour ne pas mourir.

Joshua se tourne vers moi et me supplie du regard de lui remettre l'arme. Je pense qu'il préfère exécuter le sale boulot à ma place. Je ne me fais pas prier et la lui remets rapidement. Je me tourne pour chercher la clé de ses menottes dans la poche du type qui gît par terre, près de l'entrée. Lorsque je la sens enfin entre mes mains, j'entends une première balle fuser ; je sursaute. Le bruit d'une deuxième balle retentit, et cette fois je panique. Du sang chaud coule sur mon mollet.

Je m'effondre quand la douleur explose dans ma jambe. Je tourne la tête et distingue Noah, un pistolet à la main. C'est lui qui m'a tiré dessus. Je n'ai pas le temps de réagir : Joshua se précipite sur lui dans un bruit sourd.

— Tirer sur cette femme sera la dernière chose stupide que tu feras de ta vie ! crache-t-il.

Il colle alors son arme sur sa tempe et n'hésite pas à appuyer sur la détente.

Le bruit sourd de la balle qui explose le crâne de Noah retentit dans la pièce et résonne dans mes oreilles longtemps après. Je vois Noah s'effondrer brutalement par terre. Joshua essuie machinalement son arme sur les vêtements de ce dernier et avance d'un pas pour viser à la poitrine le troisième homme, déjà à terre. Le coup part et j'entends des gargouillis incompréhensibles sortir de la bouche de l'homme, puis le silence.

Je regarde mon mollet et je m'aperçois que mon jean est imbibé de sang. La douleur est intense mais mon esprit est comme sidéré par ce déchaînement de violence, et je ne fais pas un geste. Joshua s'accroupit près de moi et déchire le bas de mon pantalon pour examiner la blessure. Je l'entends jurer. Il retire son

T-shirt, le déchire et enroule le morceau de tissu pour comprimer ma plaie.

— Tout ira bien, ma puce.

Dans un moment de lucidité, je lui tends les clés de ses menottes et il me remercie en entreprenant de se détacher seul. Lorsqu'il libère ses mains, il les dépose autour de mon visage et m'embrasse doucement.

— Je vais terminer le travail et nettoyer ce trou à rats, me dit-il.

— Non, ne me laisse pas, s'il te plaît...

— Je ne t'abandonnerai jamais, fais-moi confiance. Mais je dois les tuer si nous voulons être en sécurité. Ensuite, je reviendrai te chercher pour te ramener à la maison.

Je m'agrippe à lui pour qu'il ne me quitte pas, mais je finis par me raisonner et le lâche en soupirant.

— Ne meurs pas, Joshua, dis-je dans un tremblement plein de sanglots.

— Compte sur moi, ma puce.

Il m'embrasse une dernière fois et se lève pour quitter la pièce en ramassant les armes qui traînent par terre.

Je reste allongée dix minutes, quinze, puis vingt. Mon angoisse semble se déployer au rythme du temps qui passe. J'essaie de ne pas regarder, gisant près de moi, les corps des trois hommes et de Noah, et me concentre uniquement sur ma plaie. On dirait qu'elle a arrêté de saigner, pourtant la douleur s'intensifie et m'arrache quelques gémissements. Je n'entends qu'un silence entrecoupé de quelques rafales de balles pendant lesquelles je cesse littéralement de respirer. Leurs bruits tranchent l'air de manière discontinue tandis que l'angoisse comprime l'air dans mes poumons. Immobile, je reprends mon souffle, m'efforçant d'imprimer un rythme régulier à ma respiration saccadée par la peur que je ressens pour Joshua. Quand à nouveau plus aucun bruit ne se fait entendre, la terreur m'envahit. J'ai peur pour Joshua, je suis terrifiée, pour être exacte.

Au bout de trente minutes d'attente, je rampe vers le corps sans vie de Noah pour y chercher un téléphone. J'ai besoin de parler à l'un de mes frères, j'ai besoin de savoir que tout ira bien dans leur monde de psychopathes.

Je me garde bien de regarder la tête en mille morceaux de Noah quand je fouille ses poches pour y trouver son portable. Je le saisis et m'éloigne rapidement, comme s'il pouvait encore se réveiller pour continuer à me persécuter.

Mes doigts tapent avec difficulté le premier numéro qui me vient à l'esprit, celui de James. La tonalité résonne dans mon oreille. Quand je crois qu'il ne répondra plus, je finis par l'entendre :

— Oui ? lance-t-il d'une voix dure.

C'est lui, c'est James ! Des larmes irrépressibles coulent sur mes joues. Je suis tellement contente de pouvoir à nouveau lui parler. Je sanglote dans l'appareil.

— James, c'est moi, c'est Emily.

— Emy ? Comment ? Est-ce que ça va ? bafouille-t-il.

— Je vais bien. On m'a tiré dessus mais je ne crois pas que ce soit grave. Je m'inquiète pour Josh, il a réussi à se détacher et il m'a quittée depuis plus de trente minutes, dis-je en respirant à la fin de ma tirade. Il y a eu plein de tirs, et maintenant je n'entends plus rien, mais il ne revient pas...

— Emy, ne t'inquiète pas pour Josh, il est bien entraîné, il s'en sortira. On arrive, Emy. On vient te chercher. Reste en sécurité. On arrive, répète-t-il.

— James, je... Je vous aime, dis-je, la voix brisée.

— Tu me le diras tout à l'heure, dit-il en guise d'encouragement.

Oui, je vais les revoir. Ils viennent me chercher et

ils me ramèneront à la maison. Je dois me concentrer sur cette idée.

— À tout à l'heure, lui dis-je d'une voix plus assurée, avant de raccrocher.

Je reste un long moment allongée sur le dos, le téléphone encore dans les mains. Soudain, la porte s'ouvre et des hommes entrent. Je me recroqueville et me cache derrière la table basse. Ils ne m'ont pas encore repérée, mais ce n'est qu'une question de temps.

— Putain, ce connard est résistant, crache une voix que je reconnais : le tatoué.

— Il faut qu'on la trouve, je crois qu'il s'arrêtera de tirer si on la tient.

Merde. Je tremble sans pouvoir m'arrêter. Ils me cherchent et je suis à deux mètres d'eux. Ma jambe est douloureuse, et j'ai peur de ne pas tenir longtemps dans la position inconfortable où je suis. Je rassemble tout mon courage et essaie de me préparer à me défendre : il faut que j'attrape une arme qui gît sur le corps du type couché devant moi. Je rampe jusqu'à lui le plus discrètement possible quand je sens quelqu'un m'agripper le poignet en riant.

— Tu disais ? dit l'un des hommes en s'adressant aux autres et en me montrant comme un trophée.

Je crois que ma situation ne pouvait pas être pire. Ils n'hésiteront plus à me tuer, maintenant, et je n'ai absolument pas la force de courir avec ma jambe blessée. Je n'ai plus aucune solution.

Le type me relève en passant un bras autour de ma taille, il me porte presque. Je dépose ma jambe valide par terre et j'observe le tatoué tandis qu'il approche de moi, un sourire jusqu'aux oreilles.

Il baisse la tête et son regard s'accroche au cadavre près duquel je me tiens. Ses yeux s'immobilisent quand il reconnaît les vêtements de son fils. Ses prunelles s'assombrissent, elles se ternissent sous l'effet de la douleur, et un pli amer vient remplacer au coin de ses lèvres le sourire qu'il arborait jusque-là. Je devine la souffrance qui fait son chemin vers son cœur, et la colère qui doit gronder en sourdine dans ses entrailles. Il jure entre ses dents. Ses maxillaires sont agités de spasmes qui traduisent une violence extrême. Il a perdu ses deux fils et il va me le faire payer au centuple. Je ne le lâche pas du regard lorsqu'il se tourne vers moi.

— Il a l'air de beaucoup t'aimer, ce type, dit-il en montrant la pièce d'à côté.

Je me mure dans le silence sans cesser de le regarder, alors il reprend, en chassant toute trace d'émotion dans sa voix :

— Comme mon stupide de fils, il sera sûrement prêt à prendre les mauvaises décisions et à se sacrifier pour toi, non ?

Je fais non de la tête en sanglotant.

— Je ne veux pas que Joshua se sacrifie pour moi, je veux qu'il vive.

— C'est ce qu'on verra, dit-il en sortant et en faisant signe au type qui me soutient de m'aider à le suivre.

La seule pensée qui m'habite alors, c'est que Joshua est encore en vie et que mes frères ne vont plus tarder à débarquer pour nous prêter main-forte. Pour ce qui me concerne, je ne suis pas réellement sûre de pouvoir survivre aux prochaines minutes.

Je rassemble mon courage et boite pour suivre le tatoué. Nous pénétrons dans une grande salle à manger. Au centre, une table rectangulaire entourée de chaises dorées peut accueillir une vingtaine de personnes. Kitsch au possible, leur décoration, me dis-je. Mais ce qui retient mon attention c'est un homme au fond de la pièce.

Il tient dans sa main droite un fusil d'assaut, et dans l'autre un couteau ensanglanté. Il est torse nu et couvert de poussière et de sang séché. Il aurait pu me paraître incroyablement effrayant, et sa vue fait bondir en moi une vague d'amour infini.

Lorsque Joshua me voit sur le seuil, je devine que son armure vole en éclats et ses pupilles s'immobilisent dans les miennes. Le tatoué le remarque et déclare :

— Toi aussi, tu as craqué pour ses beaux yeux ? Ou pour son beau petit cul, peut-être ? Admirable, c'est vrai, ajoute-t-il en se penchant sur moi. Tiens, ça me donne une idée, lance-t-il en sortant.

Joshua ne réagit pas et me regarde avec encore plus d'intensité. Il s'avance vers nous, faussement décontracté, mais je remarque que sa mâchoire est crispée et que ses mains se resserrent sur les armes qu'il tient. J'articule un « désolée » à son intention, mais il ne relève pas et poursuit sa progression vers nous, sans ciller. Tous les muscles de son corps se tendent quand l'homme qui me soutient dépose sa main sur mon sein en faisant mine d'y prendre du plaisir. J'essaie de me débattre pour qu'il me lâche, mais il n'en fait rien.

— Ne t'approche pas davantage ou je la tue de mes propres mains, menace le tatoué.

Joshua semble faire un grand effort sur lui-même, et se force à s'arrêter sans me lâcher du regard, il est comme hypnotisé.

Soudain, une explosion violente me projette en avant, et je retombe comme une masse sur le marbre glacé. Ma jambe heurte brutalement le sol, me tirant un gémissement de douleur.

La suite est confuse. Tout s'enchaîne si vite ! Des mains m'agrippent à nouveau la taille, et je me débats pour qu'elles me lâchent jusqu'à ce que j'entende la voix de Joshua résonner dans mes oreilles :

— C'est moi ! crie-t-il.

Je cesse instantanément de bouger et le laisse m'attraper dans ses bras. La poussière qui nous entoure est si dense que je ne distingue rien de ce qui se passe.

Un mur derrière nous a volé en éclats, dispersant des particules de béton à travers toute la pièce.

Je me frotte les yeux pour y voir plus clair et je découvre Will. Il apparaît peu à peu, au fur et à mesure que les débris de plâtre se déposent au sol. À ses pieds, le tatoué gît dans une mare de sang. Je détourne la tête, incapable de supporter ce spectacle macabre. Puis je me laisse faire : Joshua m'emmène à l'extérieur. Il me dépose délicatement sur l'herbe humide. Alors qu'il semble sur le point d'aller rejoindre mes frères à l'intérieur, je demande dans un souffle :

— Reste avec moi.

— Je ne vais nulle part, ma puce, me rassure-t-il.

Je ressens une brûlure dans le dos ; pour dire vrai, j'ai l'impression d'être passée sous un rouleau compresseur. Toutes les fibres de mon corps me font souffrir, et je voudrais pouvoir dire à mes os, à mes muscles, de cesser de m'envoyer tous ces signaux de douleur. J'ai saisi le message, je suis mal en point.

Joshua se contente de rester près de moi et de me caresser doucement les cheveux, alors qu'à l'intérieur on entend des cris et des tirs de balles retentir à nouveau. Quand le silence revient, je finis par me laisser sombrer pour supporter la douleur et j'abandonne tout mon courage et mes forces au pied de cette maison de malheur.

23

Quand je reviens à moi, je ne perçois que l'obscurité, et le bruit sourd du moteur d'une voiture. Quelqu'un me tient dans ses bras et je sens sous ma tête les battements réguliers d'un cœur.

— L'informateur a essayé de nous orienter de l'autre côté de l'île pour pouvoir vous piéger, mais l'alerte du traceur d'Emy nous a fait comprendre qu'on était sur une fausse piste. On s'est fait un plaisir de le dégommer avant de faire demi-tour, dit une voix rauque, certainement celle de Will.

— Oui, parce qu'on te connaît : t'es assez con pour la faire nager avec les requins mais pas assez pour la faire quitter l'hôtel, envoie James à l'intention de Joshua.

J'entends les rires moqueurs de mes frères ; et celui de Joshua qui me secoue doucement, ce qui réveille ma douleur. Je me crispe légèrement et il le remarque.

— Tu es réveillée ? me demande-t-il.

— Oui, je vous écoutais vous moquer de mon professeur de surf et ça m'a quelque peu froissée.

Je jette un regard à James, qui me sourit.

— On t'emmène à l'hôpital, petite sœur, m'explique Ethan.

— Faites..., dis-je, éreintée.

Je referme les yeux et me laisse envahir une nouvelle fois par la fatigue. Je somnole jusqu'à ce que l'on me dépose sur un brancard et qu'on me transporte dans une salle de consultation.

Mon père nous y attend, les traits tirés par l'épuisement. Un médecin au sourire rassurant me prend en charge, tandis qu'une infirmière m'isole quelques minutes derrière un paravent pour m'aider à enfiler la blouse de l'hôpital, puis me ramène près de ma famille et de Joshua. Le médecin demande qu'on nous laisse quelques minutes pour qu'il m'ausculte la jambe et le dos. Mes frères m'embrassent et rejoignent la salle d'attente sans tarder. Joshua, quant à lui, insiste pour rester près de moi, mais le regard noir de mon père finit par lui faire lâcher prise. Je lui offre un sourire compatissant lorsqu'il me quitte pour rejoindre mes frères.

Après plus d'une demi-heure de consultation et une radiographie, le médecin décide de me faire passer au bloc opératoire pour retirer la balle qui s'est logée dans mon mollet, sans faire trop de dégâts, apparemment. Mon dos est lacéré de petites égratignures, mais je ne me suis rien fracturé dans ma chute. On me pose une perfusion et un bracelet d'identification avant de me donner un comprimé pour me détendre.

Les brancardiers qui doivent me transporter se font attendre, et mes frères en profitent pour revenir me soutenir, Joshua à leurs trousses. Ils rient en me voyant le regard déjà vague sous l'effet du calmant qu'on m'a administré en prévision de l'opération. Je les interroge d'une voix molle :

— Vous me ramenez à la maison, après ça ?

— Le jet est déjà prêt à décoller, m'informe Will.

J'inspire profondément.

— J'ai hâte.

Je commence à m'endormir pour de bon lorsqu'on me transfère sur un brancard pour me conduire au bloc. Mes frères me serrent tendrement l'épaule, et Joshua dépose sur mon front un baiser discret. On m'emmène dans une salle aseptisée où plusieurs membres du personnel soignant sont déjà prêts, charlotte sur la tête et masque chirurgical sur le visage. On couvre mon nez d'un masque, et l'anesthésique diffuse dans tout mon corps une torpeur très agréable, qui m'empêche de bien suivre les explications du chirurgien. Ce dernier sort se préparer, et je sombre dans le sommeil artificiel et apaisant que m'offre l'anesthésie.

À mon réveil, je suis déjà installée dans une chambre individuelle. Une grande fenêtre donne sur un jardin verdoyant. Je le regarde quelques secondes avant de tourner la tête vers la porte, et je m'aperçois que tous mes frères sont réunis autour de moi ; seuls Joshua et mon père manquent à l'appel. Ma voix, plus rauque que d'habitude, m'étonne quand je m'entends prononcer :

— Je suis de retour ?

— Heureusement ! L'anesthésiste a eu le temps de se demander s'il n'avait pas un peu trop forcé sur le produit qu'il t'a injecté.

Je souris, moqueuse.

— Il a eu peur de perdre son emploi ?

— Il a eu peur de Joshua, qui lui a mis une sacrée pression en te voyant dormir autant, répond Matthew en riant.

James lui jette un regard noir, auquel mon frère, visiblement soulagé de me voir et bien décidé à laisser éclater sa joie un brin puérile, répond du tac au tac :

— Eh ! Ah bon, on n'a plus le droit de parler de Joshua, maintenant ? Je vais me gêner ! Frérot, il fait partie de la famille et de la vie d'Emy, que tu le veuilles ou non. Ethan et moi, on est d'accord sur ce point : c'est notre sœur, mais c'est son choix.

— Où est-il, justement, Josh ? demandé-je.

— Il discute avec papa dans le couloir, répond James sèchement.

— À propos de quoi ?

— Tu as décidé de ne pas lâcher le morceau, hein,

petite sœur ? lance James en souriant, avant de poursuivre : Ils discutent de ce qui s'est passé aujourd'hui.

— Papa veut des détails, m'explique Ethan, pour préciser la situation.

— Bien, bien. Et comment s'est passée mon opération ?

— Le chirurgien a retiré la balle, réparé les tissus lésés et refermé le tout avec des agrafes. Tu n'auras plus qu'à te les faire retirer en rentrant à New York et tu seras comme neuve, m'explique Will.

— Neuve ? Rien que ça ! lancé-je d'un ton railleur.

— Tu l'as échappé belle, encore une fois, Emy..., dit Ethan, le regard soucieux. Tu joues vraiment avec le feu...

— Heureusement qu'ils ont fait la connerie de prendre Joshua avec toi, explique Matthew.

— Pourquoi ?

— Ils l'ont sous-estimé et il a dégommé plus d'une vingtaine de mecs avant qu'on arrive, m'informe Will en riant.

Je tressaille et répète, incrédule :

— Vingt ?

— Ouais, il y avait du monde dans cette fourmilière, plaisante James.

Je ne sais pas ce qui me choque le plus, le fait que Joshua ait tué plus de vingt personnes dans la même journée, ou que Will et James parviennent à en rire.

— Est-ce que j'ai encore un risque de recroiser ces mecs-là ?

— On a tué tous les membres influents de cette organisation mafieuse. Quand on rentrera à New York, on enquêtera pour vérifier qu'aucun associé ne nous a échappé, dit James.

— Pas un homme ! On ne laissera aucun d'entre eux respirer s'il est lié de près ou de loin à cette mafia, complète Will.

— Ça fait beaucoup de morts...

— Ce ne sont pas des gens bien, rétorque Matthew.

Je me retiens de demander si eux se considèrent comme des gens bien. À mes yeux, oui, ils en sont et en ont toujours été, mais aux yeux des autres ? Je crois qu'ils ne sont que des criminels et des trafiquants de drogue. Et moi-même, depuis le début, je suis liée à tous ces trafics, à ces meurtres, bien que je n'en aie longtemps pas eu conscience. Cette vérité me fait froid dans le dos, mais je la repousse faute de pouvoir y changer quoi que ce soit.

— Quelle heure est-il ? demandé-je en bâillant.

— 11 heures. Dors, ne t'occupe pas de nous, répond Ethan.

Sa réponse me fait paniquer.

— Vous rentrez à l'hôtel ?

Je sais que Noah est mort, j'ai vu son corps sans vie qui gisait sous mes yeux ; pourtant, mon angoisse ne veut pas disparaître. Il faudra bien que je réussisse à la mettre de côté pour avancer. J'ai envie de reprendre ma vie en main. Entre mes études et ma vie sentimentale, il n'y a pas de place pour ce stress quotidien. Je dois m'habituer au danger qui pèsera sans cesse sur moi parce que je suis la sœur, la fille et la femme de ces hommes.

— James et Will vont rentrer dans une heure. Matthew et moi, on ne sera pas loin, si tu as besoin de nous, m'explique Ethan.

— OK, merci.

Une fois que Will et James ont quitté la chambre, Joshua ne tarde pas à faire son apparition. C'est agréable, de passer un moment détendu, en famille et avec lui. Quand Ethan et Matthew s'éclipsent à leur tour, il ne se fait pas prier pour me rejoindre et s'allonge dans mon dos en m'entourant de ses bras. Le lit doit lui paraître vraiment minuscule, il est si grand ! Mais il ne se plaint pas et ne bouge pas d'un centimètre pendant la nuit entière.

C'est son téléphone qui me réveille, à l'aube. Joshua le récupère pour lire le message qu'il a reçu et se lève d'un bond hors du lit en s'emmêlant dans le drap et en manquant de se casser la figure. Sa tête hirsute me fait rire.

— Qu'est-ce qui se passe, Josh ? Tu as vu un fantôme ?

— Matthew vient de me prévenir que ton père est en chemin...

— Bon sang, mon père te fout vraiment les jetons, à ce que je vois, dis-je en me moquant.

— Je suis à deux doigts de récupérer ma place dans la chambre à côté de la tienne, à la maison. Je ne veux pas tout gâcher, m'explique-t-il.

— Ce n'est pas vrai : sérieux ?

Pour toute réponse, il me fait un clin d'œil et s'assoit sur la chaise à côté de moi.

— Ça te tente toujours, un homme de main à portée de main ? demande-t-il très sérieusement.

— Ah ! Ah ! lancé-je avec un geste théâtral. Tu manques cruellement de sommeil, Josh, repose-toi, dis-je en pouffant.

Il rit aussi, mais son rire se mue en toux quand mon père fait soudain son apparition dans la chambre.

— Salut, ma chérie. Joshua, reprend-il en hochant la tête poliment dans sa direction.

— Je vous laisse vous entretenir avec votre fille, s'excuse Joshua en sortant.

J'ai envie de rire en le voyant jouer le rôle du copain coincé, mais je me retiens et reporte mon attention sur mon père.

— Comment tu vas, ce matin, ma petite fleur ?

— Mieux, la douleur est beaucoup plus supportable. J'espère pouvoir remarcher ce matin.

— D'après le médecin, il n'y a pas de contre-indication.

Tu devras t'aider de béquilles pour ne pas trop solliciter ta jambe blessée et la laisser guérir tranquillement.

— Alors on peut repartir aujourd'hui ? demandé-je, enthousiaste.

— Non, le médecin a expressément demandé que tu restes sous surveillance encore une nuit.

En voyant ma mine boudeuse, il me pince la joue doucement.

— Ne fais pas cette tête, ma fille, une nuit, ce n'est pas grand-chose.

— OK, une nuit. Je pense pouvoir le faire, dis-je en retrouvant le sourire.

— Je dois m'occuper des réparations à l'hôtel. Je reviendrai te voir demain matin. Passe une bonne journée et essaie d'écouter les médecins : ne force pas sur ta jambe blessée. OK ?

— Ne t'en fais pas, papa, à demain.

Il m'embrasse doucement sur le front et quitte la pièce d'un pas rapide. Il a apparemment plein de choses à gérer. Je suis certaine que l'hôtel n'est pas vraiment au centre de ses préoccupations, mais il se refuse à être honnête avec moi... Après ce que j'ai vécu ici, je comprends mieux ses angoisses et je ne suis plus sûre de vouloir savoir tout ce qui se trame. Le mensonge fait partie de ma vie, après tout. J'ai appris à fonctionner avec. Moi aussi, je mens. Je mens à mes proches en taisant ma relation naissante avec Joshua. Mais c'est une façon de nous protéger. Je n'aurais jamais imaginé que ma vie de famille serait à ce point teintée de non-dits et de mensonges, pourtant aujourd'hui je ne vois pas comment il pourrait en être autrement. Je n'accepte pas leur mode de vie, leurs trafics et la violence qui en découle, alors je préfère fermer les yeux et ignorer cette partie immergée de leur quotidien. J'attends d'eux qu'ils en fassent de même s'ils ne tolèrent pas mes décisions.

Après le départ de mon père, Joshua revient très vite à mon chevet et m'aide à me lever pour m'accompagner jusqu'à la douche. Une fois dans la salle de bains, je remarque que son visage a récupéré des couleurs et de la gaieté.

— Tu peux me laisser, je vais me débrouiller...

— Pas question que je te laisse, tu as besoin de moi, dans ton état.

— Dans ce cas-là, va appeler une infirmière, je ne veux pas de toi ici.

Il ricane en se tenant le ventre.

— Tu as peur de moi, maintenant ? Je ne vais pas te sauter dessus, ma puce, je veux juste t'aider à te laver.

— Toi et moi savons que tu n'es pas capable de faire ça sans arrière-pensée.

J'ai répondu en gloussant, et il soupire puis agite la main comme pour chasser mes bêtises. Il me fixe et s'approche de moi pour m'embrasser, puis se recule avec regret.

— OK, tu as peut-être raison, je vais appeler l'infirmière.

Il rit en sortant de la salle de bains et je le regarde partir, un sourire collé sur le visage.

Une infirmière me rejoint deux minutes après et m'aide à me déshabiller. Je suis un peu gênée de me retrouver nue devant elle, mais c'est une femme et ce n'est certainement pas la première fois qu'elle fait ça. Elle m'aide à passer le savon sur mon corps et à me sécher. Une fois que je suis totalement habillée, elle me soutient pour me ramener jusque sur mon lit.

— Vous avez besoin d'autre chose ? me demande-t-elle.

— Est-ce que vous pourriez rappeler l'homme qui était avec moi tout à l'heure ?

— Bien sûr, il attend dans le couloir, dit-elle avec un sourire complice. Vous avez la sonnette près de vous, en cas de besoin, m'explique-t-elle.

Je la remercie et elle quitte la chambre en me laissant assise sur le lit, propre et beaucoup plus détendue. L'odeur du sang et du béton a enfin déserté mon nez, et je ne sens plus que celle du gel douche à la vanille. Comme si une douche pouvait effacer la journée d'hier. J'ai l'impression de reprendre mon souffle, enfin. Je cale mon dos contre le mur et contemple la porte, perdue dans mes pensées, lorsque Joshua fait son apparition.

— Ce sourire doit-il m'inquiéter ? Qu'est-ce qu'elle t'a fait ? me demande-t-il, très sérieux.

Je glousse.

— Quel idiot tu fais, je suis seulement contente de sentir bon et d'être enfin propre.

— J'aime bien ton odeur de sauvageonne, aussi.

J'éclate de rire, et il se cale derrière mon dos en m'entourant de ses jambes. Il passe ses bras autour de mes hanches et pose ses mains sur mon ventre, m'enfermant tout contre lui.

— Hum... Pourquoi c'est si bon, de t'avoir dans mes bras ? marmonne-t-il.

— J'ai la peau douce, moi, dis-je en pointant d'un doigt moqueur sa barbe, qui me picote le visage.

— Je croyais que tu aimais mon côté animal sauvage ? rétorque-t-il en levant un sourcil.

— Il y a sûrement des facettes de ta sauvagerie que j'adore, mais je me garderai bien de te dire lesquelles.

Ma réplique a le mérite de faire naître en lui une vague de désir. Je le sens se tendre à ces mots, et je baisse la tête pour regarder ses mains resserrer leur étreinte sur mon ventre. Je m'empourpre.

— OK, j'ai peut-être un problème pour me contenir. Mais tu me fais beaucoup d'effet..., lâche-t-il d'une voix suave.

— Tu m'en fais aussi..., dis-je en souriant. Mais c'est nouveau pour moi et je ne suis pas toujours à l'aise...

— Ça viendra, j'aime te mettre le feu aux joues en attendant, dit-il en riant.

Il me serre encore plus fort contre lui et m'embrasse dans le creux du cou. J'ai des frissons dans tout le corps et des papillons dans le ventre. Il est le seul à pouvoir me faire ressentir ça.

— Je t'aime, ma puce...

Je laisse ma tête retomber sur son épaule et me délecte de ces paroles qui me font du bien.

Un agent de service ne tarde pas à interrompre ce moment d'intimité en apportant un plateau pour le petit déjeuner. J'essaie de m'écarter de Joshua lorsqu'il s'avance vers nous, mais Joshua me retient dans ses bras de manière très possessive. Je lui jette un regard interrogateur et il me répond en haussant les épaules. Ce mec arrive à être jaloux d'un parfait inconnu.

— Qu'est-ce que vous auriez aimé boire ? Café ? Chocolat ? Lait ? Thé ? me demande l'agent.

— Du café, s'il vous plaît.

— Je vous amène ça tout de suite, répond-il.

Je le remercie et il quitte la pièce.

— Pourquoi tu essaies de t'éloigner de moi constamment ? demande Joshua, me surprenant avec une question qui renverse complètement la situation.

Je bafouille :

— Je... On était un peu... C'est gênant.

Joshua rit, mais reprend son sérieux quand l'agent entre à nouveau pour déposer le café sur la petite tablette qu'il a installée devant moi.

— Merci, dis-je avant qu'il quitte ma chambre.

Il se tourne, me sourit poliment puis sort en silence de la pièce.

— N'essaie plus de t'échapper, tout le monde doit savoir que tu es à moi.

Je pouffe, mais son visage impassible me déroute, car je me demande s'il parle sérieusement.

— Il faut une bonne dose d'arrogance pour penser une chose pareille ! Je n'appartiens à personne, je suis une femme libre.

— Ouais, dans tes rêves. Tu m'as toujours appartenu. C'est juste que tu ne le sais pas encore, grogne-t-il.

Cette fois, j'ai franchement envie d'éclater de rire devant l'absurdité de ses propos. C'est la meilleure ! Moi, lui appartenir ? Je n'appartiens qu'à moi-même et je compte bien protéger cette liberté chèrement acquise. Je ris de plus belle.

— Joshua, j'espère que tu plaisantes...

— Non, pas vraiment... Je n'ai pas aimé sa façon de te regarder et de te parler, c'est tout, bougonne-t-il.

— Il a juste voulu être poli, rien de plus ! dis-je, excédée.

Il hoche la tête, mais je le soupçonne de vouloir calmer le jeu plutôt que d'entendre raison. Je ne comprends pas ce qui a bien pu l'inquiéter à ce point dans le comportement de l'agent de service. La jalousie et la possessivité de Joshua semblent atteindre des sommets, pourtant je ne lui donne aucune raison d'éprouver de pareils sentiments.

Le reste de la journée se déroule dans le calme et l'apaisement. Joshua reste auprès de moi lorsqu'on me retire la perfusion et que je démarre dans la foulée les premières séances de kinésithérapie pour remobiliser les muscles de ma jambe. Il est attentif et silencieux, et accepte de se mettre en retrait pendant que les professionnels de santé interviennent sur ma jambe. Je pourrais presque croire qu'il cherche à se faire pardonner sa réaction excessive de ce matin.

En fin de journée, mes frères au grand complet me rendent visite pour bavarder autour d'un énorme gâteau au chocolat. Comme ils le posent sur la tablette, je demande :

— C'est en quel honneur ?

— Pour te remonter le moral, dit Ethan.

— C'est adorable, merci.

Nous échangeons des banalités tandis que je me régale ; les repas de l'hôpital ne sont pas vraiment délicieux, si bien que ce gâteau est tout bonnement exceptionnel : mes papilles en redemandent. Soudain me vient une question, que je leur pose à brûle-pourpoint :

— Pourquoi la police n'a lancé aucune enquête au sujet de la balle que j'avais dans la jambe ?

— Papa s'est occupé de la paperasse, ne t'en fais pas, m'explique Will.

— Et puis de toute façon les fédéraux ne doivent pas être impliqués dans nos affaires, ajoute Ethan.

— OK... Jamais ?

— Jamais, confirme James.

Je hoche la tête, satisfaite, et embraye sur un autre sujet : notre départ. Il est prévu pour le lendemain en fin de matinée, ce qui me réjouit. Mais mes frères me préviennent : ils n'accepteront de partir que lorsque le médecin aura signé les papiers de ma sortie et que je pourrai quitter l'hôpital en toute sécurité.

Vers 19 heures, ils me laissent à nouveau, et repartent régler quelques « détails » non sans me donner rendez-vous demain matin. Après plusieurs parts du délicieux gâteau au chocolat qu'ils m'ont généreusement laissé, je n'ai plus vraiment d'appétit pour manger le repas de l'hôpital. Joshua se fait une joie de l'engloutir à ma place, en dépit de son aspect... peu gastronomique.

— J'aimerais que tu te confies un peu plus à moi, Joshua, dis-je soudain.

— Sur quoi veux-tu que je m'ouvre davantage, ma puce ? demande-t-il en souriant.

— Sur ton enfance, ton adolescence, ton père...

Son sourire disparaît, remplacé par un rictus qui efface toute bienveillance de son regard. Son visage se ferme et ses traits se durcissent. Je m'en veux de l'obliger à ressasser ce qu'il voudrait oublier, et me sens obligée de me justifier :

— Je ne te connais pas si bien que ça, tout compte fait. On te décrit comme un homme violent et traumatisé. Et moi je ne vois en toi que de la douceur, du respect et de l'amour. Je suis perdue..., dis-je en levant les yeux vers lui.

Mes mots ont visiblement réussi à l'attendrir un peu.

— Tu es la seule personne au monde qui soit capable de me faire éprouver ces sentiments positifs, Emy. Je ne suis pas le même homme avec les autres..., me confie-t-il, les yeux dans le vague.

— Raconte-moi, explique-moi pourquoi, tout simplement.

— Disons que mon père a cherché à me punir de la mort de ma mère. Il était violent, et mauvais avec moi. Je n'ai pas beaucoup de bons souvenirs de mon enfance.

Je reste silencieuse, lui laissant le temps, pour l'encourager à reprendre.

— Quand je rentrais de l'école, il était violent. Mais il faisait bien attention à ne pas frapper des parties de mon corps susceptibles d'être vues par les adultes de l'école. Dès qu'il avait terminé de se défouler, il m'enfermait dans la cave pour être tranquille, et je n'en sortais que le lendemain. Je dormais sur le sol glacé et je passais la nuit à compter le nombre de minutes qui me séparaient du lever du jour. Il me donnait rarement à manger. En vacances, sans cantine, je restais parfois une semaine sans rien avaler.

Je vois la tristesse ternir ses traits, et mes larmes menacent de jaillir. Je me racle la gorge et tente de me ressaisir.

— Personne ne s'est rendu compte de ce qu'il te faisait endurer ? Je veux dire : à l'école...

— Je crois que tout le monde s'en doutait. Mes copains voyaient bien les traces de coups quand j'allais surfer avec eux, mais je leur avais interdit d'en parler. Je les menaçais de ne plus pouvoir les rejoindre si ça se savait. Quant à mes profs, ils voyaient bien que j'allais mal, physiquement mais aussi psychologiquement. Ceci dit, sans preuve formelle, aucun n'a cherché à se mouiller pour dénoncer mon père aux services sociaux.

Je baisse les yeux et cette fois je n'arrive plus à retenir mes larmes. C'est atroce. Il a dû se sentir tellement seul. La voix brisée, je demande :

— Qu'est-ce qui a changé quand tu es devenu adolescent ?

Joshua passe sa main sur ma joue, tendrement.

— Quand j'ai déménagé pour venir vivre à New York, j'étais devenu aussi grand que mon père et beaucoup plus costaud. J'ai commencé à apprendre en cachette la boxe thaïe et les bases de l'autodéfense dans une salle de sport. C'est dans ces cours que j'ai rencontré ton père : il m'a entraîné et m'a poussé pour faire de moi une vraie arme de destruction. Ton père est un homme bien, Emy, et tu le sais. Il vit dans un monde de violence, mais fait tout ce qu'il peut pour aider les jeunes qui risquent de tomber dedans. Il les encadre, leur inculque les valeurs que leurs parents ne savent pas leur transmettre, représente un repère pour eux... Il est très fort, en tant que baron de la drogue, mais c'est dans le rôle de grand frère qu'il est le meilleur. Et c'est ce rôle qu'il a d'abord joué avec moi. Il m'a tiré du cauchemar dans lequel je vivais en me remettant debout, en m'apprenant la fierté, la fidélité à certains principes. Et l'honneur. Quitte à me laisser travailler dans les trafics illégaux, il voulait que je sois prêt, et, dans la mesure du possible, que je reste quelqu'un de bien. Que je respecte mes engagements et que j'obéisse aux lois du milieu. Et puis de mon côté j'avais aussi mon projet personnel, et, quand j'ai été suffisamment fort pour faire le poids contre mon père, je ne me suis plus jamais laissé faire...

Après ce si long discours, son silence me fait froid dans le dos, et j'attends qu'il poursuive.

— Tous les coups qu'il me donnait, j'ai commencé à les lui rendre, en dix fois plus fort. Jusqu'au jour où... je n'ai pas réussi à contrôler ma haine et je l'ai tué.

— Qu'est-ce que tu as fait après ça ?

— J'ai immédiatement pensé à ton père ; il représentait un pilier pour moi. Mon réflexe, ça a été d'aller le voir, et je lui ai tout avoué. Il m'a écouté sans me juger. Il m'a demandé où j'avais mis le corps et s'est occupé de le faire disparaître. Comme je n'avais plus d'endroit où aller, il m'a hébergé au siège et m'a pris sous son aile.

Je lève les yeux vers lui et distingue dans les siens la reconnaissance qu'il ressent pour ce que mon père a fait pour lui. Il ne lui en veut absolument pas de l'avoir embarqué dans un nouvel engrenage de violence. Entre eux, c'est au-delà, et Joshua sait gré à mon père de l'aider à rester droit.

— J'ai toujours fait plus pour ton père que pour quiconque, car je lui dois d'être encore en vie et en liberté. J'ai assassiné, torturé et commis bien d'autres méfaits que tu ne voudrais pas entendre...

À ces mots, mon ventre se tord, mais je reste mutique et immobile devant lui.

— Je lui ai prouvé ma loyauté à chaque fois que je l'ai pu, pendant les années qui ont suivi, et un jour il m'a fait l'honneur de me choisir pour assurer ta protection, dit-il avec un sourire sincère. Au départ, je ne savais pas vraiment à quoi m'attendre. Bon, pour être honnête, je croyais que j'allais rencontrer une peste pourrie gâtée, lâche-t-il en riant au bout de quelques secondes.

Je fais mine d'être touchée en plein cœur, mais je ris à mon tour.

— Le jour où ma route a croisé la tienne, j'ai découvert une jeune fille pleine de vie et reconnaissante pour ce que sa famille lui offrait. J'ai vu une jeune fille magnifique, respectueuse de tout et de tout le monde. Je crois que je me rappellerai toujours la première fois que nous nous sommes croisés.

Le ton mélancolique qu'il emploie, et qui lui ressemble si peu, attise ma curiosité.

— Ah oui ? Raconte...

— Tu rentrais tout juste d'une course avec James. Tu étais exceptionnellement belle, comme d'habitude. Tu t'es mise aux fourneaux et tu as préparé une centaine de crêpes dans la cuisine. Ça t'a pris un temps fou. Quand tu as eu fini, tu es enfin sortie ; tu avais l'air épuisée et tu m'as croisé dans le couloir. Tu m'as dit : « Salut, Joshua, apparemment, tu es de corvée : c'est toi qui restes avec moi ce soir. J'ai préparé des crêpes pour adoucir ta peine. » Je t'ai aimée instantanément, commente-t-il, une lueur amusée dans le regard.

— Je suis émue que tu te souviennes de notre première rencontre. Est-ce qu'elles étaient bonnes, au moins, ces crêpes ?

— Les meilleures que j'aie jamais mangées, ma puce.

Il se penche vers moi et frôle ma bouche de ses lèvres en s'arrêtant juste à temps pour ne pas les toucher.

— Tout ce qui provient de toi est délicieux. Tu rends tous ceux qui gravitent autour de toi bons à leur tour.

— Tu es en train de me dire que je suis magique ? dis-je en me moquant un brin.

— Magique, jusqu'au bout de tes petites fesses, ajoute-t-il en me soulevant dans ses bras.

Il me dépose à califourchon sur lui et m'embrasse avec ardeur.

— Tu as de la chance d'être blessée et dans une

chambre d'hôpital. Je resterai sage, ce soir, dit-il, la voix teintée de regret.

Pour être vraiment honnête, j'aurais préféré qu'il ne le soit pas, mais je dois admettre qu'il a raison : nous adonner à notre passion ici n'est pas la meilleure des idées. On risque d'être interrompus à tout moment.

Joshua reste avec moi jusqu'au début de la nuit. Il me raconte quelques anecdotes amusantes qu'il a tout de même su conserver de son enfance et de son adolescence. Je suis heureuse d'apprendre à le connaître un peu mieux. J'arrive à le comprendre encore davantage et je ressens un lien de plus en plus fort entre nous deux. Je finis par m'allonger près de lui et par m'endormir apaisée, dans le creux de ses bras.

Je me réveille en sursaut au milieu de la nuit. Devant moi, dans l'obscurité, j'aperçois la silhouette longiligne de Noah. Il m'observe, puis approche. Son bras entoure mon ventre, dont il caresse la peau nue d'une main imposante. Ses yeux me fixent, les mêmes que j'avais cru aimer et qui m'ont ensuite terrifiée. Prise de panique, je le repousse brutalement et tombe du lit en heurtant ma jambe blessée. Le sommier grince, et je vois la silhouette se lever pour me rejoindre en murmurant mon nom dans un chuchotement apeuré. Il ne m'aura pas ! La jambe douloureuse, effrayée, je me soulève et me traîne le plus vite possible. Je sanglote, tout en me protégeant le visage d'un coup qu'il me donnerait. Je dois atteindre la porte, mais elle me semble si loin... Je me laisse d'abord glisser sur les fesses pour m'éloigner, puis finis par me lever pour prendre la fuite en boitant. Affolée, j'ouvre la porte de ma chambre, me trouvant nez à nez avec deux hommes que je ne connais pas. Je passe devant eux et cours à perdre haleine, je ne veux plus jamais avoir affaire à Noah.

Ma jambe me fait atrocement souffrir, mais je ne

m'arrête pas. J'entends une voix qui m'appelle et je cours encore plus vite. Lorsque des bras m'attrapent fermement, je hurle de désespoir, je ne veux pas que tout recommence.

— Laisse-moi tranquille, je t'en supplie !

Je sanglote en me recroquevillant, à genoux face contre terre. J'entends murmurer derrière moi, mais je n'y prête pas attention. Je n'arrive pas à me calmer, je refuse de retourner avec Noah.

— Emy ! hurle une voix que je reconnais.

James ? Je relève la tête et l'aperçois devant moi, je me jette dans ses bras en sanglotant.

— James, je ne veux pas qu'il m'emmène, je veux rentrer à la maison.

— Chut, je suis là. N'aie pas peur, personne ne t'emmène nulle part.

Il me caresse les cheveux en me serrant contre lui pendant quelques minutes. Ma jambe me fait mal et je sens qu'elle a recommencé à saigner, que le pansement s'imbibe progressivement.

— James, pourquoi est-il encore vivant ?

— De qui tu parles, Emy ?

— De Noah ! Il... Il était à côté de mon lit.

— Noah est mort, Emy. Tu es en sécurité, tu as fait un cauchemar.

Je lève les yeux vers lui à nouveau et, devant son regard perdu, je comprends que mon imagination m'a joué des tours. Derrière lui, Joshua est complètement hébété. Il me regarde sans comprendre ce qu'il m'arrive. Je baisse la tête, en larmes.

— Je suis désolée. J'ai cru... Je t'ai pris pour..., commencé-je sans pouvoir terminer, submergée par l'émotion.

James m'aide à me relever et me raccompagne dans ma chambre en prenant soin d'allumer toutes les lumières pour que je constate qu'il n'y a pas une seule trace de

Noah. Il me rallonge sur le lit et un médecin ne tarde pas à nous rejoindre.

— Que s'est-il passé ? me demande-t-il.

— J'ai cru voir quelqu'un, j'ai paniqué, dis-je, honteuse.

— Ce n'est rien, Emy, me rassure James comme s'il lisait dans mes pensées. Je vais m'entretenir avec le médecin deux minutes. Tu accepterais que Joshua vienne te tenir compagnie ? me demande-t-il.

— Bien sûr, dis-je.

Quand Joshua entre dans la chambre, je le sens réticent ; il hésite visiblement à s'approcher de moi. Je n'arrive pas à me souvenir si je lui ai fait du mal. Je me remets à sangloter, complètement perdue. Ma voix se brise quand je lui explique :

— Je suis désolée, Joshua, j'ai cru avoir vu Noah, j'ai paniqué...

Il parcourt les derniers mètres qui nous séparent et m'attrape par la taille pour me serrer contre lui.

— C'est fini, ma puce, je suis là.

— Je suis désolée, je suis tellement désolée.

— Ce n'était qu'un cauchemar. Couche-toi, ma puce. Je suis près de toi et je ne vais nulle part.

Contre toute attente, je me rendors sans trop de difficulté.

Lorsque je me réveille, ce matin, j'ai la surprise de découvrir Ethan près de mon lit. Joshua a disparu.

— Salut.

— Salut, petite sœur, dit-il en s'approchant de moi pour m'embrasser la joue.

— Où est Joshua ?

— Il a préféré me laisser la place avant que tu te réveilles.

— Pourquoi ?

— Tu ne te souviens pas ?

Je lui fais non de la tête.

— Quand tu t'es réveillée, cette nuit, tu l'as pris pour Noah et tu as paniqué, tu as pris la fuite. Tu es tombée du lit. Il a essayé de te faire entendre raison, mais tu t'es débattue tellement vivement que ta blessure s'est rouverte, risquant de s'aggraver. Tu as recommencé à saigner...

— Merde, je ne l'ai pas blessé ? demandé-je, ne retenant des explications de mon frère que le fait que j'ai dû choquer Joshua.

Ethan se met à rire, d'un rire franc et saccadé.

— Ma petite sœur jusqu'au bout des ongles, dit-il quand il retrouve son calme.

Je le regarde avec des yeux hébétés, sans comprendre ce qu'il veut dire.

— Toujours à te soucier des autres... Non, tu ne l'as pas blessé, et même si tu l'avais fait il ne t'en voudrait pas. Joshua est plutôt résistant...

Un soupir de soulagement soulève ma poitrine.

— J'ai cru qu'il était parti parce qu'il avait eu peur que je recommence.

— Joshua n'en est pas au point d'avoir peur de toi, Emy... Il avait peur que tu te blesses à nouveau.

— Bon... J'ai complètement paniqué, cette nuit, je ne sais pas ce qui m'a pris, dis-je, honteuse.

— Tu as subi un choc post-traumatique, Emy. On a eu tort de penser que tu pourrais tout encaisser sans en garder aucune séquelle. Tu avais l'air de prendre les choses tellement bien. Mais ça ne pouvait être qu'en surface ; il était évidemment impossible que tu supportes tout ce que tu as vécu avec autant de facilité.

Il m'offre un sourire compatissant et pince ma joue droite.

— Papa a discuté avec notre médecin à New York. Une fois rentrée, tu devras suivre quelques séances de psychothérapie.

— Mais je ne peux rien révéler, je ne veux pas vous mettre en danger !

— Ne t'en fais pas, le médecin à qui tu t'adresseras est au courant de tout. Tu pourras tout lui dire, Emy. De toute façon, tu en as besoin.

— OK, peut-être.

Il s'approche de moi et m'embrasse sur le front.

— Je vais prévenir l'infirmière que tu es disponible. Je lui ai demandé de ne pas te réveiller ce matin, elle viendra t'aider à te laver et refaire ton pansement.

J'observe mon bandage : il est souillé de sang, j'ai vraiment déconné.

— Entendu, mais, s'il te plaît, Ethan, dis à Joshua que je veux le voir après.

Il acquiesce et quitte la chambre. Quelques minutes plus tard, une nouvelle infirmière se présente et m'aide à me laver. Je me sèche, m'habille et me coiffe, puis avec son assistance je retourne m'allonger sur le lit pour qu'elle me confectionne un nouveau pansement.

Une fois que je suis propre et prête, on m'apporte le petit déjeuner et je l'engloutis sans que Joshua vienne m'interrompre. Je ne peux m'empêcher de m'en vouloir. Le connaissant, il a dû se sentir coupable de m'infliger une telle frayeur alors qu'il n'est en rien responsable. Je ne comprends pas comment j'ai pu le prendre pour Noah, ils se ressemblent si peu physiquement... Joshua est légèrement plus petit et beaucoup plus large d'épaules. Essayant de chasser ces tristes pensées, je termine mon petit déjeuner puis sombre dans une rêverie mélancolique, les yeux dans le vague.

Une heure plus tard, je vois le visage de Joshua apparaître dans l'embrasure de la porte et je lui offre un sourire reconnaissant. Il s'approche de moi d'un pas lent, il paraît... méfiant ?

— Si je ne te connaissais pas, je dirais que tu as peur de moi, Joshua.

Il rit et il accélère le pas.

— Rien que de repenser à tes yeux terrifiés quand tu m'as vu au pied de ton lit cette nuit, ça me retourne le bide, dit-il en reprenant son sérieux.

— Je t'ai pris pour Noah..., dis-je, baissant les yeux. J'ai complètement disjoncté, Joshua !

Je n'arrive pas à abandonner cette honte qui me tenaille, et me fait encore une fois fuir son regard. Il m'attrape dans ses bras et me cale contre son corps en s'asseyant sur le lit.

— C'est fini, tout ça, ma puce, on rentre tout à l'heure, me rassure-t-il.

24

Joshua me tient compagnie tout le reste de la matinée, et m'aide à rassembler mes affaires pour faire mon sac. Le médecin de l'hôpital me rend une dernière visite, et m'accorde son autorisation : je suis libre ! Matthew nous rejoint alors dans la chambre.

— Il est l'heure de partir. Tu es prête, Emy ?

— Je n'attends que ça ! dis-je avec enthousiasme.

Joshua me soulève et m'aide à marcher ; il me remet les béquilles, pour que j'évite autant que faire se peut d'appuyer sur ma jambe blessée en marchant.

Nous quittons l'hôpital et rejoignons le 4x4 de mon père pour partir en direction de l'aéroport. La voiture nous dépose en bas d'un fabuleux jet privé.

— Si j'avais su que papa disposait d'un tel bijou volant, j'aurais exigé de partir en vacances plus souvent, dis-je en riant.

— Ce n'est pas une mauvaise idée, on ne prend pas assez de temps pour se retrouver, me répond Matthew très sérieusement.

Je lui adresse un sourire. Effectivement, nous manquons cruellement de temps et de moments ensemble, dans cette famille. Rares sont les instants où je retrouve mon père et mes frères pour des activités banales. Je les croise régulièrement dans la maison, ça s'arrête là.

Joshua me tire de mes pensées en me soulevant dans ses bras pour me hisser en haut des marches qui mènent à l'intérieur de l'appareil. Quand je pénètre dans la cabine, je suis époustouflée par le luxe et la sophistication qui m'accueillent. C'est fabuleux, de pouvoir voler dans les airs en ayant l'impression d'être dans son salon !

Mes frères sont déjà assis sur un énorme canapé, où je trouve une place. La bonne humeur est palpable. Mais comme dix minutes ont passé je finis par demander :

— Qu'est-ce qu'on attend ?

— Le patron, plaisante James.

— Jamais à l'heure le paternel, confirme Will.

Finalement, mon père met une heure à arriver à bord, et quand il pénètre enfin dans la cabine on lui lance en chœur un « c'est pas trop tôt ! » qui le fait rire.

— Votre père n'est plus tout jeune ! Je prends le temps pour ne pas tomber, dit-il.

James rit et je sais bien qu'il y a un sens caché dans sa réponse, mais je n'y prête pas attention. Leur vie, leurs choix, tout ça leur appartient, et même si je ne sais pas tout, même si je ne cautionne pas leurs agissements, je les protégerai envers et contre tout. Pourtant, je ne ferai jamais réellement partie de leur vie, je m'y suis résignée. D'autres projets nourrissent mon existence, même si leurs activités risquent de me faire parfois obstacle.

Le commandant de bord et son assistant viennent nous saluer et nous informent que le décollage est imminent. Nous partons nous asseoir dans des fauteuils plus adaptés et nous attachons. Joshua se glisse dans le siège voisin du mien et il agrippe ma main dans la sienne, discrètement. Mon père est devant et ne peut pas nous voir, alors nous restons ainsi pendant tout le décollage. Il me glisse quelques baisers au creux du cou et je soupire de contentement, prenant garde de rester discrète tout de même.

Le vol dure environ quatre heures. J'ai à peine le temps de m'endormir, après le repas copieux que l'on nous sert à bord, que nous sommes déjà sur le tarmac de Teterboro, où le Range et la Mercedes de mon père nous attendent. Joshua m'aide à descendre de l'avion avec précaution et nous rentrons au manoir sans encombre, en fin d'après-midi.

Quand la porte s'ouvre, j'entre et m'immobilise dans le hall en respirant profondément. Rien ici n'a bougé, c'est comme si tout ce que j'avais vécu là-bas n'était qu'un cauchemar, une parenthèse hors de la réalité. Légèrement bousculée par James qui dépose les valises derrière nous, je m'appuie maladroitement sur mes béquilles pour claudiquer vers l'escalier qui mène à ma chambre. Levant la tête, je bougonne :

— Il y a beaucoup trop de marches !

Quelqu'un se moque derrière moi : c'est Will, un sourire taquin aux lèvres.

— Joshua se fera un plaisir de te monter sans que tu fasses le moindre effort, dit-il en me faisant un clin d'œil.

Je m'empourpre. Il a l'air plutôt enthousiaste, se serait-il rangé du côté de Joshua, lui aussi ?

— Ne me regarde pas comme ça, il faut être aveugle pour ne pas le voir, dit-il avant de me tourner le dos, l'air désinvolte.

OK, ça, c'est fait. Je m'assois sur la première marche en attendant que Joshua vienne me rejoindre. Ce qu'il fait cinq minutes plus tard, avec nos sacs dans les bras.

— Tu m'attendais ? me demande-t-il, souriant.

— J'ai renoncé à monter toute seule, dis-je en baissant la tête vers ma jambe.

Il semble se rappeler brusquement ma blessure et se précipite pour me soulever et me tenir fermement dans ses bras.

— Je suis ton homme, dit-il en empruntant l'escalier.

Il me dépose sur le troisième palier et repart chercher nos sacs, restés en bas. J'entrouvre la porte et souris à la vue de ma jolie chambre aux décorations pastel. Elle m'a manqué plus que je ne l'aurais cru possible.

Je m'aide de mes béquilles pour rejoindre mon lit, où je m'allonge sur la couette moelleuse. Je ne peux réprimer un soupir de contentement tant c'est agréable et doux, bien plus confortable que le lit de l'hôpital.

Je ferme les yeux et tente de faire le vide quand j'entends la porte grincer légèrement. Je tourne la tête : Joshua me fixe, un large sourire plaqué sur le visage.

— Tu es magnifique, allongée comme ça sur ton lit..., dit-il d'une voix rauque et pleine de promesses.

Je suis son regard qui parcourt mon corps, et rougis quand je m'aperçois que je me suis allongée en étoile de mer. Pas très décent... Immédiatement, je resserre les jambes, en riant.

— Foutu obsédé !

Il ricane avant d'expliquer :

— Je t'apportais juste ton sac... Je dois m'absenter, je serai de retour ce soir, ma puce.

— Viens au moins me dire au revoir, dis-je dans un souffle.

Il s'approche avec décontraction pendant que je m'assois au bord du lit. Il se penche vers moi et passe doucement la main sur ma joue, puis descend sa paume vers mon sein dans une caresse aérienne.

— Au revoir, petit corps sexy, dit-il en me souriant.

Je lui souris à mon tour et attrape sa nuque pour le rapprocher de mes lèvres. Il m'embrasse passionnément et met un temps fou à parvenir à me lâcher, en se raclant la gorge.

— Ben, dis donc, tu es heureuse d'être rentrée, apparemment.

J'acquiesce et il se retire en me jetant un dernier regard complice.

Il m'a mise dans tous mes états, et je reste pantelante encore un moment après son départ. Tout en rangeant mes affaires, je m'aperçois qu'un nouveau téléphone a été déposé sur ma table de chevet. Je l'allume : tous mes contacts y ont été ajoutés. Je clique sur « Hayle » et lui envoie un message :

Salut, Hayle, je suis de retour, comment vas-tu ? (C'est Emily.)

Je dépose l'appareil pour finir de ranger mes vêtements dans les placards. Les sous-vêtements que Joshua m'a achetés là-bas, je les place dans un tiroir à part avec la ferme intention de m'en servir très bientôt. Enfin, je me replonge à corps perdu dans mes cours, ne voyant pas le temps passer jusqu'au soir. Au bout de quelques heures, James passe la tête par l'entrebâillement de ma porte.

— Hayle est là, me dit-il.

Il se décale légèrement pour la laisser passer. Le regard qu'il pose sur elle est différent, particulièrement intense, et je ne peux m'empêcher de penser qu'il se passe quelque chose entre eux.

— Salut, Emy ! s'exclame joyeusement mon amie.

Elle me serre dans ses bras et je lui rends son étreinte. James quitte la chambre et nous laisse seules.

— Alors comme ça, tu pars en vacances sur un coup de tête ! dit-elle.

— Ouais, c'était une idée de mes frères.

— Besoin d'évasion, de cocotiers et de cocktails au bord de la piscine ? Pourquoi tu ne m'as pas appelée ? Je me serais fait une joie de porter tes valises !

Elle me regarde avec un sourire aux lèvres.

— Je penserai à toi, la prochaine fois, promis ! affirmé-je en replaçant une robe sur un cintre.

— La dernière fois que je suis partie en vacances avec mes parents, je ne savais pas épeler le mot « chirurgie », explique-t-elle, amère.

— Tu ferais bien de le leur faire remarquer...

— Ouais, tu as sans doute raison. En tout cas, tu m'as beaucoup manqué ! À la fac, on ne parle que de ton départ précipité et de celui de... Noah, ajoute-t-elle.

— Noah ?

J'ai tenté d'adopter un ton faussement surpris pour poser ma question.

— Oui. Peu après ton départ, il a disparu, lui aussi, et ne donne plus aucun signe de vie depuis.

Je revois son crâne exploser sous la balle de Joshua et je frissonne légèrement.

— Ne t'en fais pas, je suis sûre qu'il va bien, me rassure-t-elle en remarquant mon désarroi.

— Oh ! oui, sûrement. De toute façon, je t'avouerais que je ne m'intéresse plus réellement à lui...

— C'est à cause du retour du grand baraqué dans ta vie ? demande-t-elle, curieuse.

— Garde-le pour toi, mais oui, dis-je, le sourire aux lèvres.

Elle s'enthousiasme pour ce que j'accepte de lui dévoiler sur ma relation naissante avec Joshua et me répète à plusieurs reprises combien elle est heureuse de me retrouver. Je la soupçonne d'être aussi volubile à cause du retour de James, mais je me garde bien de le dire.

Elle continue de me raconter ce que j'ai manqué à la fac et m'apporte les cours de la semaine passée. Je la remercie et lui propose de rester dîner avec nous, ce qu'elle accepte sans aucune hésitation.

Nous descendons dans la cuisine vers 20 heures pour voir ce que contient le réfrigérateur, mais j'ai la surprise de voir Hilary aux fourneaux, en train de nous préparer son fameux gratin à la viande.

— Salut, Hilary, dis-je gaiement.

Elle m'offre un sourire éblouissant et me serre fort dans ses bras. Je la connais suffisamment pour savoir qu'elle s'est inquiétée pour moi, même si elle n'en dit rien. Je la serre à mon tour, sans pouvoir retenir un soupir de contentement. Cette femme symbolise mon foyer, et, à défaut d'avoir encore notre mère auprès de nous, c'est sur Hilary que nous comptons : elle nous apporte la chaleur et l'affection discrète dont nous manquons parfois.

— Je suis contente de vous revoir, soufflé-je en me détachant doucement de ses bras.

Elle me répond d'un sourire et caresse brièvement mes cheveux.

— Je suis en train de vous préparer le dîner, il y en aura bien assez pour vous et vos invités, me dit-elle en regardant Hayle derrière moi.

— Merci, ça sent déjà super bon. Je vous présente Hayle, ma copine de fac.

Elle lui serre la main avec vigueur et reprend la préparation du repas.

Je fais signe à Hayle de venir s'asseoir sur les tabourets de l'îlot central. Elle se tourne vers moi avec un grand sourire.

— Qui est cette femme charmante qui s'affaire à embaumer la cuisine de cette odeur aussi exquise ? Une fée ? chuchote-t-elle, amusée, en jetant un œil discret sur Hilary derrière moi.

— Hilary est notre fabuleuse cuisinière...

— Waouh, vous avez une cuisinière ! s'exclame-t-elle suffisamment fort pour que Hilary se retourne avec un grand sourire.

— Et pas n'importe laquelle, lance-t-elle avec exagération.

Je ris, mais entends soudain une dispute retentir dans le salon, coupant court à notre discussion.

— T'aurais pu me dire que tu partais, quand même, je ne suis pas un chien ! crie une voix féminine.

— C'était une surprise, je ne devais le dire à personne, répond une voix lasse.

Je crois reconnaître Will.

— « Personne » n'inclut pas ta copine ! hurle à nouveau la femme, que je finis par identifier par déduction : Alissa.

Elle a l'air très remontée, et sa voix est déformée par la colère.

— Qu'est-ce qui se passe ? me demande Hayle, curieuse.

— Je crois qu'un de mes frères se fait remonter les bretelles, dis-je en grimaçant.

— On ne s'ennuie pas, chez toi, lance-t-elle.

— Clairement, non..., dis-je en relevant la tête.

J'aperçois Joshua qui entre dans la cuisine, un sourire énigmatique sur le visage.

— Salut, Joshua... Tu connais Hayle, dis-je d'une voix tendue.

Me retrouver dans la même pièce que lui rend l'atmosphère électrique, et la cuisine semble rétrécir instantanément.

— Oui, on se connaît déjà, dit-il en présentant sa main de façon tout à fait détendue.

— Salut, dit Hayle en acceptant sa poignée de main.

Joshua s'approche ensuite de moi et dépose d'un air innocent une main sur ma hanche, puis un baiser sur mon front. J'en profite pour l'interroger.

— Tu manges avec nous ?

— Si tu insistes, dit-il avec un clin d'œil.

Hayle me regarde comme si je venais de lui dire que des extraterrestres ont envahi mon jardin. Quand Joshua tourne le dos pour aller chercher des assiettes et des couverts, elle se penche vers moi pour chuchoter :

— Ça lui arrive souvent, de débarquer chez toi comme ça ?

— Ah, oui, régulièrement. Il vit ici, expliqué-je en souriant.

Je sais très bien que ma réponse risque d'engendrer une réaction excessive de sa part et je ris d'avance.

Elle garde la bouche ouverte de longues secondes et finit par la refermer lorsque Josh lui tend une assiette.

— Merci.

Quand Hilary sort le plat du four, Will se pointe dans la cuisine, attiré par l'odeur du festin qui nous attend.

— Hum... Vous alliez tout manger sans m'en parler, plaisante-t-il.

— Tu es arrivé à temps... Je te présente Hayle, mon amie de la fac.

Will s'approche et serre la main de Hayle avec un sourire chaleureux, ce qui semble déplaire à Alissa, qui est restée dans l'embrasure de la porte et qui semble vraiment d'humeur massacrante. Il y a de l'eau dans le gaz, apparemment. Elle paraît très énervée, mais elle se force à me sourire lorsqu'elle s'approche de moi.

— Salut, Emily, sympa, ces vacances ? me demande-t-elle, faussement joyeuse.

Je sens le regard de Will et celui de Joshua se poser sur moi au même moment.

— Oui, très sympa, dis-je sans m'attarder.

Elle semble déçue que je n'en dise pas plus, mais ne répond rien. Comme Will ne tient visiblement pas à lui adresser la parole, je m'oblige à proposer à sa place :

— Tu t'installes avec nous pour dîner ?

Elle me regarde avec un visage qui se détend un peu.

— Oui, avec plaisir.

Will grimace derrière son dos, ce qui fait ricaner Joshua à sa droite.

Le gratin de Hilary est exceptionnellement bon et le dîner se déroule sans accroc. Malgré la bonne humeur ambiante, Will et Alissa ne s'adressent plus la parole, et je remarque que mon frère évite de croiser son regard. J'aimerais les aider à arranger les choses, mais je ne sais pas comment. Je me contente de discuter avec chacun d'eux sans prêter attention à la tension qu'ils ne peuvent cacher entre eux.

Au milieu du repas, Joshua dépose sa main sur ma cuisse, me faisant sursauter. On ne peut pas le voir, pourtant j'ai l'impression que tous les autres nous ont repérés. Lui a l'air totalement détendu et il est très souriant, je crois qu'il s'amuse beaucoup de la situation. J'ai le plus grand mal à faire abstraction de ses caresses, de ses doigts qui remontent à chaque fois un peu plus haut sur ma cuisse. Quand j'estime qu'il commence à dépasser les limites et que je ne me sens plus capable de résister, je me lève d'un bond pour débarrasser. Au moment où je termine d'empiler les assiettes vides à côté de l'évier, je me tourne et croise son regard enfiévré. Il a réussi à nous allumer tous les deux, l'idiot !

Hayle, quant à elle, n'est pas du tout prête à partir, et lorsque Will prend la parole je devine que la soirée sera longue.

— On se regarde un film ? propose-t-il à la cantonade, comme s'il souhaitait prolonger ce moment ensemble et éviter par la même occasion la crise de nerfs qui l'attend une fois qu'il aura quitté cette maison.

— Avec plaisir ! s'exclame Hayle, tout à fait à l'aise.

Je jette un œil vers Joshua, qui ne masque pas une mine déconfite tant il semble déçu de ne pas pouvoir s'isoler avec moi ce soir. Je ris et déclare :

— Va pour le film, alors !

Il me regarde avec insistance et je lui fais un clin d'œil discret. C'est à mon tour de jouer, il va regretter de m'avoir chauffée à table et je vais lui apprendre à être patient.

Will choisit un film d'horreur et décide de nous plonger dans le noir complet pour nous mettre dans l'ambiance. Je m'assois à côté de Hayle sur l'énorme canapé du salon et étends mes jambes devant moi. Contre toute attente, Joshua nous rejoint pour regarder le film avec nous et s'installe à ma droite. Will s'installe à côté de

Hayle ; tout le canapé le sépare d'Alissa. Cette dernière lui lance un regard noir, et je me demande sincèrement si mon frère n'est pas un peu suicidaire ou s'il cherche juste à la pousser à bout.

— C'est quoi, le film ? demande Hayle.

— *Conjuring, les dossiers Warren*, explique Will.

— Je sens que certaines ici ne vont pas beaucoup dormir cette nuit, se moque Joshua en ne regardant que moi.

Je pouffe. S'il croit qu'un film d'épouvante risque de me couper le sommeil, il rêve.

Quand le film démarre, il se met à l'aise à côté de moi, et l'espace déjà étroit qui nous séparait rétrécit très vite. Malgré la taille gigantesque du canapé, il prend tellement de place qu'il empiète sur la mienne. Je lui fais remarquer discrètement :

— Tu n'as pas l'impression de prendre toute la place ?

— Ne sois pas timide, tu aimes sentir ma peau contre la tienne, ma puce, me dit-il sensuellement à l'oreille.

Ces mots suffisent à me faire frissonner. Je suis plutôt réceptive, apparemment, mais je ne le lui montre pas et reste stoïque, les yeux rivés sur la télévision.

Le film me fait paniquer, et c'est moi qui finis par me coller à lui pour être rassurée par sa chaleur. Hayle semble dans le même état, à en croire ses yeux exorbités. À la moitié du film, elle me demande même si elle peut rester dormir avec moi cette nuit. J'accepte, sous le regard médusé de Joshua.

Quand la musique finit de bousiller mes nerfs en pelote et que mon stress est à son comble, je sens ses mains glisser sur mon corps. Pendant que défile le générique de fin, je me rends compte que je suis carrément assise sur lui, ses mains plaquées sur mon ventre. On a l'air de deux amoureux transis, et quand je m'en rends compte je me lève rapidement pour allumer la lumière.

— Bon, Hayle, on y va, dis-je à mon amie pour la faire sortir de sa torpeur.

Elle se lève et me prend dans ses bras.

— Je ne vais plus jamais te quitter, j'ai trop peur, dit-elle.

— C'est ce qu'on verra, marmonne Joshua discrètement.

Je crois être la seule à l'avoir entendu et je glousse en le regardant.

— Joshua, ça va ? Tu ne bouges plus, aurais-tu peur ? demandé-je, d'un ton railleur.

— Ter-ro-risé, dit-il.

Will se marre et vient taper la main de Joshua de manière complice.

— Ah, les filles, de vraies peureuses ! enchaîne Will.

Je fais mine de me fâcher et lui lance :

— Tu dis ça car tu n'y crois pas, mais, quand tu sentiras le démon t'attraper les pieds, on en reparlera.

Pour toute réponse, Will et Joshua éclatent de rire bruyamment.

— Bon, Hayle, on les laisse se marrer, on monte ?

Elle acquiesce en hochant la tête d'une manière un peu théâtrale, et je pars saluer Alissa avant de souhaiter une bonne nuit aux garçons. Mais comme mon amie gravit les marches deux à deux, pressée par la peur, je l'avertis :

— Je te rejoins dans ma chambre, moi, je suis un véhicule lent.

J'entame l'ascension de l'escalier lorsque deux mains se glissent sous mon T-shirt. Je cesse de respirer, et regarde par-dessus mon épaule. Joshua me domine de toute sa hauteur.

— Tu t'échappes ? me demande-t-il.

— Non, je pars juste me coucher.

Il ricane devant mon ton mutin, et fait voyager ses

mains jusqu'à atteindre mon sein, qu'il malaxe avec envie. Je m'exclame :

— Merde, Joshua, on est en plein milieu de la maison !

Il redescend sa main et dépose un baiser sur mon épaule.

— Je n'aurais pas dormi si je ne t'avais pas un peu tripotée, lâche-t-il avec un sourire provocateur.

Je soupire bruyamment et reprends mon escalade quand il m'attrape par les hanches et me hisse sur son épaule. Je lâche un petit cri de surprise, mais je me laisse faire. Il me dépose sur le troisième palier et m'embrasse à pleine bouche.

— Bonne nuit, flippette, dit-il avant de se retourner vers sa chambre.

Je regagne la mienne avec un sourire béat aux lèvres. Hayle le remarque immédiatement.

— Ce Joshua a le mérite de te faire sourire, dit-elle, pensive.

— C'est compliqué...

— Non, c'est très simple. Il ne jure que par toi, alors profites-en ! me dit-elle.

— Qu'est-ce qui te fait dire ça ?

— J'ai des yeux, Emily, ce mec est dingue de toi !

— OK, promets-moi de ne pas en parler à mes frères, surtout pas à James, me renfrogné-je.

— Je ne sais pas pourquoi votre relation est si secrète, mais je t'assure que tu peux compter sur moi, je n'en parlerai à personne. Ça restera notre discussion de filles !

— Merci, Hayle, c'est important. Nous sommes ensemble, mais c'est très récent et je ne veux pas me précipiter. C'est ma première relation sérieuse, et ma première relation tout court, d'ailleurs, avoué-je. Bon, alors, on a déjà... concrétisé les choses, plusieurs fois, lâché-je.

J'ignore pourquoi je me décide à me confier autant,

mais avec Hayle je ne ressens aucune honte à le faire. Dans son visage enjoué et son regard rieur, je ne distingue que le reflet de mon bonheur retrouvé. Elle ne me juge pas, ne se moque pas, et j'ai l'impression de pouvoir prendre du recul sur ma relation avec Joshua. Comme n'importe quelle fille de mon âge pourrait le faire. Elle m'offre un sourire bienveillant et tape des mains en se jetant sur le lit.

— Je le savais !

Je lève un sourcil : comment pouvait-elle le savoir ? Elle ne nous a pourtant pas vus ensemble si souvent. Ces choses-là ne sont pas faciles à deviner.

— Tu ne m'as jamais donné l'impression d'être très intéressée par les mecs du campus. J'ai cru qu'il y aurait peut-être un truc avec Noah, mais je ne voyais pas l'étincelle qui jaillit dans tes yeux à chaque fois que Joshua apparaît devant toi ! Il suffit de sentir la tension sexuelle qu'il y a entre vous deux, c'est indécent, s'amuse-t-elle.

J'éclate de rire en la voyant si enthousiaste.

— J'espère que tu es la seule à t'en être rendu compte, car mon père et mes frères ne sont pas favorables du tout...

— Je suis désolée de briser tes illusions, mais il faudrait être un idiot pour ne pas s'en rendre compte, Emily !

Je pouffe.

— À ce point...

— D'ailleurs, je suis sûre qu'il est en train de me maudire dans son lit, à l'heure qu'il est, plaisante-t-elle, perspicace.

— Je crois aussi ! dis-je.

— Bon, alors, va le voir, je te couvre !

— Tu es sérieuse ?

— Complètement. Allez ! Tu en meurs d'envie, alors

si je peux faire ça pour toi, c'est avec grand plaisir. Et donne-toi à fond ! dit-elle en ricanant.

Je me lève, amusée, et la remercie sans pouvoir cacher l'euphorie qui s'empare de moi à l'idée de me comporter comme la jeune femme insouciante que je rêverais de devenir. Je rejoins la chambre de Joshua en boitillant. La porte est fermée, et j'hésite avant d'entrer. Est-ce qu'il faut que je frappe ?

Je reste plantée sur le seuil comme une idiote pendant plus d'une minute, avant d'oser appuyer sur la poignée pour l'ouvrir. La chambre est plongée dans l'obscurité, mais je sens sa présence, et son odeur parfumée vient chatouiller mon nez. J'avais envisagé une entrée plus réussie avec une démarche chaloupée et résolument plus féminine, mais à défaut de pouvoir faire mieux je m'accroche aux meubles et sautille pour ne pas m'appuyer sur ma jambe blessée.

— Où sont tes béquilles ? me demande Josh sur un ton moqueur.

Je distingue sur le lit une ombre qui se redresse à mesure que je m'approche. J'ai du mal à avancer et je lâche un « fait chier » rageur qui a le mérite de le faire rire. Il se lève et m'enlace.

— Que me vaut ta visite ? Ta copine t'a virée de ta chambre ? demande-t-il.

— J'avais envie de te revoir.

— J'ai tout le temps envie de te voir, m'avoue-t-il.

— Eh bien, on n'est pas tirés d'affaire ! m'exclamé-je.

Je l'entends ricaner, et lorsqu'il reprend son sérieux il me serre encore plus contre son corps brûlant.

— Tu l'as dit, ma puce, c'est une vraie merde, d'être accro à une gonzesse.

— Une « gonzesse » ? répété-je en reculant un peu, mais il me retient en riant.

— Reste là. Tout doux, femme.

Je tente de prendre de la distance, en vain. En désespoir de cause, je lève la tête vers lui et m'exclame :

— Tu as intérêt à arrêter de me parler comme le gros macho de service, si tu veux que je reste dans ta piaule. OK ?

— OK, ma puce, je ferais tout pour que tu restes dans ma piaule.

Il baisse la tête vers moi et j'ai l'impression que son regard pourrait me transpercer, tant j'y sens la tension et les sentiments qui le traversent.

Il relève mon T-shirt par-dessus ma tête et le lance au sol, puis s'attaque au reste de mes vêtements. Il m'allonge délicatement sur son lit et recule vers la porte. Je me redresse légèrement pour le regarder fermer le verrou en vitesse.

— À nous deux, maintenant ! dit-il, le sourire aux lèvres.

Il s'approche de moi et me caresse avec empressement, embrassant chaque parcelle de mon corps. J'ai l'impression d'être précieuse et importante entre ses mains, d'être une reine, et je me laisse complètement aller au plaisir qui m'envahit.

Cette nuit, il me fait l'amour à plusieurs reprises. Il est insatiable, et je me demande quand il compte s'arrêter lorsque son téléphone se met à sonner, éclairant toute la pièce. Il le ramasse et décroche sans regarder le nom de celui qui l'appelle.

— OK, je te rejoins dans dix minutes, dit-il.

Puis à nouveau un silence, son interlocuteur doit être en train de lui parler.

— Ouais, je sais. C'est entendu, à plus, termine-t-il en reposant son portable près de lui.

— Qui t'appelle en pleine nuit ? Et pour qui tu accours en moins de dix minutes ?

Il se marre en entendant mon ton faussement jaloux, et colle mon corps nu au sien.

— Si je suis déjà avec toi, alors c'est que c'est forcément un importun.

Il souffle entre ses dents et m'attrape les hanches avec vigueur.

— Ton corps me rend fou... J'ai envie de passer ma vie collé à lui, lance-t-il.

— Niveau gestion et organisation, tu peux repasser, avec tes idées à la con. Tu as déjà ruiné une minute de ton temps avec moi au lieu d'aller rejoindre...

— Je m'en étais accordé cinq, me coupe-t-il en m'embrassant.

— OK. Je ne vois pas trop où tu comptes aller en cinq minutes...

— Dans ton salon ? dit-il en se marrant.

Je ris à mon tour.

— Ça va, t'es large, dans ce cas.

Et je l'embrasse à mon tour. Il se lève et enfile ses vêtements. J'en fais autant, et, attrapant mes habits, qui jonchent le sol, j'enfile dans le noir mon pantalon et mon T-shirt sans savoir si je les mets à l'envers. Une fois complètement rhabillée, je me tourne vers lui et constate qu'il m'attend déjà devant la porte. Je boite jusqu'à lui et il me soulève dans ses bras.

— Pense à utiliser tes béquilles, je veux que tu guérisses, et vite.

Il me ramène dans ma chambre et m'allonge sur mon lit, à côté d'une Hayle qui ronfle tranquillement.

— Bonne nuit, ma puce, à demain, souffle-t-il en m'embrassant.

Il se tourne et me quitte rapidement. Je reste un long moment sans pouvoir m'endormir, je passe plusieurs minutes à me remémorer ce que nous avons fait cette nuit dans sa chambre. C'était sauvage et en même temps empreint de tellement d'amour et de tendresse, c'était tout simplement parfait. Le sommeil finit par m'emporter vers 3 heures du matin.

25

— Emily !

C'est une voix féminine qui m'appelle ; je réponds, encore endormie :

— Hum...

— James m'a dit de te dire que l'infirmière est là. Je la fais entrer ?

J'ouvre les yeux et distingue le visage de Hayle penché sur le mien.

— Mais il est quoi... 4 heures du matin ?

Elle rit en me regardant.

— Ça devait vraiment valoir le coup, avec Joshua ! Tu es épuisée ! Il est presque midi, marmotte.

— Merde, déjà ?

Elle acquiesce, en gardant son sourire vissé sur son joli visage.

Je me frotte les yeux et me redresse péniblement.

— J'ai mal partout, c'est horrible.

— Tu as peut-être abusé du sport en chambre, dit-elle en me regardant avec insistance.

Je ne nie pas et lui souris à mon tour.

— Je peux te dire que ça en valait la peine !

Après une bourrade complice, Hayle va dans la cuisine pendant que l'infirmière entre en me saluant. Elle m'aide à me doucher et s'applique à refaire mon pansement une fois que je suis sèche et propre.

— Vous avez mal ? me demande-t-elle.

— C'est sensible mais pas douloureux.

— N'hésitez pas à prendre de la codéine en cas de besoin, m'explique-t-elle.

Je hoche la tête. Je ne peux pas regarder ma plaie, mais l'interroge tout de même, par curiosité :

— Comment c'est ?

— Très beau. Ça se referme tout doucement. On enlèvera les agrafes dans dix jours.

— OK, merci.

— Je reviendrai dans deux jours. Le matin ou le soir ? Qu'est-ce qui vous conviendrait le mieux ? me demande-t-elle.

— Avec la fac, j'aurais préféré le soir, dis-je.

— Très bien, 19 heures ?

— Ça sera parfait, merci.

Elle me souhaite une bonne journée et quitte ma chambre, emportant tout son matériel. Je ne tarde pas à la suivre pour rejoindre Hayle dans la cuisine : mon ventre crie famine. Je retrouve mon amie en pleine discussion avec James et Will. Pas de trace d'Alissa...

— Salut !

— Salut, petite sœur, bien dormi ? me demande James.

— Comme un bébé. Ça fait du bien, d'être rentrée, dis-je en souriant.

Je les embrasse et vais m'asseoir près d'eux avec une tasse de café fumant. Will grimace quand je lui demande, à brûle-pourpoint :

— Alissa n'a pas dormi ici ?

— Non, je l'ai ramenée chez elle, elle m'a cassé les c...

— C'est ce que font toutes les femmes, le coupe James en riant.

Hayle lui balance doucement son poing dans l'épaule et il rit de plus belle. Leur complicité saute aux yeux, et je n'ai plus vraiment de doute quant à la nature de leur relation.

— T'as loupé un super film, hier soir, James, dis-je.

— C'est ce que j'ai cru comprendre, mais je ne crois pas du tout à ces histoires de démons.

Et voilà que commence un grand débat sur les démons et autres entités surnaturelles. Pendant la demi-heure qui suit, la discussion est animée, chacun a son mot à dire. Soudain, Joshua nous rejoint, les traits tirés. Il a dormi, au moins ? Il ne s'est pas changé depuis hier, et à voir l'état de ses vêtements il ne s'est pas couché.

— Salut, les Jackson. Salut, Hayle, dit-il, la voix lasse.

Il ne me regarde pas, et je sens un certain malaise me tordre le ventre. Quand il récupère une tasse de café, nos yeux se croisent enfin, et il m'offre un petit sourire discret. Il a l'air... au bout du rouleau. Mon cœur se serre, et je préfère détourner le regard. Je me demande ce que mon père lui a encore fait faire cette nuit.

Toute à mes interrogations, je ne fais plus qu'écouter la discussion d'une oreille distraite, et entreprends de terminer mon petit déjeuner en laissant les autres parler. Je débarrasse ma tasse et la lave, puis agrippe mes béquilles pour m'installer sur le canapé.

Hayle me rejoint quelques minutes plus tard et s'assoit près de moi.

— Qu'est-ce qui se passe ? Tu es bien songeuse, d'un coup, remarque-t-elle.

— Je ne sais pas, il a l'air si...

— Fatigué ? Je confirme ! me coupe-t-elle.

Joshua entre dans la pièce, interrompant notre petite discussion. Il s'approche du fauteuil, et Hayle se lève rapidement pour nous laisser seuls.

— On se voit tout à l'heure, chuchote-t-elle.

Je hoche la tête à son intention et reporte mon regard sur Joshua, debout devant moi. Il finit par s'asseoir et caresse ma joue du bout des doigts.

— Qu'est-ce qui ne va pas, Joshua ?

— Je suis un peu fatigué...

— Tu ne dors jamais plus de deux heures par nuit

et tu ne t'en plains pas, d'habitude, alors dis-moi ce qu'il y a vraiment, s'il te plaît.

Il rive son regard au mien et m'attrape la hanche de la main droite.

— Tu n'as pas besoin de connaître les détails. J'ai juste beaucoup travaillé pour ton père cette nuit.

— Tu as torturé ?

Il acquiesce sans me lâcher des yeux. Ma voix se fait mal assurée.

— Tu as tué ?

Il hoche encore une fois la tête, plongeant avec insistance son regard dans le mien pour deviner ce que je pense. Comme je ne lui réponds rien, il prend la parole :

— J'ai de plus en plus de mal à le faire, m'assure-t-il.

— Si j'en crois ce qu'ont raconté mes frères, tu n'as eu aucun mal à tuer tous ces gens, là-bas, dis-je en faisant référence à la nuit où on m'a tiré dessus.

— Je serais prêt à tuer des centaines de personnes si elles essayaient de s'en prendre à toi, ma puce.

— Alors, si je comprends bien, cette nuit, tu as tué pour une raison que tu ne cautionnes pas ?

Il baisse les yeux pour réfléchir, puis les relève en me jaugeant.

— C'est ça. Je sais que, pour régner sur une ville comme New York, il est nécessaire d'être intraitable, mais parfois les motifs ne me suffisent plus. C'est comme ça depuis que tu fais partie de ma vie. J'aimerais t'offrir une existence différente, dans laquelle je ne commettrais pas ces atrocités qui t'effraient et te révoltent. Je sais que tu n'approuves pas ce que je fais, et je souffre de faire des choses qui te heurtent. Je n'ai pas envie de te décevoir, m'avoue-t-il.

— C'est vrai. Je suis désolée que tu aies à faire ça, dis-je d'une voix brisée en enfonçant ma tête contre son torse.

Il passe ses bras autour de moi et m'enlace tendrement.

— Ne sois pas désolée, ma puce, tu n'y es pour rien.

Je voudrais rester ainsi, tout contre lui, mais j'entends des pas approcher et je recule légèrement.

— Je vais me doucher, me dit-il en se levant.

Je hoche la tête et le regarde partir. Je reste un moment pensive, à ressasser ce qu'il vient de m'avouer. Il passe ses nuits à torturer et à tuer les ennemis de mon père, ceux qui nuisent à son business. J'ai beaucoup de mal à être sereine, maintenant que je sais la violence dont il doit faire preuve pour être le bon petit soldat de son patron. Ça m'offusque et ça me met dans une rage folle. Fermer les yeux sur cet aspect de sa vie m'est impossible. S'il fait partie de mon existence, il doit se montrer honnête à mon égard, et je ne pourrai pas me contenter d'une vision édulcorée de ses activités pour entretenir le mensonge et mes œillères. Si nous voulons vraiment construire quelque chose, lui et moi, il faudra que toute cette violence cesse et que Joshua trouve un moyen de se ranger.

Il faudra que ça change, oui. Un jour ou l'autre, il faudra que ça change.

Vers 13 heures, Hayle repart chez elle, accompagnée par James.

— À demain, Emily, me dit-elle.

Demain, c'est la reprise des cours. J'avais presque oublié ce détail. Retour à la réalité, à ma réalité, plus exactement. Je lui fais un signe de la main, en répétant :

— À demain.

Je passe l'après-midi vautrée sur le canapé à regarder des bêtises à la télévision et, lorsque je décide que j'en ai assez vu, je remonte doucement vers ma chambre. Ma jambe est beaucoup moins douloureuse, mais je fais attention à ne pas trop forcer dessus.

Une fois assise sur mon lit, je ressors les cours que Hayle m'a remis hier et j'entreprends de potasser tout ce que j'ai manqué durant mes quelques jours d'absence. Lorsque je sors enfin la tête des classeurs, il est déjà 23 heures. Pas un bruit dans la maison. Je prends mon portable et envoie un message à Joshua :

Bonne nuit.

J'assortis mes deux mots d'un petit smiley en forme de cœur. Comme il ne me répond pas, je dépose le téléphone et me recouche sur le lit. Je sens le sommeil me gagner.

Cinq minutes plus tard, alors que le sommeil semble déjà vouloir m'emporter, la porte de ma chambre s'ouvre doucement sur un Joshua souriant. Il entre et referme derrière lui.

— Je ne veux pas que tu dormes sans moi, dit-il.

— Je t'ai attendu, dis-je sur un ton enjoué, un petit sourire aux lèvres.

— J'étais en train de faire un peu de sport pour libérer mon trop-plein de testostérone.

Je ris.

— Faudrait que je m'y remette, un de ces quatre..., dis-je, pensive.

— Prends le temps de guérir. Je me ferai un plaisir de t'entraîner ensuite.

Il s'allonge près de moi et m'enveloppe de ses bras ; j'ai l'impression d'être minuscule à côté de lui, mais je me sens surtout à ma place.

— Bonne nuit, ma puce, me dit-il en embrassant ma tempe.

— Bonne nuit, dis-je, le sourire aux lèvres.

Il tire la couverture sur nous et je ne tarde pas à sombrer au pays des rêves.

La semaine qui a suivi mon retour à la fac a été beaucoup plus calme que je ne m'y attendais. Les cours étaient intéressants et riches, et j'ai sacrifié beaucoup de mes heures de sommeil dans les révisions.

Chaque jour, Hayle et Jerry m'ont accompagnée d'un amphi à l'autre, et j'ai revu Lexie, la coloc de Hayle, à plusieurs reprises au cours de nos déjeuners à l'extérieur. Je n'ai pas trop souffert des rumeurs qui courent concernant Noah, j'ai scrupuleusement ignoré toutes les conversations à son sujet. Son souvenir est trop vif et trop récent pour que je puisse parler de lui de façon impassible et donner le change. La simple évocation de son nom fait germer l'angoisse dans mes veines et me force à replonger dans l'horreur de ce que je viens de vivre sur l'île. J'avoue avoir beaucoup de mal à réaliser tout ce qui s'est enchaîné en Jamaïque.

Si je m'évertue à ne pas y penser durant la journée, la nuit, c'est une autre histoire. Des bribes de ce que j'ai vu là-bas me reviennent dans mes cauchemars, et je me retrouve souvent en sueur et paniquée au pied de mon lit. Joshua me rassure et m'aide à me rendormir quand il le peut, mais parfois je dois réussir à me ressaisir seule, car il n'est présent que quelques heures par nuit. Le matin, les choses reprennent leur cours, comme si la lumière du jour avait la capacité de repousser mes craintes.

Inquiet, Joshua a, malgré mes protestations, trouvé bon d'avertir mon père au sujet de mes cauchemars. Il a prétendu m'entendre hurler toutes les nuits depuis sa chambre. On m'a forcée à entamer une thérapie avec le Dr Elizabeth Wood, une psychiatre réputée à qui j'ai étrangement le droit de tout raconter. Je ne connais pas nécessairement les liens qui l'unissent à mon père, mais ils semblent très proches. Elle se montre gentille et protectrice envers moi, et j'éprouve un certain soulagement à me confier à elle. Elle m'aide à me relever de cette épreuve, et représente un soutien psychologique et moral appréciable ; je lui dois de me sentir peu à peu revenir à ma vie passée, reprendre mon existence là où je l'avais laissée avec le plus de sérénité possible.

Mon père a nommé un nouvel homme de main pour me conduire et venir me chercher à la fac. Il s'appelle Clary. C'est un blond, la trentaine, et il est physiquement l'exact opposé des hommes de main que j'ai pu rencontrer jusque-là. Il est petit et mince, mais a l'œil affûté, et je perçois une très grande intelligence dans son regard. Il se montre plutôt sympa et n'est pas trop intrusif. Il a très vite compris ce qui se passait entre Joshua et moi et se garde bien d'en parler.

Joshua, quant à lui, a récupéré la chambre voisine de la mienne, mais il est le plus souvent absent. Mon père l'envoie en mission loin de la maison, comme s'il cherchait un moyen de nous séparer malgré tout. Il n'est plus chargé d'assurer ma sécurité, cependant il arrive quand même à me rejoindre quelques heures le soir quand je suis déjà plongée dans le sommeil.

Je me réveille sous ses caresses, et il m'enveloppe de sa chaleur. Il me réclame, comme un drogué en manque, et je le laisse se glisser en moi à chaque fois que son corps me le demande. J'ai l'impression d'être sa planche de salut, il a besoin de mon cœur et de mon corps pour se sentir à nouveau humain. Il me raconte parfois ce qu'il fait et ce qu'il vit au quotidien, mais je sais bien qu'il ne me livre qu'une infime partie de la vérité.

L'infirmière continue de passer tous les deux jours pour refaire mon pansement, mais je ne saigne plus et la plaie cicatrise sans problème. Je n'ai presque plus mal et j'arrive à nouveau à marcher sans béquilles. Mes camarades de fac ne se sont pas montrés trop curieux au sujet de ma blessure, et, après que j'ai expliqué m'être écorchée gravement en tombant sur une roche, ils n'ont pas cherché à en savoir plus.

Ce vendredi soir, après avoir pris ma douche, je

descends au salon pour la première fois depuis longtemps. Le week-end commence tout juste. Ce soir, pas de révisions, j'ai besoin de me détendre avec un bon repas et un bon film.

Je retrouve Will dans la cuisine ; il est seul, comme à chaque fois que je l'ai croisé cette semaine. Depuis leur dispute du week-end dernier, je n'ai plus revu Alissa à la maison. Je me décide à lui poser la question :

— Est-ce que ça s'arrange, avec Alissa ?

— Non, c'est au point mort, répond-il du tac au tac.

— Elle t'en veut de t'être absenté sans la prévenir, c'est ça ?

— C'est une partie du problème, mais oui, c'est ça.

Je suis soudain curieuse de savoir comment il a pu expliquer jusque-là ses absences et ses missions secrètes, et j'interroge mon frère :

— Elle ne te demande jamais ce que tu fais dans la vie ?

— Elle me sait associé à la boîte d'Ethan et s'imagine donc bien l'envergure du boulot que ça représente. Elle ne posait pas trop de questions jusqu'à récemment...

— Qu'est-ce qui a changé ?

— Je crois qu'elle s'est accrochée à moi, elle est tombée amoureuse et s'imaginait avoir de ce fait le droit d'exiger davantage de moi.

Je reste pensive un moment, puis il reprend :

— Elle était sympa, je l'aimais bien, mais j'ai dû la quitter.

Je reste sous le choc de ce qu'il vient de m'annoncer.

— Tu l'as quittée ?

— J'étais obligé. Quand j'ai senti qu'elle devenait trop intrusive et qu'elle passait son temps à se renseigner sur nos activités, que j'avais de plus en plus de mal avec mes bobards, je l'ai laissée.

— C'est radical... Non ?

— J'y suis obligé. Je ne dois rien révéler qui pourrait

compromettre la sécurité de la famille. Alissa reste une étrangère à mes yeux, et la confiance est quelque chose qui se mérite. Je ne lui racontais jamais rien sur mes sorties nocturnes, et elle devenait de plus en plus hargneuse et colérique. Je protège ma famille avant tout, ça a toujours été le deal et ça le sera toujours.

— Tu t'interdis donc de construire quoi que ce soit avec une femme ?

— Elle n'a pas été assez patiente. Et, moi, pas assez amoureux, j'imagine. Si elle n'avait pas posé autant de questions et si elle n'avait pas autant exigé de moi, on serait encore ensemble.

Je soupire bruyamment.

— Will, c'est inadmissible ! Tu ne peux tout simplement pas demander à une femme qui tient à toi d'accepter de ne rien savoir de ta vie ! Tu crois vraiment que ça peut marcher comme ça ? Quand les choses prennent une sale tournure et que la vérité est à deux doigts d'éclater, on laisse tomber ? Je ne peux pas croire que tu tolères ça, Will. C'était la première fois que tu me présentais une de tes copines, et je m'étais dit que ça devait forcément la rendre particulière à tes yeux. Tu paraissais vraiment bien l'aimer.

— Je comprends ta colère, mais il le fallait, Emy. Alissa me forçait la main pour se sentir exister dans ma vie personnelle. Elle a insisté pour que je vous présente à elle alors que je m'étais promis de ne pas le faire. Je ne voulais pas t'exposer davantage. Mais ne t'en fais pas pour moi, Emy. Je ne fais jamais rien que je ne veuille pas. Je m'en sortirai, plaisante-t-il.

— Tu n'es pas un peu parano ? C'est pour ça que vous ne me présentez jamais vos copines ? demandé-je en haussant un sourcil interrogateur.

— Nous sommes prudents, nous avons beaucoup d'ennemis. Et qui me dit qu'Alissa n'est pas liée à l'un d'eux ? Noah l'était bien, lui.

Je lui jette un regard plein d'incrédulité avant de me tourner vers le réfrigérateur. Je ne doute pas une seconde de la loyauté de Will, mais une partie de moi se demande s'il n'a pas décidé de jeter l'éponge en réaction à ce qu'il vient de m'arriver. La méfiance est nécessaire compte tenu de ses activités, mais elle ne doit pas l'empêcher d'avancer et encore moins d'apprendre à faire confiance.

J'attrape les restes du dîner de la veille et entreprends de les réchauffer au micro-ondes quand j'entends quelqu'un entrer dans la cuisine. C'est James, les mains dans les poches.

— Salut, Emy ! s'exclame-t-il avec enthousiasme.

— Salut, frangin, quoi de neuf ? Je ne t'ai pas beaucoup vu, cette semaine.

— J'ai aidé Ethan à remettre certaines choses au point au Delta, se justifie-t-il.

— Quoi de prévu ce soir ?

En lui posant cette question, je nourris le secret espoir qu'il me tienne compagnie lors de ma soirée télé.

— Rien de prévu avant minuit. Ça te tente, des épisodes de *Game of Thrones* ? me demande-t-il, comme s'il lisait dans mes pensées.

— Plus que partante ! m'écrié-je, en ramassant mon assiette dans le micro-ondes.

Mon repas fini, je rejoins James au salon, et nous passons le reste de la soirée à enchaîner les épisodes trépidants mettant en scène Jon Snow et sa bande. Les mensonges et les trahisons évoqués dans cette série, ajoutés à la violence de certaines scènes, trouvent un écho particulier dans ce que je viens de vivre. Je me suis sentie vulnérable, trompée, pourtant cette expérience traumatisante m'a permis de ressentir plus clairement l'amour inconditionnel que me porte chacun des membres de ma famille. Et, même si leurs manières de gérer l'affection et l'amour qu'ils me portent ne sont pas toujours à mon goût, je sais que leurs intentions à mon égard resteront les meilleures. Je ne serai jamais seule, et cette pensée suffit à me rassurer.

Vers minuit et demi, James me quitte pour partir régler quelque chose. Je ne pose pas de questions, mais lui demande d'être prudent. Je vais ensuite rejoindre ma chambre et, après avoir enfilé mon pyjama, me glisse entre mes draps avec l'espoir que Joshua viendra me rejoindre très vite.

Je m'endors et suis réveillée vers 2 heures du matin par ses mains qui me caressent le ventre.

— Salut, dis-je.

— Hum, salut, poupée.

— Ta journée ? demandé-je, en sachant qu'il ne se montrera pas très bavard.

— Comme d'habitude : j'étais pressé de te retrouver.

— Moi aussi, je voulais te voir...

Sa barbe me pique la joue lorsqu'il m'embrasse au coin de la bouche avant de se lever pour allumer la lumière. Je frotte mes yeux, agressés par la lumière violente.

— Qu'est-ce que tu fous ?

— Je ne suis avec toi que la nuit, alors je voulais revoir ton petit visage endormi, dit-il en se rapprochant de moi.

Je m'assois au bord du lit et il dépose ses mains autour de mes joues, m'obligeant à le regarder. Il reste un moment à me contempler et se plie en deux pour pouvoir atteindre ma bouche et y déposer un baiser.

— Putain, t'es toujours aussi belle, lâche-t-il.

— Je n'ai pas trop vieilli en une semaine ?

Je me moque, il le sait et rit puis me tourne le dos pour aller éteindre la lumière.

— Même vieille et ridée, je crois que tu me feras encore bander, murmure-t-il comme pour lui-même.

— Je t'ai entendu ! dis-je en pouffant.

— Très bien, comme ça, tu es au courant, je ne vais pas te laisser tranquille de sitôt.

— Ça ne me pose pas de problème..., dis-je d'une voix lascive.

Il s'allonge au-dessus de moi.

— Et comment s'est passée ta journée à toi, ma puce ?

— La routine, la fac... Tu as dû suivre tout ça sur ton logiciel espion...

— Il ne me dit pas comment tu te sens à la fac. Personne ne t'emmerde ? Pas de type bizarre qui te tourne autour ? Ou de type tout court ?

J'éclate de rire.

— Jaloux ?

— Très ! dit-il en se penchant pour sucer mon cou et laisser une trace de son passage.

— Qu'est-ce que tu fais ?

Je m'affole, imaginant mon père qui découvre un suçon sur mon cou.

— Je marque mon territoire, dit-il, détendu.

— Tu n'as plus peur de mon père ?

J'ai posé la question très sérieusement. Il se redresse, et je sens son corps se tendre légèrement.

— Ouais, OK, ce n'était pas malin, réalise-t-il.

— C'est bon, je réussirai sûrement à le faire disparaître sous une couche de maquillage.

— Désolé, ma puce, je n'ai pas réfléchi.

Je glousse. Il s'allonge totalement sur moi, et je sens son excitation frémir dans son jean. Il soulève d'une main mon T-shirt et le jette par terre avec vivacité. Il s'en prend avec autant de vigueur au reste de mes vêtements, et je me retrouve rapidement nue sous son corps brûlant. Il se couche légèrement sur le côté et me ramène vers lui en me pressant contre son torse. Ses mains me caressent avec frénésie. Je sens qu'il n'en peut déjà plus d'attendre mais s'oblige tout de même à patienter pour me permettre de le suivre dans le plaisir.

Lorsque je finis par me caler contre son bassin, il ne réussit plus à se canaliser et s'introduit en moi avec douceur. Ses va-et-vient deviennent de plus en plus sauvages à mesure que le temps passe, et il finit par se libérer dans un grognement éperdu. Il remonte ensuite les draps sur nous et continue de me caresser jusqu'à ce que le sommeil m'emporte.

Lorsque je me réveille, le samedi matin, je suis nue sous les draps mais il n'y a plus trace de Joshua. Je ne l'ai même pas entendu partir. Je soupire d'exaspération : j'aimerais me réveiller à ses côtés et partager plus de choses avec lui pendant la journée.

Je me lève vers 10 heures et vais prendre une douche puis m'habille. Dehors, le soleil a refait son apparition, réchauffant un peu l'atmosphère et faisant remonter les températures glaciales. J'ai envie d'aller faire un tour à Central Park, aujourd'hui ; me balader dans le calme de la nature me fera le plus grand bien et me rappellera les après-midi que je passais en tête à tête avec ma mère. Et puis j'ai besoin de me retrouver seule pour réfléchir à tout ce que je viens de vivre, penser à ce que j'ai traversé ces dernières semaines.

Je descends les marches qui mènent à la cuisine avec précaution, attrape un paquet de biscuits, puis quitte la maison sans attendre, emmitouflée dans ma grosse doudoune. Je sais que mes frères ne seraient pas ravis de ma petite escapade, mais je dois apprendre à revivre normalement sans m'inquiéter sans arrêt de croiser un inconnu. Je ne peux pas continuer à vivre dans la peur de me faire agresser ou kidnapper à nouveau.

Je longe Park Avenue et rejoins la 62e Rue. Quand j'entre dans Central Park, je sens mon cœur se serrer et je réalise que je n'y ai pas remis les pieds depuis la mort de ma mère. Elle et moi adorions y passer nos après-midi. On discutait pendant des heures en marchant sous les rayons du soleil. C'était notre moment à nous, et personne, pas même mon père, n'aurait essayé de nous l'enlever. Je ne sortais déjà pas énormément, à l'époque, mais j'ai l'impression que son décès n'a fait que compliquer les choses à ce niveau-là.

Une fois arrivée près de la patinoire du Wollman Rink, je m'assois un peu en hauteur pour regarder les gens s'amuser en contrebas. L'air est frais, mais les rayons du soleil réchauffent mon visage d'une manière exquise. Je reste un moment à me délecter de cette sensation merveilleuse, les yeux clos, lorsque je suis tirée de ma douce torpeur par une voix masculine.

— Salut ! Je t'ai vue de là-bas et j'ai eu très envie de venir te parler. J'espère que je ne te dérange pas trop...

Je me tourne pour distinguer un visage d'homme : la vingtaine, brun, des traits harmonieux et des fossettes qui me rappellent celles de Noah. Je grimace instantanément.

— Je suis occupée.

Je regrette aussitôt mes paroles. À quoi suis-je donc occupée, au juste ? Je suis assise sur un banc, seule, à regarder des gens qui patinent...

Le visage du type face à moi se rembrunit légèrement. Mince, me dis-je, j'espère que je ne me suis pas encore fourrée dans la merde en m'échappant de la maison comme ça. Je sais que mes frères ont dû être alertés de mon escapade, à l'heure qu'il est, et que je ne tarderai pas à voir un homme de main faire son apparition à l'horizon, mais je ne peux m'empêcher de paniquer. Il faut que je me calme, c'est juste un homme qui essaie d'engager la conversation. Peut-être bien pour me courtiser. Je devrais pouvoir me tirer d'affaire sans avoir à prendre mes jambes à mon cou.

— Je voulais juste te parler et faire ta connaissance... Tu m'avais l'air bien seule..., ajoute-t-il en tournant sa tête de droite à gauche.

Je suis son regard et admets avec crispation que je suis aussi seule qu'il veut bien le dire.

— J'aurais préféré passer ce moment tranquille, si ça ne t'ennuie pas, dis-je poliment pour éviter de le froisser.

— Je vois..., répond-il, pensif.

Il s'assoit néanmoins sur le même banc que moi. Voilà un mec qui ne sait pas ce que le mot « tranquille » veut dire. Je le toise de haut en bas sans qu'il y prête attention.

— Je sais reconnaître quelqu'un qui veut être seul et quelqu'un qui est juste triste..., explique-t-il comme s'il lisait dans mes pensées.

— Qu'est-ce qui te fait dire que je suis triste ?

— Tes yeux sont aussi gris que les miens lorsque je viens m'asseoir ici.

Il a réussi à piquer ma curiosité, et je ne peux m'empêcher de lui demander :

— Qu'est-ce qui te rend triste ici ?

— Je repense à ma petite sœur, qui adorait venir patiner ici, et je me dis que ça n'est plus qu'un souvenir, désormais.

— Elle est... ?

— Morte, oui, me coupe-t-il.

— Oh ! je vois. Je suis désolée.

— Elle a eu un cancer foudroyant et on n'a pas pu la sauver, m'avoue-t-il.

Je suis assez surprise de voir un parfait inconnu se livrer ainsi, mais je n'en montre rien.

— Moi, j'ai perdu ma mère. J'adorais venir ici avec elle aussi.

Je grimace sous l'effet de la surprise. J'ai vraiment dit ça ? Qu'est-ce qui me prend ? Ce mec n'est pas psy, et je ne le connais même pas ! Je me maudis intérieurement en le voyant se tourner vers moi pour me contempler.

— Je savais que tu pensais à quelque chose de ce genre quand je t'ai vue. Ton visage est si expressif... Je perçois en toi de la peur, de la peine mais aussi de la combativité. Tu ne dois pas être le genre de femme qui se laisse abattre très longtemps. Ta force se devine dans ton regard et dans ta posture. Tu es pleine de doutes, pourtant tu sembles encaisser les douleurs que nous impose la vie avec beaucoup de dignité.

J'aurais mieux aimé qu'on ne lise pas en moi si facilement... Je suis étonnée par sa perspicacité. Cet homme si étrange trouve les mots justes et sent ce que j'essaie continuellement de dissimuler. Je suis comme hypnotisée, prise par le besoin soudain de le regarder à mon tour pour comprendre à qui j'ai affaire. Son regard s'accroche au mien tandis qu'il attend patiemment ma réponse.

— Tu as vu juste, dis-je en tournant la tête vers la patinoire pour dissimuler ma gêne.

J'entends alors quelqu'un se racler la gorge et je me tourne au même moment que mon voisin, pour distinguer Joshua, debout derrière moi. Son regard est dur et cruel, et il ne lâche pas des yeux le type à ma gauche. Je me lève pour le rejoindre et tenter de calmer la rage que je devine en lui. Il est plutôt effrayant, et mon inconnu est déjà sur ses gardes. Joshua est immobile, mais tout son corps semble prêt à bondir sur lui. Figé dans l'incrédulité, le type du banc ne réagit pas. Puis il se tourne alternativement vers moi et vers le regard noir de Joshua. Il paraît soudain très mal à l'aise.

— Salut, Joshua, dis-je pour tenter de détendre l'atmosphère.

Joshua ne prend même pas la peine de me répondre et s'avance vers le type, qui s'est déjà levé en mettant les mains au-dessus de la tête.

— C'est bon, je croyais qu'elle était seule, dit-il pour se défendre.

— Arrête de croire qu'une femme comme elle puisse être seule et casse-toi avant que je te botte le cul, lui répond Joshua d'un ton cru et amer.

L'homme me regarde et, quand je crois qu'il va tourner les talons pour partir, il se jette sur Joshua. Mais il est malade ? s'écrie une petite voix en moi, effrayée à l'idée de ce qui va lui arriver. N'est-il pas capable de jauger son adversaire ? Veut-il envers et contre tout défendre son honneur bafoué ? Je n'ai pas envie de le voir se faire laminer par ma faute, aussi je plonge sans réfléchir entre les deux hommes pour les séparer.

Joshua a déjà saisi le bras de son adversaire, qui essaye de lui envoyer un coup de poing. Il s'apprête à le frapper en retour, mais arrête brutalement son geste pour éviter de me blesser quand il s'aperçoit que je me suis faufilée devant lui.

— Emy, écarte-toi, dit-il sur le ton de l'avertissement.

Je me tourne vers lui et lui oppose un « non » catégorique. Je sens sa colère monter en flèche, mais je ne tressaille pas devant lui, je sais que je n'ai rien à craindre. Il lâche le type en le repoussant brutalement, et ce dernier s'étale de tout son long par terre. Je m'en veux tellement ! Je le rejoins pour le soutenir et l'aider à se relever, mais il refuse mon aide et fait demi-tour pour partir.

Une larme de frustration coule sur ma joue quand Joshua m'attrape le bras pour me tourner vers lui.

— Pourquoi tu pleures ? Je ne t'ai pas fait mal ? demande-t-il, incrédule.

Pour toute réponse, je lui tourne le dos et marche aussi vite que possible vers la sortie. Je n'ai plus spécialement envie de rester ici, j'ai froid et je me sens perdue ; il a su briser l'ambiance chaleureuse que m'offrait ce refuge.

— Attends ! lance-t-il en attrapant à nouveau mon bras, m'empêchant de continuer à avancer.

Je jette un œil vers son visage, qui semble inquiet, désormais. Ma voix est un peu plus aiguë que je ne le voudrais lorsque je crie :

— Il n'avait rien fait de mal, Joshua !

— Il a transgressé la règle numéro un, qui est : ne pas t'approcher.

— Je ne suis pas approchable, Joshua ?

— Tu es intouchable, et je te jure que je tuerai tous ceux qui essayeront de transgresser cette règle.

Je frissonne. Il est complètement fou, et je comprends maintenant seulement la profondeur de ce que j'ai envie de qualifier de folie. Joshua n'est pas un homme stable. Mais comment aurait-il pu en être autrement ? Il n'a jamais eu de mère pour prendre soin de lui, et l'homme qui lui a servi de père a usé de son autorité pour lui faire du mal en lui donnant l'impression qu'il n'était rien d'autre qu'une erreur. Il était un petit garçon isolé et incapable de deviner ce qui lui manquait pour être heureux. L'amour. Il ne l'a pas connu, et s'est efforcé de grandir et de se construire sans repères. Je sais bien qu'un tel parcours engendre des séquelles irréversibles, mais sa douceur et son calme avec moi m'ont donné l'espoir qu'il pourrait changer d'un coup. Joshua a découvert l'amour à mes côtés, et la peur que provoque ce sentiment puissant le conduit à des extrêmes intolérables. Il ne maîtrise plus rien. Je vois bien qu'il est terrifié à l'idée de me perdre, pourtant je ne peux pas le laisser se défendre contre ses cauchemars en répandant autour de lui, de nous, une telle violence. S'il veut que notre histoire fonctionne, il va devoir s'imposer des limites, trouver également l'équilibre qui me permettra de ne pas étouffer. Toutes ces idées ont traversé mon esprit en une fraction de seconde ; je soupçonnais déjà tout ça, même si je me refusais à le formuler aussi nettement. Aussi, je hurle, comme libérée :

— Il ne faisait que me parler, putain !

Joshua m'attrape vigoureusement les hanches pour me plaquer contre lui, mais je le repousse de toutes mes forces pour qu'il me lâche. Il est surpris et décontenancé par ma réaction mais ne me laisse pas reculer. Je le repousse une nouvelle fois sans succès, puis lâche :

— T'es complètement malade, Joshua !

— Oui. Je suis un grand malade et je suis surpris que tu ne t'en aperçoives que maintenant, dit-il d'une voix grave et dure.

— Lâche-moi, je te l'ordonne.

Il baisse la tête pour me regarder comme s'il cherchait à savoir si je suis sérieuse. Je le fusille du regard et je vois sa mâchoire se crisper. Il desserre légèrement son emprise et j'en profite pour reculer d'un bond.

— J'ai assez de choses à régler dans ma tête sans avoir en plus à régler les problèmes qu'il y a dans la tienne, dis-je méchamment.

Mon cœur et ma gorge me brûlent immédiatement quand je vois la peine que je viens de lui infliger. Le chagrin qui s'insinue dans chacune des parcelles de son beau visage. Je me détourne immédiatement, car le voir ainsi m'est insoutenable, mais je suis en colère et je ne peux pas lui pardonner si vite d'avoir des réactions disproportionnées quand il s'agit de moi.

À ma grande surprise, il ne cherche pas à me rattraper quand je prends la fuite, et je le perds rapidement de vue en rejoignant d'un pas rapide Park Avenue. Je marche encore une trentaine de minutes avant d'atteindre la maison, à bout de souffle.

26

Je retire mes bottes dans l'entrée et dépose ma doudoune sur la table du salon ; je monte ensuite les marches de l'escalier deux à deux, réveillant légèrement la douleur de ma jambe. Je m'engouffre dans ma chambre et m'enferme avant de me laisser tomber sur mon lit. Je suis épuisée.

Quelle matinée ! Elle avait pourtant si bien commencé. Comme si sortir n'était pas déjà suffisamment compliqué, il me faut maintenant composer avec la jalousie excessive de Joshua. Non, hors de question. J'ai besoin de liberté et je vais le lui faire comprendre.

Certes, j'éprouve des sentiments profonds pour lui, mais je ne suis pas prête à me laisser enfermer par notre relation et par ce qu'il désire. Je ne compte pas me couper davantage du monde pour qu'il s'apaise et je vais le lui faire comprendre dès ce soir. Parfois, j'ai l'impression d'être fragile sous son regard, pourtant l'homme que j'ai rencontré dans le parc avait raison, je suis plus forte que j'en ai l'air et, même si pour l'instant je subis les contrecoups de ce qu'il vient de m'arriver, je parviendrai à me relever et à rebondir comme je l'ai toujours fait. Je veux être maîtresse de mon destin, et peu m'importe le prix à payer et les sacrifices que je serai obligée de faire pour cela, je ne renoncerai pas.

Je saisis mon téléphone et envoie un message à Hayle :

J'ai besoin de sortir, il y a une fête prévue, ce soir ?

Génial ! Bien sûr, que quelque chose est prévu, comme tous les week-ends dans un campus comme le nôtre ! Je viens me préparer chez toi ?

Pas de souci, à ce soir.

Elle m'envoie deux ou trois smileys au sourire victorieux ainsi que l'adresse où nous irons ce soir. Bon, maintenant, il faut quand même que je parle de cette soirée à mes frères. James est proche de Hayle et acceptera sûrement de nous accompagner.

Soirée étudiante avec Hayle ce soir, ça te dit ?

OK, je vous accompagne.

Je retrouve le sourire à la perspective de m'amuser enfin un petit peu. Je sais que Joshua sera vert de rage en apprenant que je sors, mais j'ai envie qu'il comprenne que je suis aussi libre que je le peux.

Je passe le reste de la journée à bosser mes cours et à grignoter des sucreries lorsque Hayle fait son apparition, vers 19 h 30.

— Coucou ! dit-elle gaiement en entrant dans ma chambre.

Elle me saute au cou pour m'embrasser sur les deux joues et s'assoit près de moi, jetant un œil méfiant au tas de feuilles et de livres éparpillés sur mon lit.

— T'as passé la journée à réviser ? me demande-t-elle.

Je fais oui de la tête et elle me fixe, estomaquée.

— T'es une grande malade ! Heureusement, ce soir, tu vas pouvoir te comporter comme une véritable étudiante !

Je ris. Sortir et boire, c'est ça, être une vraie étudiante ? Alors dans ce cas non, je n'en suis pas encore une véritable...

— Qu'est-ce que c'est que cette fête où tu m'emmènes ce soir ?

— C'est une soirée organisée dans une frater. Il y aura des mecs super populaires... Des joueurs de l'équipe de foot, ajoute-t-elle comme si elle me faisait une confidence.

Je suis soudain inquiète et la questionne :

— Julan, le connard, risque d'être là, lui aussi ?

— Je ne sais pas, je ne l'ai pas revu depuis des lustres !

— Ce n'est peut-être pas une bonne idée que j'y aille. D'autant plus que je comptais emmener James avec nous et...

— C'est très bien, tout se passera bien, me coupe-t-elle, survoltée.

— Si tu le dis.

Je ne suis pas totalement convaincue. Ces derniers temps, quand je sors de cette maison, ça se finit invariablement mal. Mais je me garde bien d'en parler à Hayle.

Pendant les deux heures qui suivent, elle s'extasie devant les nombreuses tenues de mon dressing, et finit par en choisir une pour moi. Elle est extrêmement sexy et je ne suis pas totalement à l'aise dedans, mais Hayle insiste vraiment pour que je la porte. C'est une robe bustier jaune qui m'arrive à mi-cuisses en épousant mes formes à l'excès.

— Je risque d'avoir froid, là-dedans !

— Non, ne t'inquiète pas, là-bas, il fera très chaud. Très, très chaud ! D'ailleurs, Joshua ne nous accompagne pas ? demande-t-elle, le sourire aux lèvres.

— Non, je me suis un peu accrochée avec lui ce matin, je préfère qu'il ne soit pas là.

— Ah bon ? Tu m'expliques ce qui s'est passé ?

— Pour te la faire courte, il est un peu trop jaloux.

— Avec une fille comme toi à son bras, ce n'est pas étonnant ! Il a des concurrents potentiels à tous les coins de rue..., affirme-t-elle.

— Des concurrents ? Mais il n'en a aucun : à mes

yeux, personne ne lui arrive à la cheville ! Et qu'est-ce que tu entends par « une fille comme toi » ? Je te ferais remarquer que je suis une fille sérieuse, Hayle, il devrait pouvoir me faire confiance !

— Hum... Oui, dans l'idéal, c'est ce qu'il devrait faire..., dit-elle en reculant pour m'admirer dans ma robe. Mais s'il te voyait habillée comme ça, en revanche, même moi, je comprendrais qu'il ne te laisse pas ta liberté, plaisante-t-elle.

Je souris devant son air hilare.

— Tu penses qu'il faut que je mette autre chose ?

— Non, non ! Tu es parfaite ! Ne change jamais rien pour faire plaisir à un homme, dit-elle en appuyant ses propos d'un clin d'œil.

Je la remercie pour ses conseils et vais mettre une touche de maquillage sur mon visage, et sur mon cou pour camoufler le suçon que Joshua m'a laissé la veille. Il n'est pas très visible, mais je ne veux surtout pas que le regard vif de James se pose dessus.

Vers 22 h 30, nous descendons dans le salon, où nous retrouvons James et Will, tous deux avachis sur le canapé. Quand mes frères m'aperçoivent, Will laisse entendre un juron. Quant à James, il ne me lâche pas du regard.

— Tu es super belle, mais il va falloir que Will vienne avec nous, seul, je n'arriverai pas à repousser tous les étudiants en rut, plaisante-t-il.

Je me sens rougir et regarde Hayle, morte de rire à côté de moi.

— OK, je vais aller me changer, dis-je en me tournant pour remonter.

Elle me rattrape par le bras et s'interpose, visiblement décidée à me bloquer le passage coûte que coûte.

— Non, tu es ravissante, tant pis si les mecs ne savent pas se tenir en te voyant, tu auras deux gardes du corps, ce soir !

— Je n'ai pas envie de causer de problème. Allez, c'est plus simple comme ça, laisse-moi remonter.

Will me tape sur l'épaule en riant.

— C'est bon, sœurette, c'était juste pour plaisanter. Arrête de paniquer, tu vas bien t'amuser.

Je pose sur lui un œil incrédule, puis je les regarde tous l'un après l'autre. Ils semblent complètement détendus, alors que moi j'ai l'air d'une boule d'angoisse sur pattes. J'ai eu suffisamment de problèmes ces derniers temps avec les hommes et je préfère renoncer plutôt qu'en provoquer d'autres ce soir.

— OK, dis-je après un silence interminable.

— Allez, va mettre tes chaussures, Cendrillon, me dit Hayle en me poussant légèrement vers l'entrée pour me faire sortir de ma bulle.

Je choisis de jolies sandales dorées à talons et empoigne ma doudoune, que j'enfile comme pour me cacher. Lorsque tout le monde est prêt, nous prenons la direction du garage sans trop tarder. Soudain, je vois la Porsche d'Ethan débouler dans le garage puis se garer.

Ethan en sort, suivi de Joshua, dont le regard s'agrippe instantanément à moi. Heureusement, il ne peut pas voir ma tenue, mon manteau la dissimule. Je n'ai pas besoin d'attiser davantage sa jalousie. Je me contente de suivre Hayle et de monter dans la voiture puis referme la portière derrière moi. Ce soir, je sors sans lui.

Hayle, qui s'est installée à l'arrière avec moi, me fait un petit sourire compatissant quand elle comprend mon malaise.

— Une super soirée, me rappelle-t-elle.

J'entends Will parler brièvement à Ethan de la fête où nous nous rendons, puis la voix grave et unique de Joshua, mais je ne comprends pas ce qu'il dit. Je ferme les yeux pour calmer mon angoisse et attends patiemment que Will daigne démarrer.

Le moteur ne ronfle toujours pas et je m'étonne, quand

la portière s'ouvre brutalement. Je sursaute, voyant Joshua m'offrir un sourire étincelant. Estomaquée, je réussis à peine à articuler :

— Quoi ?

— Je viens avec vous, me dit-il avec un sourire victorieux.

Je tourne la tête vers Hayle, qui affiche un visage ahuri, et, avant qu'elle ne prenne la parole pour tenter de l'en empêcher, je lui fais signe de ne rien dire. Je me retourne vers Joshua, qui ne cesse de sourire. Il est immobile, ni debout ni assis ; je mets un temps fou à comprendre qu'il attend que je me décale vers Hayle pour le laisser s'installer.

Je me pousse à contrecœur en regrettant déjà la décision que j'ai prise d'aller à cette soirée. Quand le moteur démarre et que mes frères font exploser le son de la musique, je colle ma tête au dossier de la banquette et ferme les yeux pour tenter de me calmer.

J'essaie de me raisonner en me disant que Joshua est avec mes frères et n'osera pas faire de scandale devant eux. Je me rassure en me disant qu'il sera tout à fait capable de se contenir, qu'il n'est pas fou. Il n'est pas fou ? Mes doutes refont surface ; je les rejette en bloc et cesse de penser pendant une minute.

La chanson de Majid Jordan *King City* résonne dans mes oreilles, et j'arrive peu à peu à m'apaiser lorsque la main de Joshua se pose sur ma cuisse dans l'obscurité. Je sursaute imperceptiblement à la sensation de sa paume brûlante sur ma peau dénudée et je referme légèrement mon blouson pour le repousser. Il relève la main et la dépose sur ma joue, qu'il caresse tendrement. Je mets plusieurs secondes à rejeter la tête sur le côté pour le forcer à retirer sa main. Il esquisse un sourire satisfait, et je reporte mon attention sur la route, passablement énervée de me montrer si faible face à lui.

Il n'essaye plus de se rapprocher et me laisse tranquille jusqu'à la fin du trajet ; je finis par décompresser un peu.

Lorsque nous pénétrons dans la fraternité où se déroule la fête, la foule est si compacte que la chaleur nous écrase immédiatement, étouffante. Je retire mon manteau et me force à ne pas regarder la réaction de Joshua lorsqu'il découvre ma robe. Je m'avance aux côtés de Hayle. Tous les regards se posent sur nous, mais j'essaie de faire abstraction.

La musique est si forte qu'elle me fait littéralement vibrer la cage thoracique. Un groupe nombreux s'amasse déjà sur une piste de danse improvisée, et l'ambiance générale est plutôt festive. Festive et alcoolisée. Plus loin, certains sont assis à l'écart par grappes et semblent jouer à ce qui s'apparente au strip-poker.

Hayle s'arrête régulièrement pour saluer des gens qu'elle reconnaît, et nous poursuivons notre progression jusqu'à la cuisine, où se trouve Lexie, en train de se servir un verre d'alcool. Elle est super joyeuse et se jette littéralement dans mes bras lorsqu'elle m'aperçoit, me glissant un « vraiment bandante » à l'oreille. Je ris : on dirait que la soirée a déjà bien commencé pour elle, car son haleine est pour le moins chargée.

Je m'approche de la table et me sers un cocktail à mon tour. J'ai besoin de décompresser, et, avec Joshua qui me surveille, il va me falloir plus qu'une bonne ambiance. J'enchaîne deux ou trois verres en bavardant avec Lexie. Hayle a rejoint James près de la porte, et Will et Joshua sont quant à eux en train de discuter sur des tabourets. Face à nous. Je remarque les regards réguliers que Joshua pose sur moi, mais fais mine de ne pas les voir et d'être plongée dans ma discussion sans en être dérangée. Au fond de moi, je brûle d'envie de lui pardonner et de passer du temps avec lui à cette soirée, pourtant je me dois d'être claire toute suite. La violence dont il a fait preuve ce matin était pour moi gratuite et inutile, je ne veux plus jamais que ça se reproduise.

Lorsque Lexie entend une musique qu'elle aime, elle attrape ma main avec fébrilité pour m'emmener vers le salon. On contourne des étudiants pour échouer sur la piste de danse improvisée entre deux canapés. Lexie remue en rythme et je suis à mon tour emportée par la musique. Mon corps se laisse envoûter, je me laisse aller.

Les cris et les hourras s'enchaînent au fil des sons du moment, et je suis de plus en plus à l'aise. Je ferme les yeux et cède le contrôle de mes mouvements à mon corps. Rapidement, des membres de la fraternité s'élancent eux aussi sur la piste et nous entourent. L'air devient irrespirable tant le nombre de danseurs a augmenté. Je meurs de chaud dans ma robe moulante et de la sueur perle sur mon front, mais je continue de bouger comme si ma vie en dépendait.

L'excitation devient incroyablement intense autour de moi. On éteint une partie des lumières pour que l'ambiance soit plus tamisée. Des couples se sont formés autour de nous et se frottent l'un à l'autre sans complexe. Je me sens totalement détendue lorsque j'aperçois au loin les yeux de Joshua rivés sur moi. Il est seul près de la porte de la cuisine et ne se cache pas pour me dévorer du regard. Une fille bourrée l'aborde, mais il ne prend même pas la peine de la regarder pour lui répondre.

Quand la musique s'adoucit et laisse place à un slow langoureux, je ralentis mes mouvements et me laisse porter par le rythme plus sensuel. Je rouvre les yeux. Lexie s'est approchée de moi pour me glisser à l'oreille, avec un sourire éclatant :

— Homme grand, barbu, musclé, cheveux longs, à bâbord. S'approche de toi. Attention aux yeux, c'est une bombe.

Paniquée, je regarde dans la direction de Joshua mais ne l'aperçois plus. Je me tourne : personne dans mon dos non plus. Je finis par me détendre et laisse mon corps onduler à nouveau en rythme. À ma droite, Hayle danse avec James ; ils sont de toute évidence très intimes. Je détourne les yeux immédiatement, ne voulant pas leur voler ces moments qui n'appartiennent qu'à eux.

Quelques secondes plus tard, je sens des mains épaisses s'accrocher à mes hanches et je sursaute ; je lève la tête par-dessus mon épaule et découvre celui dont Lexie m'a fait le portrait-robot. Joshua s'est décidé à venir me rejoindre sur la piste et il a calé son corps chaud derrière mon dos. Je n'ai pas la force de le repousser et le laisse m'enlacer avec sensualité. Je dépose ma tête sur son torse et il m'enveloppe le cou d'une main de manière très possessive.

Je n'arrive pas à lui en vouloir, je suis complètement perdue. Une part de moi voudrait le laisser me posséder corps et âme, tandis que l'autre refuse catégoriquement de devenir sa propriété. Je finis par faire taire toutes les voix qui résonnent dans ma tête et me laisse aller au slow de plus en plus sensuel qu'il m'offre. Au bout de quelques minutes, il me retourne vers lui et me serre contre son corps brûlant de désir.

Il plaque une main dans mes cheveux et l'autre dans le bas de mon dos. Je le sens se crisper au fil des musiques qui passent. J'ai réussi à réveiller la bête qui sommeille en lui et je sens son excitation contre moi. Je relève la tête et distingue des perles de sueur sur son front, sa mâchoire est crispée ; et son visage, tendu. Je sais qu'il fait appel à toute sa volonté pour ne pas laisser son corps décider à sa place.

Est-ce pour tester ses limites ou juste parce que j'en ai envie ? Je l'ignore, mais j'attrape son visage dans mes mains et le force à se pencher pour l'embrasser. Je le fais avec un désir non dissimulé et ondule mes hanches encore plus explicitement contre son bassin.

Un grognement rauque s'échappe de sa bouche et je sais qu'il ne va pas tarder à me repousser pour ne pas craquer. Je jubile d'avoir ce pouvoir sur lui et je continue mon jeu de séduction encore et encore.

— Je vais jouir dans mon pantalon, si tu continues de jouer avec moi comme ça, dit-il, comprenant parfaitement ce que je suis en train de faire.

Je me recule pour le laisser respirer et le regarde fixement. Ses yeux sont voilés de désir et sa respiration est courte.

— Je vais prendre un petit peu l'air, me dit-il, haletant.

Je lui souris en guise de réponse et le vois quitter la piste d'une démarche lente et beaucoup moins alerte que d'habitude. Je reste encore un moment à danser avec une Lexie toujours radieuse. Mais je commence à avoir très soif et l'avertis que je pars prendre un verre. Elle choisit de m'accompagner, assoiffée, elle aussi.

Dans la cuisine, des couples s'agglutinent sur les tabourets, et j'ai l'impression qu'ils sont en train de se faire l'amour tout habillés. Je marmonne :

— Ne vous gênez pas pour nous.

Lexie éclate de rire. Je m'avance vers la table, prends un gobelet en carton et le remplis d'un cocktail à la liqueur rosée. Le goût est agréable, mais l'alcool me brûle la gorge. Je tousse, surprise, et Lexie se marre.

— Ce n'est pas n'importe quel cocktail, que tu viens de prendre, m'explique-t-elle.

— Ah oui ?

— C'est le cocktail « Trou Noir ». Si tu veux te réveiller sans souvenirs, n'hésite pas..., dit-elle en tendant la main vers mon verre.

Je le lève sans réfléchir et le termine cul sec en toussant légèrement.

— J'espère que tu te souviendras de ta danse endiablée avec le canon de tout à l'heure, me dit-elle.

— Il y a des chances pour que je m'en souvienne.

Après plusieurs verres, je suis brûlante et j'ai besoin de sortir pour me rafraîchir. Lexie me suit vers la porte de la maison et nous atteignons un petit jardin en contrebas. Ma robe ne couvre qu'une infime partie de mon corps, pourtant j'ai terriblement chaud et de la vapeur sort de ma bouche lorsque je respire.

— J'ai l'impression d'être un radiateur ambulant, ça me sidère.

— Magie de l'alcool, répond une voix masculine dans mon dos.

Je me tourne et découvre trois mecs derrière nous. Tous trois portent fièrement un T-shirt aux couleurs de leur fraternité. Je relève la tête vers eux, ils sont plutôt grands et bien foutus ; je parie qu'ils font partie de l'équipe de foot de l'université. Je ne pense pas les avoir déjà croisés sur le campus, je m'en serais souvenue. L'un d'eux s'approche et me tend la main pour se présenter. Je la serre par politesse.

— Leo, me dit-il.

— Emily.

Lexie sourit de toutes ses dents en regardant les types qui nous font face. Elle paraît sous le charme, aussi je m'efforce de l'intégrer à la conversation :

— Ma copine Lexie, dis-je.

Les mecs se tournent vers elle poliment et lui serrent la main puis reportent leur attention sur moi.

— Tu es nouvelle ici ? me demande celui de droite.

— On peut dire ça. J'ai fait ma rentrée avec un peu de retard.

Le mec croit comprendre que je suis intéressée et s'approche davantage de moi, mais il est bloqué par son pote, qui se tient devant lui, et se retourne pour lui jeter un regard noir. Euh... C'est quoi, leur problème, sérieux ? Gênée, j'observe Lexie. Elle est ébahie par les mecs, et je recule légèrement vers elle avant de chuchoter :

— T'es intéressée ?

— Comment ne pas l'être ? plaisante-t-elle.

— Je ne le suis pas, dis-je discrètement.

Elle me regarde avec des yeux ronds comme des soucoupes, puis se ressaisit et se redresse.

— Ah oui, tu penses au canon de tout à l'heure, c'est ça ? demande-t-elle suffisamment fort pour que les types l'entendent.

— Exactement. J'aimerais le retrouver...

Je lis de la déception dans le regard de celui qui me fait face, je crois qu'il aurait bien aimé me ramener dans sa chambre ce soir. Rien que d'y penser, j'ai un haut-le-cœur.

— OK, bon, vas-y, me dit Lexie en me poussant légèrement.

Je lui jette un regard inquiet, je n'ai vraiment pas envie de la laisser seule avec ces trois types. Ils sont visiblement à la recherche d'une proie pour finir la soirée, et je ne voudrais pas que mon amie soit prise au piège. Ils n'ont pas l'air très méchants, mais Dieu sait ce qu'ils pourraient faire à une fille sans défense.

— Retournons au moins à l'intérieur, dis-je doucement.

— OK, je rentre. Je commence à avoir froid, dit-elle en s'adressant aux mecs devant nous.

Je les suis dans la maison et me retrouve nez à nez avec l'imposante carrure de Joshua.

— Hé !

— Hé, répète-t-il en jaugeant les mecs devant nous.

Je jette un dernier regard vers Lexie, qui me fait signe que je peux partir sans m'inquiéter, et je saisis la main chaude de Joshua pour qu'il me suive un peu à l'écart de la foule. Il ne résiste pas et m'accompagne vers un escalier situé à l'arrière du salon principal. Nous montons à l'étage et traversons un couloir obscur qui semble desservir plusieurs chambres. J'entends haleter près de nous et je devine deux silhouettes à moitié nues.

Nous nous apprêtons à ouvrir une porte qui doit sans doute donner sur la salle de bains quand Joshua m'arrête en me plaquant contre le mur de toutes ses forces. J'ai beaucoup de mal à respirer, et c'est mon tour de me retrouver haletante sous son poids. Je souris. Il m'interroge du regard et je lâche :

— Tu ne comptes pas me faire l'amour contre ce mur ?

— C'est à toi de décider. Mais sache que moi je suis partant pour le faire n'importe où.

Je le regarde, incrédule. Il ne sourit pas et caresse doucement mon oreille, il a l'air parfaitement sérieux. Je souffle à son intention :

— Je ne t'ai pas encore pardonné pour ce matin.

— Qu'est-ce que je peux faire pour que tu m'excuses ? chuchote-t-il en léchant le lobe de mon oreille.

Des frissons me parcourent, une réponse assez claire, me semble-t-il, à ce qu'il vient de me faire, et je me retrouve toute tremblante entre ses bras.

— Je ne veux plus que ça se reproduise. Il faut que tu me fasses confiance, Joshua.

Sa tête plonge dans mon cou et je le sens inspirer bruyamment.

— C'est tellement nouveau pour moi, ma puce...

— Tu ne faisais jamais confiance à tes petites copines avant ?

— Ta naïveté est attendrissante, dit-il en riant. Je n'ai jamais pris la peine d'être exclusif avec une autre que toi, alors la question ne s'est jamais posée.

— Tu allais voir ailleurs, si je comprends bien ?

— Je baisais quand j'en avais envie, je n'en avais pas grand-chose à faire, des filles avec qui je le faisais. Je prenais ce qu'on me donnait, finit-il.

— Eh bien..., dis-je, pensive.

— Comme je te dis, c'est nouveau pour moi...

— Tu es fidèle, avec moi, au moins ?

Ce qu'il vient de dire a fait naître la jalousie et elle titille mon cœur. Je n'ai pas pu m'empêcher de poser la question.

— Il n'y a qu'une femme que je rêve de prendre nuit et jour, dit-il crûment.

Je sens mes joues s'enflammer et, comme s'il percevait leur chaleur, il attrape mon visage en les frottant délicatement. Il ne me lâche pas du regard et se rapproche doucement, dangereusement de mes lèvres.

— Je te promets de faire un effort pour ne pas fracasser tous les mecs qui essaieront de t'approcher, lâche-t-il comme s'il récitait une leçon.

J'éclate de rire bruyamment.

— Tu manques de crédibilité, Joshua.

Pour toute réponse, il enferme mon visage entre ses bras et plaque ses mains contre le mur derrière ma tête. Il se penche ensuite pour atteindre mes lèvres et y déposer un baiser plein de promesses. Les minutes passent et son baiser se fait de plus en plus profond. Mon cœur bat la chamade quand il finit par reculer.

On nous observe et quelqu'un lance même rapidement, au bout du couloir :

— C'est l'ex de Noah...

L'ex de Noah ? N'importe quoi ! Ils ont fumé quoi ? Je tente de garder mon calme, mais je remarque que le visage de Joshua s'est légèrement tendu, à ces paroles.

— On retourne voir les autres pour éviter de se donner en spectacle ? Je suis une jeune fille bien, moi !

Il me regarde en souriant.

— Ça ne m'aurait pas dérangé, que tout le monde sache à qui cette jeune fille bien appartient.

— Ça y est, tu recommences, dis-je en m'écartant du mur.

Il ricane et attrape ma main pour retourner au salon.

Lorsque nous y entrons, je me rends vite compte que quelque chose cloche. La musique est moins forte et des cris hystériques résonnent au centre de la pièce. J'entends brièvement quelques murmures autour de moi, des mots comme « baston », « règlement de comptes », et je m'affole en regardant Joshua. Il a l'air d'avoir saisi d'où venait le problème et se redresse pour observer sérieusement ce qui se passe devant nous.

Je suis trop petite pour distinguer ce qu'il y a derrière le rideau de spectateurs. Les étudiants se sont agglutinés autour de ce que je crois être une grosse bagarre. Joshua ne lâche pas ma main et s'approche encore davantage du centre de l'attention.

Quand j'aperçois ce qui se passe, je suis surprise et rassurée de constater que mes frères ne sont pas impliqués dans la bagarre qui se déroule sous nos yeux. Deux types que je ne connais pas, passablement bourrés, sont en train de se taper dessus à coups de poing et de pied d'une violence inversement proportionnelle à leur état d'ébriété. Joshua rit en les regardant et je lui jette un regard incrédule.

— Qu'est-ce qu'il y a de drôle, Josh ?

— On ne leur a jamais appris à se battre, à ces abrutis, dit-il en ricanant.

Je pouffe devant son air hilare, puis demande tout de même :

— Il faudrait peut-être que quelqu'un se bouge avant que ça dégénère, non ?

— Il faudrait des heures pour que l'un des deux se fasse vraiment mal. Ce qu'ils risquent, à ce rythme, c'est de s'endormir, se moque-t-il en se tournant vers moi. Allons boire un verre, me dit-il en me dépassant pour rejoindre la cuisine.

27

On y retrouve Hayle et James en train de se bécoter près du réfrigérateur et je détourne immédiatement le regard. Je me sens embarrassée, mais Joshua, lui, ne se gêne pas pour lâcher un petit sifflement équivoque. Hayle devient rouge comme une tomate et James se retourne, tout souriant, vers lui.

— La soirée se passe bien, petite sœur ? me demande-t-il soudain.

— Euh... Oui, dis-je, étonnée par sa question. Où est Will ?

— Alissa est passée le prendre, m'informe Joshua.

Je hoche la tête et vais me servir un verre d'eau pour me désaltérer. Hayle vient me rejoindre et lève les yeux vers moi d'un air désolé.

— Ce n'était pas prévu... avec James, m'explique-t-elle.

J'agite la main pour l'arrêter.

— Tu n'as pas besoin de te justifier, vous faites ce que vous voulez !

Elle inspire bruyamment, soulagée par ce que je viens de lui dire.

— C'est cool, que tu le prennes comme ça, dit-elle, le sourire aux lèvres.

Je lui souris à mon tour et me ressers un verre, d'alcool, cette fois-ci.

— Où est Lexie ?

— Je ne l'ai pas vue depuis qu'elle dansait près de toi sur la piste, m'avoue Hayle.

— J'espère que les mecs de la fraternité ne l'ont pas emmerdée.

— Quels mecs ? demande Hayle, soudain confuse face à mon inquiétude.

— Il y en a un qui s'appelait Leo... Les autres, je n'en ai aucune idée ! Ils sont grands, plutôt costauds...

— Merde ! me coupe-t-elle.

— Qu'est-ce qui se passe ?

La voyant se crisper, je panique.

— Il y a des rumeurs qui courent sur cette frater, des rumeurs graves. Je vais m'assurer que tout va bien, répond-elle en se précipitant hors de la pièce.

— Je t'accompagne !

Joshua et James ont à peine le temps de nous voir partir qu'on s'est déjà engouffrées dans le salon bondé. Hayle m'attrape la main pour ne pas me perdre et scrute la pièce de long en large à la recherche du visage familier de Lexie. Elle ramasse son téléphone et le colle à son oreille pour tenter de l'appeler.

— Elle ne me répond pas, soupire-t-elle.

Je suis réellement inquiète et tente de procéder avec ordre. Aussi, je l'interroge :

— Tu serais capable de trouver la chambre de Leo ?

— On s'en fout, on va ouvrir toutes les portes ! s'exclame-t-elle en me tirant vers l'escalier.

On grimpe en vitesse et on tente de forcer la première porte. On interrompt un couple en pleine action et on referme vite en gloussant.

— Merde, ils ne perdent pas de temps ! se moque Hayle.

La deuxième porte s'ouvre sur une chambre vide et silencieuse, et nous poursuivons notre route vers un autre couloir. Au bout d'une dizaine de minutes, nous n'avons toujours aucune trace de Lexie, et décidons d'aller faire un tour au sous-sol.

— Il y a des chambres en bas, m'explique Hayle.

Je la suis en courant pour la rattraper. Dans le couloir qu'on parcourt à toute allure, des voix filtrent à travers les portes, et on se jette à corps perdu dans la première chambre qu'on voit. On se retrouve entourées de cinq mecs en boxer et de deux filles en petite tenue. Lexie n'en fait pas partie, heureusement, et je m'excuse en m'apprêtant à rejoindre le couloir, quand un des mecs m'attrape le poignet pour me retenir.

— Tu tombes à pic, me dit-il en me tirant à lui.

Son haleine empeste l'alcool, il est répugnant.

— Dans tes rêves, dis-je en tirant sur mon bras pour qu'il me lâche.

Un autre mec s'approche de moi et me caresse le visage. Je recule vivement pour qu'il cesse de me toucher ; le contact de ses doigts me soulève le cœur.

— T'es vraiment bandante ! Reste, tu ne vas pas le regretter.

Hayle s'interpose entre nous et lui assène une gifle d'une intensité foudroyante.

— T'es pas assez bien pour elle, alors lâche-la ! hurle-t-elle.

La violence de mon amie me fait prendre conscience de la gravité de la situation. Hayle a compris ce qui se tramait dans cette chambre avant même que je réalise dans quel pétrin je viens de me fourrer. Ces mecs à l'apparence banale n'ont pas l'air de vouloir essuyer un refus de ma part, et il est temps que nous sortions d'ici avant que la situation dégénère.

— Allez, on se casse, ordonné-je alors que les autres types s'approchent de nous.

Avant de tourner la tête, je jette un regard vers les filles et constate que l'une des deux est en train de pleurer. Ces cinq lascars avaient-ils l'intention de les violer ? Je ne peux lâcher la fille du regard, et un des mecs en profite pour me saisir par la taille et me jeter sur le lit brutalement. Je me relève et parviens à articuler, fulminante :

— Sale fils de pute !

Hayle reste hébétée devant la porte et un des garçons la pousse vers la sortie.

— Toi, tu ne nous intéresses pas, se moque-t-il. Tu t'emportes trop vite ! Profites-en pour disparaître.

Puis il lui claque la porte au nez. Je me relève en titubant.

— Quand une femme n'est pas consentante, c'est du viol !

Ma voix est aiguë sous l'effet de la peur. J'entends un des mecs ricaner ; un autre s'affole légèrement :

— Ce n'est peut-être pas une bonne idée, on ne la connaît pas, après tout, dit-il.

Loin de s'en préoccuper, les deux autres types reprennent ce qu'ils étaient en train de faire avec les filles, à l'autre bout de la chambre. Je vois bien leur regard paniqué, mais elles ne bronchent pas. Sont-elles trop effrayées pour oser réagir à ce qu'ils sont en train de faire ? Qu'ont-elles à perdre en tentant de lutter et de s'échapper de cet enfer ? Elles semblent résignées, comme si cette agression était une étape douloureuse à franchir. Cette dernière hypothèse me fait frissonner. Qu'est-ce que c'est que ce bordel ?

Quand un des mecs, le plus grand, s'approche de moi pour me saisir la nuque, je lui enfonce mon poing en plein visage. Il recule, sonné, en jurant. Derrière, un autre ricane.

— Elle ne va pas nous rendre la tâche facile, elle non plus, la vilaine.

— Non, je risque plutôt de pourrir ta soirée, connard.

Je lui crache à la figure. Une des filles sanglote et je me précipite pour l'aider à se défaire du gars qui la pelote sans ménagement, mais je suis arrêtée dans mon élan. Deux mecs me plaquent sur le lit.

— Vous n'avez pas honte de vous mettre à deux pour maîtriser une fille aussi petite que moi ?

Ma question est une provocation ; l'un des deux réagit au quart de tour :

— T'es plutôt du genre coriace, lance-t-il en m'attrapant les bras.

J'ai à peine le temps d'essayer de me dégager que la porte vole en éclats à ma droite et je vois Joshua débouler dans la chambre. Il me repère instantanément. Son visage esquisse un sourire sombre à l'intention des deux gars qui me maintiennent encore sur le lit.

— Vous n'êtes vraiment pas tombés sur la bonne, ce soir, dit-il calmement.

Les mecs me relâchent en l'apercevant et reculent sans demander leur reste.

— OK, c'est bon, elle peut partir, dit théâtralement un des types.

Les autres, derrière, s'écartent des filles et se retournent vers nous, le regard empli d'inquiétude. J'observe à nouveau Joshua devant la porte. Il est terrifiant. Les jambes légèrement écartées, la tête relevée fièrement, il est imperturbable et semble parfaitement maître de la situation. À sa mâchoire contractée, je le devine prêt à en découdre avec les types, et envahi par un besoin de violence qu'il tente de contrôler devant moi. Il a sans doute réfléchi à ses excès de ce matin et veut se faire pardonner en montrant qu'il est capable de faire la part des choses.

Je me lève du lit pour le rejoindre et il passe machinalement son bras autour de mes reins. Désignant les deux filles terrorisées, j'ordonne :

— Vous les laissez partir, elles aussi.

Joshua tourne la tête et semble enfin les remarquer. Je sens sa rage s'amplifier et dépose ma main sur la sienne pour l'apaiser.

— Je vais appeler les flics, Josh, dis-je en prenant son portable dans la poche de son sweat.

— Vas-y, me dit-il.

Les mecs tentent de protester, mais le regard mauvais que leur lance Joshua suffit à les faire taire.

James et Hayle nous rejoignent alors que je suis en ligne avec la police et explique ce qui se passe au sous-sol de la fraternité. Dans la chambre, un des mecs se révolte, mais James, enragé lui aussi par ce que Hayle lui a raconté, le maîtrise d'un coup de coude. Quand je raccroche, je me tourne vers lui.

— Les flics vont débouler, vous devriez partir, dis-je discrètement pour qu'il soit le seul à m'entendre.

— On les attend avec toi, pas question de vous laisser seules, dit-il d'une voix qui ne laisse aucune place à la protestation.

Je hoche la tête et retourne près de Joshua, qui a bloqué un type qui tentait de s'échapper. Il l'a plaqué au sol sans difficulté et le maintient par une clé de bras dans le dos ; j'entends le garçon gémir, mais Joshua ne desserre pas sa prise pour autant.

Quelques minutes plus tard, les flics débarquent dans la fraternité, créant une vague de panique chez les étudiants. James m'a expliqué que beaucoup étaient en possession de substances illicites, et l'alcool n'explique pas seul l'incrédulité qu'on lit sur les visages.

Les deux filles se sont recroquevillées contre un mur et deux policiers passent des couvertures sur leurs épaules avant de leur ordonner de les suivre. On nous demande, à Hayle et à moi, d'aller témoigner au poste de police. James et Joshua sont rapidement interrogés sur place et, après avoir relaté les faits, ils sont priés de rentrer chez eux.

Joshua s'approche de moi en saisissant ma main.

— Tu m'appelles dès que c'est terminé, je passerai te récupérer, OK ?

— OK.
— Tu as ton téléphone ?
— Il doit être dans mon manteau, dans l'entrée.
— OK, ne l'oublie pas. À tout à l'heure, ma puce.
En sortant, je récupère mon manteau et vérifie que mon téléphone y est bien, puis je monte à bord d'une des voitures de police.

Arrivée au poste, je suis fouillée avant d'être priée de m'asseoir aux côtés de Hayle dans un bureau. Nous devons attendre l'inspecteur. Il doit être près de 3 heures du matin et je commence à me sentir très fatiguée. Je dépose mon bras sur le dossier de la chaise et cale ma tête dessus en fermant les yeux.

Quelques minutes plus tard, la porte du bureau s'ouvre à la volée et un homme afro-américain, habillé d'un costume haute couture, entre et s'installe derrière la table.

— Bonjour, je suis l'inspecteur Jimie. J'ai quelques questions à vous poser concernant cette affaire de viol en réunion. Je ne serai pas très long, vous pourrez très vite rentrer chez vous.

Hayle et moi hochons la tête et le laissons poursuivre.

— Mademoiselle Jackson et mademoiselle Scott, je vous informe que cet interrogatoire est enregistré, nous dit-il en montrant son dictaphone.

— Pourriez-vous m'expliquer ce que vous faisiez lorsque vous êtes entrées par hasard dans cette chambre ?

— On était à une fête organisée par cette fraternité, et on cherchait notre amie Lexie, qu'on n'avait pas revue depuis plus de deux heures.

— Vous vous imaginiez qu'elle s'était isolée avec un homme ? demande l'inspecteur en fronçant les sourcils.

— Quand je l'ai laissée, deux heures plus tôt, trois hommes de la fraternité l'entouraient. Alors, oui, c'est ce que nous avons cru, expliqué-je.

— Et qu'avez-vous vu en entrant dans cette chambre ? poursuit-il.

C'est moi qui prends la parole :

— Cinq hommes presque nus et deux filles en larmes.

— Comment avez-vous réagi ?

— Au départ, on pensait qu'elles étaient consentantes, mais on s'est vite rendu compte qu'elles ne l'étaient pas. Alors on a voulu partir pour alerter la police, mais ils ont retenu Emily contre son gré, explique Hayle.

— Que vous ont-ils fait ? me demande Jimie en se penchant vers moi.

Je tire légèrement ma jupe sur ma cuisse et me racle la gorge avant de parler :

— Ils ont voulu me bloquer sur le lit, mais je me suis défendue et j'ai donné un coup de poing à un des gars.

— Vous êtes plutôt habile, remarque-t-il.

Je reste silencieuse et il reprend, en se tournant vers mon amie :

— Combien de temps vous a-t-il fallu pour trouver de l'aide ?

— Environ deux minutes. J'ai croisé Joshua et il est redescendu avec moi rapidement, explique-t-elle.

Je me crispe à l'évocation de Joshua, car je n'ai aucune envie que son nom apparaisse dans un rapport de police, quel qu'en soit l'objet.

— Qui est Joshua ? Et qu'a-t-il fait en arrivant ? demande-t-il alors.

Je m'empresse de répondre à la place de Hayle :

— C'est un ami, et il n'a strictement rien fait. Rien. Il a simplement empêché les garçons de partir pendant que je vous appelais.

— Ils n'ont pas cherché à se défendre, à résister ? demande-t-il en haussant un sourcil.

— Si..., commence Hayle.

— Ils étaient cinq contre un seul homme..., constate l'inspecteur, perplexe.

— Il y avait James, aussi, poursuit Hayle.

Je me sens de plus en plus mal à l'aise. L'idée que les noms de Joshua et de mon frère figurent dans ce dossier ne me plaît pas.

— James Jackson ? C'est votre frère ? demande curieusement l'inspecteur en levant le nez du rapport de police.

Mon malaise s'amplifie encore et je me défends comme je peux.

— Ils n'ont pas réussi à quitter la chambre, ils étaient bien trop ivres, si vous voulez savoir...

Mais l'inspecteur a déjà refermé le dossier et me jette un regard entendu avant de se pencher sur sa feuille d'interrogatoire.

— Je n'ai plus de questions, veuillez noter vos numéros de téléphone ici pour que je puisse vous joindre si besoin.

Je suis soulagée qu'il ne nous pose pas plus de questions sur la présence de mon frère et de Joshua à cette fête d'une fraternité étudiante. Mais quelque chose dans le regard de Jimie me semble étrange. Je repense à ce que m'ont dit mes frères au sujet de leurs liens avec la police, et du fait qu'il leur est nécessaire d'y avoir des relations pour faire fonctionner leur « boutique ». Il faut croire qu'ils ont dit vrai, et que mon père a le bras long : son nom ferme bien des yeux... Soulagée, je m'appuie au dossier de ma chaise pour faire ralentir la cadence des battements de mon cœur.

Comme Jimie nous ouvre la porte et nous invite à sortir, nous nous exécutons et rejoignons la salle d'attente. J'attrape mon téléphone et compose le numéro de Joshua.

— Ma puce ? dit-il en décrochant.

— C'est bon, on t'attend.

— Je suis déjà devant le poste, sors et tu me verras.

— OK, on arrive.

Je raccroche et fourre l'appareil dans ma poche puis

appelle Hayle, qui consulte elle aussi son téléphone. Alors que nous marchons vers la voiture, je l'interroge :

— Tu as des nouvelles de Lexie ?

— Elle va bien, elle s'était endormie dans une chambre vide, apparemment, et il ne lui est rien arrivé. On s'est fait du mouron pour rien !

— Tant mieux. Elle est rentrée ?

— Oui, elle m'attend à l'appartement.

— Quelle soirée...

— On s'amuse beaucoup, avec toi, dit Hayle en riant et en me frottant doucement la tête.

Je ris avec elle.

— C'est sûr que je sais mettre du piment dans la vie, mais je ne le fais jamais exprès.

On grimpe dans la voiture. Mon amie se jette sur la banquette arrière, et je monte à l'avant près de Joshua, qui m'attend avec un grand sourire. Quand je me tourne vers lui, il ne peut s'empêcher de prendre mon menton dans sa grande main et s'avance pour m'embrasser sans se préoccuper de Hayle, qui peut nous voir.

— Ça s'est bien passé ? me demande-t-il en se forçant à reculer.

— L'inspecteur nous a posé des questions sur ce qu'il s'était passé. Il n'a visiblement pas bien compris pourquoi les types n'ont pas réussi à s'enfuir, répond Hayle à ma place.

Joshua lève les yeux vers le rétroviseur pour la regarder.

— Vous ne lui avez pas dit qu'ils n'avaient aucune chance face à un type comme moi ? demande-t-il en bombant théâtralement le torse.

Hayle éclate de rire. Quant à moi, je ne laisse se dessiner qu'un sourire crispé, car je reste inquiète à l'idée que la police a son nom et peut l'associer à cette affaire. Je sais bien qu'il n'a rien à se reprocher, en l'occurrence, mais je ne parviens pas à effacer la boule d'angoisse qui s'est logée dans mon ventre.

Joshua remarque mon malaise et dépose sa main sur ma cuisse en une caresse réconfortante. Il démarre et s'insère dans la circulation, essentiellement constituée de taxis à cette heure tardive de la nuit. Il attrape ma main dans la sienne et ne la lâche plus jusqu'à ce qu'on dépose Hayle à East Campus.

— Je t'appelle, me dit-elle en quittant le 4x4 surchauffé.

— OK, à demain.

Lorsqu'elle s'engouffre dans l'immeuble, Joshua redémarre en silence.

— Comment tu vas, toi, ma puce ?

— Fatiguée.

— Hum... Dommage.

— Dommage ?

Il rit.

— Je n'ai pas oublié ce que tu m'as fait subir sur la piste de danse...

— Ah, je vois... Je faisais la fière, mais je le suis moins, maintenant. Je crois que je vais te laisser te morfondre, cette nuit.

— Tu veux toujours me punir ? me demande-t-il.

— Non, en fait, j'ai adoré te voir te maîtriser.

— Tu parles de la danse ou... ?

— Je parle du moment où tu as découvert les types qui m'agressaient.

Sa main tremble légèrement au souvenir de ce qu'il a vu, témoignant encore davantage du calme dont il a dû faire preuve.

— Je rêve encore de pouvoir enfoncer ma main dans leur cervelle.

Je tressaille devant la cruauté de ses mots et il le remarque.

— Désolé... C'est juste que c'était beaucoup plus

dur que ce matin. Ces gars étaient littéralement sur toi. Sur ce qui m'appartient, ajoute-t-il.

Je ris.

— Je ne suis pas une chose, Joshua, je suis une humaine, dis-je en pouffant.

— Tu es ma petite humaine, dans ce cas.

Il dépose la paume de sa main sur ma joue avec une tendresse déconcertante.

— Que va-t-il leur arriver ?

— Ces salopards ne risquent que quelques heures de travaux d'intérêt général et une expulsion pure et simple de Columbia.

— C'est déjà une bonne chose, dis-je.

— Ce n'est pas assez, selon moi. Mais si ça te suffit...

— Tu penses qu'ils avaient l'habitude de faire ce genre de choses ?

— Je pense qu'il y a plein de choses qui se passent dans ces soirées étudiantes, et qui relèvent plus du crime que du bizutage. Les autorités préfèrent fermer les yeux sous prétexte qu'il s'agit d'étudiants qui ont des parents aisés au bras aussi long que les avenues new-yorkaises.

— Tu as l'air de savoir de quoi tu parles...

— Tu n'imagines pas le nombre de revendeurs que je croise dans ces fêtes, me dit-il soudain.

Je lève les yeux vers lui, estomaquée.

— Ils te reconnaissent ?

— Évidemment, pourquoi crois-tu qu'ils n'ont pas essayé de s'enfuir, ma puce ?

Je reste silencieuse et pensive pendant le reste du trajet, et lorsque Joshua se gare je reprends pied dans la réalité.

— Mon père est au courant de ce qui s'est passé ?

— Oui, James l'en a informé. Il est occupé, mais il te verra demain.

— Occupé à faire quoi, à 4 heures du matin ? Une femme ?

— Je ne connais pas le planning du boss, ricane Joshua.

Je descends de voiture en ramassant mon portable ; il a glissé de ma poche.

Une fois à la maison, je monte directement dans ma chambre en me tenant à la rambarde de l'escalier. Ma porte fermée, je me débarrasse de ma robe et de mes sous-vêtements et m'engouffre sous les jets chauds de la douche. Lorsque je suis complètement détendue, j'enfile un short et un débardeur et vais m'allonger sur mon lit moelleux. Je ne mets pas deux secondes à m'endormir et sens à peine les bras de Joshua qui m'enveloppent quelques instants plus tard.

28

Je me réveille vers 14 heures le samedi, un record. J'étais vraiment exténuée par la semaine de cours et la soirée d'hier. J'ai l'impression d'être encore fatiguée, mais je me force à sortir du lit pour aller chercher quelque chose à me mettre sous la dent.

Dans la cuisine, je suis surprise de trouver Joshua qui tape un message sur son téléphone. J'entre silencieusement et dépose un baiser sur sa tempe. Il relève la tête, le sourire aux lèvres.

— Salut, poupée.

— Salut, dis-je en récupérant une tasse pour me faire du café.

L'odeur du café suffit à me redonner le sourire et je vais m'asseoir face à lui.

— Tu as bien dormi ? me demande-t-il.

— Je crois. Je ne me souviens plus du moment où je me suis endormie, dis-je en riant.

Il passe ses doigts sur ma joue avec tendresse.

— Tu avais besoin de te reposer.

— Et toi, tu as dormi ?

— Une heure ou deux, comme d'habitude.

— Es-tu sûr d'être humain, Joshua ?

— C'est un secret que je ne peux pas te dévoiler, murmure-t-il.

Je ris.

— Je ne comprends pas comment tu arrives à tenir autant d'heures debout.

— Peut-être que j'ai la capacité de me reposer même en te parlant.

— Ça serait une explication possible, en effet.

Un rayon de soleil vient se poser sur mon visage, je ferme les yeux un moment, légèrement éblouie. Quand je les rouvre, Joshua est en train de me contempler avec attention.

— Je sais, je n'ai pas pris la peine de me coiffer ni de me maquiller avant de descendre, mais je t'avoue que je ne pensais pas te voir aujourd'hui.

— Tu n'as pas besoin de tous ces artifices pour me plaire, tu es juste... magnifique au naturel.

— Merci, dis-je, rougissante.

Je termine mon café en parlant de mes cours et de mes futurs examens. Joshua m'étonne par son écoute attentive et l'intérêt qu'il porte à mon cursus universitaire. J'en viens même à me demander s'il n'aurait pas souhaité lui aussi intégrer une faculté et entreprendre des études dans un domaine qui l'aurait intéressé. Mais je ne lui pose pas la question : je sais bien que sa vie est le fruit de choix qu'il a faits par nécessité et non par goût, et je ne souhaite pas le lui rappeler.

Je le quitte en fin d'après-midi pour aller réviser mes cours dans ma chambre. Il m'embrasse en me promettant de me retrouver le soir. Je travaille pendant de longues heures, et finis même par m'endormir sur mon livre de neurosciences.

Le bruit de la porte de ma chambre qui s'ouvre me réveille et j'aperçois mon père dans l'embrasure, souriant.

— Salut, ma petite fleur, tu t'es assoupie sur tes cours ? dit-il en s'asseyant sur mon lit.

— Hum, je crois bien, dis-je en me redressant pour l'embrasser.

— Comment tu te sens ?

— Moi, bien, mais je n'arrête pas de penser à ces pauvres filles.

— Qu'est-ce qui te tracasse ? Tu les as sauvées d'un viol, m'assure-t-il.

— Tu crois ? Elles avaient l'air paniquées mais en même temps... elles n'essayaient même pas de se débattre...

— J'ai eu l'inspecteur de police au téléphone ce matin, il se trouve que c'est un ami à moi.

Je lui lance un regard incrédule.

— C'est sérieux ? Tu as des amis dans la police ?

— Oui, j'ai des amis partout, c'est nécessaire pour que mon business prolifère sans accroc. C'est ce qui me rend intouchable.

Mon père vient de confirmer mes doutes. J'avais senti que cet inspecteur de police en savait plus qu'il ne le disait. Sa discrétion au sujet de James et Joshua s'explique donc. Mais je suis soudain curieuse d'en savoir plus sur les types auxquels nous avons eu affaire.

— Je vois..., dis-je, pensive. Qu'est-ce qu'il t'a dit, cet inspecteur ?

— Ce n'était pas la première fois qu'ils organisaient ce genre de viols en réunion. D'autres filles se sont manifestées après l'arrestation. Ils leur faisaient du chantage pour qu'elles se taisent et acceptent de coucher avec eux. Ils leur promettaient une certaine promotion sociale et l'entrée dans une sororité. Mais si elles refusaient elles risquaient de se voir traînées dans la boue aux yeux de tous.

— C'est horrible. C'est du bizutage.

— Non, tout simplement du viol, corrige mon père.

— Dire qu'ils voulaient aussi s'en prendre à moi ! Ils n'ont pas froid aux yeux.

— Heureusement que Joshua et James étaient là. Tu comprends l'importance que je porte à leur présence à tes côtés, maintenant ?

— J'aurais voulu que cette soirée soit différente.

J'aurais voulu y aller avec James et Joshua pour le plaisir, et pas par nécessité.

Mon père a un sourire compatissant et me prend dans ses bras.

— Malheureusement, le monde qui nous entoure est loin d'être celui auquel tu as été habituée jusqu'à maintenant. Et, crois-moi, j'aurais tout donné pour que tu ne sois pas obligée de l'apprendre de cette manière.

— Tu comprends que tu m'as un peu trop couvée, papa ?

— Ne te moque pas de ton vieux père. Tu es ma petite princesse, c'était logique que je le fasse.

Je le sens détendu, c'est un plaisir, de parler ainsi avec lui à cœur ouvert. Et j'ai envie d'en profiter !

— Qu'est-ce qui t'a poussé à faire ce que tu fais aujourd'hui ?

— Mon père était un gros bonnet dans le milieu de la drogue. Ton grand-père était le mec le plus dangereux de la Jamaïque et le plus célèbre des escrocs. J'ai grandi dans un monde de fric facile et de dangers mortels dès mon plus jeune âge et je n'ai jamais pu en sortir. Mon père m'a fait plonger dans cet univers dès que j'ai pu tenir une arme, et j'ai fait la même chose avec tes frères...

— Maman était au courant de tout ?

— Je ne lui ai jamais menti, mais elle était totalement contre le fait que je mêle tes frères au business. Elle a lutté très longtemps pour que je les laisse vivre une vie différente, dit-il en grimaçant.

— Tu le regrettes ?

— Oui, j'ai de plus en plus de mal à les savoir en danger quand ils règlent les procédures disciplinaires. C'est un monde cruel qui ne laisse aucune place à l'improvisation.

— Tu n'as pas peur de tout perdre si tu es découvert par les autorités ?

— C'est le jeu, mon trésor, dit-il en me caressant la tête. J'aurai au moins réussi à préserver un peu ma fille.

Il se lève en me souriant.

— Repose-toi. Je ne serai pas là cette nuit, mais Clary n'est pas loin. Ça se passe bien, avec lui ?

— Oui, il est sympa.

Mon père me fait un clin d'œil et quitte ma chambre en refermant la porte. Je me recouche et contemple le plafond. J'essaie d'imaginer ce que pouvait être sa vie en Jamaïque. Être le fils du plus grand caïd du pays ne doit vraiment pas être ce qu'il y a de plus facile à gérer, et, au vu de la balafre qui creuse un sillon irrégulier de part et d'autre de sa joue droite, mon père n'a pas eu que des moments plaisants dans la vie.

Je descends vers 21 heures pour engloutir les restes d'un délicieux repas que Hilary avait préparé, et remonte sans tarder dans ma chambre. Je vérifie mon téléphone et m'aperçois que Hayle a cherché à me joindre deux fois cet après-midi. Je la rappelle :

— Emily, enfin ! lâche-t-elle en décrochant à la première sonnerie.

— Excuse-moi, j'avais laissé mon téléphone sur silencieux. Rien de grave ?

— Non, ne t'en fais pas. Ce n'était pas urgent. Mais j'ai appris que l'affaire d'hier était déjà connue du conseil de Columbia et que les mecs ont été virés sans ménagement.

— Waouh, c'est du rapide. Ça nous évitera de tomber sur eux en allant sur le campus...

J'entends Hayle glousser.

— Ils doivent nous haïr à mort, on les a quand même balancés aux flics. Il paraît même que les deux filles avaient tellement peur d'eux et de leurs représailles qu'elles ont longtemps hésité avant de parler. Il a fallu que d'autres victimes se manifestent pour qu'elles osent avouer ce qu'ils manigançaient.

— Tu les connaissais, ces gars-là ?

— Je ne les connaissais pas personnellement, mais je sais que ce sont des mecs qui côtoient l'équipe de foot de l'université. Ils sont plutôt populaires, eux aussi.

Je pouffe.

— Un peu moins depuis hier.

Hayle rit à son tour dans le combiné.

— Tu as fait quoi, aujourd'hui ? me demande-t-elle ensuite.

— Rien. J'ai bossé les cours, et toi ?

— J'ai dormi la moitié de la journée, j'étais complètement sonnée.

Je l'interroge sur un ton taquin :

— C'est l'effet James ?

— Hum... Oui, je t'avoue que ton frère me fait beaucoup d'effet, dit-elle.

— Argh ! Je ne veux pas le savoir, en fait ! dis-je en plaisantant.

Hayle glousse comme une ado dans le téléphone, et quand elle reprend son sérieux elle me demande :

— Ça s'est arrangé, avec Joshua, apparemment ?

— Qu'est-ce qui te fait dire ça ?

— On vous a vus danser hier soir, c'était très hot !

Elle explose d'un rire contagieux.

— Ouais, on s'est rabibochés, mais le problème n'est pas totalement réglé.

— De toute façon, je crois que, même si tu le voulais, ce mec n'est pas près de te laisser partir. J'en connais un rayon sur les mecs, et je crois que celui que tu as choisi est plutôt accro.

— Je ne te le fais pas dire...

Mais je suis interrompue par le bruit de la porte de ma chambre qui s'ouvre à la volée sur un Joshua torse nu, uniquement vêtu d'un short.

— Faut que je te laisse ! dis-je précipitamment en raccrochant mon téléphone.

— Je te dérange ? me demande Joshua, souriant.

Je laisse mes yeux parcourir son torse puissant sans pouvoir les en détacher.

— Emy ?

Je finis enfin par lever la tête et l'aperçois en train de rire.

— Euh... Non, tu ne me déranges pas, j'allais raccrocher.

Il s'approche de mon lit et découvre tous mes cahiers et mes livres étalés dessus.

— Tu as bien travaillé ?

— Plutôt, dis-je en baissant à nouveau les yeux sur sa plastique de rêve.

— Je suis là ! dit-il en me montrant son visage d'un geste théâtral.

Je pouffe.

— Désolée, c'est juste que tu as oublié de mettre ton T-shirt, dis-je, moqueuse.

— J'ai pensé que c'était inutile d'en porter un, avec toi, il fait toujours trop chaud.

J'éclate de rire et il se joint à moi en s'esclaffant.

Quand je retrouve mon calme, je ramasse tous mes bouquins et mes cahiers et les empile à côté de mon lit. Mais je m'étonne qu'il m'ait rejointe si tôt.

— Tu n'as rien de prévu, ce soir ?

— Non, je veux passer ma soirée avec toi, ma puce.

— Tu as quelque chose en tête ?

— Ça te dirait d'aller faire un tour au cinéma ?

Je trépigne comme une gamine.

— Oui ! Oui ! C'est la première fois qu'un mec m'invite au ciné !

— Et pas n'importe quel mec ! dit-il fièrement.

Je lui donne un petit coup sur l'épaule pour le taquiner, mais il ne bouge pas d'un millimètre.

— Il faut que je m'habille. Toi aussi..., dis-je en louchant à nouveau sur ses pectoraux et les tatouages qui couvrent une grande partie de son torse. Je m'approche doucement, fascinée, et pose mon index sur le léger renflement d'une cicatrice près de son téton. Alors je distingue en palpant sa peau une multitude de petites cicatrices camouflées derrière ses tatouages. Je relève la tête vers lui et m'aperçois qu'il tente de ne pas se laisser emporter par mes caresses délicates.

— Tu as fait tous ces tatouages pour dissimuler tes cicatrices ?

— Entre autres. Ils sont un rappel de ce que j'ai dû faire pour m'en sortir, dit-il, les yeux dans le vague.

Je caresse son torse d'une main distraite lorsqu'il m'attrape le poignet pour m'arrêter.

— Tu veux qu'on aille au cinéma ou que je te fasse l'amour, là, tout de suite ? demande-t-il, un sourire en coin.

— Va pour le ciné, dis-je en tirant sur mon poignet pour qu'il me libère.

Je lui tourne le dos et m'engouffre dans mon dressing, d'où je l'entends soupirer de déception.

— Laisse-moi deux minutes, le temps d'enfiler des vêtements !

— OK, on se retrouve dans deux minutes, dans ce cas, dit-il en quittant ma chambre.

J'enfile un jean et un joli haut transparent, puis j'ajoute un gilet noir pour me couvrir les épaules. Je me coiffe rapidement et marque la longueur de mes cils avec du mascara. Quand je suis prête, j'enfile mes Air Max : foin de l'élégance, ce soir, je veux du confort ! Je rejoins Joshua, qui m'attend déjà sur le palier. Son sweat à capuche noir lui donne décidément une vraie dégaine de mafieux, mais je ne relève pas. Toute à notre sortie, je demande plutôt :

— Quel film ?

— *Star Wars*, ça te tente ?

Je pouffe.

— Je m'imaginais bien que tu n'étais pas du genre ro-man-tique, mais à ce point !

Je me moque et le fais rire ; il enlace ma taille.

— Faut pas trop m'en demander, femme.

On rejoint un énorme complexe de cinémas à Fulton Street, dans Manhattan. Joshua s'occupe d'acheter les billets et je le suis dans une salle de taille moyenne. Il m'emmène vers les premiers rangs, où nous trouvons deux sièges. Ils sont en cuir, et inclinables. Un oreiller et une couverture sont posés sur chacun. Il n'a pas fait les choses à moitié. Je le regarde, il esquisse un petit sourire victorieux. Je m'installe confortablement dans le fauteuil, allongeant les jambes pendant qu'il passe une commande auprès d'un employé du cinéma, que je n'avais pas vu nous suivre. Quand il termine, il s'assoit à côté de moi et incline le siège pour s'allonger à son tour.

— J'ai l'impression d'être comme à la maison, dis-je.

Il pose sa main sur mon ventre en soupirant.

— Je vais essayer de ne pas perdre de vue qu'on est dans une salle de cinéma, promis.

Je le repousse dans son siège.

— Je suis ici pour regarder le film, alors ne viens pas me déconcentrer ! dis-je, faussement outrée.

Il ricane et se rallonge dans le fauteuil quand deux jeunes hommes font leur apparition devant nous ; ils portent des coupes de champagne, des petits-fours et deux paquets de pop-corn. Impressionnée, j'attends leur départ avant de lancer, enthousiaste :

— Waouh, la classe !

— Rien n'est trop beau pour tes belles... beaux yeux ! plaisante-t-il.

— Hé ! Ressaisis-toi, je vais finir par croire que tu ne restes avec moi que pour le sexe !

Je fais mine d'être choquée. Pour toute réponse, il attrape mon menton et dépose un baiser intense sur mes lèvres. J'y devine tous ses sentiments, tout ce qu'il ne me dit pas... Et j'en ai le souffle coupé. Quand il recule, il braque ses yeux sur moi sans me lâcher le menton jusqu'à ce que l'obscurité se fasse peu à peu dans la salle et qu'il ne puisse plus me voir.

Quand il me relâche pour se tourner vers l'écran, j'ai le cœur qui tambourine dans la poitrine et je dois faire appel à toute ma volonté pour réussir à me calmer. C'était encore plus fort que des mots, c'était tellement romantique...

Le film commence, et je m'oblige à me concentrer en saisissant la flûte de champagne qu'il a déposée devant moi. Je la bois d'une traite et me blottis dans la couverture pour chasser mes frissons.

Quelques minutes après, je sens sa main me caresser le bras, puis ses doigts se mêler aux miens. Mais il ne me détourne pas du film, ce dont je lui suis reconnaissante : *Star Wars* sur grand écran, une première pour moi !

Son regard se pose sur moi lorsque l'action se fait plus intense, ou violente, comme s'il cherchait à savoir si le film me plaît. Je lui réponds d'un sourire et il se concentre à nouveau sur ce qui se passe à l'écran.

Quand les lumières se rallument, je suis plutôt surprise d'avoir passé un bon moment. Je ne m'attendais vraiment pas à apprécier autant un épisode de *Star Wars*. Je me lève, le sourire aux lèvres, les yeux écarquillés par la lumière qui s'est brutalement rallumée, et l'esprit encore dans les étoiles. Il m'emprisonne dans ses bras.

— Ça t'a plu ? demande-t-il.

— Je n'ai pas tout compris, mais c'était pas mal, je ne me suis pas ennuyée.

— Il faudra que je te montre les premiers épisodes, ce sera plus clair.

— C'est noté ! dis-je, enthousiaste.

Il enfonce sa main dans mes cheveux et exerce une légère pression sur ma nuque pour me forcer à approcher ma bouche de la sienne. Il m'embrasse à nouveau en m'enveloppant de ses bras et je me sens étonnamment à ma place.

Quand nous nous décidons à quitter la salle, nous sommes les derniers à partir ; des femmes de ménage font déjà leur apparition. Je récupère mon manteau et l'enfile en vitesse pour suivre Joshua vers la sortie.

Dès que je franchis la porte, le froid me foudroie. Tout mon corps se crispe et un air glacial s'insinue sous mes vêtements en me faisant frissonner douloureusement. Joshua le remarque et me serre contre son corps chaud. Je dépose ma tête sur lui et me laisse guider par ses pas. La sortie nous amène de l'autre côté du complexe, dans une ruelle passante.

— Il va falloir qu'on fasse le tour pour rejoindre la voiture, m'explique Joshua.

Je hoche la tête, incapable d'ouvrir la bouche tant je me sens paralysée par le froid. Nous marchons silencieusement pendant quelques minutes lorsque j'entends :

— Hé ! hé ! toi, je te reconnais !

Je me tourne vers la voix et distingue quatre types, qui beuglent des insanités à l'intention de Joshua. Je le regarde, inquiète.

— Qui sont ces mecs ?

— Aucune idée. Je vais m'en occuper, mais il faut que tu partes rejoindre la voiture. Que tu le fasses toute seule. Tu t'en sens capable ? me demande-t-il en mettant à la hâte la clé dans la poche de mon blouson.

— Je ne veux pas te laisser seul, Josh !

Il me relève doucement le menton et penche la tête pour me regarder dans les yeux.

— Ma puce, n'aie pas peur pour moi. Je suis dans une ruelle passante, ils ne tenteront rien ici.

Je hoche la tête en regardant autour de nous. Les mecs ont traversé pour nous rejoindre.

— Je veux que tu ailles te mettre au chaud dans

la voiture. Quand j'ai fini, je te rejoins, OK ? me demande-t-il sur un ton plus pressant.

— OK, dis-je en lui jetant un dernier regard.

Puis je lui tourne le dos et le quitte, marchant aussi vite que possible en direction du parking. Je cours presque. L'angoisse me serre la gorge, je veux fuir, fuir... Mais j'ai l'impression de faire une énorme erreur en le laissant tout seul. Je prends mon téléphone dans ma poche et compose le numéro de James.

— Oui ? dit-il à la première sonnerie.

— James, tu sais où je suis ? Regarde dans ton logiciel espion.

— Qu'est-ce qui se passe, Emy ? demande-t-il, tendu.

— Joshua a un problème, des mecs sont venus l'aborder en hurlant. Il m'a demandé d'aller au parking, mais je sens qu'il est en danger. James, j'ai besoin de ton aide.

— Il a eu raison de te dire d'aller au parking, vas-y, Emy. Je décolle tout de suite pour lui prêter main-forte. Ne t'affole pas, j'arrive, me dit-il avant de raccrocher.

Je continue à marcher encore quelques minutes. Mais rapidement je n'en peux plus de lutter contre ce que mon corps me demande. Je fais demi-tour.

J'ai besoin de savoir que Joshua est en sécurité et que les mecs n'ont pas eu le dessus sur lui. Je sais qu'il a essayé de me rassurer pour que je rejoigne la voiture, mais tout dans sa posture et dans le timbre de sa voix m'indiquait que la situation était plus grave qu'il ne voulait me le dire.

Je parcours les derniers mètres qui me séparent de lui en courant et, quand je tourne dans la ruelle où je l'ai laissé, je crois entendre des voix graves résonner contre les buildings. Je ne comprends pas ce qui est dit. J'avance encore et le bruit d'un coup de feu retentit soudain, faisant sauter mon cœur dans ma poitrine. Je me tétanise au milieu du trottoir. Un deuxième coup de feu déchire l'air et me fait sortir de ma torpeur. Un silence de mort est retombé. Les quatre mecs apparaissent soudain dans mon champ de vision, comme par magie. Ils courent, s'éloignent à toute vitesse. Et je m'élance vers une ombre à terre que je crois être Joshua.

Quand j'arrive près de lui, à bout de souffle, je remarque le sang qui se répand sur l'asphalte et j'ai un haut-le-cœur. Je m'agenouille près de son visage et crie désespérément son nom. Je l'entends bredouiller quelque chose et m'approche encore de lui.

— Je... t'aime, Emy.

Les larmes coulent et inondent mes joues. Je sanglote en lui disant :

— Tiens bon, j'appelle les secours.

Je tremble de tous mes membres. J'attrape mon téléphone, il m'échappe des mains et tombe par terre. Je le ramasse puis compose le numéro des urgences sans jamais quitter des yeux l'homme que j'aime.

Je bredouille les informations nécessaires aux ambulanciers pour qu'ils nous retrouvent le plus rapidement possible et garde l'appareil en main au cas où ils chercheraient à m'appeler. Puis je m'allonge près de Joshua, et lui caresse les cheveux.

— Tu tiens bon ?

Ils sont étonnamment longs, maintenant, et il doit les attacher en un petit chignon derrière la tête. Je passe une main dans sa barbe longue et bien taillée et je l'entends soupirer difficilement. Merde. Je panique et me mets à trembler violemment sous l'effet de la peur.

— Je suis là, ma puce, réussit-il à articuler péniblement.

Je le fixe en silence pendant quelques secondes en laissant mes larmes couler librement sur mes joues. Ma voix se brise, mais je trouve la force de le supplier :

— Tiens bon, tiens bon, Joshua.

Je soulève légèrement son pull pour savoir d'où provient tout le sang qui s'écoule sur le bitume et je distingue une plaie béante sur son abdomen. Je plaque son pull dessus en compressant la plaie pour qu'il ne perde pas davantage de sang. Des sirènes retentissent au loin et je m'approche de son visage ; il perd ses couleurs à mesure que le temps passe.

— Tiens bon...

Son regard devient vitreux et je le vois fermer doucement les paupières.

— Non ! crié-je. Non ! Non ! Non ! Non !

Je hurle en secouant la tête. Ça ne peut pas être vrai, il ne peut pas mourir au milieu de cette putain de ruelle après cette super soirée ! Non, je ne peux pas l'accepter.

Je crois reconnaître la voix de James qui crie mon nom dans mon dos, mais je me concentre sur Joshua qui est en train de me quitter.

— Je t'aime aussi..., dis-je d'une voix qui se brise, et je sanglote à côté du corps sans vie de l'homme que j'ai appris à aimer.

Je crois sentir James qui me repousse légèrement. Il empoigne les armes de Joshua qui sont restées autour de sa ceinture pour les fourrer dans un sac. Il pense à tout, même au pire des moments.

Je suis dans un état second quand le médecin me demande de me pousser pour commencer le massage cardiaque. Les secouristes s'affairent, s'informant à demi-mot de l'état du blessé, et brusquement ils secouent le torse de Joshua pour tenter de le ranimer. J'ai l'impression de vivre un cauchemar et de me trouver en dehors du temps. Ils continuent le massage cardiaque en le plaçant sur une plaque dure lorsque James se jette littéralement sur moi pour me serrer fort dans ses bras. Je ne me contiens pas et hurle contre son torse. Je hurle de rage, je hurle de tristesse, je hurle de frustration.

Quand j'arrive enfin à me calmer, je suis secouée

par des sanglots d'une rare violence et mon frère me garde enfermée dans ses bras pendant de longues minutes. Autour de moi, des paroles que je ne sais plus comprendre :

— On le perd encore.

— RCP en cours.

Je lève la tête vers James et m'aperçois que des larmes coulent également sur ses joues. C'est la première fois que je le vois pleurer. La sidération m'empêche de réagir, et je me tourne vers le corps de Joshua, qu'ils embarquent dans l'ambulance. Le médecin s'adresse brièvement à James mais je n'entends pas ce qu'il lui dit, puis il repart dans l'ambulance et referme les portes. Enfin, la camionnette des secours démarre et file rapidement dans la nuit, me séparant, peut-être pour toujours, de celui que j'aime.

29

James a laissé sa moto garée devant le cinéma et a récupéré le 4x4 pour qu'on puisse rejoindre Joshua à l'hôpital et avoir de ses nouvelles. Je l'entends téléphoner pendant le trajet jusqu'à l'hôpital sans réussir à mettre un sens sur les mots qu'il prononce. L'image de Joshua qui ferme les yeux défile encore et encore dans mon esprit. Je suis absolument démunie.

— Tu n'aurais rien pu faire de plus, Emy, lâche mon frère comme s'il pouvait lire dans mes pensées.

Je ne réponds pas et me contente de regarder le paysage défiler par la fenêtre.

James gare la voiture en trois coups de volant et nous avançons vers les grandes portes coulissantes des urgences. Il passe un bras autour de moi pour me soutenir ; sans me jeter un regard, il me guide vers l'accueil.

— On vient prendre des nouvelles de l'homme qui est arrivé à l'instant avec une plaie par balle, déclare-t-il à l'intention de la femme qui est assise derrière le comptoir.

Elle grimace légèrement et se ressaisit en voyant le regard sombre de James. Elle demande :

— Vous êtes de la famille ?

James n'hésite pas une seule seconde avant de répondre :

— Oui, on est sa seule famille.

— Bien, allez vous asseoir là-bas, j'avertis le médecin

de votre présence. Il viendra vous voir pour vous informer de la situation dès qu'il le pourra.

Je proteste faiblement : ne sait-elle rien ? Ne peut-elle rien nous dire ? Pouvons-nous entrer ? Je veux le voir, je veux le voir tout de suite. Sans m'écouter, James hoche la tête et me guide vers les chaises dans l'entrée. Je tremble comme une feuille depuis de longues minutes lorsque Will, Ethan et Matthew arrivent à leur tour dans la salle d'attente.

— Vous en savez plus ? demande Matthew d'une voix angoissée.

— Non, rien de plus, répond James en jetant un œil vers moi.

Je replie mes jambes sur la chaise et je sens des larmes brouiller à nouveau ma vue. Le temps qui s'étire infiniment, sans savoir s'il survit ou s'il est parti, est une réelle torture. J'ai l'impression que mon cœur est en train de se déchiqueter et que je ne survivrai pas jusqu'à l'arrivée du médecin.

Les minutes et les heures passent sans que personne vienne nous voir et je n'ai toujours pas bougé de ma chaise. Je suis tétanisée. Mes frères marchent de long en large dans la pièce, me rendant encore plus nerveuse.

Mon père finit par faire son apparition, accompagné de deux types que je ne connais pas. Sûrement deux hommes de main, vu leur taille et leur carrure.

Je me carre dans ma chaise en essayant de respirer, mais j'ai dans la gorge une boule de plus en plus douloureuse. Je ne dois pas m'effondrer maintenant, il est trop tôt. Je dois lui laisser une chance de me surprendre. Je dois continuer à croire qu'il peut survivre à ça. Je veux croire que la médecine pourra le tirer de ce nouveau piège de la vie et qu'il pourra encore venir me retrouver dans ma chambre, tard dans la nuit, comme il a l'habitude de le faire.

Quand un homme en blouse bleue arrive, épuisé,

dans la salle d'attente, j'ai l'impression que mon cœur est à deux doigts de s'arrêter. Son visage est fermé et crispé, et ses traits tirés, sa bouche serrée n'augurent rien de bon. Je me lève, tremblante, et franchis les quelques mètres qui me séparent de lui. Mes frères me rejoignent sans tarder et j'entends Matthew demander des nouvelles de Joshua.

— Bon, pour être clair, la première balle s'est logée au niveau de son poumon droit et l'a perforé complètement. Nous l'avons emmené au bloc opératoire pour une intervention d'urgence. Pendant que nous tentions d'extraire la balle, il a fait plusieurs arrêts cardio-respiratoires, mais nous avons réussi à le ranimer à chaque fois. Pour l'instant, il ne peut pas respirer sans aide, et nous l'avons plongé dans un coma artificiel. Les vingt-quatre heures qui vont suivre seront cruciales. L'opération en elle-même s'est bien passée, mais que je sois bien clair : son pronostic vital est engagé.

— Et la deuxième balle ? demande James, me faisant comprendre que j'ai entendu deux déflagrations dans la ruelle.

— La deuxième s'est logée dans son abdomen sans traverser aucun organe, nous l'avons retirée sans problème, explique-t-il.

Enfant, j'avais beaucoup de mal à retenir les poèmes que mes professeurs m'obligeaient à apprendre par cœur. Pourtant, les mots qui viennent d'être prononcés par le médecin, j'ai l'impression que je pourrais les répéter sans en oublier aucun.

Je recule légèrement pour tenter de m'asseoir avant que mes jambes se dérobent sous mon poids. Je distingue Matthew. Il a les mains sur la tête et continue de discuter avec le médecin. Mon père semble, quant à lui, garder la tête froide et, lorsqu'il juge que mon frère fait preuve de trop de nervosité, il lui fait signe d'aller me rejoindre pendant qu'il poursuit sa conversation avec le médecin. Matthew s'approche de moi en tentant de se ressaisir.

— C'était qui, ces mecs, Emy ? me demande-t-il, les yeux injectés de sang.

— Je ne sais pas, je ne les avais jamais vus, dis-je, tremblante.

— Laisse-la respirer, s'interpose James, les poings serrés.

— Je ne veux pas leur laisser une chance de s'enfuir, et puisque je ne sers à rien ici j'ai besoin d'aller me défouler un peu, rétorque Matthew, complètement fou.

J'interviens, le voyant déjà au sol, blessé, lui aussi.

— Je t'en supplie, Matthew, reste ici, reste avec moi ! J'ai besoin d'avoir ma famille près de moi pour supporter cette épreuve sans avoir à m'inquiéter davantage.

Pour toute réponse, mon frère s'assoit à côté de moi en passant ses mains sur sa tête nerveusement.

— Je suis désolé, Emy, dit-il d'une voix rauque.

Je tourne la tête vers lui et la dépose sur son épaule pendant quelques minutes.

Vers 2 heures du matin, on nous informe que Joshua est toujours entre la vie et la mort mais qu'il continue de se battre. Mon père m'ordonne de rentrer à la maison avec Clary pour me reposer, mais je refuse catégoriquement de quitter l'hôpital. Il n'est plus question de subir les décisions de mes proches. Je sais qu'il souhaiterait que je me détende un peu, compte tenu de ce que je viens de vivre, mais c'est le cadet de mes soucis.

Je suis à deux doigts de perdre Joshua à cause de la violence de la vie qu'il a choisi de mener, et qui emporte tous ceux que j'aime. Il a fait ses choix, je ferai les miens en toute connaissance de cause. J'apprendrai à me protéger et je prendrai les décisions qui me sembleront justes et bonnes pour moi.

Je ne suis plus la même femme, j'en ai bien conscience. J'ai mûri en quelques semaines. La violence qui est venue frapper à ma porte m'a d'abord atteinte au plus profond de mon être avant de me faire grandir. La vérité ressemblait à un fardeau dans mon existence privilégiée, elle est aujourd'hui un moyen de décider jusqu'où je suis prête à aller. Le savoir est mon outil pour décider de l'existence pour laquelle je veux me battre. Je ne peux pas lutter contre mes doutes, mais je suis désormais persuadée que l'avenir m'apportera les réponses aux questions que je me pose. Aujourd'hui la vérité me fait peur, mais je suis prête à l'entendre, ici, dans cette salle d'attente sans que mon père et mes frères tentent de m'en protéger.

Vers 4 heures du matin, je finis par m'endormir sur un banc près du distributeur de boissons.

Je me réveille à 6 heures quand un nouveau médecin fait son apparition. Nous nous levons d'un même mouvement pour le rejoindre et il nous offre un sourire timide.

— Il survivra, lâche-t-il.

J'entends Matthew inspirer bruyamment et James taper le mur à côté de lui de toutes ses forces. Je sursaute et sens les larmes jaillir à nouveau, mais des larmes de bonheur, cette fois.

James se retourne pour me prendre dans ses bras avec force.

— Il survivra, ce connard, répète-t-il dans mon oreille, faisant naître au milieu de mes pleurs un rire hystérique.

Le médecin nous explique ensuite que Joshua est toujours intubé mais qu'il semble refaire surface tout doucement.

À midi, mon père nous rapporte à manger et je réussis à avaler un petit morceau de poulet. Vers 16 heures, on nous autorise à rendre visite à Joshua, un par un.

Avec l'accord de mes frères, je suis la première à y aller. Je trotte derrière le médecin jusqu'à une porte marquée « SERVICE DE RÉANIMATION ». On passe une blouse par-dessus mes vêtements ainsi que des surchaussures et un bonnet bleu. Une fois complètement habillée, je parcours les derniers mètres qui me séparent de lui avec appréhension.

Je pénètre dans la chambre d'un pas lent et me sens vite mal à l'aise face à tous les tuyaux qui le relient aux machines. Un bip-bip résonne dans la pièce : ses pulsations cardiaques. Il est bien là, vivant, autant que son cœur veut bien en témoigner.

Je m'approche du lit et dépose ma main sur la sienne, perfusée. Je mêle mes doigts aux siens et je les sens remuer légèrement, comme s'il était en plein rêve. Je lève la tête vers son visage : il semble dormir paisiblement. Malgré tout ce que son corps vient de subir, il a l'air étrangement serein et il est beau à en mourir. Son torse est nu et je vois de gros pansements qui recouvrent son abdomen et le bas de son poumon droit. Le médecin me rejoint pour vérifier les nouveaux résultats de ses capteurs, et je l'interroge :

— Quand est-ce qu'il va se réveiller ?

— C'est difficile à dire. Il est préférable qu'il prenne son temps.

— Mais il va le faire ? C'est sûr ?

— Oui, le sommeil artificiel a pris fin depuis quelques heures déjà. Je pense qu'il faut lui laisser encore un moment pour revenir à nous.

J'inspire bruyamment comme si je pouvais enfin m'autoriser à vivre à nouveau. Je me penche vers son visage.

— Salut. Tu me manques...

Je m'arrête un instant pour contenir mon émotion, puis reprends, caressant doucement son bras :

— Je veux entendre ta voix et je veux te sentir me toucher. Je t'attends, mais ne me fais pas trop languir.

Je l'embrasse brièvement sur le front et quitte la

chambre quelques minutes plus tard pour laisser la place à mes frères, qui meurent d'impatience de le revoir.

Lorsque je les rejoins dans la salle d'attente, Clary m'attend déjà aux côtés de mon père. Je lève un sourcil découragé.

— Tu m'obliges à rentrer, c'est ça ?

— Tu lis dans mes pensées, ma princesse. Je t'oblige à aller te reposer. Il est presque 19 heures et tu as à peine dormi deux heures, alors Clary t'emmène et tu reviens dès que tu te réveilles.

— OK, dis-je, conciliante.

Mon père me pince la joue par habitude et se penche pour m'embrasser.

— À tout à l'heure.

J'emboîte le pas à Clary jusqu'à la Mercedes de mon père et m'engouffre dedans sans tarder. La fatigue mêlée au froid polaire de février me tétanise.

Une fois rentrée à la maison, je me jette sous une douche brûlante puis m'endors en quelques secondes, non sans avoir au préalable placé mon téléphone près de mon oreiller.

Quand je me réveille, il fait nuit et mon premier réflexe est de consulter ma messagerie. James vient tout juste d'essayer de m'appeler, c'est sûrement la sonnerie qui m'a tirée de mon sommeil profond.

Je le rappelle, complètement paniquée, mais ce n'est pas lui qui décroche.

— Salut, ma puce.

Remerciements

Je veux d'abord vous remercier vous, lecteurs, lectrices, qui avez plongé dans mon histoire ! J'espère qu'elle aura su vous faire vibrer autant qu'elle m'a transportée lorsque je l'ai écrite.

Un merci tout particulier à ma première correctrice, mon amie de longue date, Chiara : tes cours de grammaire me font beaucoup de bien, alors je compte sur toi pour la suite !

Merci aussi à Sarah et Christelle, mes premières fans, celles qui m'ont poussée à faire lire cette histoire, à envoyer mon manuscrit, à relever la tête quand j'avais un coup de blues.

Merci également à toute ma famille ! À mes parents, qui ont compris et soutenu ma passion pour l'écriture. À mon mari qui a fait preuve de patience. Et à mes enfants, qui ont parfois dû supporter une maman rêveuse en manque cruel d'organisation !

Un grand merci enfin à mon éditrice Élisabeth, pour ses corrections et ses propositions judicieuses, et à l'équipe de HarperCollins qui a bien voulu donner une chance à mon récit de rencontrer son public !